Für
Nikolai
mit den besten
Wünschen
von
[illegible]

FiFa
Fiction & Fantasy

Die beiden anderen Romane der ***Holyfort-Trilogie***

Der Schatz von Sedu-Pio (ISBN 3-934432-01-8)

und

Die Gemeinde auf Sedu-Pio (ISBN 3-934432-03-4)

können bestellt werden

beim Verlag unter der **Telefonnummer 0177 - 750 29 37**

oder

per eMail an FiFa-Verlag@t-online.de

oder im Buchhandel.

Harry T. Master

Der Kampf um Sedu-Pio

Teil 2 der Holyfort-Trilogie

FiFa-Verlag München

Die Deutsche Bibliothek - CIP-Einheitsaufnahme

Master, Harry T.:
Holyfort : SF-Roman / von Harry T. Master. - München : FiFa-Verl.

Teil 2. Der Kampf um Sedu-Pio. - 1999
ISBN 3-934432-02-6

FiFa – Fiction & Fantasy e.V. München

Umschlaggestaltung: Christian Eckert, Eckert-Illustration München
Gesamtherstellung: Kessler Verlagsdruckerei Bobingen
Printed in Germany – 1. Auflage 1999
ISBN 3-934432-02-6

Im Anfang war das Licht,
und das Licht war bei Gott,
und das Licht war Gott.

Im Anfang war es bei Gott.

Alles ist durch das Licht entstanden,
und ohne das Licht ist nichts entstanden,
was entstanden ist.

In ihm war das Leben,
und das Leben war das Licht der Menschen.
Und das Licht leuchtet in der Finsternis,
und die Finsternis hat es nicht erfasst.

Johannes 1, 1 – 5
aus dem Griechischen übersetzt
von Marcel Handkahn

Zur Aussprache der Personen- und Ortsnamen:

Das »c« in den Namen *Sarabánc* und *Paco* wird als »k« gesprochen. Das »c« im Namen *Akimovic* und das »cz« im Namen *Wojtowicz* werden als »tsch« gesprochen.

Boquera sprich »bokéra«
Cane sprich »kejn«
Gioiello sprich »dschoiéllo«
Martinez sprich »martinéss«

Namen, die aus dem Englischen kommen, werden englisch ausgesprochen (z. B. *Benjamin Gaskin*, *Miners Landing*), die übrigen Namen werden gesprochen, wie sie geschrieben werden.

Ἐν ἀρχῇ ἦν ὁ λόγος (Seite 21) sprich »en archä än ho logos«

Prolog

Es gibt Dinge zwischen Himmel und Erde, die wir Menschen wohl nie vollständig ergründen werden, sondern höchstens erahnen können. Die Menschheit entwickelte im Laufe ihrer Geschichte den intergalaktischen Raumflug und drang in die Tiefen des Alls vor – nicht aber in das tiefe Geheimnis des immerwährenden Kampfes zwischen Gut und Böse, den beherrschenden Mächten des Universums.

Im Zentrum unseres Universums, wo einst alles seinen Anfang nahm, entdeckten die Menschen einen erdähnlichen Planeten, der als einziger um eine goldgelbe Sonne kreist, und sie gaben ihm den Namen ***Sedu-Pio***. Die ***Argeten,*** die *Sedu-Pio* bevölkerten – lange bevor der erste Mensch seinen Fuß auf den Planeten setzte, glaubten, dass sich im Inneren von *Sedu-Pio* seit Anbeginn der Welt ein riesiger Abgrund befinde, der die Grenze zwischen Gut und Böse bilde. Auf der einen Seite des Abgrund stehe ***Pha-os***, ein Lichtwesen aus reiner geistiger Energie, auf der anderen Seite stehe ***Zoph-os***, ein Wesen der tiefsten Finsternis. Obwohl ***Pha-os*** und ***Zoph-os*** einander verbunden seien wie Brüder, könnten sie nie ganz zusammenkommen, da der Abgrund sie auf ewig trenne.

Vor unendlich langer Zeit erwählte ***Pha-os*** zwei besonders begabte Argeten zu seinen Schülern; ihre Namen waren ***Sarabánc*** und ***Gorgon***. Durch die ***Kraft des Lichts***, die ***Pha-os*** ihnen verlieh, wurde ihr Alterungsprozess verlangsamt und sie wurden immun gegen alle Krankheiten. So führten sie das Volk der Argeten viele Jahrtausende lang und machten es groß und mächtig. Die ***Banacos***, zottig-pelzige Lebewesen, die in den Höhlen des Felsengebirges hausten, lehrten sie zu sprechen und brachten ihnen die Annehmlichkeiten der Zivilisation.

Zoph-os missfiel diese heile Welt – und so begann er, Gorgon im Laufe der Zeit auf die Seite des Bösen zu ziehen. Das Volk spaltete sich in zwei Lager. Gorgon gewann die Oberhand; er ließ furchtbare Waffen bauen und die Banacos versklaven. Schließlich trieb er die Bewohner des Planeten in einen

Atomkrieg, der mit der Vernichtung nahezu allen Lebens auf *Sedu-Pio* endete. Als eine Forschungsexpedition der *Terranischen Föderation* den Planeten im Zentrum des Universums entdeckte, lebten dort nur noch drei Wesen: Sarabánc und Gorgon, sowie ***Paco***, ein fast siebenhundert Jahre alter Banaco.

Da die Menschheit auf jedem Planeten mit erdähnlichen Bedingungen Siedlungen errichtete, wohnte hundert Jahre nach seiner Entdeckung bereits eine große Zahl von Menschen auf *Sedu-Pio.* Bald begann Gorgon, auch sie zum Bösen zu verführen. Zusammen mit Paco und fünf weiteren Wesen – unter ihnen drei Menschen – gelang es Sarabánc, Gorgon zu besiegen und in einem Energiegefängnis einzuschließen. Danach gründete er die ***Bruderschaft von Holyfort*** – in Anlehnung an die Regeln der Ritter aus dem Mittelalter der Erde.

Sarabánc wusste, dass das Böse nicht endgültig besiegt war. Denn Gorgons Geist konnte aus seinem Gefängnis heraus üble Gedanken an die Bewohner von *Sedu-Pio* senden. Er hatte es sogar geschafft, einen der drei jungen Männer, die mit Sarabánc die *Bruderschaft von Holyfort* begründet hatten, in einen grausamen Schwarzen Ritter zu verwandeln, der Angst und Schrecken im ganzen Land verbreitete. Sein Ziel war es, Gorgon aus seinem Gefängnis zu befreien und mit seiner Hilfe die Macht über *Sedu-Pio* zu ergreifen. Den ersten Angriff des Schwarzen Ritters auf *Holyfort* hatte die Bruderschaft abwehren können. Doch Sarabánc war bewusst, dass die nächste Auseinandersetzung in naher Zukunft bevorstand. Da erhielt er durch seinen Freund ***Hapo***, ein Wesen aus reiner Intelligenz, Kenntnis von einer Prophezeiung, die besagte:

Einst kommt auf fremden Wegen
ein Wesen angereist,
das Friede, Heil und Segen
in *einem* Wort verheißt;
gelangt sein helles Strahlen
hierher von anderswo,
beginnt mit großen Qualen
der Kampf um Sedu-Pio.

1. Der Fluch der Habgier

Irina Burano ließ ihre Augen über den Vorplatz des Weltraumhafens von *Miners Landing* schweifen. Der heftig wehende Wind spielte mit ihren weit über die Schulterblätter fallenden hellblonden Haaren, während sie nach dem Firmengleiter ihres Onkels Ausschau hielt. Mit einer Größe von einem Meter neunzig überragte die Sechzehnjährige die anderen Frauen und sogar etliche Männer, die auf dem Vorplatz standen. Die eng anliegende Kombination, die sie trug, brachte ihre sportlich-schlanke Figur gut zur Geltung. Sie spürte, wie ihr Körper die Blicke der Passanten anzog, doch das war sie seit einigen Jahren gewohnt.

»Dorthin!« wies sie den Mann an, der den Wagen mit ihren zwei großen Reisekoffern schob. Dann eilte sie auf den Gleiter zu, der soeben am Rand des Vorplatzes gelandet war und auf dem die Buchstaben *VA* zu lesen waren.

»Ich bin Irina Burano«, sprach das Mädchen den Piloten an. »Sie kommen von Vladimir Avarov?«

»Ja«, antwortete der Pilot einsilbig. »Steigen Sie ein, ich werde Ihr Gepäck einladen!«

Während Irina Platz nahm, verstaute er die Koffer im Laderaum und gab dem Mann, der sie hergebracht hatte, ein Trinkgeld. Dann setzte er sich ans Steuer und startete den Gleiter.

»Machen Sie es sich bequem, Irina!« sagte er. »Der Flug über das Felsengebirge nach *Gioiello* dauert mehrere Stunden.«

Wenig später lag *Miners Landing* bereits weit hinter ihnen. Unter ihnen erstreckte sich die riesige Sandwüste der Großen Ebene in alle Richtungen. Der Pilot war nicht sehr gesprächig, und so hatte Irina Zeit, in Ruhe über ihr bisheriges Leben nachzudenken.

Vor sechzehneinhalb Jahren war sie auf der Erde geboren, genauer gesagt: in Rom, der »Ewigen Stadt«. Ihr Vater, Antonio Burano, war der Chefarzt der größten Klinik Italiens gewesen. Nach seinem Medizinstudium hatte er einige Jahre im Krankenhaus von St. Petersburg gearbeitet und sich dort in die hübsche Krankenschwester Tamara verliebt. Die beiden heirateten und zogen bald darauf in Antonios Heimatstadt Rom, wo Irina das Licht der Welt erblickte. Von ihrem Vater hatte sie die Intelligenz geerbt, von ihrer Mutter das Aussehen und die sportlichen Fähigkeiten. Neben Reiten, Schwimmen und Leichtathletik hatte Irina schon früh mit dem Tennisspielen begonnen, wo sie es sogar zur italienischen Jugendmeisterin gebracht hatte. Auch in der Schule waren ihre Leistungen stets exzellent gewesen: Nachdem sie bereits ein Jahr vorzeitig eingeschult worden war, wurde sie im Alter von nur neun Jahren in Roms berühmte Eliteschule aufgenommen.

Alles war nach Wunsch gelaufen – bis zu jenem Tag, der Irinas Leben abrupt veränderte. Vor einem halben Jahr – kurz nach ihrem sechzehnten Geburtstag – waren ihre Eltern mit ihrer Privatmaschine auf dem Flug nach Kairo über dem Mittelmeer abgestürzt. Ihr Tod war ein schwerer Schock für Irina gewesen. Trotzdem gelang es ihr, ihren Schulabschluss mit den besten Noten zu bestehen. Während dieser Zeit kümmerte sich ihre Großmutter um das verwaiste Mädchen. Die alte Frau war dazu von St. Petersburg nach Rom gekommen. Doch auf die Dauer konnte sie nicht für Irina sorgen.

Außer ihrer Großmutter hatte Irina nur noch eine Verwandte: Larissa, die jüngere Schwester ihrer Mutter. Sie war mit dem Ingenieur Vladimir Avarov verheiratet, einem Mann, den Irina nie besonders leiden konnte. Kurz vor dem tödlichen Unfall ihrer Eltern hatte Onkel Vladimir von einem sagenhaften Schatz erfahren, der sich auf dem Planeten *Sedu-Pio* im Zentrum des Universums befinden sollte. Er hatte daraufhin sein gesamtes Vermögen und eine größere Geldsumme, die er sich bei seinem Schwager Antonio Burano geliehen hatte, in eine Expedition nach *Sedu-Pio* gesteckt, wo er mit den modernsten Geräten nach dem Schatz suchen wollte. Avarov war von der Idee den Schatz zu finden derart besessen, dass er nicht einmal die Beerdigung von Irinas Eltern abwartete, sondern so schnell wie möglich nach *Sedu-Pio* flog, damit ihm ja niemand im letzten Moment den Schatz wegschnappe. Tante Larissa war noch für einige Wochen auf der Erde geblieben, um die Beisetzung und den Nachlass der Buranos zu regeln und Irina Trost zu spenden.

Als sie später ihrem Mann nach *Sedu-Pio* folgte, vereinbarte sie mit ihrer Mutter, dass Irina bis zu ihrem Schulabschluss in Rom bleiben und danach zu den Avarovs nach *Sedu-Pio* kommen solle.

Irina war von der Idee nicht sonderlich begeistert: Sie wollte weder zu ihrem Onkel Vladimir, noch auf irgendeinen fremden und unzivilisierten Planeten – unendlich weit von der Erde entfernt. Aber sie war minderjährig, und Tante Larissa war zu ihrem Vormund bestimmt worden.

Sobald ich volljährig bin, werde ich zur Erde zurückkehren und dort studieren, hatte sich Irina vorgenommen. Die Zeit auf *Sedu-Pio*, die sie als etwas längere Ferien betrachtete, würde sie schon überstehen.

So war sie schon wenige Tage nach Erhalt ihres Abschlusszeugnisses mit einem Hyperspace-Linienraumschiff in die terranische Provinz *Archimedes* geflogen und von dort mit einem Interplanet-Spacebus nach *Miners Landing*, dem einzigen Weltraumhafen auf *Sedu-Pio*. Nun saß sie in einem Fluggleiter ihres Onkels, der sie in die Nähe der Kleinstadt *Gioiello* bringen sollte, wo Avarov sein Basislager aufgeschlagen hatte.

»Ein hässlicher Planet!« meinte Irina beim Blick aus dem Fenster des Gleiters. »Nur Wüste, wohin man sieht!«

»Südlich des Gebirges ist es schöner«, erwiderte der Pilot. »Dort gibt es fruchtbares Land mit Wiesen, Feldern und netten Siedlungen.«

»*Sedu-Pio* – ein seltsamer Name!« grübelte das Mädchen. »Ich habe einige der alten Sprachen der Menschheit gelernt: ***Pio*** bedeutet ›fromm‹ und ***Sedu*** könnte mit dem lateinischen Wort für ›Sitz‹ zusammenhängen.«

»Soviel ich weiß, sind es die Namen der beiden Menschen, die den Planeten vor hundertzwanzig Jahren entdeckt haben«, entgegnete der Pilot. »Viele Planeten sind nach ihren Entdeckern benannt worden.«

»Eine andere Frage: Wie kommt mein Onkel bei der Suche nach dem Schatz voran, der auf *Sedu-Pio* zu finden sein soll?«

»Sehen Sie das Gebirge, auf das wir zufliegen? Dort ist der Schatz verborgen – irgendwo im Inneren der Felsen. Mehr weiß ich nicht – und ich möchte auch gar nicht mehr wissen. Es soll ein Fluch auf dem Schatz liegen. Aber ich werde nicht dafür bezahlt, dass ich dumme Fragen stelle. Der Chef ist jedenfalls überzeugt, dass er den Schatz bald finden wird und dass wir alle sehr reich werden.«

Der Pilot vergrößerte die Flughöhe und bereite sich auf die Überquerung des Felsengebirges vor. Er konzentrierte sich auf die Armaturen des Gleiters und ließ Irina mit ihren Gedanken allein.

Ein ferner Planet mit einem riesigen Schatz, auf dem ein Fluch liegen soll, ging es ihr durch den Kopf. Als Kind hatte sie gern Abenteuerfilme angesehen, die von solchen Dingen handelten. Nun hatte sie die Möglichkeit, solch ein Abenteuer selbst zu erleben. Wer weiß, was mich hier erwartet? dachte sie. Sie schloss die Augen und begann, vor sich hinzuträumen. Sie sah dunkle Felsenhöhlen, in denen die Geister der Ureinwohner von *Sedu-Pio* spukten, sie sah Berge von Gold und Silber – und sie sah ihren Onkel Vladimir triumphierend inmitten der ganzen Reichtümer stehen. Dann glaubte sie, ein Lachen wahrzunehmen – ein grimmiges Lachen, das immer lauter wurde und allmählich zu einem furchterregenden Brüllen anschwoll.

Irina schreckte aus ihren Gedanken hoch. Hatte sie wirklich etwas gehört oder war es nur Einbildung gewesen? Sie schaute aus dem Fenster und bemerkte, dass sie soeben die Spitze des Felsengebirges überflogen. Verstohlen sah sie zu dem Piloten: Er steuerte den Gleiter stur geradeaus und erweckte nicht den Anschein, das brüllende Gelächter gehört zu haben.

Ich habe geträumt, sagte sich das Mädchen. Doch ein Rest des Schauers, den das Geräusch ausgelöst hatte, blieb.

»Da unten ist unser Basislager«, erklärte der Pilot nach einer Weile und zeigte auf eine aus Zelten, Holzbaracken und Kunststoffcontainern bestehende Anlage. »Weiter westlich liegt die Stadt *Gioiello*. Dort verbringen unsere Arbeiter meist ihre Abende bei Wein, Weib und Gesang.«

»Ist die Stadt wirklich ein Schmuckstück?« erkundigte sich Irina. »Das ist nämlich die Bedeutung des italienischen Wortes *Gioiello*.«

»Was Sie alles wissen!« wunderte sich der Pilot. »Sie sind ja ein richtiges Fräulein Neunmalklug!«

»Und die Nichte Ihres Chefs«, entgegnete Irina schnippisch. »Sie sollten mit Ihren Äußerungen etwas vorsichtiger sein!«

Kurz darauf landete der Gleiter am Rande des Lagers. Irina sah ihre Tante Larissa auf die Flugmaschine zukommen. Larissa war vierunddreißig Jahre alt und eine äußerst attraktive Frau. In Irinas Kindertagen war die jüngere Schwester ihrer Mutter immer ihr großes Vorbild gewesen. Larissa trug ein kurzärmliges kariertes Hemd, dessen Enden sie oberhalb des Nabels zusammengeknotet hatte, eine braune Hose und Lederstiefel, die fast bis zu den Knien reichten. Auf ihrem Kopf saß ein breitkrämpiger Lederhut. Ihre Haut war braungebrannt, und ihr üppiges blondes Haar fiel locker auf ihre Schultern.

»Irina!« rief sie erfreut, als ihre Nichte aus dem Gleiter stieg. »Endlich bist du da! Ich hoffe, du hattest einen guten Flug.« Sie umarmte Irina und küsste sie auf die Wange. »Komm mit! Du hast sicher unendlich viel zu erzählen.«

Larissa wies den Piloten an, Irinas Gepäck auszuladen und in ihre künftige Wohnstätte zu bringen. Dann wandte sie sich wieder dem sechzehnjährigen Mädchen zu:

»Es wird dir auf *Sedu-Pio* gefallen. Das Leben ist hier ganz anders als auf der Erde, ich würde sagen: reizvoller und ungezwungener. Ich zeige dir gleich, wo du wohnen wirst.«

Sie gingen durch das Lager auf die größte der Blockhütten zu.

»Als Erstes brauchst du eine den hiesigen Verhältnissen angemessene Kleidung«, meinte Larissa. »Am besten ziehst du dich so an wie ich! Wichtig ist vorallem der Hut wegen der Sonne. Wir haben frühen Nachmittag, da brennt sie besonders heiß vom Himmel. Gehen wir ins Haus, dann gebe ich dir etwas von meinen Sachen! Ich hoffe, dass sie dir passen – du bist ein ganzes Stück größer als ich.«

Sie führte ihre Nichte in das Zimmer, das sie für sie hergerichtet hatte, legte ihr eine Hose, ein Hemd, ein Paar Stiefel und einen Lederhut aufs Bett und sagte:

»Zieh dich um, dann komm nach draußen! Dort wartet eine Überraschung auf dich.«

Larissa ging hinaus, und Irina sah sich im Zimmer um. Sie wusste, dass das Blockhaus nur als Provisorium gedacht war, als Wohnstätte für die Zeit, bis der sagenhafte Schatz endlich gefunden und gehoben war.

Wie lange halte ich es hier wohl aus? überlegte die Sechzehnjährige.

Da es wirklich sehr heiß war, beschloss sie, die von ihrer Tante bereitgelegte Kleidung anzuziehen. Die Hose war etwas zu klein, aber Irina war es gewohnt, hautenge Hosen zu tragen. Die Stiefel passten wie angegossen. Da sie den größten Teil der Unterschenkel bedeckten, störte es nicht, dass die Hosenbeine ein Stück zu kurz waren. Das karierte Hemd trug Irina wie ihre Tante auf bloßem Oberkörper und knotete es unter der Brust zusammen.

Sollen die Arbeiter doch gaffen! dachte sie, als ihr bewusst wurde, dass Larissa und sie wohl die einzigen Frauen im Lager waren – und zwei bildhübsche dazu.

Sie setzte sich den Lederhut auf und verließ das Blockhaus. Vor dem Eingang wartete ihre Tante und neben ihr stand – ein braunes Pferd.

»Es ist eine junge Stute«, erklärte Larissa. »Sie gehört dir. Ich weiß doch, wie sehr du Pferde liebst.«

»Das ist ja super!« rief Irina begeistert aus und umarmte ihre Tante. »Ich danke dir tausendmal. Hat sie schon einen Namen?«

»Nein«, antwortete Larissa. »Es ist *dein* Pferd, also solltest *du* den Namen bestimmen.«

»Dann nenne ich sie *Amica*, denn sie wird hier meine beste Freundin sein – außer dir natürlich.«

Sie schwang sich auf die Stute und ließ sie ein Stück auf und ab traben.

»Amica und ich werden bestimmt gut miteinander auskommen«, meinte das Mädchen.

»Das hoffe ich«, erwiderte Larissa. »Sie soll es dir erleichtern, dich auf *Sedu-Pio* einzuleben.«

»*Sedu-Pio* gehört zur Provinz *Archimedes*«, sagte Irina. »Das ist der Name eines Wissenschaftlers, der in der Antike in der Stadt Syrakus auf Sizilien lebte. Von ihm stammt der

Ausspruch: ›Gebt mir einen großen Hebel und einen festen Punkt außerhalb der Erde, und ich hebe die Welt aus ihren Angeln!‹«

»Vielleicht ist hier dieser Punkt«, lachte Larissa. »Vladimir scheint jedenfalls zu glauben, dass er mit dem Schatz von *Sedu-Pio* die Welt aus den Angeln heben kann.«

»Ach richtig, wo ist Onkel Vladimir eigentlich gerade?«

»Drüben bei den Containern, wo unser Sprengmaterial gelagert ist. Das Zeug reicht angeblich aus, um ganze Berge in die Luft zu jagen. Unsere Männer haben bereits einen langen Stollen in das Gebirge getrieben. Aber irgendwie kommen sie nicht weiter, als ob eine unsichtbare Barriere sie daran hindert. Sie benötigen immer stärkere Sprengladungen. Vladimir hat nun vor, die maximale Sprengkraft einzusetzen. Er überwacht gerade das Verladen des Sprengstoffs in den Transporter, der das Material zum Stollen bringt.«

»Ich reite schnell zu ihm und begrüße ihn«, meinte Irina.

Sie ließ Amica zu den Containern traben, vor denen sie ihren Onkel und einige seiner Männer stehen sah.

»Geht ja vorsichtig mit dem Zeug um!« hörte sie ihn den Arbeitern zurufen. »Wenn es hier explodiert, ist von unserem Lager nichts mehr übrig.«

Avarov dreht sich um und erblickte Irina auf ihrer Stute.

»Tag, Mädchen!« sagte er. »Wie ich sehe, bist du gut angekommen und hast dich auch schon mit dem Pferd vertraut gemacht, das Lara für dich gekauft hat – von *meinem* Geld. Da du hier schon auf unsere Kosten wohnst, kannst du dich gleich etwas nützlich machen. Reite hinüber zum Stollen und bring den Arbeitern diese Essenz! Sie sollen ein paar Tropfen davon in ihr Trinkwasser geben, damit sie nicht wieder Durchfall kriegen! Und knöpf dir dein Hemd ordentlich zu, sonst kommen die Männer noch auf dumme Gedanken!« Er ließ seinen Blick über ihren Oberkörper gleiten und ergänzte: »Na, viel gibt es bei dir nicht zu sehen. Bist vorn ja ziemlich flach.«

Ich hasse den Kerl! dachte Irina bei sich. Verschämt schloss sie einen Knopf des Hemdes, unter dem sich ihre zierlichen Brüste verbargen. In den letzten Jahren war sie immer wieder wegen ihrer etwas geringen Oberweite gehänselt worden, doch inzwischen störte sie das kaum noch. Für ihre zahlreichen sportlichen Aktivitäten war es sogar ein Vorteil, »vorn ziemlich flach« zu sein, wie es ihr Onkel ausgedrückt hatte.

Irina nahm das Fläschchen mit der Essenz und steckte es in die Hosentasche. Sie wollte gerade losreiten, als das Funkgerät ihres Onkels zu piepsen begann. Avarov schaltete auf Empfang und fragte:

»Was gibt's, Jan?«

»Der Verrückte ist wieder da, Chef«, vernahm sie die Stimme des Vorarbeiters. »Er warnt eindringlich davor, die Sprengungen fortzusetzen.«

»Der soll aufpassen, dass er nicht mit in die Luft fliegt!« zischte Avarov. »Wenn alles verladen ist, komme ich mit einem der Gleiter zu euch und knöpfe mir den Kerl einmal vor. Der wird noch erleben, was es heißt, sich mit mir anzulegen. Ende.«

»Was ist das für ein Verrückter?« wollte Irina wissen, nachdem ihr Onkel das Funkgerät wieder ausgeschaltet hatte.

»Irgend so ein komischer Kauz, der den Arbeitern Angst vor einem unheilbringenden Geist einjagen will, der angeblich den Schatz bewacht. Der Kerl ist entweder Agent eines Konkurrenzunternehmens, das mir den Schatz wegschnappen will, oder er ist wirklich nur geistesgestört. Auf jeden Fall werde ich dafür sorgen, dass er verschwindet.«

»Den möchte ich mir aus der Nähe anschauen!« rief Irina. »Wir treffen uns dann am Stollen!«

Sie gab Amica einen Klaps und galoppierte los. Bald hatte sie den Stolleneingang erreicht, vor dem eine Schar von Arbeitern einen Halbkreis gebildet hatte. In der Mitte erblickte Irina einen Mann, der auf einem schneeweißen Pferd saß. Er war etwa zwei Meter groß und mochte um die vierzig Jahre alt sein. Seine glatten dunkelbraunen Haare reichten fast bis zu den Schultern. Bekleidet war er mit einer braunen Kutte, wie sie die wenigen Mönche trugen, die es auf der Erde noch gab. Auf dem Kopf hatte er einen breitkrämpigen khakifarbenen Filzhut, der Irina an die traditionelle Uniform der Kanadischen Bergpolizei erinnerte.

»Stellt die Arbeit ein und geht nach Hause!« hörte sie den Mann sagen. »Was euer Chef vorhat, ist Selbstmord. Wenn ihr weitere Sprengungen durchführt, wird der ganze Berg einstürzen. Die herunterkommenden Felsbrocken werden euch erschlagen, und der Schatz – sofern es überhaupt einen gibt – wird verschüttet und damit endgültig unerreichbar. Falls es euch aber tatsächlich gelingen sollte, weiter ins Innere des Berges vorzudringen, wird euch der Geist Gorgons vernichten. Und nicht nur das: Er wird Unheil und Verderben über den ganzen Planeten bringen.«

»Kein Mensch will deine Schauergeschichten hören!« rief einer der Arbeiter verächtlich aus.

»Vielleicht hat er gar nicht so Unrecht«, widersprach ihm ein anderer. »Wenn die Sache hier schief geht, hat Avarov nur etwas Zeit und Geld verloren, wir aber unser Leben.«

»Wir sollten das Ganze aufgeben!« meinte ein Dritter. »Aber Avarov ist ja besessen von der Idee, diesen Schatz zu finden.«

»Das kannst du ihm gleich selber sagen!« knurrte ihn der Vorarbeiter an. »Sein Gleiter ist soeben gelandet.«

Irina drehte sich um und sah ihren Onkel mit wütendem Gesichtsausdruck auf den Stolleneingang zueilen. Die Arbeiter traten zur Seite, als er auf den Mann mit der Mönchskutte zuschritt.

»Was wollen Sie hier, Sie komischer Heiliger?« herrschte er ihn an.

»Ich möchte euch nur warnen«, antwortete der Mann mit stoischer Gelassenheit. »Noch niemandem ist es gelungen, den Schatz von *Sedu-Pio* zu finden. Auch ihr werdet es nicht schaffen. Aber wenn ihr den Berg sprengt, werdet ihr Gorgons Geist befreien. Und falls ihr euch zuvor nicht bereits selbst in die Luft gejagt habt, wird er euch restlos vernichten – und mit euch viele unschuldige Menschen auf *Sedu-Pio*.«

»*Du* willst *uns* also warnen«, zischte Avarov böse und zog seine Strahlenpistole. »Jetzt warne zur Abwechslung *ich dich*: Wenn du nicht sofort von hier verschwindest, brenne ich dir ein paar schöne große Löcher in deinen Körper, du Schießbudenfigur! Hau endlich ab und lass uns weiterarbeiten!«

Der Vorarbeiter, der Avarov hündisch ergeben war, hob einen herumliegenden Felsbrocken auf und schleuderte ihn auf den Mann mit der Kutte. Der Stein verfehlte sein Ziel denkbar knapp.

»Jagt ihn zum Teufel!« schrie Avarov.

Mehrere Arbeiter griffen nach Steinen, um sie auf den Mann zu werfen. Ein Brocken traf das weiße Pferd, das zu Irinas Verwunderung jedoch ruhig stehenblieb.

»Verschont mein Pferd!« bat der Mann, der sich offenbar mehr Sorgen um sein Reittier als um seine eigene Gesundheit machte. »Vor allem aber rettet euer eigenes Leben, solange ihr dazu noch imstande seid! Ich kann nicht mehr tun, als euch warnen. Alles andere liegt bei euch.«

Mit diesen Worten setzte er seinen Schimmel in Bewegung. Die Arbeiter wichen zur Seite und ließen ihn passieren. Unmittelbar vor Avarov hielt er das Pferd kurz an und sprach zu Irinas Onkel:

»Sie sollten sich gut überlegen, ob Sie es verantworten können, Ihre Männer und den ganzen Planeten ins Unheil zu stürzen!«

Dann ritt er langsam davon.

»Den wären wir los!« freute sich Vladimir Avarov. »Nun bringt den Sprengstoff vorsichtig in den Stollen! Wenn alles planmäßig klappt, sind wir heute Abend vielleicht schon am Ziel unserer Wünsche.«

Irina blickte dem Mann mit der Mönchskutte minutenlang nach. Wer ist er? fragte sie sich. Wie ernst ist seine Warnung zu nehmen? Und wo reitet er jetzt hin? Irina war von Natur aus neugierig. Ihr Wissensdurst hatte schon in der Schule keine Grenzen gekannt. Ich muss mehr über ihn herausfinden, sagte sie sich. Am besten reite ich ihm hinterher.

Sie beobachtete, dass der Mann einen Weg einschlug, der in nordwestliche Richtung den Berg hinaufführte. Sie ließ Amica lostraben und folgte dem Reiter des Schimmels. Ihr Onkel war so mit dem Ausladen des Sprengmaterials beschäftigt, dass ihm Irinas Verschwinden gar nicht auffiel. Auch der Mann mit der Kutte schien nicht bemerkt zu haben, dass ihm jemand folgte.

Er ritt langsam den Weg nach oben. Irina hielt einen deutlichen Abstand zu ihm – gerade so, dass sie ihn nicht aus den Augen verlor.

Nach einiger Zeit erreichte der Reiter eine Weggabelung und hielt sein Pferd an. Irina wusste nicht, wie sie sich verhalten sollte. Während sie noch überlegte, ob sie weiterreiten, stehenbleiben oder ins Lager zurückkehren sollte, hörte sie den Mann rufen:

»Ich weiß nicht, warum du mir hinterherreitest, aber es macht keinen Sinn, es in solch einer Entfernung zu tun. Ich denke, jeder von uns möchte wissen, wer der andere ist und welches Ziel er hat. Also komm näher, damit wir uns von Angesicht zu Angesicht darüber unterhalten können!«

Irina zögerte. Doch da sie nicht glaubte, dass ihr der Mann in der Kutte etwas antun würde, beschloss sie, zu ihm zu reiten.

»Hallo!« sagte sie verlegen. »Mein Name ist Irina Burano.«

»Irina Burano«, wiederholte der Mann. »Das klingt ja wie Musik. Ich heiße *Haro-wan.*«

»Ist das Ihr Vor- oder ihr Nachname?«

»Eine Kombination von beiden. Ursprünglich hieß ich Harold Wandmann. Haro-wan ist mein Name, seit ich Ritter in *Holyfort* und Hüter des Schatzes von *Sedu-Pio* bin.«

»Sie sind der Hüter des Schatzes, den mein Onkel zu finden hofft?«

»Der Mann, der den Berg sprengen will, ist dein Onkel!« rief Haro-wan aus. »Dann musst du ihm unbedingt sagen, dass es hier überhaupt keinen Schatz zu finden gibt!«

»Das ist lustig!« lachte Irina. »Wenn ich Sie richtig verstanden habe, gibt es hier zwar keinen Schatz, aber Sie sind der Hüter dieses Schatzes, den es nicht gibt. Wie passt das zusammen?«

»Der vermeintliche Schatz, der sich im Inneren dieses Berges befindet, ist in Wirklichkeit der Geist Gorgons, des bösartigsten Wesens, das du dir vorstellen kannst. Ich selbst habe mitgeholfen, ihn einzuschließen. Jetzt bin ich hier, um zu verhindern, dass dein Onkel ihn durch seine Dummheit und Habgier befreit.«

»Ich habe meinen Onkel nie besonders gemocht«, erklärte Irina. »Er denkt immer nur an sich; das Schicksal anderer Menschen ist ihm völlig gleichgültig. Dass Sie ihm die Meinung gesagt haben, macht Sie mir durchaus sympathisch.«

Sie blickte in seine freundlichen braunen Augen und gewann die Überzeugung, dass sie dem Mann mit der Kutte vertrauen konnte, obwohl ihr seine Geschichte von dem im Berg eingeschlossenen Geist total verrückt erschien.

»Sie heißen also Haro-wan. Hat Ihr Pferd auch einen Namen?«

»Sein Name ist *Pistos.*«

»Pistos«, sagte Irina. »Das ist griechisch und bedeutet ›Der Treue‹. Meine Stute heißt *Amica.*«

»Das ist lateinisch und bedeutet ›Freundin‹. Wo hast du Latein und Griechisch gelernt, Irina?«

»In der Schule auf der Erde, genauer gesagt: in Rom, wo ich geboren bin.«

»Rom«, meinte Haro-wan, »die Stadt so bedeutender Männer wie Cäsar und Augustus.«

»Richtig«, bestätigte Irina. »Darum wollte ich unbedingt die Sprache lernen, die in der Antike dort gesprochen wurde: Latein. Ich habe aber auch andere alte Sprachen Europas gelernt: Englisch, Deutsch, Französisch, Spanisch und Russisch. Es muss früher ganz schön schlimm gewesen sein mit dem Sprachenwirrwarr. Gut, dass heute alle Menschen dieselbe Sprache sprechen!«

»Da hast du Recht. Ich habe die von dir genannten Sprachen ebenfalls gelernt – und noch ein paar andere. So begrüße ich dich mit *Salam alaikum!*«

»Was bedeutet das?« fragte Irina interessiert.

»Es ist arabisch und bedeutet: ›Friede und Heil sei mit dir!‹ Jemand, dessen Name von dem altgriechischen Wort abgeleitet ist, das ›Friede‹, ›Heil‹ und ›Segen‹ bedeutet, sollte das eigentlich wissen.«

»Sie können also auch Arabisch!« rief Irina mit dem Ausdruck der Bewunderung aus.

»Na ja, so leidlich. Es hat zumindest dafür gereicht, den

Koran einigermaßen zu verstehen. Dagegen haben mir die ostasiatischen Sprachen immer große Schwierigkeiten bereitet. Dabei hätte ich die Weisheiten des Konfuzius so gern im Original gelesen.«

Irina starrte Haro-wan ungläubig an:

»Wie kann ein Mann, der so gebildet ist wie Sie, an Geister und Dämonen glauben?«

»Das lässt sich nicht in drei oder vier Sätzen erklären«, meinte Haro-wan.

»Dann eben in fünf oder zehn Sätzen«, lachte Irina. »Ich habe Zeit und höre Ihnen gerne zu.«

»Also pass auf! Du hast doch Griechisch gelernt. Dann kennst du sicher die bedeutendsten Worte, die in dieser Sprache geschrieben wurden: Ἐν ἀρχῇ ἦν ὁ λόγος.«

Natürlich kannte Irina den Beginn des Johannes-Evangeliums.

»Im Anfang war das Wort«, sagte sie.

»So ist es übersetzt worden«, erwiderte Haro-wan. »Aber wie du bestimmt weißt, kann ***Logos*** auch ›Geist‹, ›Sinn‹ oder ›Vernunft‹ bedeuten. Auch ***›Im Anfang war das Licht‹*** wurde schon einmal übersetzt. Die Argeten, die vor vielen Jahrtausenden auf *Sedu-Pio* lebten, glaubten an ***Pha-os***, ein Lichtwesen aus reiner geistiger Energie. Doch wo Licht ist, da ist auch Schatten. Nach der Überlieferung der Argeten befindet sich hier im Zentrum des Universums ein tiefer Abgrund, der die Grenze zwischen Gut und Böse bildet, die Trennungslinie zwischen ***Pha-os***, dem Vater des Lichts, und ***Zoph-os***, dem Herrn der Finsternis. Vor unendlich langer Zeit wählte ***Pha-os*** zwei besonders begabte Argeten als Schüler aus, Sarabánc und Gorgon, denen er jeweils einen Teil seiner geistigen Kraft übertrug. Doch Gorgon verfiel dem Bösen, und durch ihn ein großer Teil der Argeten und der Banacos, die ursprünglich in den Höhlen des Felsengebirges beheimatet waren. Es kam zu einem Atomkrieg, der die Große Ebene nördlich des Gebirges in eine Wüste verwandelte und fast alles Leben auf *Sedu-Pio* auslöschte – lange bevor der erste Mensch diesen Planeten betrat.«

»Woher wissen Sie das alles?«

»Von Sarabánc, dem Schüler von ***Pha-os***, der viele hunderttausend Jahre das Gute auf diesem Planeten verteidigt hat.«

»Das ist unmöglich!« rief Irina aus. »Niemand kann so alt werden!«

»Du irrst dich. Sarabánc lebt nach wie vor – weit im Norden von *Sedu-Pio*, in *Holyfort*, dem Zentrum unserer Bruderschaft. Sarabánc ist unser Oberhaupt, der Oberste Hüter des Schatzes von *Sedu-Pio*. Zusammen mit mir und den anderen fünf Hütern gelang es Sarabánc, Gorgon zu besiegen und in diesem Berg einzuschließen. Das war vor genau zwanzig Jahren. Gorgons Körper ging zugrunde, doch sein unsterblicher Geist ist immer noch gefangen. Eine Energieglocke, die mein Freund Ito konstruiert hat, hindert ihn daran, auszubrechen und seine bösen Kräfte zu entfalten. Aber er kann Botschaften nach draußen senden, die labile Menschen wie deinen Onkel dazu verleiten, nach einem Schatz zu suchen, den es gar nicht gibt. Schon viele Abenteurer haben hier gegraben, gebohrt oder kleine Sprengungen vorgenommen, aber dein Onkel ist der Erste, dem es gelingen könnte, die Energieglocke zu zerstören – und dadurch Gorgons Geist zu befreien.«

»Das – das glaube ich einfach nicht!« kam es über Irinas Lippen.

Haro-wan zog die Schultern nach oben und sagte:

»Es gibt Dinge zwischen Himmel und Erde, die wir Menschen mit unserem kleinen Verstand niemals begreifen werden. Dazu gehört ...«

»Sie sprechen von Himmel und Erde«, unterbrach ihn das Mädchen. »Waren Sie jemals auf der Erde?«

»Nein«, antwortete Haro-wan. »Und im Himmel war ich ebenfalls noch nicht – falls dich das auch interessiert. Als junger Mann wollte ich unbedingt zur Erde und dort studieren. Aber Sarabánc überzeugte mich, dass hier auf *Sedu-Pio* eine wichtigere Aufgabe auf mich wartet.«

»Was wollten Sie studieren?«

»Vielleicht Medizin wie mein Vater. Oder Psychologie; das Denken und Verhalten der Menschen hat mich von frühester Jugend an interessiert.«

»Ihr Vater war Arzt?« staunte Irina. »Mein Vater auch. Er ist vor einem halben Jahr tödlich verunglückt – zusammen mit meiner Mutter. Darum musste ich zu Onkel und Tante nach *Sedu-Pio*. Aber wir kehren auf die Erde zurück, wenn mein Onkel den Schatz gefunden hat.«

Während sie dies sagte, gingen ihr Haro-wans Worte durch den Kopf. Gab es überhaupt einen Schatz? Was war, wenn ihr Onkel statt einen Schatz zu finden tatsächlich einen bösen Geist in Freiheit setzte? – Alles dummes Zeug! versuchte sie sich zu beruhigen und fuhr fort:

»Wenn ich wieder auf der Erde bin, werde ich auch studieren – dasselbe, was Sie studieren wollten: Medizin und Psychologie. Ich möchte nämlich auch mehr über das Denken und Handeln der Menschen erfahren. Manches, was Menschen tun, ist derart absurd, dass ich es einfach nicht verstehe.«

»Das Wesen der Menschen kannst du auch hier studieren. Ich bin jedenfalls davon überzeugt, dass mir die Jahre mit Sarabánc und meinen Freunden in *Holyfort* mehr gebracht haben als jedes theoretische Hochschulstudium.«

»Sie haben bestimmt mehr auf dem Kasten als die meisten Akademiker auf der Erde«, meinte Irina. »Gibt es eigentlich etwas, das Sie nicht wissen?«

»Durchaus«, lachte Haro-wan. »Zum Beispiel, was mit *Sedu-Pio* geschieht, wenn Gorgons Geist tatsächlich freigesetzt wird. Und ich hoffe, dass ich es nie erfahren werde. Vielleicht gelingt es uns doch noch, deinen Onkel von seinem Vorhaben abzubringen. Reite zu ihm zurück und versuche, ihn davon zu überzeugen, dass er auf keinen Fall sprengen darf!«

»Er wird nicht auf mich hören. Ich möchte ihm jetzt auch nicht unter die Augen treten. Er ist bestimmt sauer auf mich, weil ich Ihnen nachgeritten bin. Er hat mir eine Essenz zur Desinfektion des Trinkwassers gegeben, die ich den Arbeitern bringen sollte. Ich habe das Fläschchen immer noch in meiner Hosentasche. Wohin reiten Sie, Haro-wan?«

Sie betrachtete die Weggabelung: Links ging es auf einem breiten, gut begehbaren Weg ins Tal hinab. Rechts führte ein schmaler, steiler, steiniger Pfad weiter nach oben.

»Dort hinauf«, antwortete Haro-wan. »Ich treffe mich in einer Höhle mit meinen Freunden Paco und Ito. Wir müssen beraten, was wir tun können, um deinen Onkel zu stoppen.« Er zeigte nach links. »Auf diesem Weg kommst du nach *Gioiello*. Es ist der richtige Ort für Leute, die sich amüsieren wollen. Du bist ein hübsches Mädchen – die jungen Männer in der Stadt werden ganz verrückt sein nach dir.«

»Für solche Typen habe ich nichts übrig«, erklärte Irina. »Letztes Jahr haben mich zwei Burschen am Ufer des Tiber belästigt. Aber ich habe mir nichts von ihnen gefallen lassen.« Sie ballte ihre Hand zur Faust. »Ich übe mehrere Sportarten aus, bin bestens in Form und verstehe es, mich zu wehren. Der eine von den Kerlen hat ganz schön gejault, als ich ihm mein Knie in den Unterleib gerammt habe – dorthin, wo es am meisten weh tut. Ich lasse mich doch nicht von irgendwelchen dahergelaufenen Idioten flachlegen. Ich suche mir meinen zukünftigen Mann schon selber aus. Aber das hat noch Zeit.« Sie zuckte mit den Schultern und fügte hinzu: »Die meisten Jungs in meinem Alter verlieren sowieso schnell das Interesse an mir. Vermutlich bin ich ihnen zu groß.«

»Und das nicht nur im körperlichen Sinn. Du bist ihnen einfach zu gescheit, fast möchte ich sagen: ein bisschen siebengescheit.«

»Ich bin nicht nur siebengescheit – ich bin sogar neunmalklug!« grinste Irina spöttisch. »Zumindest hat das erst vor ein paar Stunden jemand behauptet.«

Haro-wan blickte tief in ihre großen blauen Augen:

»Du bist ein unwahrscheinlich tolles Mädchen, Irina. Du bist hübsch und sportlich, intelligent und gebildet. Aber warum gibst du so damit an? Du hast doch schon die Erfahrung gemacht, dass du den meisten Menschen dadurch nicht imponieren kannst, sondern sie eher vergraulst. Ich habe den Eindruck, dass du mit deiner zur Schau getragenen Selbstsicherheit etwas kaschieren willst. Vielleicht ist es auch eine Reaktion auf den tragischen Tod deiner Eltern.«

»Ich glaube, ich war schon immer so«, sagte Irina. »Wahrscheinlich ist es mein Problem, dass ich nie mit jemandem konfrontiert wurde, der stärker war als ich. Schon als kleines Kind wusste ich genau, wie ich meine Eltern um den Finger wickeln kann. Und in der Schule habe ich es genossen, den anderen zu zeigen, wie überlegen ich ihnen bin. Erst jetzt – mit sechzehn – habe ich allmählich gemerkt, dass ich mir damit keine Freunde schaffe. Aber man kommt halt nur schwer aus seiner Haut heraus.«

Verlegen schaute sie zu Haro-wan auf. Ihr wurde bewusst, dass er einer der wenigen Männer war, zu dem sie aufschauen musste – im körperlichen wie im geistigen Sinn.

»Eines ist sicher«, fuhr sie fort, »ich reite bestimmt nicht nach *Gioiello*. Und zu meinem Onkel will ich ebenfalls nicht.« Sie setzte ihr süßestes Lächeln auf, nahm all ihren Mut zusammen und fragte: »Darf ich Sie ein Stück begleiten, Haro-wan? Ich bin noch nie einem Menschen begegnet, der so ist wie Sie. Ich – ich meine ...«

»Dies ist ein freies Land«, antwortete der Hüter des Schatzes von *Sedu-Pio*. »Ich kann dir nicht verbieten, denselben Weg zu reiten wie ich. Im Gegenteil: Es würde mich freuen, wenn du mir Gesellschaft leistest. Ich habe nämlich auch noch nie ein Mädchen wie dich getroffen. Aber ich muss dich warnen: Der Weg ist steil und beschwerlich. Dazu kommt, dass es hier oben am Abend recht kühl wird – und du bist ziemlich leicht bekleidet. Zu essen und zu trinken hast du auch nichts bei dir. Überleg es dir also gut, ob und wie lange du mich begleiten willst!«

»Noch ist es warm genug, und Hunger habe ich im Moment auch nicht«, erwiderte Irina, »Reiten wir los! Bevor es Abend wird, kehre ich rechtzeitig um.«

*

Gut eine Stunde ritten die beiden den schmalen Gebirgspfad nach oben. Die Pferde kamen auf dem steinigen Boden nur langsam voran. Auf der linken Seite des Weges ragte eine Felsenwand in die Höhe, rechts ging es steil hinunter in einen Abgrund.

Haro-wan drehte sich zu Irina um. Er wollte sie ermahnen, ihr Pferd ganz vorsichtig einen Huf vor den anderen setzen zu lassen, doch es war bereits zu spät: Durch irgendeinen Umstand aufgeschreckt bäumte sich Amica plötzlich auf und warf ihre Reiterin ab.

In Haro-wans Gehirn schien eine Bombe zu explodieren. Vor seinem geistigen Auge erblickte er Julia Gaskin, seine über alles geliebte Julia, wie sie einst hier im Felsengebirge von ihrem Pferd fiel und in die endlos tiefe Schlucht stürzte. Er bemerkte die Todesangst in ihrem wunderschönen Gesicht und hörte ihren markerschütternden Schrei. Bevor er sah, wie es ihren zierlichen Körper zerschmetterte, holte ihn Irinas Hilferuf in die Realität zurück. Die Sechzehnjährige hielt sich mit letzter Kraft an einem Felsvorsprung fest; ihre Beine baumelten über dem gähnenden Abgrund.

»Hilfe!« schrie sie verzweifelt. »Ich rutsche ab!«

»Halt durch!« rief Haro-wan ihr zu. »Gleich bin ich bei dir!« Er sprang vom Pferd, warf sich der Länge nach auf den Boden und streckte dem Mädchen die Hand entgegen. »Komm, du schaffst es!«

Zitternd vor Angst ergriff Irina die Hand des Hüters.

»Und jetzt die andere!« sagte Haro-wan. Dann begann er, das Mädchen langsam nach oben zu ziehen. »Lass die Beine ganz ruhig hängen! So tue ich mir etwas leichter.«

Irina schloss die Augen und machte sich so leicht wie möglich. Sie spürte, wie der Hüter sie vorsichtig über die Felsenkante zog und behutsam auf den Rücken legte. Sie atmete tief durch, öffnete ihre Augen und blickte ihren Retter dankbar an.

Haro-wan betrachtete das Mädchen: Außer einer Schramme im Gesicht, die eher unbedeutend war, hatte sich Irina beim Sturz über die rauhen Felsen eine klaffende Wunde zugezogen, die oberhalb des Bauchnabels begann und von dort fünfzehn Zentimeter nach oben reichte, bis zu der Stelle, wo ihr Hemd unter der Brust zusammengeknotet war.

»Du hast doch dieses Desinfektionsmittel bei dir«, erinnerte sich Haro-wan. »Wenn es für die Entgiftung des Trinkwassers taugt, eignet es sich auch bei Verletzungen.«

»In meiner rechten Hosentasche«, stöhnte Irina.

Mit spitzen Fingern zog Haro-wan das Fläschchen heraus, öffnete es und träufelte ein paar Tropfen auf die Wunde.

»Nicht bewegen!« sagte er. »In meiner Packtasche habe ich etwas Verbandsmaterial. Bleib ganz ruhig liegen!«

Wenige Sekunden später war er wieder bei dem Mädchen.

»Dieses Pflaster ist eine Erfindung der Argeten. Es stoppt die Blutung und lässt die Wunde schnell wieder zusammenwachsen. Der Riss ist ganz schön lang. Ich versuche, das Pflaster anzubringen, ohne dein Hemd öffnen zu müssen.«

»Knöpfen Sie es ruhig auf, wenn es nötig ist! Sie können bei mir sowieso nicht viel sehen. Ich bin vorn ziemlich flach, wie sich mein Onkel auszudrücken beliebte. Dafür habe ich andere körperliche Qualitäten: Ich bin italienische Jugendmeisterin im Tennis, habe schon Pokale im Schwimmen und in der Leichtathletik gewonnen und ...«

»Wenn du mit deinem Körper zufrieden bist, solltest du nicht auf das Geschwätz anderer hören«, unterbrach Haro-wan ihren Wortschwall, während er das Pflaster fixierte. »Ich finde deine Figur übrigens absolut perfekt.«

»Danke«, hauchte Irina. »Danke für alles.«

»Schließ jetzt die Augen und sei ein paar Minuten still!« empfahl der Hüter. »Du stehst noch unter Schock, und das Sprechen kostet Kraft. Ich war erst vor einem halben Jahr ziemlich stark verletzt und weiß aus eigener Erfahrung, wie schwer einem dann alles fällt.« Er stand auf und ließ seine Augen durch die Felsenlandschaft schweifen. »Da drüben ist eine kleine Höhle. Ich werde dich dorthin bringen. Das ist besser, als wenn du hier auf dem Weg liegst.«

Er beugte sich zu Irina hinunter.

»Geben Sie Acht!« sagte das Mädchen. »Ich bin nicht leicht zu tragen.«

»Das habe ich schon gemerkt«, schmunzelte Haro-wan und nahm sie auf seine starken Arme.

*

Haro-wan hatte in der Höhle ein kleines Feuer entfacht und saß im Schneidersitz davor. Neben ihm hockte Irina, eingewickelt in die blaue Decke, die der Hüter vom Rücken seines Schimmels genommen hatte.

»Wie geht es jetzt weiter?« fragte das Mädchen. »Es wird bald dunkel. Ich glaube nicht, dass ich heute noch ins Lager zurückreiten kann. Ich habe Ihnen nichts als Ärger bereitet, Haro-wan. Zur Zeit geht einfach alles schief: erst der Tod meiner Eltern, dann die Geschichte mit meinem Onkel und jetzt das!«

Haro-wan dachte nach: Vor einem halben Jahr waren Irinas Eltern tödlich verunglückt. Etwa zur gleichen Zeit war er beim Brand der Jenkins-Farm lebensgefährlich verletzt worden. Damit hatte auch für ihn eine schwierige Phase begonnen, die in der Schlacht um *Holyfort* gipfelte. Mit letzter Kraft hatte er den Schwarzen Ritter, seinen ehemaligen Freund Robo-mil, vom Pferd geworfen. Dadurch hatte er *Holyfort* gerettet, doch er selbst war danach wochenlang ans Bett gefesselt gewesen. Dass er seinen vierzigsten Geburtstag überhaupt noch erlebt hatte, verdankte er ausschließlich Sarabánc und dem Gerät, das *Zythallator* genannt wurde und das auch Sarabáncs Leben erhielt. Schlimmer als alle Verletzungen aber war für Haro-wan die Trennung von seinem Knappen Benjamin Gaskin, der wegen seiner mehrfachen Verstöße gegen die Regeln der Bruderschaft für die Dauer eines Jahres aus der Gemeinschaft ausgeschlossen worden war. Seit fast einem halben Jahr hatte Haro-wan ihn nicht mehr gesehen.

Und nun war er diesem außergewöhnlichen Mädchen begegnet, dessen Leben so viele Parallelen zu dem seinen aufwies. Er erinnerte sich an die Botschaft, die ihm Hapo, das geheimnisvolle Wesen aus reiner geistiger Energie, am Tag von Benjamins Abschied übermittelt hatte: ***Alles, was geschieht, hat einen tieferen Sinn, nichts geschieht zufällig. Es ist alles Teil eines großen Plans ...***

»Wie soll es jetzt weitergehen?« wiederholte Irina ihre Frage und riss den Hüter des Schatzes von *Sedu-Pio* aus seinen Gedanken.

»Bis zum Einbruch der Dunkelheit schaffen wir es nicht in euer Lager zurück«, meinte Haro-wan. »Außerdem solltest du dich noch ein wenig erholen. Bleiben wir heute Nacht hier in der Höhle! Morgen früh bringe ich dich nach Hause.«

»Sie wollten sich doch mit Ihren Freunden treffen«, erwiderte Irina. »Jetzt verlieren Sie wegen mir so viel Zeit. Sie haben mit mir schon genug Scherereien gehabt. Ich kann nicht erwarten, dass Sie sich noch mehr um mich kümmern. Reiten Sie weiter, ich komme schon irgendwie zurecht!«

Haro-wan schüttelte den Kopf:

»Ich habe dich dazu ermutigt, mich zu begleiten. Ohne mich wärst du jetzt gar nicht hier, sondern längst wieder bei deinen Leuten. Somit trage ich zur Zeit die Verantwortung für dich. Es ist meine Pflicht, dich heil zu deinen Angehörigen zurückzubringen. Das gebietet mir meine Ritterehre.«

»Ehre – was bedeutet das?« erkundigte sich das Mädchen.

»Es ist eine leider in Vergessenheit geratene Sache«, antwortete der Hüter. »Es ist der höchste Wert, den es für einen Menschen geben sollte: eine auf Selbstachtung beruhende sittliche Würde – wenn du verstehst, was ich meine. Es hat auch etwas mit dem Gewissen zu tun. Wenn ich dich hier zurückließe und dir würde etwas zustoßen, hätte ich mein Leben lang Gewissensbisse. Außerdem habe ich bei meiner Ehre gelobt, jedem Menschen zu helfen, der meine Hilfe benötigt. Ich bin für dich verantwortlich, ebenso wie für das Wohl von ganz *Sedu-Pio.*«

»Dann hat Ihre Ehre Sie veranlasst, meinen Onkel und seine Arbeiter vor den Folgen einer Sprengung zu warnen?«

Haro-wan nickte:

»Als in *Holyfort* die Nachricht eintraf, dass Menschen von der Erde mit großem Aufwand begonnen haben, einen Stollen in den Berg zu treiben, ließ ich mich samt meinem Pferd hierher fliegen, um mit den Leuten zu reden und das Schlimmste zu verhindern. Alle dachten, ich sei der beste Mann für diese Aufgabe. Aber bisher habe ich nicht viel erreicht – einmal abgesehen davon, dass ich dir begegnet bin.«

»Ich würde Ihnen so gern helfen, aber ich weiß nicht wie. Die Geschichte von dem Geist Gorgons kauft *mir* mein Onkel genauso wenig ab wie Ihnen. Sie klingt einfach zu unglaubwürdig.«

In diesem Moment ertönte von fern ein dumpfer Knall.

»Was war das?« fragte Irina ängstlich und hob den Kopf.

Haro-wan war aufgesprungen.

»Es klang wie eine Explosion«, antwortete er mit besorgter Stimme.

Eine zweite Detonation – lauter als die erste – war zu hören. Ein Stoß ließ den Boden der Höhle erbeben, und von den Wänden rieselte feiner Sand.

»Dieser Wahnsinnige!« rief der Hüter. »Er sprengt tatsächlich!«

Ein dritter, noch lauterer Knall erschütterte die Höhle. In der Decke bildete sich ein Riss. Unmittelbar über Irina löste sich ein Felsbrocken – groß und schwer wie ein Pferdeschädel – und stürzte direkt auf das Mädchen zu. Blitzschnell zog Haro-wan aus seiner Kutte einen glänzenden Gegenstand, aus dem ein goldener Lichtstrahl herausschoss. Bevor der Stein Irina verletzen konnte, wurde er in seine Atome aufgelöst.

»Raus hier!« schrie Haro-wan.

Er packte Irina am Arm und zog sie samt der Decke, die ihren Körper umgab, aus der Höhle – dorthin, wo ihre Pferde standen. Mehrere Bruchstücke der Höhlendecke schlugen mit voller Wucht auf dem Boden auf.

»Schnell, bringen wir die Tiere dort hinüber!« rief der Hüter. »Der Platz scheint mir einigermaßen sicher zu sein.«

Ein weiteres dröhnendes Geräusch war zu vernehmen. Es war kein kurzer dumpfer Knall wie bei einer Explosion, sondern ein Brausen und Tosen, das innerhalb weniger Sekunden zu einer ohrenbetäubenden Lautstärke anschwoll. Gleichzeitig verfinsterte sich der Himmel, obwohl die Sonne noch nicht untergegangen war. Blitze zuckten über das Firmament.

Verängstigt klammerte sich Irina an Haro-wan.

»Mach die Augen zu und hab keine Angst!« sagte der Hüter. »Was auch geschieht: Ich bin bei dir.«

Doch Irina konnte die Augen nicht schließen. Erschrocken starrte sie ins Tal hinab. Was sie sah, raubte ihr fast den Verstand: Eine riesige schwarze Wolke, die nicht von der Sprengung kommen konnte, schoss aus dem Stollen, den ihr Onkel in den Berg getrieben hatte, und fiel über das Lager her. Das Tosen verwandelte sich in ein höllisches Brüllen. Einzelne Schreie waren zu hören – menschliche Schreie, die jedoch nach wenigen Minuten verstummten. Dann stieg die Wolke zum Himmel empor. Ein fürchterlicher Sturm fegte über das Gebirge, und schlagartig wurde es eisig kalt. Das infernalische Gebrüll ließ fast Irinas Trommelfell platzen. Sie presste ihren Körper fest an Haro-wan, der schützend seinen Arm um sie gelegt hatte.

Während die grässliche schwarze Wolke nach oben stieg, erhellte ein Blitz das Tal. Voll Entsetzen sah Irina, dass sich dort, wo das Lager ihres Onkels gewesen war, nur noch ein Trümmerfeld befand. Vermutlich hatte keiner dort unten die Katastrophe überlebt. Irina wollte schreien, doch die Angst schnürte ihr die Kehle zu.

Ein gewaltiger Donnerschlag durchdrang die gespenstische Landschaft und hallte von den Felswänden wider. Dann begann es mit einem Mal in Strömen zu regnen. Irina bemerkte, dass Haro-wan wie versteinert zum Himmel starrte. Als auch sie ihren Blick nach oben richtete, überfiel sie das nackte Grauen: Die schwarze Wolke bedeckte nun fast das ganze Firmament. Der Sturm verwandelte sich in einen Orkan, statt Regen fielen riesige Hagelkörner vom Himmel. Die Wolke veränderte ihre Gestalt und nahm die Form eines Gesichts an. Es war die furchterregendste Fratze, die Irina je gesehen hatte. Das dämonische Gesicht schien zu lachen, und Irina glaubte, in dem ohrenbetäubenden Brüllen einen nicht enden wollenden triumphierenden Schrei zu erkennen:

»Frei! – Freiiiiiiiiiiii!«

»Gorgon«, flüsterte Irina totenbleich.

Dann vergrub sie zitternd ihr Gesicht an Haro-wans Brust und begann hemmungslos zu weinen.

2. Der verlorene Sohn

Der kurze, aber heftige Hagelschauer war wieder in einen starken Regen übergegangen. Ein rauer Wind pfiff über die nackten Felsen. Es war entsetzlich kalt geworden, und nicht ein Strahl der allmählich hinter dem Horizont versinkenden Sonne war zu sehen.

Irinas Stute Amica war bei Beginn des Erdbebens in panischer Angst davongaloppiert und spurlos verschwunden. Pistos dagegen stand ruhig und gelassen auf seinem Platz. Haro-wan hatte unter einem Felsvorsprung Schutz vor dem Unwetter gesucht. Irina kauerte zusammengesunken neben ihm. Ihren Kopf hatte sie eng an seine Schulter geschmiegt; die Tränen flossen immer noch aus ihren blauen Augen. Haro-wan hatte seinen rechten Arm um ihren zitternden Körper gelegt und versuchte, ihr Wärme und Trost zu spenden. Er senkte seine linke Hand auf die des Mädchens und sagte:

»Es wird alles wieder gut werden.«

Doch seine Stimme verriet, dass er sich größte Sorgen machte.

In diesem Moment begann die Atmosphäre zu flimmern, und vor ihren Augen erschien eine kobaltblau schimmernde Kugel, die wie ein kleiner Ballon in der Luft schwebte.

»Was – was ist das?« fragte Irina und klammerte sich noch fester an ihren Beschützer.

Bevor Haro-wan eine Antwort geben konnte, vernahmen beide in ihren Köpfen eine Stimme ohne Klang und Tonfall, frei von jeglicher mitschwingender Emotion:

»Was geschehen ist, ist geschehen. Gorgon ist frei. Er verfügt nun über noch größere Macht als zu der Zeit, da sein Geist noch an einen Körper gebunden war. Und du weißt, welches Unheil er schon damals über den Planeten gebracht hat, Haro-wan. Ihr habt selbst miterlebt, wozu er jetzt fähig ist: Er hat das Lager am Fuß des Gebirges vollständig zerstört. Kein Mensch ist dort mehr am Leben.«

Haro-wan spürte, wie Irina zusammenzuckte und ihr Herz zu hämmern begann.

»Ist er imstande, alles Leben auf *Sedu-Pio* zu vernichten?« erkundigte er sich.

»Das könnte er«, erwiderte die körperlose Stimme. »Aber was würde es ihm nützen? Sein Ziel ist nicht die Vernichtung, sondern die Unterwerfung der Menschen – wie er es bereits vor zwanzig Jahren beabsichtigte. Die Menschen sind von allen Wesen des Universums am leichtesten zu beeinflussen und zu verführen. Sie sind Sklaven ihrer Triebe, Launen und Emotionen. Gorgon wird das Tier im Menschen entfesseln, damit die Bewohner von *Sedu-Pio* ihm helfen, seine finsteren Pläne in die Tat umzusetzen.«

»Weißt du denn, was er vorhat, Hapo?« fragte Haro-wan.

»Ich weiß es«, erklärte das geheimnisvolle Wesen. »Wenn wir ihn nicht daran hindern, wird er Schritt für Schritt ganz *Sedu-Pio* unter seine Kontrolle bringen. Gleichzeitig wird er versuchen, die technischen Wunderwerke der Argeten in seinen Besitz zu bekommen, die sich in der unterirdischen Stadt unterhalb von *Holyfort* befinden. Diese Erfindungen, kombiniert mit den Errungenschaften der Menschheit werden seine Sklaven in die Lage versetzen, Waffen und Kampfraumschiffe zu bauen, durch die er schließlich die Macht über das gesamte Universum erlangen könnte. Sein wichtigster Erfüllungsgehilfe, sein verlängerter Arm, wird der Schwarze Ritter sein, unser einstiger Bruder Robo-mil, der einen Teil der ***Kraft des Lichts*** in sich trägt. Die Einzigen, die es mit ihm aufnehmen können, sind Sarabánc und du, Haro-wan, dem Sarabánc dieselbe Kraft verliehen hat.«

»Was ist mit dir, Hapo?«

»Wir sind beide rein geistige Wesen, aber Gorgon ist viel mächtiger als ich. Seine Kraft stammt direkt von ***Pha-os***, auch wenn sich das Licht in ihm verfinstert hat. Nur Sarabánc verfügt über eine gleich große Kraft. Mich dagegen könnte Gorgon vernichten, wenn ich nicht vorsichtig bin. Wie du weißt, entstamme ich nicht eurem Raum-Zeit-Kontinuum. Falls Gorgon versucht, mich auszulöschen, werde ich mich auf eine andere Zeitebene zurückziehen. Aber dann kann ich euch nicht mehr beistehen.«

»Gibt es sonst noch etwas, das ich wissen sollte?« erkundigte sich Haro-wan.

»Pacos Höhle ist eingestürzt. Aber Paco und Ito, die dort oben auf dich gewartet haben, konnten sich retten. Ich habe in *Holyfort* Bescheid gegeben, dass ein Gleiter sie abholen soll. Hier gibt es für sie nichts mehr zu tun. Sie hoffen, dass einer der Piloten sie findet!«

»Sie haben ebenso wie ich ein Funkgerät bei sich. Der Pilot kann sie anpeilen, wenn er über dem Gebirge kreist.«

»Gorgon hat den gesamten Funkverkehr lahmgelegt«, entgegnete Hapo. »Die Signale erreichen ihr Ziel nicht mehr. Auch du kannst über Sprechfunk keine Hilfe herbeirufen. Aber ich werde in *Holyfort* melden, wo du dich aufhältst. Sucht euch für heute Nacht einen geschützten Lagerplatz! Und du, Irina Burano, hab keine Angst! Du wirst auf der ganzen Welt keinen so guten Beschützer finden wie Haro-wan. Jetzt muss ich euch aber verlassen. Wenn ich zu lange an einem Ort bleibe, könnte Gorgon mich entdecken und versuchen, mich zu vernichten. Lebt wohl!«

Die kobaltblaue Kugel verschwand ebenso plötzlich, wie sie erschienen war.

»Wer – wer war das?« stammelte Irina fassungslos. »Und woher weiß er, wer ich bin?«

»Das war mein Freund Hapo«, antwortete Haro-wan. »Er ist einer der Hüter des Schatzes von *Sedu-Pio*. Hapo ist ein Wesen aus reiner geistiger Energie. Er kann all unsere Gedanken lesen, und wenn er zu uns spricht, hören wir seine Worte direkt in unserem Gehirn. Er kennt keine Emotionen, sondern nur Vernunft und Logik.« Schmunzelnd fügte er hinzu: »Manche Menschen haben damit so ihre Probleme.«

Er musste an Benjamin denken, und sein Gesichtsausdruck wurde wieder ernst. Der Regen prasselte vor und neben ihnen immer noch herunter. Irina war von oben bis unten durchnässt und begann heftig zu niesen. Auch aus Haro-wans Kutte triefte das Wasser.

»Hapo empfahl uns, einen geschützten Lagerplatz für die Nacht zu suchen«, sagte der Hüter.

»Unsere Höhle ist eingestürzt«, seufzte Irina resignierend. »Und eine andere kann ich in der näheren Umgebung nicht entdecken.«

»Dann schaffen wir uns unsere Höhle eben selbst«, meinte Haro-wan und stand auf. Er zog sein goldenes Laserschwert aus der Kutte und zündete es.

»Was ist das?« erkundigte sich Irina verwundert. »Ich habe mich vorhin schon gefragt, was ...« Erneut musste sie zweimal niesen.

»Ein vorzügliches Werkzeug«, gab Haro-wan zur Anwort, »und – wenn es sein muss – auch eine hervorragende Waffe.«

Er richtete den Laserstrahl gegen die Felsenwand und schnitt ein immer größer werdendes Loch hinein. Nach wenigen Minuten war eine mannshohe Höhle entstanden, die den beiden Menschen genug Raum zum Lagern bot. Sogar Pistos fand darin noch Platz.

Haro-wan streifte seine tropfnasse Kutte ab; seine Unterkleidung war noch relativ trocken. Er ging zu seinem Pferd und öffnete die Packtaschen.

»Ich ahnte, dass ich wieder kämpfen muss«, erklärte er und holte sein Rittergewand heraus, sowie seinen langen blauen Umhang, in dessen Mitte eine stilisierte weiße Schwertlilie eingewebt war – das Symbol der Bruderschaft von *Holyfort.* »Deine Decke ist völlig durchnässt. Nimm stattdessen diesen Umhang, er wird dich wärmen! Am besten ziehst du auch die anderen nassen Sachen aus, sonst bekommst du noch eine Lungenentzündung.«

Er reichte ihr den Umhang und wandte sich dann wieder seinem Pferd zu.

»Du brauchst dich nicht umzudrehen«, sagte Irina, während sie ihr Hemd und ihre Hose ablegte. »Verzeihung, ich meine – äh – ich wollte sagen: *Sie* brauchen sich ...«

»Schon gut, Kleines«, half ihr Haro-wan aus der Verlegenheit. »Bleiben wir doch beim Du! Vermutlich bin ich zur Zeit sowieso der einzige Mensch, der für dich da ist.«

Irina begann wieder zu weinen. Sie schmiegte sich eng an den Hüter und schluchzte:

»Meine Eltern sind tot, meine Tante und mein Onkel sind tot, mein Pferd ist davongelaufen, und ich besitze nichts mehr außer diesen nassen Klamotten. Was soll nur aus mir werden? Ich habe ja nicht einmal Geld, um zur Erde zurückzukehren.«

Haro-wan hatte sein Rittergewand angelegt und setzte sich mit Irina an die hintere Höhlenwand. Er nahm sie in den Arm und schlug vor:

»Komm erst einmal mit nach *Holyfort*, dem Zentrum unserer Bruderschaft! Dort wirst du Menschen treffen, die in fester Treue zueinanderstehen.«

»Treue?«

»Wieder so ein in Vergessenheit geratener Begriff. Auf der Erde scheint man ihn nicht mehr zu kennen.«

»Es gibt Eheleute, die sich treu sind«, erwiderte Irina. »Meine Eltern waren es auf jeden Fall.«

»Es ist schön, wenn zwei Menschen einander treu sind«, meinte Haro-wan. »Aber selbst wenn sie sich noch so lieben, können sie nie eine so starke Gemeinschaft bilden, wie es unsere Bruderschaft ist. Bei uns ist jeder bedingungslos für den anderen da, egal was geschieht. Die Bruderschaft gibt dem Einzelnen alles, was er braucht, weil jeder seine Fähigkeiten – welcher Art sie auch sind – in den Dienst der Gemeinschaft stellt. Das verstehen wir unter Treue.«

»Wie ist eure Bruderschaft entstanden?«

»Es war die Idee von Sarabánc, nachdem wir Gorgon besiegt hatten. Bei der Festlegung unserer Grundsätze und Regeln habe auch ich maßgeblich mitgewirkt. Ich habe mich in meiner Jugend viel mit der Geschichte der Menschheit beschäftigt. Die edlen Ritter haben mich dabei immer besonders fasziniert. Vieles von ihrer Lebensweise haben wir in unserer Bruderschaft übernommen.«

»Ich möchte alles über eure Bruderschaft wissen«, sagte Irina und legte ihren Kopf an Haro-wans Schulter. »Erzähl mir von Sarabánc, von Hapo und den anderen Hütern des Schatzes von *Sedu-Pio* – vor allem aber von dir und deinem bisherigen Leben!«

Und so begann Haro-wan zu erzählen: Er berichtete von

Sarabáncs jahrtausendelangem Kampf gegen Gorgon, vom Untergang der Argeten und der Banacos. Er schilderte, wie er im Alter von fünfzehn Jahren Sarabáncs Schüler wurde. Er erwähnte seine Freundschaft mit Robert Miller, der später den Ritternamen Robo-mil annahm, und ihre gemeinsame Liebe zu der Farmerstochter Julia Gaskin. Er berichtete, wie es vor zwanzig Jahren sieben Wesen gelang, Gorgon zu besiegen und in dem Energiegefängnis im Felsengebirge einzuschließen. Er erklärte, dass sich diese sieben Wesen nach dem Sieg über Gorgon ***Die Hüter des Schatzes von Sedu-Pio*** nannten: Sarabánc, der Letzte der Argeten; Paco, er einzige noch lebende Banaco; Hapo, das geheimnisvolle Wesen aus reiner Intelligenz; Ito, der gelbhäutige Winzling, der als Forscher aus einer fernen Galaxie nach *Sedu-Pio* gekommen war und nicht mehr in seine Heimat zurückkehren konnte; und die Menschen Gero-mar, Robo-mil und Haro-wan. Er erzählte von der Heirat zwischen Robo-mil und Julia Gaskin, die bald darauf ihren Sohn Benjamin zur Welt brachte. Er berichtete, wie die sieben Hüter zusammen mit den ersten Rittern die Festung *Holyfort* erbauten, wie Robo-mil auf dem Rückweg zu Frau und Kind im Felsengebirge verunglückte und danach durch Gorgons unheilbringenden Einfluss zum Schwarzen Ritter wurde. Er erwähnte den tragischen Tod Julias und ihrer Eltern. Schließlich schilderte er, wie Benjamin Gaskin vor zwei Jahren sein Schüler wurde und mit ihm nach *Holyfort* ging.

»Nicht weit von hier, in Pacos Höhle, erklärte mir Benjamin, dass er in die Fußstapfen seines Vaters treten und Ritter werden wolle. Danach haben wir beide eine ganze Menge miteinander erlebt: Es begann mit unserem Weg von hier nach *Holyfort.* Dort trat Benjamin als Novize in unsere Bruderschaft ein. Ich war damals der Ausbilder der Novizen, und Benjamin war mein bester Schüler. Schon nach einem halben Jahr wurde er Knappe – erst bei mir, dann bei Gero-mar, schließlich wieder bei mir. Leider hat er seine Fähigkeiten bisweilen überschätzt, was ihn zu Fehlern verleitet hat. Durch eine seiner Eigenmächtigkeiten fiel Sarabáncs magischer Schutzring in die Hände des Schwarzen Ritters, und ich wurde schwer verletzt.

Ich konnte mit viel Überredungskunst erreichen, dass Benjamin damals nicht aus der Bruderschaft ausgeschlossen wurde, sondern eine Bewährungsfrist erhielt. Unglücklicherweise verstieß er wenig später erneut gegen Regeln und Anweisungen – in der falschen Annahme, mich dadurch zu schützen. Daraufhin wurde er für die Dauer eines Jahres aus der Bruderschaft ausgeschlossen und musste *Holyfort* verlassen. Das ist jetzt fast ein halbes Jahr her. Seitdem habe ich ihn nicht mehr gesehen.« Er stieß einen tiefen Seufzer aus und fügte hinzu: »Benjamin ist wie ein Sohn für mich. Er fehlt mir.«

Irina spürte den Schmerz, den Benjamins Verbannung bei Haro-wan ausgelöst hatte, und klopfte ihm tröstend auf die Schulter.

»Wie lauten die wichtigsten Regeln der Bruderschaft?« fragte sie.

»Wir haben zehn Gesetze. Das erste besagt, dass man sich auf die Ehre eines Holy stets verlassen kann. Ich habe dir schon erklärt, was das im Einzelnen bedeutet. Das zweite Gesetz legt fest, dass der Holy seiner Bruderschaft treu ist. Auch das weißt du bereits. Die nächsten drei Gesetze regeln den Umgang mit unseren Mitmenschen: Wir helfen, wo unsere Hilfe benötigt wird, wir sind immer freundlich, höflich und zuvorkommend. Die weiteren Gesetze drücken aus, dass wir die Schöpfung bewahren und nichts tun, was der Natur widerspricht, dass die Beschlüsse der Hüter und die Anweisungen des jeweiligen Vorgesetzten zu befolgen sind, dass wir auch in Schwierigkeiten den Mut nicht sinken lassen, dass wir rein sind in unseren Gedanken, Worten und Werken, schließlich dass wir sparsam und einfach leben und auf alles verzichten, was zum Leben nicht unbedingt nötig ist, zum Beispiel Luxusartikel, teure modische Kleidung und protziger Schmuck.«

»Modische Kleider habe ich nie getragen und Schmuck erst recht nicht«, erklärte Irina. »Wenn man wie ich viel Sport treibt, sind Ohrringe, Halsketten und Armbänder nur hinderlich. Gibt es eigentlich auch Frauen in eurer Bruderschaft?«

»Nein«, antwortete Haro-wan. »Ehrlich gesagt kann ich mir auch keinen weiblichen Ritter vorstellen.«

»Und einen weiblichen Knappen?«

»Wieso interessiert dich das?«

Irina blickte Haro-wan in die Augen und sagte zögernd:

»Ich würde gern dein Knappe werden. Du hast ja keinen, seit Benjamin verbannt wurde.«

»Du müsstest erst einmal als Novize aufgenommen werden«, entgegnete der Hüter. »Aber Mädchen können keine Novizen werden.«

»Warum nicht? Keines der Gesetze, die du mir vorhin aufgezählt hast, verbietet es.«

»Es hat sich so eingebürgert. Es ist Tradition.«

»Dann wird es Zeit, dass mit dieser Tradition gebrochen wird«, erklärte Irina mit fester Stimme. »Du hast gesagt, dass ich mit dir nach *Holyfort* kommen soll. Aber als was? Etwa als Putzfrau? Nein, wenn ich nach *Holyfort* gehe, dann als Novizin.«

Haro-wan lachte:

»Ich stelle mir gerade das dumme Gesicht von Gero-mar vor, wenn ich ihm mitteile, dass es in Zukunft einen weiblichen Novizen oder gar Knappen bei uns geben soll. Er wird mich fragen, ob ich plötzlich den Verstand verloren habe.« Er strich sanft über Irinas mittlerweile wieder trockenes blondes Haar. »Lass uns morgen darüber reden! Es ist schon fast Mitternacht. Wir sollten uns jetzt schlafen legen.« Der Hüter drehte sich auf die Seite. »Wenn dir kalt ist, kannst du dich gern ein wenig an mich kuscheln.«

Irina legte sich neben ihn, aber einschlafen konnte sie nicht.

Die letzte Nacht habe ich in dem Raumschiff verbracht, mit dem ich nach *Sedu-Pio* kam, dachte sie. Mein Leben hat sich innerhalb eines Tages radikal verändert – viel stärker als nach dem Tod meiner Eltern. Damals war ich noch in meiner vertrauten Umgebung in Rom, mit meinen Schul- und Sportkameraden. Jetzt befinde ich mich auf einem wildfremden Planeten, der zudem von einem bösen Geist heimgesucht wird. Alles, was ich von der Erde mitgebracht habe, wurde zerstört; Tante Larissa und Onkel Vladimir sind tot. Wenn ich Haro-wan nicht ins Gebirge gefolgt wäre, wäre ich wohl ebenfalls nicht mehr am Leben.

Ein Geräusch, das von draußen kam, schreckte sie aus ihren Gedanken. Es schien, als ob sich jemand der Höhle näherte. Ängstlich rüttelte Irina an Haro-wans Schulter.

»Ich glaube, ich habe Schritte gehört«, flüsterte sie ihm zu.

Im Nu war der Hüter auf den Beinen und zog vorsorglich sein Laserschwert.

»Wer kann hier mitten in der Nacht herumlaufen?« überlegte er. »Vielleicht sind es Paco und Ito, die nach mir suchen. Sie wissen ja, dass ich auf dem Weg zu ihnen bin und hier irgendwo stecken muss.«

Angestrengt schaute er zum Höhleneingang, der von Pistos versperrt wurde. Das treue Pferd gab ein leises Schnauben von sich. Hinter ihm schälten sich die Umrisse eines Menschen aus der Dunkelheit.

»Ito ist nur fünfzehn Zentimeter groß, und Paco einen Meter fünfzig«, raunte Haro-wan. »Von ihnen kann es keiner sein; *der* hier misst mindestens einsneunzig.«

Er bedeutete Irina ruhig liegenzubleiben und postierte sich seitlich des Höhleneingangs – jederzeit bereit, sein Laserschwert zu zünden. Die Gestalt kam näher. Der Unbekannte – es war eindeutig ein Mann – trat auf Pistos zu und klopfte ihm mit der flachen Hand mehrmals sanft gegen den Hals. Das Pferd blieb friedlich an seinem Platz stehen. Haro-wan konzentrierte sich, spannte seine Muskeln und stellte sich innerlich auf einen Kampf mit dem Fremden ein.

Die Gestalt schob sich vorsichtig an Pistos vorbei ins Höhleninnere.

»Haro-wan?« fragte eine vertraute Stimme.

Unwillkürlich zuckte der Hüter zusammen. Überrascht steckte er sein Laserschwert weg, als er sah, wer da die Höhle betrat.

»Benjamin, mein Junge!« rief er erfreut aus.

»Ich ahnte, dass du hier sein musst«, sagte der junge Mann mit den rotblonden Haaren. »Die Höhle erweckte den Eindruck, dass jemand sie mit einem Laserschwert in den Fels geschnitten hat. Als ich dann Pistos am Eingang stehen sah, hatte ich keinen Zweifel mehr. Wie ich sehe, bist du wieder ganz gesund.«

»Ich habe keine Schmerzen mehr und bin wieder einigermaßen in Form«, erwiderte Haro-wan. »Es reichte zwar noch nicht, um mich mit den anderen Rittern im Turnier zu messen, aber meine Kraft nimmt von Tag zu Tag zu. Gero-mar hat das Turnier gewonnen, aber Hasso-gat und Lajo-til waren kaum schwächer. Die Zeiten, da entweder Gero-mar oder ich den Sieg im Turnier errungen haben, scheinen allmählich vorbei zu sein. Bald werden uns die jungen Ritter übertrumpfen.«

Benjamins Blick fiel auf die junge Blondine, die zusammengekauert an der hinteren Höhlenwand lehnte und Haro-wans blauen Umhang mit ihren Händen verschämt vor der Brust zusammenhielt.

»Entschuldige, wenn ich dir nicht die Hand zur Begrüßung gebe«, sagte das Mädchen verlegen. »Aber ich habe außer einer Unterhose nichts drunter an.«

»Ist schon in Ordnung«, meinte Benjamin und betrachtete Irina eingehend. »Du bist sehr hübsch. Wer bist du?«

»Irina Burano. Ich bin die Nichte des Mannes, der Gorgons Gefängnis gesprengt hat.«

»Und das ist Benjamin Gaskin, von dem ich dir erzählt habe«, stellte ihr Haro-wan den jungen Mann vor. »Mein Knappe – Ex-Knappe, um genau zu sein. Wie hast du das letzte halbe Jahr verbracht, Benjamin?«

»Ich habe es durchgestanden, auch wenn es anfangs nicht einfach für mich war. Habt ihr hier noch Platz für mein Pferd?«

»Es wird etwas eng«, antwortete Haro-wan. »Aber andererseits wärmen die Tiere die Höhle, was vorallem Irina nicht unrecht sein wird. Also hol dein Pferd herein!«

Benjamin stellte seinen Hengst neben Pistos, dann setzte er sich zu den beiden anderen.

»Gorgons Geist ist also tatsächlich frei«, äußerte der junge Mann. »Als das Erdbeben einsetzte, die schwarze Wolke aufzog und das Gewitter losbrach, hatte ich bereits so eine Vermutung.« Er blickte zu Irina. »Es ist schon verrückt: Dein Onkel hat das geschafft, was mein Vater vergeblich versucht hat. Er treibt sich übrigens irgendwo im Gebirge herum.«

Haro-wan fuhr hoch:

»Der Schwarze Ritter ist hier? Hast du ihn gesehen?«

»Lass mich der Reihe nach erzählen!« bat Benjamin. »Nachdem Toyo-ken mich und mein Pferd im Gebirge abgesetzt hatte, begab ich mich zunächst zu Paco und blieb einige Zeit in seiner Höhle. Die ersten Tage waren sehr hart für mich, aber Paco kümmerte sich rührend um mich, genau wie nach dem Tod meiner Großeltern. Nach ein paar Wochen beschloss ich, nach *Gioiello* zu reiten. Ich habe mich dort mit Gelegenheitsarbeiten durchgeschlagen. Es war das erste Mal in meinem Leben, dass ich ganz auf mich allein gestellt war. War bestimmt eine wichtige Erfahrung für mich.«

»Ohne Zweifel«, bestätigte Haro-wan. »Was meinst du: War das Leben in *Gioiello* besser als in *Holyfort*?«

»Nicht besser, aber anders: freier, ungezwungener – ich weiß nicht, wie ich es ausdrücken soll.«

Irina hatte ihren Kopf auf Haro-wans Oberschenkel gelegt und sank allmählich in den Schlaf.

»Wie kommt das Mädchen zu dir?« erkundigte sich Benjamin.

»Ihr Onkel und ihre Tante sind ums Leben gekommen, als Gorgons Geist aus seinem Gefängnis ausbrach. Auch ihre Eltern sind tot. Ich bin im Moment der einzige Mensch, der sich um sie kümmert. Ich werde sie erst einmal mit nach *Holyfort* nehmen. In einem halben Jahr wirst du dann auch wieder zu uns gehören. Aber nun erzähl mir: Wo hast du deinen Vater getroffen?«

»Er tauchte vor einigen Wochen in *Gioiello* auf. Zunächst war er überrascht, dass ich mich dort aufhielt. Als er erfuhr, dass ich aus der Bruderschaft ausgeschlossen wurde, unternahm er einen neuen Versuch, mich auf seine Seite zu ziehen. Manches, was er sagte, hat mir zu denken gegeben. Ich weiß noch nicht, ob ich nach *Holyfort* zurückkehren werde. Aber ich möchte auch nicht der Knappe meines Vaters werden. Vielleicht gehe ich ins Grasland, wo ich geboren bin, und werde Farmer wie mein Großvater.«

»Mit Gorgons Befreiung hat der Kampf um *Sedu-Pio* begonnen«, erklärte Haro-wan und strich dabei unbewusst der schlummernden Irina über die hellblonden Haare. »Du trägst in dir die ***Kraft des Lichts***, die du von deinem Vater geerbt hast. Jede der beiden Parteien weiß, welchen Vorteil sie hat, wenn du auf ihrer Seite kämpfst. Ich fürchte, du wirst dich nicht heraushalten können.«

»Im Moment weiß ich nicht, wohin ich gehöre«, entgegnete Benjamin. »Ich muss erst eine Nacht darüber schlafen.«

»Einverstanden«, nickte Haro-wan. »Hoffen wir, dass es morgen ein schönerer Tag für uns alle wird!«

*

Tageslicht erhellte die Höhle, als Irina erwachte. Zusätzlich brannte ein kleines Feuer, das von Benjamin geschürt wurde.

»Deine Sachen sind trocken«, sagte der junge Mann. »Du kannst sie wieder anziehen.«

Irina schlüpfte in ihre braune Hose, das karierte Hemd und die Lederstiefel.

»Wo ist Haro-wan?« fragte sie.

»Er holt Wasser aus dem nahen Gebirgsbach und sucht etwas Essbares für uns. Ich habe gehört, du willst mit ihm nach *Holyfort* gehen.«

»Ja, ich möchte Novize werden – und später einmal Haro-wans Knappe.«

»Ein Mädchen als Knappe!« lachte Benjamin. »Das kann ich mir nicht vorstellen. Du müsstest im Freien lagern, Klettern, Reiten, Fechten und Bogenschießen lernen und dich darin mit all den jungen Männern messen.«

»Ich habe die letzte Nacht im Felsengebirge überstanden«, erwiderte Irina gereizt. »Reiten kann ich schon, außerdem war ich auf der Erde eine sehr gute Sportlerin, im Tennis war ich sogar italienische Jugendmeisterin. Da werde ich wohl auch in der Lage sein, Fechten und Bogenschießen zu lernen. Und vor der Auseinandersetzung mit den jungen Männern habe ich keine Angst. Ich bin fast genauso groß wie du, und wenn ich richtig informiert bin, warst du bei deiner Aufnahme in die Bruderschaft auch nur ein Jahr älter als ich. Wenn man bedenkt, dass Mädchen in der Entwicklung normalerweise ein bis zwei Jahre weiter sind ...«

»Lass es gut sein!« stoppte Benjamin ihren Redeschwall. »Ich habe sowieso keinen Einfluss darauf, ob du als Novize aufgenommen wirst. Es ist allein Haro-wans Entscheidung, wenn er dich nach *Holyfort* mitnimmt.«

»Du kennst ihn ziemlich gut. Wie alt ist er eigentlich?«

»Er ist vor kurzem vierzig geworden«, antwortete Benjamin. Ihm wurde bewusst, wie gern er bei der Geburtstagsfeier in *Holyfort* dabeigewesen wäre.

»Gibt es – eine Frau in seinem Leben?« erkundigte sich Irina.

»Die einzige Frau, die er meines Wissens geliebt hat, war meine Mutter. Aber sie hat meinen Vater geheiratet und kam ums Leben, als ich drei Jahre alt war. Weshalb interessiert dich das eigentlich? Hast du dich am Ende in Haro-wan verliebt?«

»Nein!« stieß Irina hervor und senkte die Augen. »Vielleicht«, fügte sie nach einer Weile hinzu. »Ich weiß gar nicht genau, was Liebe ist. Aber mit Sicherheit bin ich nie einem so faszinierenden Mann begegnet wie Haro-wan.«

»Mir ging es genauso«, bestätigte Benjamin. »Er war mein großes Idol. Ich war bereit, für ihn durchs Feuer zu gehen. Es war der schlimmste Tag meines Lebens, als er durch meine Schuld fast sein Leben verloren hätte, nachdem der magische Ring, der ihn vor allen Gefahren schützte, in die Hand des Schwarzen Ritters gefallen war. Ich fühle mich Haro-wan immer noch eng verbunden, aber ich weiß nicht, ob das Leben, das er gewählt hat, für mich das richtige ist.«

»War es denn nicht möglich, einen neuen Schutzring für Haro-wan herzustellen?«

»Der Ring besteht aus heiligem Saphagold. Es ist das einzige Material, mit dem die schützende Aura erzeugt werden kann. Soviel ich weiß, wurde der letzte Rest davon vor zwanzig Jahren bei der Herstellung von Sarabáncs goldenem Szepter aufgebraucht.«

»Und nun schützt der magische Ring den Schwarzen Ritter – also deinen Vater?« fragte Irina besorgt.

Benjamin nickte stumm.

Hapo sagte, dass der Schwarze Ritter Gorgons verlängerter Arm ist, erinnerte sich Irina. Und jetzt macht ihn der Ring unverwundbar.

»Ich habe noch eine andere Frage«, sagte sie. »Warum bist du gerade gestern Abend hierherauf geritten?«

»Ich ahnte, dass Gorgons Geist befreit worden war. Ich wollte zu Paco, um mit ihm darüber zu sprechen. Vielleicht war da auch noch etwas anderes, was mich hierher getrieben hat. Es geschieht manchmal, dass mich etwas in meinem Inneren zu einem bestimmten Verhalten drängt, ohne dass mir voll bewusst ist, warum ich es tue. Das ist wohl auch der Grund, weshalb ich aus der Bruderschaft ausgeschlossen wurde.«

»Guten Morgen«, hörten sie in diesem Moment die Stimme Haro-wans, der die Höhle betrat. »Wie ich sehe, bist du inzwischen aufgewacht, Irina. Wie geht es deiner Verletzung?«

»Ich spüre keinen Schmerz mehr«, antwortete das Mädchen und löste vorsichtig das Pflaster von der Haut. »Sieh her, die Wunde ist vollständig verheilt! Wie ist das in so kurzer Zeit möglich? Nicht einmal eine Narbe ist zurückgeblieben. In der Klinik meines Vaters hätten sie das nur mit einer aufwendigen Strahlentechnik hinbekommen.«

»Einfache und natürliche Methoden führen oft weiter«, erklärte der Hüter. »Das gilt übrigens auch bei der Ernährung. Ich habe frisches Quellwasser in meiner Flasche und saftige Beeren zum Frühstück mitgebracht.«

Er zeigte ihnen seinen Hut, der bis zum Rand mit gelben und roten Beeren gefüllt war.

»Ich habe noch ein wenig Brot bei mir«, sagte Benjamin. »Es müsste für uns drei reichen.«

Sie setzten sich um das Feuer. Irina nahm ein paar Beeren aus dem Hut und wollte sie in ihren Mund schieben. Doch Benjamin stieß sie leicht mit dem Ellenbogen an und deutet auf Haro-wan. Der Hüter hatte die Hände ineinander gelegt und saß andächtig im Schneidersitz da.

»In unserer Bruderschaft ist es Brauch, dass wir vor den Mahlzeiten ein kurzes Gebet sprechen und uns danach einen guten Appetit wünschen«, erklärte er. »Es ist gut für uns Menschen, wenn wir solche festen Bräuche haben. Es sind Stilelemente, die uns das, was wir tun, bewusster erleben lassen – in diesem Fall das gemeinsame Essen.«

Als er merkte, dass seine Gefährten ihn erwartungsvoll ansahen, begann er zu beten:

»Vater im Himmel, du hast uns einen neuen Tag geschenkt – und jeder Tag ist gleich wichtig vor dir. Ich danke dir für diesen Tag. Gib, dass ich ihn ernst nehme: die Aufgaben, die mich heute fordern, die Menschen, denen ich begegne, die Erfahrungen, die er bringt, das Bittere, das mir widerfährt! Lass mich auch dann nicht verzweifeln, wenn alles verloren scheint! Lass mich dankbar sein für alles, auch wenn dieser Tag mir Mühe und Schmerzen bereitet! Denn ich weiß: Jeder Tag ist ein neues Angebot von dir, Herr. Hilf mir, ihn richtig zu nutzen! Amen.«

»Amen«, antworteten Benjamin und Irina.

Dann reichten sich alle drei die Hände und fingen an, gemeinsam zu essen.

»Ich erinnere mich noch gut an die Geschichte, die Sarabánc bei meiner ersten Andacht in *Holyfort* erzählte«, äußerte Benjamin. »Es war das Gleichnis von Himmel und Hölle. Die Menschen in dieser Geschichte haben überlange Messer und Gabeln, die ihnen an ihre steifen Handgelenke gebunden sind. In der Hölle bekommt keiner auch nur einen Bissen in den Mund, weil jeder nur an sich denkt. Im Himmel dagegen füttern sich die Menschen gegenseitig und werden so trotz ihrer Behinderung satt.«

»Eine gute Idee!« meinte Irina. »Füttern wir uns gegenseitig!«

Sie nahm eine Beere und schob sie Haro-wan in den Mund. Der Hüter bedankte sich und deutete auf Benjamin, der seine Lippen geöffnet hatte. Irina steckte auch ihm eine Beere in den Mund. Der junge Mann hielt ihr ein Stück Brot hin und ließ sie davon abbeißen.

»Wir sind ein perfektes Team«, schmunzelte Haro-wan. »Wenn alle Bewohner von *Sedu-Pio* mehr an ihre Mitmenschen und weniger an sich selbst denken würden, hätte Gorgon keine Chance, sie zum Bösen zu verführen.«

»Kennst du noch mehr solche Gleichnisse?« fragte Irina Haro-wan. »Geschichten mit einem tieferen Sinn haben mich schon immer fasziniert.«

»Ja, erzähl uns eine Geschichte!« bat Benjamin. »Ich habe so lange keine Morgenandacht mehr miterlebt.«

»Mir fällt da eine Geschichte ein, die auch mit dem Thema ›Herschenken‹ zu tun hat. Sie stammt von einem indischen Philosophen des frühen zwanzigsten Jahrhunderts. Sein Name war Rabindranath Tagore. Ich erzähle euch die Geschichte genau so, wie Tagore sie einst niedergeschrieben hat. Sie heißt

Das goldene Reiskorn

Ich ging als Bettler von Tür zu Tür die Dorfstraße entlang. Da erschien in der Ferne dein goldener Wagen wie ein schimmernder Traum, und ich fragte mich, wer dieser König der Könige sei. Hoffnung stieg in mir auf; die schlimmen Tag schienen vorüber. Ich erwartete Almosen, die geboten wurden, ohne dass man um sie bat, und Reichtümer, die in den Sand gestreut wurden.

Der Wagen hielt an, wo ich stand. Dein Blick fiel auf mich, und mit einem Lächeln stiegst du aus. Endlich fühlte ich mein Lebensglück kommen. Dann strecktest du plötzlich die rechte Hand aus und sagtest: ›Was hast du mir zu schenken?‹

Welch königlicher Scherz war das, bei einem Bettler zu betteln! Ich war verlegen, stand unentschlossen da, nahm schließlich aus meinem Beutel ein winziges Reiskorn und gab es dir. Doch wie groß war mein Erstaunen, als ich am Abend meinen Beutel umdrehte und zwischen dem wertlosen Plunder das kleine Korn wiederfand – zu Gold verwandelt.

Da habe ich bitterlich geweint, und es tat mir leid, dass ich nicht den Mut gefunden hatte, dir mein Alles zu geben.«

Haro-wan verstummte und blickte in die betroffenen Gesichter der beiden jungen Menschen. Nach einigen Minuten brach Irina das Schweigen:

»Wer sein Leben retten will, wird es verlieren. Wer aber sein Leben für andere hingibt, wird das wahre Leben gewinnen. So steht es – glaube ich – in der Bibel.«

»Was du alles weißt!« wunderte sich Benjamin.

Irina hob ihren Kopf:

»Wie Haro-wan habe auch ich das Neue Testament im griechischen Original gelesen.«

»Ihr habt einiges gemeinsam«, bemerkte Benjamin. »Ihr wisst so unendlich viel. Ich dagegen habe siebzehn Jahre auf einer abgelegenen Farm gewohnt und nur die Dorfschule in *Boquera* besucht. Erst in *Holyfort* bekam ich etwas von dem vermittelt, was man so landläufig Bildung nennt.«

»Über ein großes Wissen zu verfügen, bedeutet noch gar nichts in Bezug auf charakterliche Bildung«, erklärte Haro-wan. »Viele Menschen missbrauchen ihr Wissen und ihre Intelligenz dazu, andere zu betrügen oder auszunützen. Manch hochgelehrter Wissenschaftler verwendete seine Kenntnisse, um schreckliche Waffen und Massenvernichtungsmittel zu erfinden, die die Menschheit an den Rand des Untergangs brachten. Die wahre Bildung ist die Bildung des Herzens. Und die schließt auch ein, dass man verzichten, teilen und herschenken kann, womit wir wieder bei der Geschichte vom goldenen Reiskorn wären.«

»Mein Onkel hat das nie begriffen«, meinte Irina. «Er war besessen von der Suche nach dem Schatz von *Sedu-Pio* und hat dadurch sein Leben, das Leben seiner Frau und vieler anderer Menschen ausgelöscht. Er strebte nach einem Leben in Reichtum und hat alles verloren. Nur wer bereit ist, alles herzugeben, wird am Ende alles gewinnen.«

»Du hast den Sinn der Geschichte verstanden«, lobte Haro-wan das Mädchen. »Doch niemand erwartet von uns, dass wir gleich unser biologisches Leben für andere hingeben. Für den Anfang genügt es schon, wenn jeder bereit ist, dem anderen etwas mehr von dem Wasser, den Beeren und dem Brot zu überlassen, als er für sich selbst nimmt.«

»Aber wenn wir alle drei so denken, bekommt überhaupt keiner etwas«, überlegte Irina.

»Oder jeder bekommt gleich viel«, entgegnete Benjamin. »Wichtig ist nur, dass es niemanden stört, wenn ein anderer mehr hat als er selbst oder mehr aus dem Gemeinschaftstopf herausnimmt, als er zuvor hineingelegt hat.«

Irina errötete.

»Ich habe noch gar nichts in den Gemeinschaftstopf gelegt«, seufzte sie schuldbewusst. »Haro-wan hat das Wasser und die Beeren gebracht, Benjamin hatte das Brot dabei. Ich dagegen habe nichts zu diesem Essen beigesteuert. Aber ich mache es beim nächsten Mal wieder gut.«

»Es hat mir Freude bereitet, bei Sonnenaufgang zur Quelle zu laufen und für euch Wasser und Beeren zu holen«, beruhigte sie Haro-wan und steckte ihr eine besonders große Beere in den Mund. »Auch Benjamin hat sein Brot gern mit uns geteilt. ***Wenn jeder gibt, was er hat, dann werden alle satt***, heißt ein Lied, das wir in *Holyfort* oft singen. Du konntest zu diesem Frühstück nichts beisteuern, also mach dir keine Gewissensbisse, sondern iss, was da ist! Heute Mittag kannst du dann mithelfen, etwas Essbares zu finden.«

»Danke«, hauchte Irina und umarmte Haro-wan.

»Wir sollten möglichst bald aufbrechen!« empfahl der Hüter. »Als Erstes reiten wir zur Quelle und tränken unsere Pferde. Danach möchte ich so schnell wie möglich auf den Berggipfel. Da Gorgon die Funksignale blockiert, können uns unsere Piloten nicht anpeilen. Wir müssen ganz nach oben, damit sie uns sehen, wenn sie über dem Gebirge kreisen. Ich hoffe, dass sie Paco und Ito bereits gefunden haben.«

»Ich werde nicht mitkommen«, erklärte Benjamin. »Ich darf eh noch nicht nach *Holyfort* zurück. Am besten reite ich nach *Gioiello.*«

»Begleite uns doch wenigstens ein Stück weit!« bat Irina. »Du würdest Haro-wan damit eine große Freude machen.«

Sie blickte ihn mit einem Augenaufschlag an, dass Benjamin gar nicht anders konnte.

»Also gut«, meinte er. »Zur Quelle muss ich ohnehin. Vielleicht reite ich auch noch bis zu Pacos Höhle mit euch.«

»Apropos Reiten«, äußerte Irina. »Mein Pferd ist davongelaufen. Ich werde wohl oder übel zu Fuß gehen müssen.«

»Ich denke, das musst du nicht«, erwiderte Benjamin. »Der gute Pistos hat schon einmal zwei Menschen über das Gebirge getragen. Und ich nehme an, dass du weniger wiegst als ich.«

3. Duell auf dem Gipfel

Gegen Mittag erreichten die drei Reiter Pacos Höhle, besser gesagt: das, was von ihr noch übrig war.

»Hier haben wir vor zwanzig Jahren den entscheidenden Sieg über Gorgon errungen«, erzählte Haro-wan seinen jungen Begleitern. »Wir sprengten von der Höhle aus einen Stollen ins Innere des Berges und lockten den Bösen hinein. Sarabánc bezwang ihn mit seinem goldenen Laserschwert und eilte dann aus dem Stollen in die Höhle zurück. Während wir anderen Hüter Gorgons Gefolgsleute in die Flucht schlugen, sprengte Ito den Stolleneingang – und Gorgon war gefangen. Danach aktivierte Ito die Energieglocke, so dass Gorgons Geist auch nach dem Tod seines Körpers nicht entfliehen konnte – zumindest bis gestern. Vermutlich war es ein Racheakt Gorgons, dass er nun die Höhle zerstört hat. Von Paco und Ito ist nichts zu sehen. Ich nehme an, sie wurden von einem unserer Piloten abgeholt und sind schon in *Holyfort* oder zumindest auf dem Flug dorthin.«

»Hier trennen sich unsere Wege«, sagte Benjamin. »Ich werde noch mit euch zu Mittag essen und dann nach *Gioiello* zurückreiten. Paco hat mir gezeigt, wo hier in der Nähe nahrhafte Pflanzen wachsen. Ich gehe und hole uns ein paar davon.«

»Ich komme mit«, meinte Irina. »Ich möchte mich endlich auch nützlich machen.«

Sie folgte Benjamin zu einer Stelle, an der die sonst ziemlich nackten Felsen von einer dicken Humusschicht bedeckt waren. Dort spross eine größere Zahl dürrer gelbgrüner Blätter an kurzen Stengeln aus der Erde.

»Dieses Gestrüpp soll nahrhaft sein?« fragte Irina ungläubig.

»Natürlich nicht!« lachte Benjamin. »Aber seine Wurzelknollen. Wir müssen sie vorsichtig ausgraben.«

Er kniete sich auf den Boden und begann, mit den Händen das Erdreich aufzubuddeln. Irina hockte sich neben ihn und tat es ihm gleich.

»Willst du uns wirklich verlassen?« fragte sie. »Haro-wan wird darüber sehr traurig sein. Du bist für ihn wie ein Sohn.«

»Ich wurde in erster Linie deswegen aus *Holyfort* verbannt, weil ich Haro-wans Leben in Gefahr gebracht habe. Es würde gegen den Sinn des Urteils verstoßen, wenn ich ihn jetzt wieder begleite. Vermutlich hatte Hapo Recht damit, dass ich Haro-wan mehr schade als nütze. Ich werde wahrscheinlich auch nach dem Ende meiner Verbannung nicht nach *Holyfort* zurückkehren. Außer Haro-wan und vielleicht Ito legt dort sowieso keiner besonderen Wert auf meine Anwesenheit: Mit Gero-mar habe ich es mir verscherzt, Hapo konnte mich von Anfang an nicht leiden, und für die Ritter und Knappen bin ich Robo-mils Sohn, der innerhalb kürzester Zeit so viel Mist gebaut hat, dass man ihn hinauswerfen musste. Es ist nicht mehr mein Kampf, den Sarabánc, Haro-wan und die anderen Hüter gegen Gorgon und meinen Vater führen.«

»Haro-wan braucht dich«, versuchte Irina ihn umzustimmen.

»Er braucht jemanden, auf den er sich voll und ganz verlassen kann, jemanden, der ihn so verehrt, wie ich es lange getan habe. Vielleicht bist du dieser Mensch. Ich wünsche dir jedenfalls, dass du als Novize aufgenommen wirst. Du könntest meinen Platz bei Haro-wan einnehmen und ihm über manches hinweghelfen.«

»Ich kenne ihn doch erst seit einem Tag«, erwiderte Irina. »Und bisher hat *er* nur immer *mir* geholfen. Ich würde ihm so gern helfen, aber ich weiß nicht wie. Ich bin doch nur eine Belastung für ihn.«

»Ich habe den Eindruck, dass ihn schon deine bloße Anwesenheit glücklich macht. Mit dir kann er sich auf einem Niveau unterhalten wie sonst nur mit Sarabánc. Gero-mar und die anderen Ritter sind Krieger, keine großen Denker; Ito ist ein lustiger kleiner Kerl, aber – wie er selbst stets betont – gelernter Ingenieur und kein Philosoph; Paco ist selten in *Holyfort*, und Hapo taucht immer nur kurz auf, wenn es ihm geboten erscheint. Du, Irina, bist genau die Person, die Haro-wan braucht.«

Sie hatten während des Gesprächs eine beträchtliche Anzahl von Knollen ausgegraben, und Benjamin vertrat die Meinung, dass sie für Mittag- und Abendessen reichen müssten.

Als sie zu Haro-wan zurückkehrten, hatte der Hüter bereits ein Feuer gemacht, an dem sie die Knollen braten konnten. Während des Essens sprachen sie sehr wenig. Haro-wan schien irgendetwas zu beschäftigen; Irina überlegte, ob es der bevorstehende Abschied von Benjamin oder die Sorge um *Sedu-Pio* aufgrund von Gorgons Freiheit war.

»Ich werde jetzt aufbrechen«, erklärte Benjamin nach längerem Schweigen. »Nehmt ihr die restlichen Knollen mit, ihr werdet sie auf dem Ritt zum Gipfel eher brauchen als ich auf meinem Weg nach unten! Ich hoffe, dass euch die Piloten bald entdecken und abholen.«

Er reichte Haro-wan die Hand und drückte sie fest. Dann wandte er sich zu Irina und flüsterte:

»Denk an das, was ich dir gesagt habe! Leb wohl, vielleicht sehen wir uns einmal wieder!«

»Am besten reiten wir auch los, Irina«, meinte Haro-wan.

Er löschte das Feuer, verstaute die Wurzelknollen in der Packtasche und schwang sich auf seinen Schimmel. Dann ergriff er Irinas ausgestreckte Hand und zog das Mädchen zu sich herauf.

»Gott schütze dich, Benjamin!« rief er dem jungen Mann zu. »Überleg es dir noch einmal, ob du nicht doch in einem halben Jahr wieder nach *Holyfort* kommst! Ich würde mich sehr darüber freuen.«

Er gab Pistos ein Zeichen, und das Pferd trabte mit seinen beiden Reitern langsam davon. Benjamin winkte ihnen noch eine Weile hinterher, dann bestieg er sein Pferd und wollte in die entgegengesetzte Richtung reiten. Doch er kam nicht dazu. Denn zwischen den Felsen trat eine zwei Meter große Gestalt in einem schwarzen Harnisch und einem ebenso schwarzen Umhang hervor und versperrte ihm den Weg.

»Guten Tag, mein Sohn!«

»Vater!« stieß Benjamin überrascht aus. »Was – was machst du denn hier?«

Der Schwarze Ritter hatte das Visier seines Helms geöffnet; sein stechender Blick schien Benjamin zu durchbohren, und seine wulstigen Lippen waren zu einem breiten Grinsen auseinandergezogen.

»Was denkst du, hat Gorgon als Erstes getan, nachdem er sein Gefängnis verlassen hat? Er hat mit mir Kontakt aufgenommen und mir geraten, zu Pacos Höhle zu reiten. Hier würde sich Haro-wan mit Paco und Ito treffen. Als ich ankam, waren Paco und Ito nicht mehr hier. Ich wollte schon weiterreiten, da sah ich euch daherkommen. Ich versteckte mein Pferd und legte mich auf die Lauer. Haro-wan will also zum Gipfel und hofft, dass Toyo-ken ihn mit dem Transporter abholt. Nun – ich werde das verhindern. Wer ist übrigens das Weibsbild, das er bei sich hat?«

»Sie ist die Nichte des Mannes, der Gorgons Gefängnis gesprengt hat. Da sie keine Angehörigen mehr hat, möchte Haro-wan sie nach *Holyfort* mitnehmen. Sie will dort in die Bruderschaft eintreten.«

»Ein Mädchen als Novize? Das ist ja grotesk!« geiferte der Schwarze Ritter. »Haro-wan hat einfach ein zu gutes Herz. Aber mir soll's recht sein. Sie ist ein Klotz an seinem Bein und schränkt seinen Aktionsradius ein.« Er lachte heimtückisch und fuhr fort: »Haro-wan und die Weiber: Damals auf der Jenkins-Farm hätte ihn seine immer noch nicht erloschene Liebe zu deiner Mutter beinahe das Leben gekostet. Und jetzt wird mir dieses blonde Gift helfen, ihn zur Strecke zu bringen. Ich werde ihm folgen und ihn erledigen.«

Benjamin kam zu der Erkenntnis, dass sein Vater seit Gorgons Befreiung noch ein wenig boshafter geworden war.

»Hast du dich endlich entschieden, ob du dich mir anschließen willst?« fragte der Schwarze Ritter. »Nach *Holyfort* willst du offenbar nicht wieder zurück. Das ist vernünftig; wenn ich Haro-wan getötet habe, wird es bald kein *Holyfort* mehr geben. Also, was ist: Willst du mein Knappe werden – und nach dem Ende deiner Ausbildung der erste Ritter *meiner* Bruderschaft?«

»Ich halte mich aus eurer Auseinandersetzung heraus. Ich stehe auf keiner Seite.«

»Es wird nur noch *eine* Seite geben, nämlich meine. Mit Gorgons Hilfe werde ich die Macht über den ganzen Planeten ergreifen. Du weißt, dass ich sie nur mit dir teilen möchte, mein Sohn.«

Er sah Benjamin scharf an und wartete die Wirkung seiner Worte ab. Doch der Neunzehnjährige blickte schweigend zu Boden.

»Nun gut«, knurrte der Schwarze Ritter. »Ich hole jetzt mein Pferd und reite Haro-wan hinterher. Es ist mir egal, ob du mitkommst oder nicht. Wenn du jetzt nach *Gioiello* reitest, werde ich dich demnächst dort besuchen und dir Haro-wans Kopf mitbringen – als Beweis, dass ich ihn getötet habe.«

Benjamin dachte fieberhaft nach, was er tun solle. Wenn ich ihn begleite, überlegte er, kann ich ihn vielleicht etwas aufhalten und dafür sorgen, dass Haro-wan und Irina den Gipfel erreichen, bevor er sie einholt.

»Ich komme mit«, sagte er schließlich. »Aber nur um zu sehen, wer euren Zweikampf gewinnt. Beim letzten Mal bist du ja unterlegen, Vater.«

»Unfug!« bellte der Schwarze Ritter verärgert. »Ich habe ihn so hart getroffen, dass er wie tot dalag und sich danach tagelang nicht rühren konnte, während ich sofort wieder auf den Beinen war. Dass ich überhaupt kurz zu Boden ging, war ausschließlich die Schuld meines Pferdes. Unser nächster und zugleich letzter Kampf wird zu Fuß stattfinden, dann kann so etwas nicht mehr passieren.«

Mürrisch verließ er den Platz vor der eingestürzten Höhle und kehrte kurz darauf auf seinem Rappen zurück. Benjamin kniete neben der Feuerstelle und tat, als würde er etwas suchen.

»Ich habe mein Messer hier irgendwo verloren«, behauptete er. »Hilfst du mir, es wiederzufinden?«

»Vergiss es!« zischte der Schwarze Ritter. »Ich breche jetzt auf. Du kannst ja nachkommen, wenn du zusehen willst, wie ich Haro-wan fertigmache.«

Er gab seinem Pferd die Sporen und ritt so schnell es der schmale Gebirgsweg zuließ nach oben. Benjamin bestieg seinen Hengst und folgte ihm.

*

Am späten Nachmittag näherten sich Haro-wan und Irina dem Plateau, das den höchsten Punkt im Umkreis mehrerer Kilometer darstellte. Es ging sehr steil bergauf, und Irina musste sich des Öfteren mit aller Kraft an Haro-wan festklammern, um nicht vom Pferd zu fallen.

»Hoffentlich fliegen unsere Piloten vor Einbruch der Dunkelheit noch einmal über das Gebirge«, meinte der Hüter. »Sonst müssen wir die Nacht auf dem Gipfel verbringen – und das wird saukalt, wenn du mir den Ausdruck gestattest.« Er betrachtete die dunkelgraue Wolkendecke, die bedrohlich über den Bergen hing, und fügte hinzu: »Ganz schlimm wäre es, wenn es zu regnen anfinge; hier gibt es nirgends einen Unterschlupf.«

Ein eisiger Wind blies ihnen entgegen. Irina schlang ihren rechten Arm um Haro-wans Körper, während sie mit der linken Hand ihren Lederhut festhielt und dadurch verhinderte, dass er ihr vom Kopf geweht wurde. Endlich erreichten sie eine nahezu ebene, rund ein Hektar große Fläche, aus der etliche zum Teil mannshohe und mehrere Meter breite Felsblöcke herausragten.

Haro-wan nahm als Erstes seinen langen blauen Umhang ab und legte ihn ausgebreitet auf den Boden.

»Ich hoffe, dass unsere Piloten ihn trotz der dichten Wolken von der Luft aus erkennen können«, sagte er. »In zwei Stunden wird es dunkel. Wenn wir Glück haben, entdecken sie uns vorher. Der Platz hier ist jedenfalls groß genug, dass Toyo-ken mit dem Transporter landen kann.«

Ein allmählich lauter werdendes Geräusch drang an sein Ohr. Auch Irina hörte es. Aber es kam nicht von oben und war auch nicht das sanfte Surren einer Flugmaschine, vielmehr handelte es sich eindeutig um den Schlag von Pferdehufen.

»Meinst du, dass Benjamin uns doch gefolgt ist?« erkundigte sich Irina.

»Es sind zwei Pferde«, antwortete Haro-wan. »Zwei Pferde – zwei Reiter!«

Er spähte in die Richtung, aus der sie gekommen waren. Undeutlich erkannte er in der Ferne eine schwarze Gestalt auf einem ebenso schwarzen Pferd.

»Setz dich dort hin!« empfahl er dem Mädchen. »Bleib ganz ruhig und hab Vertrauen, egal was geschieht!«

Er setzte seinen silbrig glänzenden Helm auf und legte den Brustpanzer an. Dann ergriff er sein Laserschwert, ließ es aber vorläufig deaktiviert.

»Was – was ist ...?« stammelte Irina ängstlich. Sie spürte Haro-wans innere Aufgewühltheit.

»Der Schwarze Ritter«, erklärte der Hüter. »Und der Reiter hinter ihm ist Benjamin.«

»Wird es zum Kampf kommen?« fragte Irina.

»Das ist unvermeidlich«, antwortete Haro-wan. »Aber bitte bleib ruhig!«

Er nahm sie in den Arm und berührte ihre Stirn mit der seinen.

»Kannst du ihn besiegen?« Irinas Stimme klang besorgt.

Haro-wan zuckte mit den Schultern:

»Wir hielten uns immer für gleich stark und haben in all den Jahren nie richtig miteinander gekämpft. Das kurze Duell in *Holyfort* zählt nicht. Hier wird eine Entscheidung fallen – und der Verlierer wird diesen Ort nicht lebend verlassen.«

Irina umarmte ihn so fest sie konnte und presste ihre Lippen auf seinen Mund.

»Du musst gewinnen!« flehte sie. »Für *Sedu-Pio* – und für mich!«

»Welch herzzerreißende Szene!« hörten sie eine spöttische Stimme rufen. Der Schwarze Ritter stieg von seinem Rappen und schritt auf Haro-wan zu.

»Erinnert sie dich an Julia?« keifte er. »Die hast du ja einmal geliebt, aber dann hast du sie an mich verloren. Auch dieses blonde Schätzchen wird dir kein Glück bringen. Nur verlierst du diesmal nicht nur das Mädchen, sondern auch dein Leben.«

»Wenn es sein muss, muss es sein«, erwiderte Haro-wan gefasst. »Aber verschone uns mit deinem ekelerregenden Geschwätz! Lass es uns austragen!«

Er zündete sein goldenes Laserschwert.

»Du hast die bessere Waffe« zischte der Schwarze Ritter. »Ich trage den magischen Schutzring. Die Chancen stehen also gleich. Der Stärkere möge gewinnen! Denk daran: In *Holyfort* war ich der Sieger – auch wenn du das anders siehst!«

Während er die letzten Worte sprach, aktivierte er sein schwarzes Schwert.

Minutenlang standen sich die beiden ehemaligen Freunde bewegungslos gegenüber. Jeder wartete auf den Angriff des anderen.

Das goldene Laserschwert gegen den goldenen Ring! ging es Haro-wan durch den Kopf.

Sarabánc hatte die beiden Gegenstände ursprünglich für sich selbst geschaffen. Es war nicht vorgesehen, dass sie von zwei verschiedenen Personen getragen wurden. Und als Sarabánc nach dem Sieg über Gorgon das Schwert Haro-wan und den Ring Robo-mil übergab, gingen alle davon aus, dass die beiden Hüter nie gegeneinander kämpfen würden.

Vor einem halben Jahr beim Duell in *Holyfort* habe ich ihn durch die Kraft meines Schwertes vom Pferd geworfen, überlegte Haro-wan, und das, obwohl ich damals noch durch meine schweren Verletzungen geschwächt war. Vielleicht gelingt es mir auch heute, ihn niederzuschlagen. Aber verwunden oder gar töten kann ich ihn nicht, solange er den Ring trägt.

»Worauf wartest du, Haro-wan?« schreckte ihn die Stimme des Schwarzen Ritters aus seinen Gedanken. »Hast du Angst vor dem Kampf mit mir?«

Haro-wan konzentrierte sich darauf, die ihm verliehene ***Kraft des Lichts*** im richtigen Augenblick zur vollen Entfaltung zu bringen.

»Sarabánc hat uns gelehrt, unsere Waffen nur zur Verteidigung zu verwenden, niemals zum Angriff«, entgegnete er ruhig.

»Immer noch der alte Idealist!« höhnte der Schwarze Ritter. »Aber hier geht es nicht um ritterliche Ideale, hier geht es ums Leben – und nicht nur um deines, Haro-wan. Wenn ich dich getötet habe, wird Benjamin mein Knappe – oder er wird ebenfalls sterben. Dann werde ich mir zuerst dieses süße blonde Püppchen nehmen und danach ganz *Sedu-Pio*. Das kannst du doch nicht zulassen. Also los, greif mich an!«

Haro-wan zeigte keinerlei Reaktion auf die provozierenden Worte. Angespannt beobachtete er seinen Gegner und versuchte, bereits die kleinste Bewegung wahrzunehmen, die einen Hinweis auf eine bevorstehende Attacke geben könnte.

Benjamin war von seinem Hengst abgestiegen und hatte sich zu Irina gesellt, die kreidebleich neben Pistos vor einem der mannshohen Felsblöcke stand und leise betete:

»Lieber Gott, bitte lass Haro-wan nichts passieren! Er ist ein guter Mensch – und der einzige Freund, den ich habe. Er muss gewinnen!«

Benjamin legte seinen Arm um ihre Schulter und meinte:

»Setzen wir uns besser hin! Ich denke, das wird eine längere Auseinandersetzung zwischen den beiden.«

»Kannst du Haro-wan nicht helfen?« erkundigte sich Irina, während sie auf dem harten Boden Platz nahm und sich fröstelnd gegen den Felsen lehnte.

»Ich kann überhaupt nichts tun«, antwortete Benjamin. »Ich habe ja nicht einmal eine Waffe.«

»Du könntest den Schwarzen Ritter ablenken, von hinten anspringen oder umreißen, damit Haro-wan ihn töten kann.«

»Haro-wan ist mein Freund. Ich würde alles tun, um sein Leben zu retten. Aber der Schwarze Ritter ist mein Vater. Kein Mensch kann von mir verlangen, dass ich mithelfe, ihn zu töten. Abgesehen davon: Da er den magischen Ring am Finger trägt, kann er sowieso nicht getötet werden.«

»Wie wird dann dieser Kampf ausgehen?« fragte Irina.

Benjamin schüttelte ratlos den Kopf:

»Ich weiß es nicht. Ich hoffe, dass keiner gewinnt. Vielleicht trennen sie sich, ohne dass einer den anderen vollständig besiegt, und jeder geht danach wieder seiner Wege. Ach, ich weiß überhaupt nicht, was ich wünschen soll. Ich wäre besser meinem Vater nicht hierher gefolgt!«

In diesem Augenblick drang ein durch Mark und Bein gehender Schrei an ihre Ohren. Irina zuckte zusammen, und Benjamin nahm sie schützend in den Arm.

Es war der Schwarze Ritter gewesen, der mit dem schrillen Kampfschrei seinen Angriff gestartet hatte. Haro-wan wehrte den Schlag, der jeden anderen Menschen niedergestreckt hätte, mit seinem goldenen Schwert ab. Ein beängstigendes Zischen war zu hören, als die Strahlen aufeinanderprallten. Der Schwarze Ritter täuschte einen weiteren Hieb von oben an, stieß dann aber von unten zu. Haro-wan parierte erneut und führte nun seinerseits einen Schlag aus, der den Brustpanzer seines Gegners traf, aber keinerlei Wirkung zeigte. Sofort wich Haro-wan zurück, so dass der folgende Stoß des Schwarzen Ritters ins Leere ging.

Irina atmete auf: Bisher war alles gut gegangen. Sie blickte zur Seite und bemerkte, dass Benjamins Augen wie gebannt auf die beiden Kämpfer gerichtet waren, die sich im Zeitlupentempo umkreisten. Wieder vergingen mehrere Minuten.

Dann startete der Schwarze Ritter eine weitere Attacke: Mit erhobenem Schwert stürmte er auf Haro-wan ein. Der aber warf sich zur Seite und entging so dem Schlag. Er hörte, wie die Waffe seines Gegners durch die Luft pfiff. Der Schwarze Ritter fuhr herum und holte erneut aus. Offenbar hatte er damit gerechnet, dass Haro-wan wieder zur Seite springen würde, denn der Angriff war nur angetäuscht und sollte einen zweiten, entscheidenden Schlag vorbereiten. Haro-wan fing den schwachen Hieb ab und ging sofort zum Gegenangriff über. Er landete einen Treffer am Helm seines Kontrahenten, der aber ebenfalls ohne erkennbare Wirkung blieb.

Selbst wenn ich seine Rüstung durchschlage, bringt mich das nicht weiter! schoss es Haro-wan durch den Kopf. Ich muss eine Möglichkeit finden, ihm den Ring zu entreißen.

Während er darüber nachdachte, sprang der Schwarze Ritter von neuem auf ihn zu. Haro-wan tänzelte zur Seite, doch sein Gegner stieß sofort nach. Wieder prallten die Schwerter mit voller Wucht aufeinander. Der Schlag war so heftig, dass Haro-wan ins Taumeln geriet. Er setzte einen Fuß zurück und trat dabei in eine kleine Mulde des felsigen Bodens. Dadurch verlor er das Gleichgewicht und kippte nach hinten um.

»Nein!« rief Irina entsetzt aus.

In ihrer Verzweiflung riss sie die Hände vors Gesicht, als der Schwarze Ritter zum tödlichen Schlag ausholte.

Doch bevor er getroffen wurde, rollte sich Haro-wan blitzschnell nach rechts. So streifte der Laserstrahl lediglich seine linke Schulter, fügte ihm aber eine leichte Verletzung zu. Trotzdem war er Sekunden später wieder auf den Beinen.

Der zerklüftete Untergrund könnte mir zugute kommen, überlegte der Hüter. Er wich vor der neuerlichen Attacke des Schwarzen Ritters zurück bis zu einer weiteren, kaum wahrzunehmenden Unebenheit des Bodens. Dort blieb er abrupt stehen und führte einen Hieb in Richtung seines Kontrahenten aus, den dieser erwartungsgemäß parierte. Nun drehte sich Haro-wan etwas zur Seite und bot seinem Gegner eine minimale Blöße. Der Schwarze Ritter riss sein Schwert hoch und machte einen Satz auf ihn zu. Dabei trat er in die Mulde und stolperte. Im gleichen Augenblick drosch Haro-wan mit all seiner Kraft von unten gegen die Waffe seines Gegners. Das schwarze Laserschwert flog in hohem Bogen durch die Luft und landete krachend auf dem felsigen Boden.

Irina sprang aufgeregt hoch und rief:

»Bravo, Haro-wan! Mach ihn fertig!«

»Wart ab!« raunte Benjamin ihr zu und zog sie auf ihren Sitzplatz zurück. »Noch ist der Kampf nicht zu Ende.«

Der Schwarze Ritter machte einen Hechtsprung, um an seine Waffe heranzukommen. Doch Haro-wan war schneller: Er warf sich auf ihn und hielt ihm sein goldenes Schwert an den Hals.

»Du kannst mich nicht töten!« zischte der Schwarze Ritter. »Die Kraft des Rings schützt mich.«

Er versetzte Haro-wan einen Tritt gegen den Bauch und befreite sich aus seiner Umklammerung.

Irina schrie auf. Zu ihrer Überraschung deaktivierte Haro-wan sein Laserschwert und stürzte sich erneut auf den Schwarzen Ritter. Die beiden kämpften nun ohne Waffen – allein mit der Kraft ihrer Körper. Während der Schwarze Ritter seinen Gegner mit den Füßen traktierte und dabei vorallem dessen verletzte Schulter als Ziel wählte, versuchte Haro-wan, seinem Kontrahenten den Arm auf den Rücken zu biegen.

»Er will ihm den Ring abnehmen«, sagte Benjamin. »Das ist seine einzige Chance, den Kampf zu gewinnen.«

Irina hob die Hände und drückte ihrem Beschützer ganz fest beide Daumen.

Der Schwarze Ritter bemerkte, was Haro-wan vorhatte, und wehrte sich mit aller Macht. Während er sich bemühte, dem Griff seines Gegners zu entkommen, öffnete sich das Visier seines Helmes. Er drehte sich ruckartig zur Seite und stieß so mit dem Kopf gegen Haro-wans linke Schulter. Die Wunde blutete jetzt stärker, und das mit Schweiß vermischte Blut spritzte dem Schwarzen Ritter ins Gesicht. Für einige Sekunden spürte er ein Brennen in den Augen. Diesen Moment nutzte Haro-wan und riss ihm den Ring vom Finger.

»Ja!« zuckte es über Irinas Lippen.

Doch sie kam nicht dazu, ihre Freude auszukosten. Denn bevor sich Haro-wan den Ring anstecken konnte, hatte ihn der Schwarze Ritter aus seiner Hand geschlagen. Das goldene Kleinod kullerte über die Felsen und blieb in einer Mulde liegen.

Im nächsten Augenblick spürte Haro-wan, wie sich der durch den Helm geschützte Kopf seines Gegners in seine Magengrube bohrte. Während der Hüter nach Luft rang, ergriff der Schwarze Ritter eilends sein am Boden liegendes Schwert.

»Pass auf!« rief Irina, doch die Warnung war überflüssig.

Haro-wan hatte sein Laserschwert bereits aktiviert und wehrte den Hieb gekonnt ab. Er wusste, dass seine Waffe der seines Kontrahenten überlegen war. So unterdrückte er den Schmerz in seiner linken Schulter und legte alle Kraft in seinen rechten Arm. Den ersten Schlag konnte der Schwarze Ritter noch parieren, der zweite brachte ihn ins Wanken, der dritte holte ihn von den Beinen.

»Geschafft!« jubelte Irina.

Haro-wan stand schwer atmend vor seinem geschlagenen Gegner und richtete den goldenen Lichtstrahl seines Schwertes auf dessen Kehle. Er wusste, dass er seinen ehemaligen Freund und Mitstreiter jederzeit töten konnte. Aber er fragte sich, ob er das Recht dazu habe.

»Wir verwenden unsere Waffen nur zur Verteidigung«, erklärte er noch einmal. »Ich habe dich besiegt, also bist du mein

Gefangener. Ich werde dich nach *Holyfort* bringen. Vielleicht kann Sarabánc aus dir wieder den Robo-mil machen, der einst unser Bruder war.«

»Robo-mil existiert schon lange nicht mehr«, fauchte der Schwarze Ritter. »Genau genommen hat er nie existiert.«

»Er hat existiert«, entgegnete Haro-wan. »Erinnere dich: Hier oben auf dem höchsten Gipfel des Felsengebirges haben wir beide vor über zwanzig Jahren gebetet und gefastet, bevor Sarabánc uns zu Rittern schlug und wir die Namen Robo-mil und Haro-wan annahmen.«

»Robo-mil existiert nicht mehr«, wiederholte der Schwarze Ritter mit einem boshaften Grinsen. »Und Haro-wan wird heute aufhören zu existieren – durch meine Hand. Ich lasse mich nicht mehr auf solche Spielchen ein wie damals in *Holyfort.* Diesmal kämpfen wir bis zum Tod!«

Er schnellte hoch und reckte seine Waffe Haro-wan entgegen.

»Sei kein Narr!« mahnte ihn der Hüter. »Du weißt, dass ich dich ohne weiteres in Stücke hauen kann.«

»Dann tu's doch, wenn du den Mumm dazu hast!« brüllte ihn der Schwarze Ritter an. »Du bist viel zu weichherzig. Ich dagegen hätte keine Skrupel, dir den Kopf abzuschlagen.«

»Ich werde dich nicht töten«, erwiderte Haro-wan verärgert. »Aber wenn du dich nicht freiwillig ergibst, muss ich dich kampfunfähig machen.«

Er sah, wie der Schwarze Ritter sein Schwert hochriss, und zielte auf den Unterarm seines ehemaligen Freundes. Der goldene Laserstrahl hätte ihm mit absoluter Sicherheit die Hand vom Körper getrennt; doch im letzten Moment machte der Schwarze Ritter einen Satz zurück, blickte zu der riesigen über dem Berggipfel stehenden Wolke und stieß einen infernalischen Schrei aus:

»Gorgon!«

Unwillkürlich hob Haro-wan den Kopf. Aus der schwarzen Wolkenmauer schoss ein grelles Licht auf ihn zu. Es konnte unmöglich von der tief stehenden Sonne kommen, die allmählich als großer goldener Ball hinter dem Horizont versank. Innerhalb von Bruchteilen einer Sekunde drang der Blitz in

Haro-wans Augen ein. Der Hüter ließ sein Laserschwert fallen und griff sich an den Kopf.

»Meine Augen!« schrie er entgeistert. »Was ist das? Ich – kann nichts mehr sehen!«

»Was ist mit ihm geschehen?« fragte Irina erschrocken.

Benjamin gab keine Antwort. Wie in Trance starrte er auf die beiden Männer. Der Schwarze Ritter versetzte Haro-wan einen Schlag vor die Brust, der ihn niederstreckte.

»Ich danke dir, Gorgon!« rief er laut in Richtung der Wolke.

Er ging zu der Stelle, an der der magische Ring lag, und steckte ihn wieder an seinen Finger. Sein spöttischer Blick streifte Haro-wan, der sich am Boden liegend den Helm vom Kopf gerissen hatte, verzweifelt die Augen rieb und dabei stöhnte:

»Ich – sehe – nichts mehr! Alles ist so dunkel! Oh Gott, ich bin blind!«

Der Schwarze Ritter stieß ihm die Spitze seines Stiefels in den Bauch, packte das goldene Laserschwert und brach in ein triumphales Gelächter aus:

»Ich habe Sarabáncs Ring und sein Schwert! Nun kann mich niemand mehr aufhalten!« Er wandte sich wieder Haro-wan zu, der sich vor Schmerz am Boden krümmte: »So mein Freund, jetzt werde ich dich töten – und zwar mit dem Schwert, das Sarabánc *dir* einst geschenkt hat.«

»Nein!« schrie Irina bleich vor Angst. »Benjamin, du musst das verhindern! Tu irgendetwas! Ich flehe dich an: Er darf Haro-wan nicht töten!«

Der Schwarze Ritter holte mit dem goldenen Schwert aus.

Benjamin sprang auf und stürzte ihm entgegen:

»Halt, Vater! Töte ihn nicht! Wenn du ihn tötest, werde ich dich für alle Zeit hassen und mit meiner ganzen Kraft gegen dich kämpfen. Wenn du ihm aber sein Leben lässt, werde ich deinem Wunsch nachkommen und dein Knappe werden. Er ist blind und kann dir nicht mehr gefährlich werden. Schenk ihm das Leben – und ich werde dir für immer dienen!«

Der Schwarze Ritter schien nachzudenken. Er sah Benjamin scharf in die Augen und erwiderte:

»Dann schwöre mir jetzt sofort die ewige Treue – bei allem, was dir heilig ist! Wenn du dazu bereit bist, werde ich ihn verschonen.«

»Tu es nicht, Benjamin!« stöhnte Haro-wan. »Du musst Sarabánc und den anderen Hütern im Kampf gegen Gorgon und den Schwarzen Ritter beistehen!«

»Entscheide dich rasch!« drängte der Schwarze Ritter und versetzte Haro-wan einen weiteren Fußtritt. »Deine Gefolgschaft bis zum Tod als Preis für das Leben deines einstigen Lehrmeisters!«

Der junge Mann hob zögernd die rechte Hand und sprach mit feierlicher Stimme:

»Ich, Benjamin Gaskin, schwöre bei allem, was mir heilig ist, dass ich von heute an bis zu meinem Tod meinem Vater, der mich vor zwanzig Jahren zeugte, die Treue halten, seine Anweisungen befolgen und ihn bei all seinen Vorhaben unterstützen werde.«

Er blickte in das zufriedene Gesicht des Schwarzen Ritters.

»Nun gut, mein Sohn«, sagte dieser. »Du bist jetzt mein Knappe. Ich werde Haro-wan sein nutzloses Leben lassen. Aber zuvor fordere ich einen Beweis für deinen unbedingten Gehorsam.« Er deutete auf Irina, die wie ein Häufchen Elend auf dem Felsboden kauerte: »Gefällt dir das Mädchen?«

»Sie ist ganz nett«, antwortete Benjamin.

»Dann nimm sie dir!«

»Wie meinst du das?«

»Nimm sie dir – hier und jetzt! Das fordere ich als Beweis dafür, dass du mir ab sofort bedingungslos gehorchst.«

»Ich glaube, ich verstehe dich nicht richtig. Was soll ich?«

»Nun stell dich nicht so an!« bellte der Schwarze Ritter. »Ich war nur ein Jahr älter als du, als ich dich zeugte. Also los: Vernasch das Zuckerpüppchen!«

Irinas Körper wurde starr vor Schreck. Ihre weit aufgerissenen Augen blickten hilflos zu Haro-wan, der zusammengekrümmt zu Füßen des Schwarzen Ritter lag.

»Wenn ich ihn schon nicht töte«, sagte dieser zu Benjamin, »möchte ich ihn wenigstens demütigen. Und ich kann mir keine größere Demütigung für ihn vorstellen, als wenn du – mein Sohn und Haro-wans ehemaliger Schüler – diese süße unschuldige Puppe schändest, die ihm so ans Herz gewachsen ist.«

»Nein, das – das nicht!« stotterte Benjamin.

»Es ist ein Befehl! Und der Preis dafür, dass ich Haro-wan am Leben lasse. Also tu es!«

»Aber doch nicht hier – so in der Öffentlichkeit! Ich kann es nicht, wenn jemand zusieht.«

»Haro-wan ist blind, und vor mir, deinem Vater, wirst du doch keine Hemmungen haben!«

»Ich werde es tun, aber dort hinten, hinter dem Felsen. Bist du damit einverstanden?«

»Meinetwegen!« knurrte der Schwarze Ritter. »Ich werde mich dann eben an ihren Schreien ergötzen. Aber nimm dir das Flittchen ordentlich her!«

Benjamin packte Irina am Arm und schleppte sie hinter einen der mannshohen Felsblöcke.

»Schrei!« flüsterte er dem Mädchen zu.

»Ich – verstehe nicht«, stammelte Irina.

»Ist doch einfach zu verstehen: Du sollst schreien!«

Er zwickte sie in den Arm. Irina stieß einen schrillen Schmerzlaut aus.

»Ich werde dir nichts antun«, raunte er, »aber wir müssen so tun als ob. Also schrei und stöhne, als ob es Wirklichkeit wäre!«

»Ich – ich kann das nicht. Ich habe noch nie ...«

»Du wirst doch in der Lage sein, so zu tun, als würdest du vergewaltigt! Fang an, sonst schöpft mein Vater Verdacht und kommt her!«

Irina starrte ihn fassungslos an.

»Tut mir leid, aber es muss sein!« meinte Benjamin und versetzte ihr zwei schallende Ohrfeigen.

Irina schrie laut auf, und Tränen rannen aus ihren Augen.

»Du musst schreien und stöhnen!« flüsterte Benjamin. »Und hab keine Angst!«

Dann rief er so laut, dass sein Vater es hören musste:

»So, du Miststück, jetzt ist es um deine Unschuld geschehen – und wenn du dich noch so wehrst!«

Der Schwarze Ritter nickte genüsslich, als der Schrei des Mädchens über den Berggipfel gellte:

»Verdammtes Schwein! Au! Aua! Ahhhh ...!«

Die Felsspitzen warfen im matten Licht der untergehenden Sonne gespenstische Schatten. Irinas Schreie wurde schriller und hektischer. Von Benjamin war ein wildes Grunzen zu vernehmen.

Der Schwarze Ritter lachte schallend und wandte sich an den immer noch am Boden liegenden Haro-wan:

»Hörst du, wie er es mit ihr treibt? Von deinem einstigen Schüler ist nichts mehr übrig – von wegen Reinheit und so. Er gehört jetzt für immer mir!«

»Nein!« schrie Haro-wan verzweifelt. »Nein! Oh Gott, warum lässt du das zu?«

»Vielleicht wäre es doch besser, ich würde dich töten, damit du das nicht miterleben musst«, höhnte der Schwarze Ritter. »Aber ich habe es meinem Sohn versprochen – und er ist für mich der wichtigste Mensch auf der Welt. Ich hoffe, er hat seinen Spaß mit der süßen Blondine.«

Er spitzte die Ohren, um genau mitzubekommen, was auf der anderen Seite des Gesteinsblocks geschah.

Benjamin und Irina saßen nebeneinander hinter dem Felsen. Der junge Mann atmete mehrmals laut und tief aus, während das Mädchen versuchte, ein möglichst gequält klingendes Wimmern hervorzubringen.

Benjamin fügte sich mit den Fingernägeln ein paar Kratzer im Gesicht zu, dann sagte er:

»Ich gehe jetzt zurück zu meinem Vater. Wenn ich weg bin, knöpf dir das Hemd auf, öffne deine Hose und lass sie ein Stück herunter! Dann kriechst du langsam hinter dem Felsen hervor und ziehst die Hose wieder hoch, so dass mein Vater es sieht! Und denk an das, was ich dir heute Mittag gesagt habe: Haro-wan braucht dich – jetzt mehr denn je!«

Er drückte dem Mädchen einen brüderlichen Kuss auf die Wange und stand auf.

»Na, wie war es?« fragte der Schwarze Ritter, als Benjamin auf ihn zukam.

»Wenn ich ehrlich sein soll: Es war widerlich! Anfangs hat sie sich gewehrt, hat gekratzt und gebissen. Ich musste ihr erst ein paar Schläge versetzen, bis sie endlich ihren Widerstand aufgab. Als ich sie dann auszog, merkte ich, dass an ihr nichts dran ist. Trotzdem habe ich es getan, weil du es befohlen hast. Ich hoffe, du bist jetzt zufrieden.«

Der Schwarze Ritter beobachtete mit Genugtuung, wie Irina mit verheultem Gesicht auf allen Vieren hinter dem Felsen hervorkroch und zitternd ihre Hose zumachte.

»Vergiss sie!« zischte er. »Wenn wir den Planeten beherrschen, kannst du jede Frau haben, auf die du scharf bist.« Er beugte sich zu Haro-wan hinunter. »Du hast es gehört: Mein Sohn legt keinen Wert auf diese miese Schlampe. Also lasse ich sie dir hier, falls du jetzt noch Interesse an ihr hast.«

Wütend bäumte sich Haro-wan auf und schlug mit der Faust nach dem Schwarzen Ritter. Doch da er nichts sehen konnte, verfehlte er sein Ziel. Der Schwarze Ritter verpasste ihm einen Tritt ins Gesäß. Haro-wan prallte mit dem Kopf voraus auf den harten Felsboden und verlor das Bewusstsein.

Der Schwarze Ritter nahm ihm den Brustpanzer und die Stiefel ab, ergriff seinen Helm und überreichte die Sachen Benjamin:

»Das schenke ich dir, mein Sohn. Du bist jetzt mein Knappe, und wenn ich deine Ausbildung zu Ende geführt habe, werde ich dich zum Ritter schlagen. Dann bekommst du auch mein schwarzes Laserschwert; das goldene Schwert Sarabáncs behalte ich für mich.«

Er ging zu Irina, die immer noch dabei war, ihr Hemd zuzuknöpfen, packte sie an den Haaren und zerrte sie zu Haro-wan.

»Schau ihn dir an, deinen Helden!« spottete er. »Eine jämmerliche Gestalt! Er kann dir nicht mehr beistehen.«

Irina schossen die Tränen aus den Augen.

Der Schwarze Ritter drückte sie nach unten, bis ihr Kopf Haro-wans Körper berührte und ihre Tränen auf sein Gewand tropften.

»Ja, beweine ihn, du Heulsuse!« keifte der Schwarze Ritter. »Ihr beide habt einander wirklich verdient! Und falls euch hier oben überhaupt jemand entdeckt, werdet ihr längst verhungert, verdurstet oder erfroren sein.«

Er schritt auf sein Pferd zu und winkte Benjamin mit dem Finger:

»Komm, mein Sohn, reiten wir nach *Miners Landing*, da bekommen wir alles, was wir für den Kampf um *Sedu-Pio* benötigen! Ich kenne dort ein paar Leute, die sich sehr darüber freuen werden, dass Haro-wan erledigt ist und ihnen nicht mehr in die Quere kommen kann.«

Er schwang sich auf seinen Rappen. Benjamin bestieg ebenfalls sein Pferd. Der Neunzehnjährige warf einen letzten Blick auf die beiden Menschen, die regungslos auf dem nackten Felsboden lagen.

Ich hoffe, ihr kommt durch! dachte er bei sich.

Dann folgte er dem Schwarzen Ritter den Weg vom Berggipfel hinab nach Norden.

4. Bambus

Die Sonne war hinter den Bergen versunken. Es war stockdunkel geworden und kein Stern zeigte sich am Himmel. Ein eisiger Wind fegte über das Gipfelplateau.

Irina lag weinend auf Haro-wan. Ihre langen blonden Haare fielen in sein Gesicht und spendeten ihm etwas Wärme; heiße Tränen rannen aus ihren Augen über seine Wangen.

Haro-wan umarmte das Mädchen und drückte es an sich. Er spürte, wie Irinas Körper vor Kälte zitterte; sie trug ja nur ein kurzärmliges Hemd auf der Brust. Aber war es wirklich nur die Kälte, die sie frösteln ließ?

»Du tust mir unendlich leid«, sagte der Hüter mitfühlend. »Ach, hättest du doch die Erde nie verlassen! Mit all den Fähigkeiten, die Gott dir verliehen hat, hättest du in deiner Heimat ein so glückliches und erfolgreiches Leben führen können. Auf *Sedu-Pio* ist dir nur Leid widerfahren. Und wenn du mir nicht begegnet wärst, wäre dir zumindest das schreckliche Erlebnis hier oben erspart geblieben.«

»Benjamin hat mich nicht vergewaltigt«, beruhigte ihn Irina. »Wir haben das nur vorgetäuscht, um seinen Vater zufriedenzustellen; er hätte dich sonst womöglich getötet. Benjamin ist ein guter Kerl. Ich bin sicher, er ist immer noch mehr *dein* Schüler als der des Schwarzen Ritters. Um mich brauchst du dir keine Sorgen zu machen, ich habe die Sache unbeschadet überstanden. Aber wie geht es *dir*? Was ist mit deinen Augen? Und deine Schulter blutet auch noch.«

»Ich fürchte, meine Augen sind zerstört«, seufzte Haro-wan. »Ich werde wohl nie mehr etwas sehen können.«

»Dann werde ich wenigstens deine Schulter verarzten. Ich hole schnell das Verbandsmaterial. Gleich bin ich wieder bei dir.«

»Die Nacht wird furchtbar kalt werden. Nimm dir meine Kutte aus der Packtasche und zieh sie dir über, sonst erfrierst du mir noch!«

»Mach' ich. Doch zuerst kümmere ich mich um deine Schulter.«

Irina desinfizierte und verband die Wunde, so wie Haro-wan es vor kurzem bei ihr getan hatte. Nachdem sie damit fertig war, legte sie das Verbandsmaterial in die Tasche zurück, nahm die braune Kutte heraus und schlüpfte hinein. Sie spürte, wie das wallende Gewand ihren Körper wärmte. Dann hob sie den blauen Umhang vom Boden auf, um ihn Haro-wan als Schutz gegen die Kälte zu bringen. Als sie sich dem Hüter näherte, hörte sie, wie er leise betete:

»In mir ist es finster, aber bei dir ist das Licht. Ich bin einsam, aber du verlässt mich nicht. Ich bin kleinmütig, aber bei dir ist die Hilfe. Ich bin unruhig, aber bei dir ist der Friede. In mir ist Bitterkeit, aber bei dir ist die Geduld. Ich verstehe deine Wege nicht, aber du weißt den Weg für mich.«

Irina wusste, dass Haro-wan zu Gott gesprochen hatte. Doch sie erinnerte sich an eine alte Weisheit, die sie einst in einem Buch gelesen hatte: ***Gott hat keine Hände, nur unsere Hände, um seine Arbeit zu tun.*** Da wurde ihr bewusst, dass sie die Worte aus Haro-wans Gebet auch auf sich beziehen konnte.

Ich kann Licht in seine Finsternis bringen, ging es ihr durch den Kopf. Ich kann ihm Mut und Hilfe geben – und Frieden, was die Bedeutung des Namens Irina ist.

»Ich werde einen Weg für uns finden«, erklärte sie tapfer. »Gott kann nicht wollen, das alles hier endet.«

»Komme, was mag; Gott ist mächtig«, sagte Haro-wan. »Wenn unsere Tage verdunkelt sind und unsere Nächte finsterer als tausend Mitternächte, sollten wir stets daran denken, dass es in der Welt eine große segnende Kraft gibt, die wir Gott nennen. Gott kann Wege aus der Ausweglosigkeit weisen. Er wird die dunklen Wolkenschwaden in ein helles Morgen verwandeln – und zuletzt in den leuchtenden Morgen der Ewigkeit.«

»Sprich jetzt nicht von der Ewigkeit«, meinte Irina, »sondern nur von morgen!« Sie legte sich neben ihn und schmiegte ihren Körper eng an den seinen. »Wenn wir uns gegenseitig wärmen, werden wir die Nacht überstehen. Morgen werden uns eure Piloten hoffentlich entdecken. Und wenn nicht, schlagen wir uns zur Not auch alleine durch – egal was noch alles auf uns zukommt.«

»Du bist lieb, Irina«, erwiderte Haro-wan und gab ihr einen Kuss auf die Stirn.

Irina schlang ihre Arme um ihn und liebkoste erst seine Wangen, dann seine erloschenen Augen und schließlich seinen Mund.

»Erzähl mir eine Geschichte!« bat sie. »Eine, die uns Hoffnung gibt.«

Haro-wan überlegte eine Weile. Dann sagte er:

»Mir fällt da eine Geschichte ein, die Sarabánc uns vor vielen Jahren erzählt hat. Sie hat mich damals sehr stark berührt und ist mir seither immer im Gedächtnis geblieben. Gerade heute gewinnt sie für mich eine besondere Bedeutung. Es ist

Die Geschichte vom Bambus

Es war einmal ein wunderschöner Garten, der lag mitten in einem großen Königreich. Dort pflegte der Herr des Gartens in der Hitze des Tages spazierenzugehen. Ein edler Bambusbaum war ihm der Schönste und Liebste von allen Pflanzen, Bäumen und Gewächsen im Garten. Jahr für Jahr wuchs dieser Bambus und wurde immer anmutiger. Er wusste es wohl, dass der Herr ihn liebte und seine Freude an ihm hatte.

Eines Tages näherte sich der Herr nachdenklich seinem geliebten Baum, und in einem großen Gefühl von Verehrung neigte der Bambus seinen mächtigen Kopf.

Der Herr sprach zu ihm: ›Lieber Bambus, ich brauche dich.‹

Es schien, als sei der Tag aller Tage gekommen, der Tag, für den der Baum geschaffen worden war. Der Bambus antwortete leise: ›Ich bin bereit. Gebrauche mich, wie du willst!‹

›Bambus‹, die Stimme des Herrn war ernst, ›um dich gebrauchen zu können, muss ich dich beschneiden.‹

›Mich beschneiden? Mich, den du, Herr, zum Schönsten in deinem Garten gemacht hast? Nein, bitte das nicht! Verwende mich doch zu deiner Freude, Herr, aber bitte, beschneide mich nicht!‹

›Wenn ich dich nicht beschneide, kann ich dich nicht gebrauchen.‹

Im Garten wurde es ganz still. Der Wind hielt den Atem an. Langsam beugte der Bambus seinen herrlichen Kopf. Dann flüsterte er: ›Herr, wenn du mich nicht gebrauchen kannst, ohne mich zu beschneiden, dann – tu mit mir, wie du willst, und beschneide mich!‹

›Ich muss dir aber auch deine Äste abschneiden.‹

›Ach, Herr, davor bewahre mich! Zerstöre meine Schönheit, aber lass mir doch bitte Blätter und Äste!‹

›Wenn ich sie dir nicht abhaue, kann ich dich nicht gebrauchen.‹

Die Sonne versteckte ihr Gesicht. Ein Schmetterling flog ängstlich davon. Und der Bambus – zitternd vor Erwartung dessen, was auf ihn zukam – sagte leise: ›Herr, schlage sie ab!‹

›Mein Bambus, ich muss dir noch mehr antun, ich muss dich mitten durchschneiden und dein Herz herausnehmen. Wenn ich das nicht tue, kann ich dich nicht gebrauchen.‹

Da neigte sich der Bambus bis zum Boden: ›Herr, schneide und teile!‹

So beschnitt der Herr des Gartens den Bambus, hieb seine Äste ab, streifte seine Blätter ab, teilte ihn in zwei Teile und schnitt sein Herz heraus. Dann trug er ihn dahin, wo aus einer Quelle frisches, sprudelndes Wasser sprang, mitten in die trockenen Felder. Dort legte der Herr den Bambus vorsichtig auf den Boden. Das eine Ende des abgeschlagenen Stammes verband er mit der Quelle, das andere Ende führte er zu der Wasserrinne im Feld. Das klare, glitzernde Wasser schoss durch den zerschlagenen Körper des Bambus in den Kanal und floss auf die dürren Felder, die so darauf gewartet hatten. Dann wurde der Reis gepflanzt, und die Tage vergingen; die Saat ging auf, wuchs, und die Erntezeit kam. So wurde der einst so herrliche Bambus wirklich zum Segen.«

»Ich – möchte Bambus sein«, kam es leise über Irinas Lippen.

»Du hast die Geschichte nicht richtig verstanden«, entgegnete Haro-wan. »Sarabánc ist der Herr des Gartens, und ich bin der Bambus, den er auserkoren hat, sein Leben spendendes Wasser zu den Reispflänzchen zu bringen. Eines dieser Pflänzchen bist auch du, allerdings ein besonders wertvolles.«

»Nein, *du* hast nicht verstanden«, hauchte Irina. »Für mich bist du *mein* Herr, und ich bin *dein* Bambus. Ich werde immer für dich da sein und dir helfen, die Felder zu bewässern, denn die Bewohner dieses Planeten brauchen dein Wasser, damit das Gute in ihnen wachsen kann. Ich bin jetzt dein Auge und dein verlängerter Arm. Gemeinsam werden wir es schaffen.«

Sie küsste erneut sein Gesicht und fügte hinzu:

»Vielleicht hast du heute Benjamin für immer verloren. Aber dafür hast du nun mich. Ich gehöre ganz dir. Verwende mich, wie du es für richtig hältst! Und hab keine Angst davor, mir das Herz herauszunehmen – das hast du, ohne es zu merken, längst getan!«

Zum ersten Mal in seinem Leben wusste Haro-wan nicht, was er erwidern sollte. Er spürte Irinas zarte Küsse und strich ihr liebevoll über das lange blonde Haar. Einige Zeit lagen die beiden wortlos in enger Umarmung nebeneinander. Dann brach erneut Irina das Schweigen:

»Vor zwei Jahren haben wir in der Schule das Buch ***Der Kleine Prinz*** von Antoine de Saint-Exupéry gelesen und später als Theaterstück aufgeführt. Wegen meiner hellblonden Haare durfte ich den Kleinen Prinzen spielen. Kennst du das Buch?«

»Ich kenne es.«

»Dann erinnere dich an die Worte, die der Fuchs zu dem Kleinen Prinzen spricht: ***Man sieht nur mit dem Herzen gut. Das Wesentliche ist für die Augen unsichtbar.*** Auch wenn du jetzt blind bist, wirst du stets mehr sehen, als all die anderen, die zwei funktionsfähige Augen haben, und doch blind im Herzen sind.« Sie kämpfte mit ihren Tränen und fuhr fort: »Als ich den Kleinen Prinzen spielte, sagte der Fuchs zu mir: ***Die Menschen haben diese Wahrheit vergessen. Aber du darfst sie nicht vergessen. Du bist zeitlebens für das verantwortlich, was du dir vertraut gemacht hast***. Heute habe ich den Sinn dieser Worte begriffen: Ich bin von nun an für dich verantwortlich, Haro-wan.«

»Du meinst es gut, Irina«, erwiderte der Hüter. »Aber ich kann das nicht von dir verlangen. Du bist erst sechzehn und hast dein ganzes Leben noch vor dir.«

»Ich habe in meinem bisherigen Leben immer nur an mich gedacht, habe mich furchtbar wichtig genommen, war ungeheuer stolz auf meine schulischen und sportlichen Leistungen. Doch das alles bedeutet überhaupt nichts. In den beiden letzten Tagen habe ich erkannt, worauf es im Leben wirklich ankommt. Gott hat mir meine Fähigkeiten nicht gegeben, damit ich sie für mich verwende, sondern damit ich sie für andere einsetze – wie der Bambus in der Geschichte. Dies ist meine Bestimmung.« Sie zog vorsichtig Haro-wans Kopf auf ihre Schulter und sprach: »Nur wer sein Leben für andere hingibt, wird das wahre Leben gewinnen!«

*

»Wie sieht es aus?« fragte Haro-wan, als er und Irina gleichzeitig erwachten.

»Es ist heller Tag«, antwortete das Mädchen. »Die dunklen Wolken haben sich verzogen und die Sonne ist gerade am Aufgehen. Wie hast du geschlafen?«

»Es ging. Und du? Ich hoffe, du hast nicht zu sehr gefroren.«

»Deine Kutte hat mich vor der Kälte geschützt – und außerdem haben wir uns gegenseitig gewärmt.«

Irina stand auf.

»Bleib liegen!« sagte sie. »Ich bringe dir etwas zu essen und zu trinken.«

Sie holte die Wasserflasche und ein paar Wurzelknollen aus der Packtasche. Sie öffnete die Flasche und setzte sie an den Mund des Hüters.

»Trink! Es wird dir neue Kraft geben.« Dann reichte sie ihm eine der Knollen und fragte: »Schmecken die auch roh?«

»Nicht besonders, doch es ist besser als nichts. Hier oben werden wir jedenfalls nichts anderes zu essen finden. Lass uns aber vorher Gott danken, dass wir überhaupt noch am Leben sind!«

Sie reichten sich die Hände, und Haro-wan sprach:

»Großer Gott, wir danken dir, dass wir mit deiner Hilfe die Nacht heil überstanden haben. Behüte uns auch heute und alle Tage unseres Lebens! Amen.«

Er drückte Irina die Hand, dann führte er die Wurzelknolle zu seinem Mund und biss hinein. Auch Irina aß etwas davon und nahm einen Schluck aus der Wasserflasche.

»Wir haben fast nichts mehr zu trinken«, bemerkte sie. »Das Essen geht ebenfalls zu Ende. Wir können nicht hier bleiben. Wir sollten ein Stück nach unten gehen, wo wir Wasser und Nahrung finden. Wenn die Piloten über das Gebirge fliegen, entdecken sie uns bestimmt auch, wenn wir auf dem Weg ins Tal sind.«

»Ich weiß nicht, ob wir es bis hinunter schaffen«, äußerte Haro-wan. »Ich bin blind, und du kennst dich hier nicht aus. Wir werden ziellos umherirren oder sogar in eine Schlucht stürzen. Es hat doch alles keinen Sinn!«

»Jetzt erzähle *ich* zur Abwechslung *dir* eine Geschichte«, erwiderte Irina. »Hör zu: Zwei Frösche fielen in einen Eimer, der zur Hälfte mit Milch gefüllt war. Schon bald erkannten sie, dass sie auf normalem Weg nicht wieder herauskommen würden. Es fehlte ihnen die Absprungfläche. Sie ruderten und ruderten, bis schließlich einer der Frösche sich sagte, dass es ja doch keinen Sinn habe, sich abzumühen. Er hörte auf zu rudern und ertrank. Der andere ließ sich nicht entmutigen. Er ruderte weiter und ruderte so lange, bis die Milch zu Butter geworden war. Dann setzte er sich darauf und sprang ab in die Freiheit.«

Haro-wan nickte stumm.

»Ich kann nicht so gut erzählen wie du«, fuhr Irina fort. »Aber ich weiß, dass wir nicht aufgeben dürfen. Und hier oben zu warten, bis uns zufällig jemand findet, ist wirklich sinnlos. Am Ende müssen wir noch eine Nacht auf dem Gipfel verbringen und erfrieren bei der Kälte. Wir werden den Weg ins Tal finden. Setz dich auf Pistos, ich gehe voraus und führe dein Pferd! Ich sage dir, was ich sehe, und du sagst mir dann, wohin ich gehen soll!«

Sie nahm den Hüter bei der Hand und zog ihn hoch.

Haro-wan umarmte sie und meinte:

»Du hast mir meinen Lebensmut zurückgegeben. Also gut, versuchen wir es! Gehen wir nach Norden, das ist die Richtung, in die auch Benjamin und sein Vater geritten sind! In zwei bis drei Tagen müssten wir nach *Corral City* kommen. Mein Freund Ali Tarik hat dort eine Herberge. Bei ihm können wir wohnen, bis wir von unseren Leuten abgeholt werden. Ich konzentriere mich darauf, den Weg vor meinem geistigen Auge zu sehen und sage dir, wo es lang geht. Aber gib Acht, dass du nicht ausrutschst! Diesmal kann ich dir nicht helfen.«

Irina führte ihn zu seinem Schimmel, und Haro-wan stieg auf. Irina zog die Kutte aus, um mehr Bewegungsfreiheit zu haben, und verstaute sie – ebenso wie die fast leere Wasserflasche – in der Packtasche. Dann setzte sie sich ihren Lederhut auf den Kopf, ergriff den Zügel des Pferdes und marschierte tapfer los.

*

Drei Tage waren sie unterwegs durch das Felsengebirge. An jeder Weggabelung beschrieb Irina die Umgebung, und Haro-wan erklärte ihr, wohin sie gehen müsse. Wenn sie in der Nähe ein Bächlein rauschen hörten, ließ sie Pistos dort trinken und füllte die Wasserflasche auf. Von den Sträuchern, die immer zahlreicher wurden, je weiter sie nach unten kamen, pflückte sie Beeren, von denen sie sich ernährten. Am zweiten Tag entdeckte Irina auch einige Wurzelknollen. Nach anfänglichen Schwierigkeiten gelang es ihr sogar, ein Feuer zu machen, an dem sie die Knollen braten und sich am Abend wärmen konnten. Die rauen Nächte verbrachten sie jeweils in Höhlen, die Irina ausfindig gemacht hatte. Dort waren sie vor Wind und Wetter geschützt.

Nur von den Fluggleitern, die nach ihnen Ausschau halten sollten, war nichts zu sehen oder zu hören. Es schien, als habe man die Suche nach ihnen aufgegeben. Haro-wan machte sich die größten Sorgen: Konnte es sein, dass Gorgon *Holyfort* vernichtet hatte? War möglicherweise niemand mehr am Leben, der nach ihnen hätte suchen können? Er behielt seine Befürchtung für sich, um Irina nicht zu beunruhigen.

Sie ist so ein wunderbares Mädchen, dachte er. Es darf einfach nicht alles umsonst sein. Wir werden *Corral City* erreichen und von dort nach *Holyfort* kommen. Wir dürfen nicht zulassen, dass Gorgon und der Schwarze Ritter die Macht über *Sedu-Pio* erlangen.

Am Nachmittag des dritten Tages erblickte Irina in der Ferne eine Stadt.

»Das muss *Corral City* sein!« rief sie aus. »Wenn wir uns beeilen, sind wir heute Abend dort.«

»Du bist heute mit Ausnahme unserer kurzen Mittagspause den ganzen Tag auf den Beinen«, meinte Haro-wan. »Du solltest dir etwas Ruhe gönnen!«

»Nicht jetzt! Die Stadt ist nur noch wenige Kilometer entfernt. Und ich möchte die kommende Nacht endlich wieder in einem richtigen Bett verbringen.«

»Wenn du *Corral City* sehen kannst, müssen wir schon ziemlich weit unten sein. Es geht also nicht mehr so steil bergab. Ich denke, dass Pistos jetzt wieder uns beide tragen kann. Komm, steig auf!«

Er streckte ihr die Hand entgegen. Irina ergriff sie und setzte sich vorn aufs Pferd. Haro-wan hielt sich an ihrer Schulter fest. So ritten sie kurz vor Einbruch der Dunkelheit in *Corral City* ein. Haro-wan dirigierte Irina durch die Stadt zu Ali Tariks Herberge. Vor dem Haus ließen sie Pistos anhalten. Irina stieg ab und half Haro-wan herunter. Sie nahm ihn an der Hand, und beide betraten das Gebäude.

»Ich bin Haro-wan aus *Holyfort*«, sagte der Hüter. »Ich bin ein guter Freund von Ali Tarik. Kann ihn jemand herrufen?«

Ein etwa fünfunddreißigjähriger Mann, fast so groß wie Haro-wan, trat auf die beiden Ankömmlinge zu:

»Der alte Ali ist gestorben. Mein Name ist Mustafa Kerimoglu. Ich bin der neue Besitzer der Herberge. Bitte folgen Sie mir!«

Er führte Irina und Haro-wan in ein Zimmer im Erdgeschoss des Hauses.

»Sie haben so einen seltsamen Gesichtsausdruck«, äußerte Kerimoglu. »Haben Sie etwas mit den Augen?«

»Er ist blind«, antwortete Irina.

»So – blind«, wiederholte der neue Inhaber der Herberge mit einem ironischen Unterton. »Ist das wahr – oder ist das nur ein Trick, um mein Mitleid zu erwecken? Haben Sie denn Geld dabei, ihr Zimmer zu bezahlen?«

»Im Moment leider nicht«, gab Haro-wan zur Antwort. »Aber die Bruderschaft von *Holyfort* hat den Preis für Übernachtungen in der Herberge immer pünktlich an Ali Tarik überwiesen.«

»Ali Tarik ist tot«, erklärte Kerimoglu. »Ich kenne Sie nicht und weiß nicht, ob ich Ihnen trauen kann. Vielleicht geben Sie nur vor, blind zu sein, damit ich Sie für harmlos halte und Sie mich ausrauben können.«

»Das ist doch lächerlich!« empörte sich Irina. »Haro-wan ist blind – das merkt doch jeder, der ihn genau anschaut.«

»Ich möchte einen Test machen«, sagte der Herbergsbesitzer. »Laufen Sie immer geradeaus!«

Haro-wan setzte vorsichtig einen Fuß vor den anderen.

»Schneller!« befahl Kerimoglu.

Der Hüter befolgte die Anweisung und ging in normalem Schritttempo durch das Zimmer.

Der Schuft will Haro-wan gegen die Wand laufen lassen, dachte Irina.

Doch der Hüter kam gar nicht so weit, denn der Herbergsbesitzer stellte ihm ein Bein. Haro-wan stürzte darüber und schlug der Länge nach auf dem Boden auf.

»Du kannst wirklich nichts sehen«, keifte Kerimoglu. »Der Schwarze Ritter hat also die Wahrheit gesagt.«

Er versetzte dem zu seinen Füßen liegenden Hüter einen Tritt in den Magen und einen Schlag auf den Kopf.

»Lassen Sie ihn sofort in Ruhe!« schrie Irina und sprang auf Haro-wans Peiniger zu.

Kerimoglu wehrte ihren Angriff ab und stieß sie zurück, dass sie gegen die Wand prallte.

»Nun zu dir, du heiße Maus: Zieh dich aus!«

»Was?« stieß Irina wütend hervor.

Der Inhaber der Herberge zog seine Strahlenpistole und zielte auf den benommen daliegenden Haro-wan.

»Zieh dich aus, oder dein Freund ist ein toter Mann! Wenn du mich vollkommen zufriedenstellst, lasse ich ihm sein nutzloses Leben.«

Irina überlegte kurz. Dann knöpfte sie langsam ihr Hemd auf und ging ganz nahe an Kerimoglu heran.

»Du bist gar nicht so ohne«, wisperte sie ihm ins Ohr. »Ich liebe Männer, die wissen, was sie wollen. Aber ich mag es zärtlich – nicht mit Gewalt.« Sie spitzte ihre Lippen und hauchte: »Küss mich!«

Kerimoglu presste seinen Mund auf den ihren und versuchte gleichzeitig, mit den Händen ihre Brüste zu berühren. Doch bevor er sein Ziel erreichte, ließ er mit einem schrillen Schrei von ihr ab und krümmte sich vor Schmerz. Irinas Knie hatte sich mit voller Wucht in seine Weichteile gebohrt. Eine Sekunde später traf ihn ihre Faust unter dem Kinn. Jaulend kippte der Mann um und ließ dabei die Pistole fallen.

Irina schnappte sich die Waffe, ergriff Haro-wans Hand und rief:

»Schnell raus hier, bevor er wieder auf die Beine kommt!«

Mit dem Hüter an der Hand rannte sie aus der Herberge und gab zur Sicherheit ein paar Salven aus der Pistole ab. Flink sprang sie auf den vor dem Haus wartenden Schimmel und zog Haro-wan herauf.

»Halt dich gut fest!« sagte sie. »Lauf los, Pistos!«

Haro-wan schlang seine Arme um Irinas Oberkörper:

»Pistos, los – Galopp!«

Als hätte er nur auf die Anweisung seines Herrn gewartet, jagte der Hengst davon – keinen Augenblick zu früh, denn Kerimoglu und zwei seiner Männer stürmten aus dem Haus und begannen, auf das Pferd und seine Reiter zu feuern. Doch Pistos war bereits außer Reichweite der Strahler.

Sie ritten im Galopp, bis *Corral City* etliche Kilometer hinter ihnen lag. Vor ihnen erstreckte sich die endlose Sandwüste der Großen Ebene.

»Ich denke nicht, dass sie uns bis hier verfolgen«, meinte Haro-wan.

»Für den Fall des Falles haben wir jetzt wenigstens eine

Waffe«, erwiderte das Mädchen. »Wenn uns einer etwas tun will, schieße ich ihn über den Haufen.«

»Ist es schon dunkel?«

»In der Stadt brennen noch mehrere Lichter. Aber hier draußen ist es ziemlich finster. Gott sei Dank sind am Himmel ein paar Sterne zu sehen!«

Mit Wehmut dachte sie an die Erde, die irgendwo dort oben – unendlich weit entfernt – um ihre Sonne kreiste. Mein Platz ist jetzt auf *Sedu-Pio*, sagte sie sich. Haro-wan braucht mich; die Erde dreht sich auch ohne mich weiter.

»Nun kannst du heute wieder nicht in einem Bett schlafen«, riss der Hüter sie aus ihren Gedanken. »Außerdem haben wir fast kein Wasser mehr und nichts zu essen. Ich hatte fest damit gerechnet, dass wir von Ali etwas bekommen. Hier in der Wüste werden wir nichts finden. Vielleicht wären wir doch besser im Gebirge geblieben.«

Müde stieg er vom Pferd und setzte sich in den Sand. Nachdenklich fügte er hinzu:

»Es scheint, als wolle jemand mit aller Macht verhindern, dass wir nach *Holyfort* kommen.«

»Gorgon«, entfuhr es Irina. »Es ist alles sein Werk. Aber er wird uns nicht kleinkriegen. Zur Not reiten wir durch die Wüste bis nach *Holyfort*. Du hast mir doch erzählt, dass du damals mit Benjamin auch ...«

»Still!« unterbrach Haro-wan ihren Redefluss. »Ich habe ein Geräusch gehört. Möglicherweise verfolgt uns doch jemand.«

Irina hob die Strahlenpistole, die sie Kerimoglu abgenommen hatte.

»Nicht schießen!« hörten sie eine ziemlich jung klingende Stimme.

Ein Knabe von etwa zwölf Jahren kam angeritten.

»Ich bin Page in der Herberge«, sagte er. »Ritter Haro-wan müsste mich eigentlich noch von seinem letzten Aufenthalt bei Ali Tarik kennen.«

»Du bist Kai?« fragte der Hüter.

»Genau. Meine Mutter ist die Köchin der Herberge. Ich bringe euch etwas zu essen und zu trinken.«

»Dich schickt der Himmel!« rief Haro-wan. »Ich weiß gar nicht, wie ich dir danken soll.«

»Ihr seid gute Menschen«, erklärte Kai. »Kerimoglu dagegen ist ein Schurke. Man sagt, er habe Ali Tarik ermordet, um in den Besitz der Herberge zu kommen. Es kann sein, dass er euch verfolgen lässt. Die Hufspuren eures Pferdes sind im Sand gut zu erkennen. So konnte ich euch leicht finden. Am besten reitet ihr so bald wie möglich weiter. Ich verwische dann eure Spuren und lege mit meinem Pferd eine neue Spur in eine andere Richtung. Dann erwischen sie euch nie.«

»Du bist Spitze, Kai!« jubelte Irina und umarmte ihn herzlich.

Sie nahm den prall gefüllten Wasserschlauch und den Beutel mit Brot und Wurst im Empfang, verstaute alles in den Packtaschen und sagte:

»Komm, Haro-wan, schauen wir, dass wir hier fortkommen! Und du, Kai, machst es genau so, wie du gesagt hast! Verwisch unsere Spuren und führ sie auf eine falsche Fährte! Danke für alles. Leb wohl, kleiner Freund!«

Sie schwang sich auf Pistos, half Haro-wan herauf und trieb das Pferd an. Der Hüter umfasste ihre Taille und hielt sich daran fest. Irinas lange blonde Haare wehten ihm ins Gesicht.

»*Holyfort* liegt im Norden!« rief das Mädchen. »Ich denke, ich habe die richtige Richtung eingeschlagen.«

Ohne Irina wäre ich wahrscheinlich nicht mehr am Leben, ging es Haro-wan durch den Kopf. Und ohne die jüngsten Ereignisse wäre aus Irina nicht die Persönlichkeit geworden, zu der sie sich in den letzten Tagen entwickelt hat.

Wieder musste er an Hapos Worte denken: ***Nichts geschieht zufällig. Es ist alles Teil eines großen Plans, und du spielst darin eine besondere Rolle. Du wirst es Schritt für Schritt erleben ...***

Nach einem mehrstündigen Ritt ließ Irina Pistos anhalten.

»Wir sind weit genug von *Corral City* entfernt«, erklärte sie. »Die Lichter der Stadt sind schon seit einiger Zeit nicht mehr zu sehen.«

Sie stieg ab, half Haro-wan herunter, reichte ihm den Wasserschlauch zum Trinken und nahm anschließend selbst einen

Schluck. Dann ließ sie sich in den weichen Wüstensand fallen und meinte:

»Hier können wir gut schlafen. Die Betten in der Herberge wären wahrscheinlich härter gewesen. Wickle dich in deinen Umhang und leg dich her! Ich nehme mir die Pferdedecke. Der Sand ist noch warm von der Hitze des Tages, und die Luft ist auch nicht sonderlich kalt. Wenn morgen die Sonne aufgeht, reiten wir weiter – so lange, bis wir in *Holyfort* ankommen.«

*

Wieder waren einige Tage vergangen. Haro-wan hatte Irina von den größtenteils verlassenen Bohrstationen erzählt, in denen es meist noch intakte Brunnen gab. Wenn Irina in der Ferne eine solche Station entdeckte, ritten sie darauf zu. So konnten sie zumindest ihren Wasservorrat immer wieder auffrischen.

Haro-wan erinnerte sich an seinen einstigen Aufenthalt in der bewohnten Station 43. Die Familie Wojtowicz hatte ihn, Benjamin und Ito damals gastfreundlich aufgenommen. Er versuchte Irina dorthin zu dirigieren, doch in der Wüste, wo es keine Wege gab, war dies erheblich schwieriger als im Gebirge. Auch sah von weitem eine Station aus wie die andere. Schließlich äußerte Irina die Befürchtung, die Orientierung verloren zu haben und im Kreis geritten zu sein. Die Sonne brannte heiß vom Himmel, und die Nahrungsmittel, die Kai ihnen gegeben hatte, waren fast aufgebraucht.

Haro-wan hatte schon seit einer Weile den Eindruck, dass Irina nicht mehr so sicher auf Pistos saß wie an den Tagen zuvor. Plötzlich spürte er, wie ihr Körper erschlaffte und zusammensackte. Er konnte gerade noch verhindern, dass sie vom Pferd fiel. Der Hüter hielt seinen Schimmel an, stieg vorsichtig ab und legte das ohnmächtige Mädchen behutsam in den Sand. Dann tastete er sich zu der Packtasche, holte den Wasserschlauch heraus, benetzte Irinas Schläfen und flößte ihr etwas Flüssigkeit ein.

Erstaunlich, wozu man ohne zu sehen imstande ist! dachte er.

Irina kam allmählich wieder zu sich.

»Bin ich – umgekippt?« fragte sie blass. Sie trank einen großen Schluck von dem Wasser. »Danke. Ich glaube, es geht schon wieder.«

»Bleib noch ein bisschen liegen!« empfahl der Hüter. »Die Sonne sticht heute besonders gemein. Da kann der Kreislauf schon mal rebellieren.«

Irina errötete:

»Es ist nicht die Hitze allein. Ich – ich habe gerade meine Tage.«

»Dann ist es um so wichtiger, dass du endlich in ein richtiges Haus mit ordentlichen hygienischen Verhältnissen kommst. Wir müssen diese Station 43 finden.«

Irina zog sich an Haro-wan hoch und schaute zum Himmel. Dort erblickte sie ein kleines, seltsam schimmerndes, dunkelblaues Licht. Bevor sie Haro-wan davon berichten konnte, vernahmen beide in ihren Köpfen eine Stimme:

»Folgt mir! Ich werde euch hinführen.«

»Hapo!« rief Haro-wan erfreut aus. »Ich habe gehofft, dass du irgendwann auftauchst. Wo hast du so lange gesteckt? Und warum wurden wir im Gebirge nicht abgeholt?«

»Es ist viel geschehen«, antwortete Hapo. »Aber jetzt ist nicht die Zeit, es euch zu erzählen. Ihr werdet alles bald erfahren. Ich darf nicht zu viele Gedanken aussenden, sonst könnte Gorgon mich entdecken und vernichten. Folge nur immer meinem Licht, Irina! Es glimmt so schwach, dass Gorgon es nicht wahrnehmen wird.«

Eilends stiegen Irina und Haro-wan auf Pistos und ritten in die Richtung, in die Hapo sie führte. Am frühen Abend sahen sie die Station 43 vor sich liegen.

»Ich verlasse euch nun«, teilte Hapo ihnen mit. »Ich melde in *Holyfort*, dass ihr hier seid und dass man euch abholen soll.«

Das blauschimmernde Licht verschwand.

Irina trieb den Schimmel an, bis sie am Haus der Familie Wojtowicz angelangt waren. Alina Wojtowicz, die Haro-wan bereits zwei Jahre zuvor beherbergt hatte, bat die beiden herein. Als sie bemerkte, dass der Hüter offenbar nicht sehen konnte, erkundigte sie sich als Erstes nach seinem Gesundheitszustand.

»Abgesehen davon, dass ich blind bin, geht es mir gut«, antwortete Haro-wan. »Kümmert euch um Irina, sie ist ziemlich geschafft! Bringt sie erst einmal ins Badezimmer und gebt ihr nach Möglichkeit neue Kleidung!«

Tanja, die neunzehnjährige Tochter der Wojtowiczs führte Irina nach oben. Ihr Vater Miroslav stellte Haro-wan einen Sessel hin, in dem er Platz nehmen konnte. Alina begab sich in die Küche, um ihren Gästen einen Tee und eine warme Suppe zu kochen.

Kurz darauf kam Tanja die Treppe herunter:

»Irina nimmt gerade ein Bad. Sie war ja völlig fertig. Ich habe ihr eines von meinen Kleidern hingelegt. Ihre alten Sachen sind nicht mehr zu gebrauchen.«

Sie setzte sich zu ihrem Vater und zu Haro-wan an den Tisch. Ihre Mutter brachte den Tee und die Suppe und nahm dann ebenfalls Platz.

»Ich kann Ihnen etwas über Ihren Sohn Marek berichten, den der Schwarze Ritter getötet und zu einem seiner Schattenreiter umgeformt hat«, erklärte der Hüter. »Die Schattenreiter wurden von unseren Rittern ausnahmslos vernichtet. Wir haben sie begraben – als die anständigen Menschen, die sie waren, bevor der Schwarze Ritter sie zu seinen Werkzeugen gemacht hat. So hat nun auch Marek seinen Frieden gefunden.«

»Danke«, erwiderte Alina Wojtowicz mit Tränen in den Augen.

Ihr Mann nickte stumm. Für einige Minuten sprach niemand ein Wort.

»Essen Sie Ihre Suppe, bevor sie kalt wird!« brach Tanja schließlich das beklemmende Schweigen.

Haro-wan sprach ein kurzes Gebet, dann tastete er nach dem Löffel und versuchte, ihn in den Suppenteller zu tauchen. Tanja bemerkte seine Unsicherheit und wollte seine Hand führen.

»Lass mich das machen! Ich habe schon Übung darin, ihn zu füttern«, erklang in diesem Augenblick eine Stimme von der Treppe.

Irina kam frisch gewaschen nach unten. Ihre blonden Haare waren geföhnt und fielen locker und duftig über ihre Schultern.

Sie trug das Kleid, das Tanja ihr geliehen hatte. Da Tanja deutlich kleiner war als Irina, war das Kleid für sie etwas kurz und ließ ihre schlanken Beine unendlich lang erscheinen.

Schade, dass mich Haro-wan nicht sehen kann! dachte Irina.

Sie bedankte sich bei Tanja für das Kleid und die Mittel zur Körperpflege, sowie bei Tanjas Eltern für ihre Gastfreundschaft. Dann begann sie, Haro-wan mit der Suppe zu füttern. Zwischendurch nahm sie auch selbst einen Löffel davon.

Draußen brach die Abenddämmerung herein, als vor dem Haus ein Fluggleiter landete. Es klopfte an der Tür. Miroslav Wojtowicz öffnete. Ein junger Mann von gut zwanzig Jahren trat ein:

»Ich bin Ritter Lajo-til von *Holyfort.* Wie ich sehe, ist Haro-wan hier bei Ihnen.«

Der Hüter sprang auf:

»Lajo-til! Gott sei Dank! Ich hatte schon Angst, euch wäre etwas zugestoßen. Warum habt ihr uns im Gebirge nicht gefunden?«

»Lass mich der Reihe nach erzählen!« bat der junge Ritter. »Ich habe Paco und Ito in den Bergen abgeholt und nach *Holyfort* gebracht. Tauno-pur sollte nach dir suchen und dich mitnehmen. Aber er ist spurlos verschwunden. Der Funkkontakt mit ihm riss plötzlich ab. Wir befürchten, dass er durch Gorgons Einfluss die Orientierung verloren hat und über dem Felsengebirge abgestürzt ist. Auch ich brachte meinen Gleiter nur mit Mühe heil nach *Holyfort* zurück. Eine riesige schwarze Wolke fiel über die Festung her. Gorgon entfesselte einen ungeheuren Sturm, der ganz *Holyfort* erschütterte. Als Toyo-ken mit dem Transporter losfliegen wollte, geriet er in schlimme Turbulenzen und musste notlanden. Dabei brach eine der Landestützen ab. Der Transporter wird zur Zeit repariert und dürfte morgen wieder einsatzfähig sein. Der Orkan tobte zwei Tage über uns. Aber irgendwie gelang es Sarabánc, *Holyfort* zu retten. Der Sturm ließ nach, und die schwarze Wolke verschwand. Aber Sarabánc wurde dadurch ...«

»Nicht schwätzen so viel, hat Zeit bis später!« unterbrach ihn eine helle quiekende Stimme.

»Ito!« rief Haro-wan erfreut aus.

Der fünfzehn Zentimeter große gelbe Winzling im grünen Overall sprang aus Lajo-tils Umhang auf den Tisch – direkt neben den Suppenteller.

»Muss doch schauen, wie's geht meinem Freund«, erklärte er. Dann wandte er sich an Lajo-til: »Hast nicht gemerkt, dass Haro-wan blind? Er jetzt braucht Ruhe. Flug in engem Gleiter während Nacht nicht gut für ihn. Und Pferd sowieso nicht hat Platz in Gleiter. Er soll bleiben hier heutnacht und schlafen aus. Du heimfliegst und morgen herschickst Toyo-ken, damit abholt Haro-wan und Pistos mit Transporter. Ich hierbleibe und kümmere mich um unseren Freund.« Er betrachtete Irina, die Haro-wan den Rest der Suppe einflößte, und fügte hinzu: »Falls er überhaupt braucht meine Hilfe. Du jedenfalls kannst fliegen zurück nach *Holyfort*, Lajo-til. Haro-wan gut aufgehoben hier.«

Lajo-til verabschiedete sich, stieg zu seinem Knappen Ibrahim in den Gleiter und flog ab.

»Du bist ein lustiges Kerlchen, Ito«, meinte Irina lachend. »Haro-wan hat mir viel von dir erzählt.«

»Hoffentlich nur Gutes«, quiekte der Winzling.

»Über dich gibt es doch nur Gutes zu berichten«, erwiderte Haro-wan.

»Hihihi«, grinste Ito, wurde aber sofort wieder ernst: »Wieso du geworden blind?«

Haro-wans Gesichtszüge wurden hart.

»Gorgon«, sagte er dumpf. Dann schilderte er, wie Gorgon ihn bei seinem Kampf mit dem Schwarzen Ritter geblendet hatte und wie er dank Irinas Hilfe zur Station 43 gelangt war. »Ohne Irina wäre ich längst tot, so viel ist sicher«, schloss er seinen Bericht.

»Ihr werdet müde sein«, schaltete sich Alina Wojtowicz in das Gespräch ein. »Tanja, richte Mareks Zimmer für unsere Gäste her, falls es Irina nichts ausmacht, dass sie zu zweit ...«

»Ich habe Seite an Seite mit Haro-wan auf dem eiskalten Berggipfel, in dunklen Felsenhöhlen und im Wüstensand gelegen«, fiel ihr Irina ins Wort. »Da werde ich es jetzt auch mit ihm im selben Zimmer aushalten. Und Ito kann auch bei uns schlafen; er benötigt bestimmt nicht viel Platz.«

»Wir hier geschlafen schon mal zu dritt in Zimmer«, erinnerte sich der Winzling. »Damals Benjamin war dritte Person.«

»Bevor du zu Bett gehst, sollte ich dich noch von dem Sand befreien, den du am Körper trägst«, meinte Irina. »Ich bringe dich ins Badezimmer!«

Sie nahm Haro-wan an der Hand und führte ihn die Treppe hinauf. Ito hüpfte hinterher. Im Bad wusch das Mädchen dem Hüter die Haare, das Gesicht, den Oberkörper, die Beine und Füße. Dann geleitete sie ihn in Mareks Zimmer, half ihm ins Bett und deckte ihn zu.

»Schlaf jetzt!« sagte sie sanft und streichelte seine Wange. »Morgen bist du wieder in *Holyfort.*«

»Danke, mein Engel«, erwiderte Haro-wan und drehte sich auf die Seite.

»Du liebst ihn sehr«, flüsterte Ito Irina zu.

»Mehr als alles auf der Welt«, antwortete das Mädchen. »Wie hast du das so schnell gemerkt?«

»Alle von meinem Volk können spüren Gefühle von anderen Lebewesen. Und Gefühle von dir zu Haro-wan besonders stark sind.«

»Welchem Volk gehörst du an, Ito?«

»Ich komme aus ferner Galaxie. Name von meinem Volk unaussprechbar für Menschen. Darum man nennt mich hier einfach Winzling. Auch richtiger Name von mir kaum aussprechbar für euch. Ito nur erste zwei Silben von meinem Namen. Aber ich gewöhnt mich daran. Du willst bleiben bei Haro-wan?«

»Ja«, gab Irina zur Antwort. »Ich möchte als Novize in die Bruderschaft von *Holyfort* eintreten und so schnell wie möglich Haro-wans Knappe werden.«

»Das unmöglich«, erwiderte der Winzling. »In Bruderschaft nur Männer können eintreten. Gero-mar und die anderen Ritter nie werden zulassen, dass ein Mädchen wird Novize oder Knappe. Würde auch schaffen Probleme für unsere jungen Männer.«

»Du meinst, sie werden mich trotz Haro-wans Fürsprache ablehnen, nur weil ich ein Mädchen bin? Das – das wäre doch eine himmelschreiende Ungerechtigkeit!«

»Bestimmt alle Ritter werden sein dagegen«, äußerte Ito. »So wie aussiehst du hast keine Chance – außer du greifst zu weiblicher Liste.«

»Du meinst weibliche List«, verbesserte ihn Irina. »Aber was könnte ich tun? Ich will niemanden täuschen oder belügen. Das wäre unehrlich und würde gegen das erste Gesetz der Bruderschaft verstoßen.«

»Ich nicht sagte Lüge oder Betrug, ich sagte List«, quiekte der Winzling. »Um zu werden aufgenommen in Bruderschaft, du brauchst zwei Bürgen – Haro-wan und mich.«

»Du würdest für meine Aufnahme stimmen?«

»Ich nichts habe gegen Mädchen. Und deine Gefühle für Haro-wan echt und gut sind. Er auch gernhat dich. Aber andere Mitglieder von Bruderschaft nicht wissen brauchen, dass du bist weiblich. Dann kannst beweisen in Ruhe, dass du geeignet als Knappe.«

»Du bist ein Schatz, Ito!« rief Irina freudig aus und küsste seinen kleinen Kopf. »Ich habe schon eine Idee, wie ich es anstellen kann, ohne dass ich mit meiner Ehre in Konflikt komme. Bleib du bei Haro-wan, ich bin bald wieder da!«

Mit diesen Worten ging sie aus dem Zimmer.

»Hast du gehört Gespräch von uns?« fragte Ito Haro-wan.

»Zum größten Teil. Danke, dass du uns unterstützen willst. Aber was hat Irina jetzt vor?«

»Lass überraschen dich! Irina schon weiß, was sie tut. Schlaf du am besten jetzt!«

Zaghaft klopfte Irina an die Tür von Tanjas Zimmer. Die Tochter der Wojtowiczs war noch wach und öffnete.

»Darf ich dich kurz stören?« fragte Irina.

»Komm rein!« antwortete Tanja. »Was gibt es?«

»Hast du eine Schere hier?«

»Ja. Wozu brauchst du sie?«

»Ich habe eine Bitte: Kannst du mir die Haare schneiden?«

»Natürlich. Wie willst du sie haben?«

»Kurz – so kurz wie ein Junge.«

»Wieso denn das?« erkundigte sich Tanja. »Die langen Haare stehen dir ausgesprochen gut.«

»Ich liebe meine langen Haare«, erklärte Irina. »Aber ich werde sie opfern, damit ich in die Bruderschaft von *Holyfort* aufgenommen werden kann. Dazu muss ich aussehen wie ein Junge.«

»Du willst in die Bruderschaft eintreten? So mit allem drum und dran: kämpfen, durch die Gegend reiten, im Freien schlafen und so weiter? Also ich glaube, ich könnte das nicht.«

»Es ist mein fester Wunsch.«

»Wie du willst«, meinte Tanja und griff zur Schere. »Fangen wir an!«

Nach zehn Minuten war das Werk vollbracht: Irinas Haare reichten noch knapp über die Ohren, ihre Frisur ähnelte der von Benjamin.

»Jetzt bräuchte ich noch Männerkleidung«, bat Irina. »Sind noch Sachen von deinem Bruder da?«

»Drüben in eurem Zimmer steht ein Schrank, in dem findest du einige von Mareks Kleidungsstücken. Nimm, was dir gefällt! Wir haben dafür keine Verwendung mehr. Mein Vater kann die Hemden und Hosen nicht tragen – er ist viel zu dick.«

Irina bedankte sich bei Tanja und begab sich in Mareks Zimmer zurück. Sie bemerkte, dass Haro-wan bereits schlief.

»Na, sehe ich jetzt aus wie ein Junge?« fragte sie Ito.

»Wenn Haare wären rot, man könnte halten dich für Benjamin«, quiekte der Winzling.

Irina öffnete den Kleiderschrank und nahm eine Hose, ein Hemd und eine Lederjacke heraus. Sie streifte das Kleid ab, das Tanja ihr gegeben hatte, und sagte – mehr zu sich selbst als zu Ito:

»Ich werde meine Brust etwas zusammenschnüren. Gott sei Dank habe ich von Haus aus keine große Oberweite. Niemand wird merken, dass ich ein Mädchen bin.«

»Nun nur noch musst beweisen, dass du auch bist stark wie Mann«, äußerte der Winzling.

»Damit hatte ich noch nie Probleme«, lachte Irina. »Schwieriger wird es, Haro-wan zu erklären, dass ich ab jetzt für einige Zeit ein Junge bin. Ich hoffe, du hilfst mir dabei ein bisschen, Ito.«

*

»Habe ich dir eigentlich schon erzählt, dass ich mit meinem zweiten Vornamen Andrea heiße?« erkundigte sich Irina, als sie am nächsten Morgen Haro-wan beim Ankleiden half.

»Der Name kommt aus dem Griechischen und bedeutet ›mannhaft, tapfer‹«, erwiderte Haro-wan. »Ich finde, er passt zu dir.«

»In Italien ist Andrea auch ein gebräuchlicher Männername«, sagte das Mädchen.

»Ist mir bekannt.«

»Ich möchte, dass du mich ab sofort Andrea nennst. Dadurch steigen möglicherweise meine Chancen, in die Bruderschaft aufgenommen zu werden.«

»Meinst du, dass der Name ausschlaggebend ist? Es merkt doch jeder sofort, dass du ein Mädchen bist.«

»Ich hoffe nicht«, entgegnete Irina, nahm Haro-wans Hände und führte sie an ihren Kopf.

»Was – was hast du mit deinen wunderschönen Haaren gemacht?« stieß der Hüter hervor.

»Denk an die Geschichte vom Bambus! Der Bambus muss beschnitten werden, damit sein Herr ihn gebrauchen kann. Und das Abschneiden der Haare tut wenigstens nicht weh.«

»Das wird doch nie und nimmer funktionieren! Wenn du entlarvt wirst ...«

»Du kannst mich nicht sehen«, fiel ihm Irina ins Wort. »Ich schaue jetzt wirklich aus wie ein Junge. Und die männliche Stimme bekomme ich auch hin.«

»Ich kann das nicht gutheißen«, erklärte der Hüter. »Ich würde dadurch meine Brüder hinters Licht führen.«

»Papperlapapp!« rief Ito dazwischen. »Du bist blind und kannst wissen gar nicht, ob Andrea ist Mädchen oder Junge.

Als Benjamin eintrat in Bruderschaft, auch niemand hat gefragt, was er hat für ein Geschlecht. Alle ausgingen davon, dass er ist Junge. Wenn Andrea aussieht wie Junge, alle denken es ist ein Junge. Es nicht deine Aufgabe, zu korrigieren Meinung von Gero-mar und anderen Rittern. Am besten, du dazu sagst so wenig wie möglich. Dann du wirst haben keinen Gewissenbiss.«

Haro-wan schüttelte den Kopf:

»Gero-mar, die Ritter, Knappen und Novizen könnten Irina vielleicht für einen Jungen halten, möglicherweise auch Paco. Aber Sarabánc wird die Wahrheit erkennen, und Hapo weiß bereits, dass sie ein Mädchen ist.«

»Sarabánc und Hapo keine Menschen sind – genau wie ich. Für sie es nicht von Bedeutung, ob jemand Mann oder Frau. Von ihnen Andrea wird beurteilt nur nach Fähigkeit und Charakter – und deshalb sie werden haben nichts gegen Aufnahme.«

»Glaub uns, es wird klappen!« sagte Irina selbstbewusst und küsste Haro-wan auf die Wange. »Das wird wohl für längere Zeit unser letzter Kuss gewesen sein, was für mich weitaus schlimmer ist als das Abschneiden meiner Haare. Aber ich muss bereit sein, Opfer zu bringen, wenn ich ein guter Bambus werden möchte.«

Sie schlüpfte in ihre Lederstiefel, ergriff Haro-wans Hand und meinte:

»Gehen wir nach unten! Wahrscheinlich warten die Wojtowiczs schon mit dem Frühstück auf uns.«

*

Gegen Mittag war Toyo-ken mit dem Transporter auf dem Gelände der Station 43 eingetroffen. Nachdem sich Haro-wan noch einmal bei den Wojtowiczs für ihre Gastfreundlichkeit bedankt hatte, war er mit Ito an Bord gegangen. Irina, die sich in burschikoser Weise als Andrea Burano vorgestellt hatte, hatte Pistos in den Laderaum geführt. Während des Fluges nach *Holyfort* war nur wenig geredet worden.

Am späten Nachmittag erblickte Irina zum ersten Mal den grünen Hügel mit dem strahlendweißen Leukolithbau, der aus einem zwanzig Meter breiten und fünfzehn Meter hohen Mittelteil, sowie zwei niedrigeren langgestreckten Seitentrakten bestand.

Mein neues Zuhause! dachte Irina fasziniert. Hier werde ich mich bestimmt wohl fühlen.

Der Transporter landete direkt vor der Festung auf dem Turnierplatz, was nur in Ausnahmefällen geschah. Aber man wollte es dem blinden Haro-wan nicht zumuten, vom offiziellen Landeplatz bis hinauf zur Festung laufen oder reiten zu müssen.

Gero-mar und einige andere Ritter standen zu Haro-wans Empfang vor dem Eingangsportal bereit. Sie sahen, wie der Hüter von einem hellblonden Jüngling aus dem Transporter geleitet wurde. Der muskulöse, zwei Meter fünfzehn große Recke mit dem braunen Vollbart und der wilden Mähne schritt auf Haro-wan zu, umarmte ihn herzlich und sagte mit kräftiger Stimme:

»Gott sei Dank bist du wieder unter uns! Wir hatten schon das Schlimmste befürchtet, nachdem wir bereits Tauno-pur verloren haben. Seit Gorgons Geist in Freiheit ist, brauchen wir dich dringender denn je.«

»Ich bin blind«, äußerte Haro-wan nachdenklich.

»Das haben wir erfahren«, erwiderte Gero-mar. »Aber Sarabánc ist zuversichtlich, dass da noch etwas zu machen ist. Hat dir Ito schon berichtet, was mit Sarabánc geschehen ist?«

»Nein, aber Lajo-til hat gestern so eine Andeutung gemacht. Was ist mit Sarabánc?«

»Komm mit in die Festung!« schlug Gero-mar vor. »Dann kann er es dir selbst erzählen.« Sein argwöhnischer Blick fiel auf die jugendliche Person an Haro-wans Seite: »Wer bist denn du?«

»Andrea Burano«, antwortete Irina mit klopfendem Herzen.

»Andrea kommt von der Erde – aus der Stadt Rom in Italien«, informierte Haro-wan seinen Freund. »Ich weiß nicht, ob dir bekannt ist, dass Andrea in Italien auch ein Männername ist. Andrea hat sich in den letzten Tagen vorbildlich um mich gekümmert und möchte nun als Novize in die Bruderschaft eintreten. Ich werde gleich mit Sarabánc über Andreas Aufnahme sprechen.«

Gero-mar musterte Irina von Kopf bis Fuß.

»Hast ja ein ziemliches Milchgesicht«, stellte er fest. »Wie alt bist du?«

»Sechzehn«, antwortete Irina und versuchte, so männlich wie möglich zu wirken. »Ich habe vielleicht etwas weiche Gesichtszüge, aber wenn es die Situation erfordert, bin ich hart wie Bambus.«

»Wir werden sehen, ob du dich bewährst«, knurrte Gero-mar. »Der letzte Bursche, den Haro-wan nach *Holyfort* mitgebracht hat, machte nur Schwierigkeiten.«

»Genau genommen habe nicht *ich* Andrea hergebracht, sondern Andrea *mich*«, erklärte Haro-wan. »Jedenfalls wäre ich ohne Andreas Hilfe wohl nicht lebend zu euch zurückgekehrt.«

»Na gut«, meinte Gero-mar. »Sprechen wir mit Sarabánc darüber! Gehen wir in den Konferenzsaal!«

Die Flügel des wuchtigen Eingangsportals öffneten sich wie von Geisterhand. Irina und Haro-wan, auf dessen Schulter der kleine Ito saß, folgten Gero-mar durch die hell erleuchtete Halle, deren Boden aus wunderschön gemusterten Steinplatten bestand. Nach links führte ein langer Gang in den Westtrakt der Festung, wo sich die Küche, der Speisesaal und die Wohnzimmer der Hüter befanden. Auf der Ostseite konnte man durch eine farbenprächtige Glastür in die mit einer gläsernen Kuppel überdachte Kapelle gelangen. Geradeaus ging es durch eine kunstvoll verzierte Holztür in den Konferenzsaal. Rechts davon erhob sich eine Steintreppe, die ins Obergeschoss führte.

Als Haro-wan den Konferenzsaal betrat, spürte er instinktiv, dass sich irgendetwas verändert hatte. Wegen seiner Erblindung konnte er nicht sehen, dass an der Decke ein röhrenförmiger Gegenstand angebracht war, in dem ein fein geschliffener Diorankristall funkelte. Er zeigte genau auf die Stelle am runden Tisch, wo gewöhnlich Sarabánc zu sitzen pflegte. Auf dem Stuhl links daneben saß der zottige Paco, dessen Kopf Irina entfernt an einen russischen Braunbären erinnerte. Rechts von ihm schwebte Hapo. Ito nahm auf einem Spezialsitz Platz, der so hoch war, dass der Winzling bequem über den Tisch schauen konnte. Gero-mar und Haro-wan setzten sich auf die beiden Stühle auf der gegenüberliegenden Seite des Tisches.

Irina blieb neben Haro-wan stehen. Während sie den zylindrischen Körper an der Decke des Saales betrachtete und über seinen Zweck nachdachte, begann der Kristall in seinem Inneren hell zu leuchten; innerhalb weniger Sekunden baute sich zwischen Hapo und Paco die dreidimensionale Projektion eines menschenähnlichen Wesens auf. Es handelte sich um einen weit über zwei Meter großen, sehr schlanken, hellhäutigen alten Mann mit schulterlangen schneeweißen Haaren und einem gut eine Hand breit unter dem Kinn endenden weißen Bart. Seine bernsteinfarbenen Augen strahlten die Weisheit vieler Jahrtausende aus. Er trug ein bis zum Boden reichendes weißes Gewand, darüber einen goldfarbenen Umhang; in der Hand hielt er ein goldenes Szepter.

Das muss Sarabánc sein, der Oberste Hüter von *Sedu-Pio*! schoss es Irina durch den Kopf. Sie fragte sich, wieso er nur als holographische Projektion zu sehen war.

Als Sarabánc zu sprechen begann, wusste auch Haro-wan, dass mit seinem Lehrmeister eine Veränderung vor sich gegangen war. Sarabáncs Stimme klang, als würde sie mittels eines Lautsprechers von einem anderen Ort in den Konferenzsaal übertragen.

»Ich begrüße euch zu unserer heutigen Zusammenkunft«, begann der Oberste Hüter. »Besonders freut es mich, dass du, Haro-wan, endlich wieder bei uns bist. Ich habe erfahren, dass Gorgon dir dein Sehvermögen genommen hat. Vermutlich wurde durch den grellen Blitz die Netzhaut zerstört. Doch ich bin sicher, dass wir in der unterirdischen Stadt der Argeten die Möglichkeit haben, das wieder in Ordnung zu bringen. Ich kann mich zwar nicht mehr selbst hinunterbegeben, aber Paco und Ito können die Geräte bedienen, die dir dein Augenlicht zurückgeben werden.«

»Was ist mit dir geschehen?« fragte Haro-wan sichtlich verwirrt.

»Schon bald nachdem Gorgons Geist in Freiheit war«, antwortete Sarabánc, »überfiel er *Holyfort*, um es dem Erdboden gleichzumachen. Zuvor hatte er Tauno-purs Gleiter zum Absturz gebracht, sowie Lajo-til und Toyo-ken zur Notlandung gezwungen. Ich musste schnell handeln, um *Holyfort* vor der Vernichtung zu retten. Dadurch verbrauchte ich so viel von meiner Lebensenergie, dass meine körperliche Existenz nur noch durch permanente Bestrahlung mit dem Zythallator aufrechterhalten wird. Ich liege in meinem Bett unter dem Leben spendenden Licht und werde meine Gemächer im Obergeschoss der Festung nie mehr verlassen können. Was ihr vor euch seht, ist eine Projektion meines Körpers, wie ihr ihn von früher kennt. Aber wenigstens kann ich euch weiterhin mit meinem Rat zur Seite stehen.«

Er machte eine Pause und gab Haro-wan Zeit, die Information zu verarbeiten. Dann fuhr er fort:

»Durch die ***Kraft des Lichts***, die ***Pha-os*** mir einst verlieh, gelang es mir, Gorgon von hier zu vertreiben. In den Tagen danach bauten Ito und Paco über unserem gesamten Gelände eine Energieglocke auf, die *Holyfort* vor Gorgon schützt. Sie ist von derselben Art wie die Glocke, die Gorgon zwanzig Jahre lang in seinem Gefängnis festhielt, mit dem Unterschied, dass diesmal sein Geist nicht eindringen kann. Wenn einer von uns das Gelände verlassen oder betreten will, öffnet Paco kurz die Glocke und schließt sie dann sofort wieder. Paco wohnt jetzt übrigens in meinen Gemächern und kümmert sich auch um die Maschine, die meinen Körper am Leben erhält. Zuletzt installierte Ito mit Hilfe einiger unserer Ritter hier im Konferenzsaal und drüben in der Kapelle je einen dieser Dioran-Holographen, damit ich zumindest an diesen beiden Orten erscheinen und zu euch sprechen kann.«

»Gorgon kann den Menschen in *Holyfort* also nicht gefährlich werden«, meinte Haro-wan nach einer Weile. »Was aber ist mit der übrigen Bevölkerung von *Sedu-Pio*? Welchen Einfluss kann er auf sie nehmen?«

»Er kann böse Gedankenimpulse an sie senden, um ihre niedrigen Triebe zu entfesseln«, antwortete Sarabánc. »Wie weit sie sich dadurch verführen lassen, hängt davon ab, wie sehr sie moralisch gefestigt sind. Darüber hinaus kann Gorgon den Funkverkehr stören, Unwetter und andere Naturkatastrophen auslösen und Blitze erzeugen, wie du selbst erfahren musstest. Da er über keinen Körper verfügt, sind seine Möglichkeiten damit aber weitgehend erschöpft.«

»Könnte sich Gorgon eines Körpers bemächtigen?« erkundigte sich Haro-wan.

»Er könnte«, erklärte der Oberste Hüter. »Doch er könnte dann den Körper erst wieder bei dessen biologischem Tod verlassen. Auch würde ihm ein durchschnittlicher Körper nicht viel nützen. Er müsste schon den Körper eines besonders starken und unbesiegbaren Menschen übernehmen.«

»Warum ergreift er nicht Besitz vom Körper des Schwarzen Ritters?« schaltete sich Gero-mar in das Gespräch ein.

»Er hätte die Möglichkeit dazu«, erwiderte Sarabánc. »Aber in dem Moment, da er sich eines Körpers bemächtigt, wird die geistig-seelische Existenz des betreffenden Menschen ausgelöscht. Gorgon hätte dadurch nichts gewonnen. Es ist besser für ihn, wenn der Schwarze Ritter mit all seiner Kraft für Gorgons Ziele kämpft, während Gorgon ihn in der Weise unterstützt, wie Haro-wan es erlebt hat. Und das ist schlimm genug.«

»Da hast du vollkommen Recht«, bestätigte Haro-wan. »Bei dieser Gelegenheit möchte ich dir I...« – er unterbrach sich – »Andrea Burano vorstellen. Ohne Andrea wäre ich mit Sicherheit nicht mehr am Leben. Andrea hat in vorbildlicher Weise für mich gesorgt und mich vom Felsengebirge durch die Wüste bis zur Station 43 gebracht. Jetzt möchte Andrea als Novize in unsere Bruderschaft aufgenommen werden. Ich übernehme die Bürgschaft, wie es das Zeremoniell vorschreibt.«

»Ich ebenfalls bürge«, erklärte Ito.

»Stimmen die anderen Hüter der Aufnahme zu?« fragte Sarabánc.

Paco nickte stumm. Die Augen der Anwesenden richteten sich nun auf Hapo, der blauschimmernd über dem Hologramm schwebte.

»Ich befürworte die Aufnahme«, vernahmen alle zugleich in ihren Köpfen. »Nach dem, was ich bisher beobachten konnte, spricht nichts dagegen.«

»Nun gut, Bürschchen«, meinte Gero-mar. »Aber ich werde dich hart hernehmen, dass aus dir ein richtiger Mann wird. Begib dich am besten gleich hinunter in die Schule zu Niko-tsan, damit du ein wenig Theorie mitbekommst – sofern dir Haro-wan nicht schon alles über unsere Regeln und Gesetze erzählt hat! Morgen gehen wir mit den Novizen ins Trainingscamp. Da kannst du beweisen, was in dir steckt.«

Irina bedankte sich höflich für die Aufnahme und verließ den Konferenzsaal.

»Ito und Paco!« ergriff Sarabánc noch einmal das Wort. »Bringt nun Haro-wan in die unterirdische Stadt und versucht, ihm sein Augenlicht zurückzugeben! Und du, Haro-wan, habe Zuversicht! Es wird vielleicht einige Tage dauern, bis du wieder richtig sehen kannst, aber ich weiß, du wirst es schaffen.«

*

Während Haro-wan in die unterirdische Stadt der Argeten gebracht wurde, meldete sich Irina bei Ritter Niko-tsan, der für die theoretische Ausbildung der Novizen zuständig war. Als Erstes erhielt sie die Novizenkluft ausgehändigt. Nachdem sie die Reithose, das sandbraune Hemd mit einer kleinen weißen, auf der Brusttasche aufgestickten Schwertlilie und das grüne Halstuch mit Lederknoten angelegt hatte, betrat sie den Schulungsraum, in dem zwölf genauso gekleidete Burschen im Alter von fünfzehn bis siebzehn Jahren saßen.

»Das ist unser neuer Bruder Andrea Burano«, informierte Niko-tsan die Novizen. »Andrea, der Tapfere.«

»Ah«, stellte Irina fest, »noch einer der Griechisch kann.«

»Bevor ich zum Ritter geschlagen wurde, hieß ich Nikos Tsantalis«, erklärte der Ausbilder. »Meine Vorfahren stammten aus Griechenland. Wie ich gehört habe, kommst du direkt von der Erde, Andrea.«

»Ja, aus Rom – um genau zu sein.«

Die Novizen staunten nicht schlecht. Sie stellten ihrem neuen Kameraden allerlei Fragen über den fernen Planeten, auf dem die Wiege der Menschheit gestanden hatte. Irina gab bereitwillig Auskunft und bekannte schließlich:

»Als ich nach *Sedu-Pio* kam, war es eine ziemlich große Umstellung für mich. Aber nun möchte ich gar nicht mehr von hier fort.«

»Dann herzlich willkommen bei uns!« sagte ein dunkelhäutiger Junge.

Der Kleinste der Novizen, es war jener blondgelockte Knabe, den der Schwarze Ritter bei seinem Angriff auf *Holyfort* als Geisel genommen hatte, bemerkte:

»Mit dir sind wir dreizehn. Hoffentlich ist das keine Unglückszahl!«

»Lasst uns nun mit dem Unterricht fortfahren!« meinte Niko-tsan »Wir sollten die Gesetze der Bruderschaft noch einmal wiederholen. Dann erfährt Andrea gleich, was er alles beachten muss.«

»Ich denke, das meiste hat mir Haro-wan schon beigebracht«, erwiderte Irina. Tatsächlich hatte sie sich die Regeln gut eingeprägt, und die anderen Novizen waren verwundert, wie viel ihr neuer Kamerad bereits wusste. Um nicht wieder in ihre alte Angeberei zu verfallen, erklärte sie: »Es ist nicht mein Verdienst; ich habe das alles nur Haro-wan zu verdanken. Er ist ein großartiger Lehrer.«

»Das ist er«, bestätigte ein Novize. »Schlimm, dass er so viel durchmachen muss. Hoffentlich ist er bald wieder ganz gesund!«

Sie redeten noch einige Zeit über die Gesetze der Bruderschaft, dann schloss Niko-tsan mit den Worten:

»Geht nach der Andacht und dem Abendessen bald zu Bett! Morgen reiten wir sehr früh los ins Trainingscamp. Dass mir ja keiner von euch verschläft! Ihr wisst ja, wie leicht Gero-mar sauer wird.«

Die Nacht verbrachte Irina mit den anderen Novizen in der schlichten Unterkunft. Sicherheitshalber behielt sie im Bett ihr sandbraunes Hemd an. Sie erklärte, sie sei so stolz darauf, das

Hemd tragen zu dürfen, dass sie es gar nicht mehr ausziehen wolle. Ihr wurde bewusst, dass es ihre erste Nacht auf *Sedu-Pio* war, in der sie nicht neben Haro-wan lag. Sie vermisste ihn – und sie betete, dass er seine Sehkraft zurückerhalten möge.

Am nächsten Tag traten alle Novizen bei Sonnenuntergang zum Morgenappell an. Gero-mar inspizierte die Kleidung und Ausrüstung jedes Einzelnen und ließ dann die Novizen ihre Pferde besteigen. Für den Neuling hatte er einen Schimmel mitgebracht, der wie der jüngere Bruder von Pistos aussah. Irina war darüber hoch erfreut: Das Pferd erinnerte sie an Haro-wan – so fiel ihr die Trennung von ihm etwas leichter.

Gero-mar verteilte das Gepäck, die Zelte und den Proviant gleichmäßig auf alle Pferde, und Niko-tsan sprach ein kurzes Gebet. Dann ritten die fünfzehn Personen los – durch die Felder, auf denen die Bruderschaft alles anbaute, was sie zur Ernährung ihrer Mitglieder benötigte, hinein in den nahen Wald. Auf einer Lichtung schlugen sie ihr Lager auf.

»Beim letzten Mal haben jeweils drei Novizen in einem Drei-Mann-Zelt geschlafen; bei zwölf Jungs ging das genau auf«, überlegte Niko-tsan. »Diesmal jedoch seid ihr dreizehn.«

»Ich möchte die gewohnten Zeltgemeinschaften nicht durcheinander bringen«, sagte Irina. »Ich kann auch allein schlafen – meinetwegen im Vorratszelt.«

»Kommt nicht in Frage!« entgegnete Gero-mar. »Du schläfst bei Niko-tsan und mir!«

Widerwillig brachte Irina ihr Gepäck in das Zelt der beiden Männer. Dann gingen alle zum Holzholen. Während Niko-tsan danach am Lagerfeuer das Mittagessen zubereitete, machte Gero-mar mit den Novizen einen ausgedehnten Waldlauf. Irina hielt gut mit und setzte sich schließlich sogar an die Spitze – und das, obwohl die Sonne heiß vom Himmel brannte.

»Laufen wir hinunter zum Bach!« rief Gero-mar den Novizen zu. »Dort können wir uns etwas erfrischen.«

Am Bach angekommen zogen die jungen Burschen ihre Hemden aus und wuschen sich den Schweiß vom Oberkörper. Irina krempelte die Ärmel hoch, ließ das kühle Wasser über ihre Unterarme laufen und benetzte danach ihr Gesicht.

»Warum ziehst du dein Hemd nicht aus, Andrea?« erkundigte sich Gero-mar. »So kannst du dich doch nicht richtig waschen!«

»Meine Haut ist sehr empfindlich«, antwortete Irina. »Ich bekomme schnell einen Sonnenbrand, wenn ich mit bloßem Oberkörper herumlaufe. Darum behalte ich das Hemd lieber an.«

»Ihr von der Erde seid ja furchtbar zimperlich!« knurrte der bärbeißige Hüne.

»Ich bin erst gut eine Woche auf *Sedu-Pio*«, erwiderte Irina. »Ich werde mich schon noch akklimatisieren.«

Sie kehrten zum Lagerplatz zurück, wo Niko-tsan bereits mit dem Essen wartete. Irina beobachtet, wie er mit der rechten Hand den heißen Kessel vom Feuer nahm.

»Du musst ja abgehärtet sein, dass du dir dabei nicht sämtliche Finger verbrennst«, meinte sie.

»Du irrst dich«, lachte der Ritter. »Meine rechte Hand ist schmerzunempfindlich, weil sie künstlich ist. Meine ursprüngliche Hand hat mir der Schwarze Ritter bei seinem Angriff auf *Holyfort* abgeschlagen. Mit Hilfe der Technik der Argeten wurde mir dann in der unterirdischen Stadt diese neue Hand angefertigt. Ich kann nun zwar nicht mehr so gut mit dem Schwert kämpfen, aber dafür heiße Kochtöpfe anfassen.«

Wieder musste Irina an Haro-wan denken, der – wenn alles gut ging – zur Zeit in der unterirdischen Stadt sein Augenlicht wiederbekam.

Am Nachmittag übten sich die Novizen im Baumklettern, Anschleichen und Spurenlesen. Irina stand den Jungen in nichts nach, und Gero-mar war von den Leistungen des Milchgesichts von der Erde sehr angetan. Am Abend führte Niko-tsan mit seinen Schülern eine mehrstündige Meditation am Lagerfeuer durch. Gegen Mitternacht begaben sich alle in ihre Zelte. Irinas Schlafplatz befand sich zwischen Niko-tsan und Gero-mar. Sie schlüpfte in ihren Schlafsack und zog sich in seinem Inneren aus, während die Männer ungeniert vor ihren Augen Hemd und Hose ablegten.

Wie würden sich die beiden wohl verhalten, wenn sie wüssten, dass ich ein Mädchen bin? dachte sie.

Dann wünschte sie ihren Zeltkameraden eine gute Nacht, sprach ein stilles Gebet für Haro-wans Genesung und versuchte einzuschlafen, was ihr trotz Gero-mars heftigem Schnarchen schließlich auch gelang.

An den folgenden Tagen führten die Novizen verschiedene sportliche Wettbewerbe durch: Sie maßen sich unter anderem im Reiten durchs Gelände, im Steinstoßen, Weitspringen, Bogenschießen und im Fechten mit Holzschwertern. Dank ihres langjährigen Trainings auf der Erde übertraf Irina bald die meisten der jungen Männer.

Am Abend des fünften Tages, als Gero-mar gerade einen Kontrollgang durchs Lager machte und Irina mit Niko-tsan allein im Zelt war, fragte sie den Ausbilder:

»Denkst du, dass ich bald Knappe werden kann? Wie du weißt, ist es mein sehnlichster Wunsch, Haro-wan als Knappe zu dienen.«

»Du hast hervorragende Leistungen gezeigt und bist besser als viele Novizen, die schon länger bei uns sind«, meinte Niko-tsan. »Gero-mar sieht das genauso. Er ist ganz begeistert von dir.«

»Warum sagt er mir das nicht selbst?« wollte Irina wissen. »Er lobt mich kaum – und wenn, dann auf eher kühle Weise.«

»Es ist so seine Art«, antwortete Niko-tsan. »Wahrscheinlich hängt es auch damit zusammen, dass du mit Haro-wan nach *Holyfort* gekommen bist. Gero-mar fürchtet, dass sich die Geschichte mit Benjamin wiederholt. Der zeigte von Anfang an ähnlich gute Leistungen wie du und stand ebenfalls Haro-wan sehr nahe. Dadurch wurde er übermütig und machte Fehler, die uns alle und besonders Haro-wan in große Gefahr gebracht haben. Gero-mar will einfach verhindern, dass es bei dir genauso läuft. Darum verhält er sich dir gegenüber so zurückhaltend. Aber ich bin sicher, dass er dich mag. Und nun sei ruhig, er kommt zurück!«

Am sechsten Tag schlug Gero-mar vor, zum einige Kilometer entfernten See zu reiten, um auch das Schwimmen und Tauchen zu trainieren. Irina erschrak: Beim Schwimmen konnte sie unmöglich ihr Hemd anbehalten. Wenn ihr nicht schnellstens eine Ausrede einfiel, weswegen sie nicht ins Wasser gehen könne, würde sie zwangsläufig entlarvt werden.

Während ihr das Herz bis zum Hals klopfte, wandte sich Niko-tsan an Gero-mar:

»Der See liegt außerhalb der schützenden Energieglocke. Denkst du nicht, dass es für uns dort draußen gefährlich werden könnte?«

»Warum sollte Gorgon ausgerechnet heute darauf warten, dass jemand von uns das geschützte Gelände verlässt?« entgegnete der Hüter. »Ich werde Paco über Sprechfunk bitten, die Glocke kurz zu öffnen, damit wir passieren können.«

Er ließ die Novizen ihre Pferde besteigen und gab das Signal zum Aufbruch. Irina spürte, wie ihr das Blut in den Kopf schoss. Ihre Unruhe wurde noch größer, als Gero-mar ihr gegenüber die Bemerkung machte, unter Wasser sei die Gefahr eines Sonnenbrands äußerst gering.

Während sie an der Seite des Hüters durch die für wenige Sekunden geöffnete Energiebarriere ritt, überlegte sie, ob sie sich vom Pferd fallen lassen und eine Verletzung vortäuschen solle. Sie war gerade dabei, ihren Sturz vorzubereiten, als sie am Himmel eine große schwarze Wolke erblickte, die sie in erschreckender Weise an die Wolke über dem Gipfel des Felsengebirges erinnerte. Irina reagierte blitzschnell. Statt sich fallen zu lassen, sprang sie den völlig verdutzten Gero-mar an und riss ihn zu Boden. Gleichzeitig rief sie den hinter ihr Reitenden zu:

»Schließt die Augen und kehrt sofort um!«

Irina hatte keine Sekunde zu früh gehandelt: Aus der Wolke fuhr ein greller Blitz auf sie und Gero-mar herab.

»Schau nicht nach oben, sonst geht es dir wie Haro-wan!« raunte sie dem Hünen zu. »Wir müssen so schnell wie möglich wieder unter die Schutzglocke!«

Mit zum Boden gerichteten Augen robbten sie zurück.

»Paco, schließ die Glocke!« schrie Gero-mar in das Funkgerät, als sie wieder auf sicherem Gelände waren.

Die schwarze Wolke schoss heran, konnte aber die Energiebarriere nicht durchdringen.

»Danke, Junge«, sagte der Hüter anerkennend. »Ohne dich wäre ich jetzt wohl blind.«

»Ich habe das alles schon einmal erlebt«, erklärte Irina. Sie nahm Gero-mar das Funkgerät aus der Hand und fragte Paco: »Wie geht es Haro-wan?«

»Die Operation ist gut verlaufen«, antwortete der Banaco. »Haro-wans Augen sind wiederhergestellt. Sein Sehvermögen wird von Tag zu Tag besser.«

»Gott sei Dank!« atmete Irina auf.

»Reiten wir zurück ins Lager!« entschied Gero-mar. »Und du, Andrea, bekommst eine besondere Belohnung.«

»Das Einzige, was ich mir wünsche, ist, möglichst schnell Haro-wans Knappe zu werden«, erwiderte Irina.

»Bist ein tüchtiger Bursche, Milchgesicht«, meinte der Hüne. »Ich werde deinen Wunsch den anderen Hütern vortragen.«

Tags darauf kehrten sie am frühen Nachmittag nach *Holyfort* zurück. Sie waren eine Woche im Gelände gewesen und hatten sich in dieser Zeit nur unzureichend am Bach waschen können. So gingen die Novizen nach der Ankunft in ihrem Quartier als Erstes unter die Dusche.

Irina kümmerte sich um die Einlagerung der Zelte und des Materials. Auf diese Weise wartete sie ab, bis die Burschen mit dem Duschen fertig waren. Als sie sicher war, dass sich niemand mehr im Waschraum befand, ging sie hinein und zog sich aus. Sie ließ das Wasser laufen, stellte sich darunter und befreite ihre Haare und ihren Körper vom Schmutz der vergangenen Woche. Es war anstrengend gewesen, doch es hatte auch Spaß gemacht. Vorallem aber: Sie war jetzt anerkannt – von den anderen Novizen, von Niko-tsan und sogar von Gero-mar. Bald würde sie Knappe sein – Haro-wans Knappe. Sie freute sich schon darauf, Haro-wan bei der Abendandacht in der Kapelle wiederzusehen.

Während ihr diese Gedanken durch den Kopf gingen, hörte sie Schritte, die sich der Duschkabine näherten. Schnell stellte sie das Wasser ab, um nicht durch das Geräusch entdeckt zu werden, und zog den Vorhang zu.

Es war Gero-mar, der routinemäßig kontrollierte, ob die Novizen den Waschraum sauber verlassen hatten. Da er überzeugt war, Wasser laufen gehört zu haben, ging er auf die Duschkabine zu und zog den Vorhang zur Seite. Vor ihm stand eine blonde jugendliche Person, die verschämt ihre Hände vor den Unterleib hielt. Fassungslos blickte er den nackten Oberkörper an, von dem das Wasser heruntertropfte. Was er sah, überstieg sein momentanes Vorstellungsvermögen: zwei straffe weibliche Brüste.

Für Sekunden verschlug es dem hünenhaften Hüter die Sprache. Irina legte schützend einen Arm vor die Brust – in der Hoffnung, die Situation noch retten zu können. Gero-mars Gesicht verfärbte sich feuerrot. Immer noch starrte er entgeistert auf das nackte Mädchen in der Duschkabine. Sein Hals schwoll dick an, sein Mund öffnete sich, und aus seiner Kehle drang ein Schrei, der weit über das Quartier der Novizen hinaus zu hören war und aus einem einzigen Wort bestand:

»Haro-wan!«

5. Zweierlei Wege

Am Nachmittag desselben Tages, an dem Gero-mar, Niko-tsan und die Novizen nach *Holyfort* zurückkehrten, erreichten Benjamin und der Schwarze Ritter *Miners Landing*. Innerhalb von zwei Wochen waren sie mit nur kurzen Schlafpausen vom Felsengebirge durch die Große Ebene zur Hauptstadt von *Sedu-Pio* geritten. Benjamin spürte, dass sein Vater keine Zeit verlieren wollte.

»Ich werde hier ab sofort unter dem Namen *Cane* auftreten«, eröffnete der Schwarze Ritter seinem Knappen, während ihre Pferde durch eine der friedlichen, am Rand der Metropole gelegenen Wohnsiedlungen trabten. »Es ist die Kurzform von *Caballero negro*, was soviel wie ›Schwarzer Ritter‹ heißt. Ich werde den Namen allerdings englisch aussprechen, denn im Englischen bedeutet *Cane* soviel wie ›Rohrstock‹ – und wie ein Rohrstock werde ich den Bewohnern dieser Stadt einbläuen, was sie von heute an zu tun haben.« Er lachte grimmig und fuhr fort: »In *Miners Landing* hast du deine Ausbildung an der Seite Haro-wans begonnen. Hier werde *ich* deine Ausbildung abschließen. Als Erstes wirst du miterleben, wie ich mit Gorgons Hilfe die Macht in der Stadt übernehme.«

»Wie willst du vorgehen?« erkundigte sich Benjamin.

»Zunächst werden wir uns etwas Geld beschaffen. Dann werde ich mit dem Waffenhändler Feisal Bakhtyar Kontakt aufnehmen. Ihm hat Haro-wan vor gut einem Jahr am schlimmsten mitgespielt, als er seine Fabrik in die Luft sprengen ließ. Ich hoffe, die Produktionsstätten sind inzwischen wieder aufgebaut. Wir brauchen Waffen – und wir benötigen Soldaten für den Kampf gegen *Holyfort*.«

»Willst du wieder Menschen zu Schattenreitern umformen, Vater?«

»Reiter nützen uns nicht viel«, antwortete der Schwarze Ritter. »Ich habe von Gorgon erfahren, dass *Holyfort* durch eine Energieglocke geschützt wird. Wir können die Festung vorläufig nicht angreifen. Aber wenn wir über eine genügend große Armee mit den richtigen Waffen und Flugmaschinen verfügen, werden wir die Glocke beseitigen – auf dieselbe Weise wie es dieser habgierige Erdling geschafft hat, Gorgons Gefängnis zu sprengen.« Zielstrebig lenkte er seinen Rappen auf den kleinen Supermarkt der Vorstadt zu. »Komm mit, mein Sohn! Hier besorgen wir uns unser Startkapital.«

Er schloss das Visier seines Helmes und wies Benjamin an, sich sein Halstuch vors Gesicht zu binden. Dann stellten sie ihre Pferde vor dem Eingang ab und betraten den Laden, in dem sich gut ein Dutzend Kunden – größtenteils Frauen – und drei Verkäuferinnen befanden. Der Schwarze Ritter zündete sein Laserschwert und zerschlug zuerst die Überwachungskamera im Eingangsbereich. Als Nächstes unterbrach er die Energieversorgung der beiden elektronischen Kassen. Die Kontokarten, mit denen die an den Kassen stehenden Kundinnen gerade die gekauften Waren bezahlen wollten, sprangen aus den Schlitzen. Der Schwarze Ritter befahl Benjamin, die Karten an sich zu nehmen.

Mehrere Frauen kreischten, eine andere – offenbar die Geschäftsführerin des Supermarkts – rief aufgeregt nach der Polizei.

In der allgemeinen Verwirrung sprang einer der Kunden mit gezückter Strahlenpistole auf den Schwarzen Ritter zu und feuerte ein paar Salven auf ihn ab. Doch aufgrund der Schutzkraft des magischen Rings zeigten die Strahlen keinerlei Wirkung. Fassungslos starrte der Kunde den Mann mit der Rüstung an. Es war das Letzte, was er in seinem Leben sah, denn der Schwarze Ritter trennte ihm mit einem einzigen Schwerthieb den Kopf vom Körper. Benjamin erinnerte sich, dass sein Vater auf die gleiche Weise auch Schneider und Martinez getötet hatte. Die Kunden schrien in panischer Angst auf.

»Nimm dir seine Waffe und durchsuch ihn!« forderte der Schwarze Ritter Benjamin auf. Während er beobachtete, wie sein Knappe die Kontokarte des Toten sowie einen Beutel voll Goldmünzen einsteckte, rief er den Kunden des Supermarkts zu: »Wenn ihr nicht sofort eure Kontokarten und euer Bargeld herausrückt, geht es euch so wie dem da!«

Nachdem Benjamin alles eingesammelt hatte, stieß der Schwarze Ritter der immer noch nach der Polizei rufenden Geschäftsführerin die Faust in den Bauch, dass sie benommen zusammensackte. Dann warf er einige Regale um und stürmte nach draußen. Benjamin folgte ihm. Die beiden schwangen sich auf ihre Pferde und galoppierten davon.

Sie ritten zu einem ziemlich verkommenen Gasthaus am Stadtrand, wo sie ihre Reittiere unterstellten. Der Wirt kannte den Mann, der sich nun Cane nannte, bereits von dessen früheren Besuchen und freute sich über das großzügige Trinkgeld für das Versorgen der Gäule. Der Schwarze Ritter bestellte ein Flugtaxi und legte seine Rüstung ab. Wie bei seinen bisherigen Aufenthalten in der Stadt kleidete er sich mit einem langen schwarzen Mantel und einem schwarzen Schlapphut.

Als das Taxi eintraf, ließ er sich und Benjamin zur *Industrie- und Handelsbank* fliegen, dem größten Kreditinstitut in *Miners Landing.*

»So, mein Sohn«, zischte er, »gleich wirst du erleben, welchen Einfluss Gorgon auf die geistig Schwachen hat. Geh zu der jungen Frau am Schalter 6 und eröffne ein Konto auf deinen Namen! Dann gibst du ihr die erbeuteten Karten, erklärst, dass du diese Konten auflösen willst, und lässt das gesamte Geld deinem Konto gutschreiben!«

»Die Karten sind nicht auf meinen Namen registriert«, meinte Benjamin zögernd. »Die Bankangestellte wird mich fragen, woher ich ...«

»Sie wird genau das tun, was du von ihr verlangst«, unterbrach ihn der Schwarze Ritter, »selbst wenn sie dabei gegen sämtliche Bestimmungen verstößt und wahrscheinlich ihren Job verliert. Verlass dich darauf!«

Wenig später war Benjamin Besitzer einer Kontokarte mit einem beträchtlichen Guthaben. Beim Verlassen des Gebäudes flüsterte Cane ihm zu:

»In Kürze gehört uns diese Bank; dann können wir hier schalten und walten, wie wir wollen – und keiner stellt mehr dumme Fragen.«

Benjamin war beeindruckt, mit welcher Selbstverständlichkeit sein Vater das sagte. Es schien für ihn überhaupt keinen Zweifel daran zu geben, dass *Miners Landing* schon bald in seiner Hand war. Aber wer sollte ihn auch aufhalten? Haro-wan, der Einzige, der dazu in der Lage gewesen wäre, war ja blind und somit außer Gefecht gesetzt.

*

Nachdem Gero-mar den Schock beim Anblick des nackten Mädchens im Waschraum der Novizen überwunden hatte, hatte er Irina befohlen, sich sofort anzukleiden, und sie danach hinauf in die Festung geschleppt. In der Eingangshalle traf er auf Haro-wan.

»Wie ich gehört habe, kannst du wieder sehen«, begrüßte er ihn wenig freundlich. »Dann schau dir einmal an, was du uns diesmal mitgebracht hast!«

Haro-wan blickte erst Irina, dann Gero-mar etwas unsicher an.

»Das ist kein Knabe«, polterte der Hüne, »sondern ein Mädchen!«

»Ja, ich weiß«, gestand Haro-wan ein. »Das großartigste Mädchen, dem ich je begegnet bin.«

Er umarmte Irina und drückte sie fest an sich. Irina küsste seine Augen und rief hocherfreut aus:

»Ich bin ja so glücklich, dass du wieder sehen kannst, Haro-wan!«

Gero-mar war schockiert.

»Wir müssen darüber reden!« stieß er hervor. »Kommt mit in den Konferenzsaal!«

Fünf Minuten später waren die Hüter um den runden Tisch versammelt, und Sarabáncs Hologramm erschien am gewohnten Platz.

»Wir sind auf die schändlichste Weise getäuscht worden«, begann Gero-mar erzürnt. »Bei der jungen Person, die mit Haro-wan nach *Holyfort* gekommen ist und die wir auf seine Empfehlung in die Bruderschaft aufgenommen haben, handelt es sich um ein Mädchen. Und wie ich soeben erfahren habe, war Haro-wan diese Tatsache bekannt.«

»Mir auch«, quiekte Ito. »Ich mit vollem Bewusstsein gebürgt für Irina, weil sie ist guter und tüchtiger Mensch.«

»So«, schimpfte Gero-mar, »sogar der Name, unter dem sie sich vorgestellt hat, ist falsch! Und eine solche Lügnerin sollen wir als Novizen oder gar als Knappen in unserer Bruderschaft dulden?«

»Ich bin keine Lügnerin!« entfuhr es Irina wütend. »Ich heiße mit vollem Namen Irina Andrea Burano und habe ...«

»Bleib ruhig!« bat Haro-wan. Er nahm sie in den Arm und drückte ihr einen zarten Kuss auf die Wange. Dann wandte er sich an Gero-mar: »Irina und ich haben peinlichst darauf geachtet, dass wir niemanden belügen. Andrea ist Irinas zweiter Vorname. Wir haben nie behauptet, dass sie ein Junge ist. Du hast auch nicht danach gefragt – und auch sonst keiner unserer Ritter.«

»Dass du die Aufnahme dieses Mädchens in die Bruderschaft befürwortest, Haro-wan, kann ich gerade noch verstehen – auch wenn ich es nicht gutheiße«, knurrte der bärtige Hüne. »Du verdankst ihr dein Leben – und hast sie offenbar sehr gern. Aber dass Ito bei dieser üblen Täuschung mitgespielt hat, finde ich höchst bedenklich.«

»Ich bin nicht getäuscht worden«, äußerte Paco mit seiner tiefen kehligen Stimme. »Ito hat mir erzählt, dass Irina ein Mädchen ist. Mich persönlich stört das überhaupt nicht. Wenn sie so tüchtig ist, wie Haro-wan gesagt hat – und ich habe daran keinen Zweifel – hat sie es verdient, in die Bruderschaft aufgenommen zu werden.«

Hilfesuchend blickte Gero-mar zu Hapo:

»Wir beide mussten Haro-wan schon im Fall Benjamin darauf hinweisen, dass sein Urteilsvermögen bisweilen durch seine Gefühle getrübt wird. Wir beide haben als Einzige erkannt, welcher Gefahr er sich aussetzt. Soll sich das Ganze jetzt wiederholen? Ein Mädchen in der Bruderschaft – das ist ja schon allein sprachlich ein Widerspruch!«

Gero-mar war sich sicher, dass das geheimnisvolle Wesen aus reiner Intelligenz seine Ansicht teilen würde. Um so überraschter war er, als Hapo erwiderte:

»Ich kenne Irina länger als Ito und Paco sie kennen – seit jenem Tag, an dem Gorgons Geist befreit wurde. Ich habe ihre Gedanken und Gefühle intensiv erforscht und sage dir: Du wirst auf ganz *Sedu-Pio* keinen Menschen finden, der es mehr verdient hat, in unsere Bruderschaft aufgenommen zu werden, als Irina Andrea Burano. Genau genommen hast du das doch längst selbst gemerkt – spätestens in dem Moment, da sie dich vor dem Erblinden bewahrt hat.«

Unwillkürlich zuckte Gero-mar zusammen.

»Du weißt, dass du deine Gedanken nicht vor mir verbergen kannst«, fuhr Hapo fort. »Wolltest du nicht sogar vorschlagen, Irina Andrea so bald wie möglich zum Knappen zu erheben?«

»Aber das war, bevor ich wusste, dass er – dass sie ein Mädchen ist.«

»Was ist eigentlich ausschlaggebend für dich?« fragte Haro-wan seinen Freund. »Die Befähigung eines Menschen oder sein Geschlecht?«

Gero-mar starrte frustriert in die Runde:

»Habt ihr denn alle den Verstand verloren? Wisst ihr, was es bedeutet, wenn wir ein Mädchen in die Bruderschaft aufnehmen? Es geht überhaupt nicht um meine persönliche Meinung – ich bin sowieso bereits überstimmt. Aber denkt einmal daran, wie unsere Ritter, Knappen und Novizen reagieren werden! Es gab noch nie eine Frau in *Holyfort*. Ein Teil unserer Männer wird Andrea – ich meine Irina – rigoros ablehnen, weil sie gar nicht wissen, wie sie mit einem weiblichen Mitbruder umgehen sollen – und die anderen werden sich in sie verlieben.« Etwas verlegen sah er Irina an und fügte hinzu: »Du kannst nichts dafür, Mädchen, aber du bist ausgesprochen attraktiv. Stell dir vor, einer der Novizen hätte dich nackt unter der Dusche gesehen! Dem wäre doch sofort die Sicherung durchgeknallt!«

»Gero-mar hat Recht«, ergriff erstmals Sarabánc das Wort.

Verwirrt blickten Haro-wan und Irina die dreidimensionale Projektion an.

»Unsere Novizen sind junge Burschen von fünfzehn bis siebzehn Jahren«, gab der Oberste Hüter zu bedenken. »Sie sind moralisch noch nicht völlig gefestigt. Die unmittelbare Nähe zu einem gleichaltrigen Mädchen könnte sie durcheinanderbringen und in ihrer Ausbildung behindern. Ich halte es deshalb nicht für sinnvoll, dass Irina ihre Ausbildung im Kreis der Novizen fortsetzt.«

Irina ging auf das Hologramm zu und fiel vor ihm auf die Knie.

»Bitte«, flehte sie inständig, »schickt mich nicht weg!«

»Steh auf und hör mir genau zu, meine Tochter!« sprach der Oberste Hüter väterlich. »Falls ich je Zweifel hatte, hat Hapo sie restlos zerstreut. Du kannst für unsere Bruderschaft überaus wertvoll sein – mit all den Fähigkeiten, die du besitzt. Heute Abend bei der Andacht werde ich allen Mitbrüdern verkünden, dass du ein Mädchen bist. Ich werde die besonderen Umstände erläutern, die zu unserer Entscheidung geführt haben, und dich dann zum Knappen erheben – zu Haro-wans Knappen, wie es dein Wunsch war. Wenn ihr euch in *Holyfort* aufhaltet, wirst du hier in der Festung wohnen – in dem Zimmer, das einst für Robo-mil vorgesehen war und das auch Benjamin Gaskin eine Zeit lang bewohnt hat. Damit dürften auch *deine* Befürchtungen ausgeräumt sein, Gero-mar. Sicherheitshalber solltest du die jüngeren Ritter, die Knappen und Novizen darauf hinweisen, dass sie bei Irina keinerlei Chancen haben und deshalb gar nicht erst zu versuchen brauchen, mit ihr – wie nennt ihr Menschen das? – anzubandeln. Ich hoffe, du verstehst, was ich meine, Gero-mar!«

Der zwei Meter fünfzehn große Hüne senkte den Kopf:

»Ich ging immer davon aus, dass unsere Bruderschaft nur etwas für Männer ist. Ich weiß nicht, ob ich mich jemals mit der Vorstellung anfreunden kann, dass eine Frau – oder gar mehrere – zu unserer Bruderschaft gehören. Ich denke, ich werde mein Hüteramt niederlegen.«

Haro-wan trat auf seinen Freund zu und klopfte ihm versöhnlich auf die Schulter:

»Rede keinen Unsinn, Bruder! Du hast Irina doch in der vergangenen Woche auch schätzen gelernt, wie Hapo berichtet hat. Sie ist immer noch derselbe Mensch. Das Einzige, was sich geändert hat, ist, dass du nun weißt, dass sie ein Mädchen ist, und das allmählich verarbeiten musst. Aber ich bin sicher, du wirst Irina genauso lieb gewinnen wie ich – na ja, zumindest fast genauso.«

Er sah seinem Freund tief in die Augen. Zum ersten Mal in den einundzwanzig Jahren, die er Gero-mar kannte, bemerkte er, dass es in den Augen des unbeugsamen Kriegers feucht wurde.

Die beiden Männer umarmten sich brüderlich, und Gero-mar erklärte:

»Ich wünsche dir viel Glück mit ihr – mehr als du mit Julia Gaskin und ihrem Sohn hattest.«

Dann ging er auf Irina zu, drückte sie an seinen muskulösen Körper und sagte:

»Ich weiß ja, dass ich der Dümmste der Hüter von *Sedu-Pio* bin. Ich brauche einfach länger als die anderen, um zu begreifen, wie wertvoll du für unsere Bruderschaft sein kannst. Lass mir bitte noch ein bisschen Zeit!« Er wandte sie wieder an die anderen Hüter: »Ich bin schon gespannt auf die dummen Bemerkungen meiner Männer, wenn sie erfahren, dass ich sechs Nächte neben einem bildhübschen Mädchen geschlafen habe, ohne es zu merken.«

*

In der Zwischenzeit hatten Benjamin und der Schwarze Ritter mittels ihrer Kontokarte einen kleinen zweisitzigen Fluggleiter gekauft und waren mit ihm zu Feisal Bakhtyars neuem Firmengebäude geflogen; der Waffenfabrikant hatte es mit immensen Geldmitteln, die er sich bei der Industrie- und Handelsbank geliehen hatte, wieder aufbauen lassen. Die Fabrik stand an derselben Stelle wie sein altes Werk, das Hasso-gat und Lajo-til in Haro-wans Auftrag in die Luft gesprengt hatten – als Strafe dafür, dass Ritter Boro-sem von Bakhtyar brutal mit Giftgas ermordet worden war.

Nachdem die Besucher alle Sicherheitskontrollen durchlaufen hatten und endlich in Bakhtyars Büro angelangt waren, hielt sich Cane nicht mit langen Begrüßungsfloskeln auf, sondern kam sofort zur Sache:

»Wie ich sehe, läuft Ihre Waffenproduktion wieder. Das ist gut so, ich brauche dringend Strahlengewehre, mit Laser-geschützen ausgestattete Fluggleiter und wenn möglich eine größere Menge Kampfroboter.«

»Meine Fabrik ist noch lange nicht auf dem alten Stand«, erwiderte Bakhtyar. »Außerdem muss ich höllisch aufpassen: Wenn Haro-wan erfährt, dass ich mit Ihnen Geschäfte mache, wird er bestimmt versuchen, mir ins Handwerk zu pfuschen.«

»Haro-wan ist blind und kann – falls er überhaupt noch lebt – niemandem mehr gefährlich werden«, entgegnete der Schwarze Ritter. »Wegen ihm brauchen Sie sich keine Sorgen zu machen. Wie sieht es mit der Stadtverwaltung aus?«

»Vor einem halben Jahr hat der Gouverneur der Provinz *Archimedes* einen neuen Hochkommissar für *Sedu-Pio* berufen. Er heißt Guanming Gu und hat die Verwaltung fest im Griff.«

»Halten Sie ihn für kooperativ?« wollte Cane wissen.

»Er hat gute Beziehungen zum Großkapital«, antwortete der Waffenhändler. »Ich verfüge derzeit leider nicht über die nötigen Mittel, um ihn zu schmieren. Reden Sie am besten mit Akimovic und Osaki, die haben bereits Kontakte zu dem neuen Kommissar geknüpft!«

»Das werde ich tun. Eine andere Frage: Kennen Sie jemanden, der mir in kürzester Zeit eine schlagkräftige Söldnertruppe auf die Beine stellen kann?«

»Kakhaber Rubashwili wäre da wohl der Richtige«, meinte Bakhtyar. »Er unterhält einen Leibwächterservice. Wie man hört, führen seine Gorillas auf Bestellung sogar Mordaufträge aus – es ist alles nur eine Frage des Geldes.«

»Geld werde ich bald im Überfluss haben«, erklärte Cane. »Vermitteln Sie mir für heute Abend einen Gesprächstermin mit diesem Rubashwili! Morgen werde ich dann Hochkommissar Gu einen Besuch abstatten.«

*

Alle Mitglieder der Bruderschaft hatten sich in der Kapelle zur Abendandacht versammelt. Eine ruhige Musik versetzte die Anwesenden in feierliche Stimmung. Dann erschien Sarabáncs dreidimensionale Projektion am Altar. Haro-wan, der vorher gekniet hatte, stand auf und stellte sich neben das Hologramm des Obersten Hüters. Wie immer begann Sarabánc die Andacht mit einem Gebet:

»Großer Gott, du lässt uns entdecken, dass es ein Glück ist, wenn wir uns unterscheiden. Denn nur so kann die Welt ihren ganzen Reichtum entfalten. Nicht alle gleich sollen wir sein, sondern eins in unserer Verschiedenheit. Stärke uns, dass wir trotz unserer Grenzen beieinander aushalten und so einander immer wieder zum Geschenk werden! Amen.«

Der Oberste Hüter machte eine Pause, dann fuhr er fort:

»Meine lieben Brüder! Wie ihr wisst, kann ich seit Gorgons Befreiung aus seinem Gefängnis nicht mehr körperlich bei euch sein, sondern nur noch in Form dieser Projektion, die ihr vor euch seht. Mein Körper liegt ein Stockwerk über euch unter dem Zythallator, der seinen völligen Zerfall verhindert. Ich bin nicht mehr in der Lage, eigenhändig Knappen zu Rittern zu schlagen. Deshalb habe ich beschlossen, mein goldenes Szepter aus der Hand zu legen. Ich habe es vor dieser Andacht Paco anvertraut, damit er es in meinem Auftrag dem Mann übergibt, der es ab sofort tragen wird.«

Der alte Banaco erhob sich von seinem Platz und ging mit dem Szepter auf Haro-wan zu.

»Ich bin froh, dass es gelungen ist, Haro-wan sein Augenlicht zurückzugeben«, sprach Sarabánc feierlich. »Er wird mich in Zukunft bei all den Handlungen vertreten, die ich nicht mehr selbst ausführen kann. Haro-wan, nimm aus Pacos Hand das Szepter aus heiligem Saphagold! Es wird dir zusätzliche Kraft verleihen und einen umfassenden Schutz gegen alle schädlichen Einflüsse bieten – in derselben Weise, wie es der magische Ring tat. Selbst Gorgon kann dir nun nichts mehr anhaben.«

Haro-wan verneigte sich ehrfürchtig und übernahm das Szepter. Er spürte, wie ihn das göttliche Licht durchdrang.

»Lasst uns anlässlich der Übergabe das Lied singen, das für

Haro-wan seit langem eine besondere Bedeutung hat!« forderte der Oberste Hüter die Gemeinschaft auf.

Er stimmte an, und alle Mitglieder der Bruderschaft begannen zu singen:

»Sei ein lebend'ger Fisch, schwimme doch gegen den Strom! Auf, und wag es frisch, Freude und Sieg ist dein Lohn!

Nur die toten Fische schwimmen immer mit dem Strom, lassen sich mit allen andern treiben; haben weder Kraft noch Mut, was anderes zu tun, wollen in der großen Masse bleiben.

Sei ein lebend'ger Fisch, schwimme doch gegen den Strom! Auf, und wag es frisch, Freude und Sieg ist dein Lohn!

Habe doch den Mut, auch einmal anders zu sein als die meisten Leute um dich her! Wenn sie dich auch alle als ›nicht ganz normal‹ verschrei'n, frage du nur: Was will denn der Herr?

Sei ein lebend'ger Fisch, schwimme doch gegen den Strom! Auf, und wag es frisch, Freude und Sieg ist dein Lohn!

Doch aus eig'ner Kraft wirst du nie ein lebend'ger Fisch; bitte Gott um Kraft an jedem Tag! Glaub, dass auch in deinem Leben Gott der Sieger ist, und du staunst, was er zu tun vermag!

Sei ein lebend'ger Fisch ...«

»Das Lied ruft uns dazu auf, gegen den Strom zu schwimmen und auch Wege zu gehen, die manchen Menschen seltsam erscheinen«, setzte Sarabánc nach dem gemeinsamen Gesang seine Rede fort. »Zuvor haben wir in unserem Anfangsgebet gehört, dass die Welt vom Reichtum der Verschiedenheit lebt. Dies gilt auch für unsere Bruderschaft. Betrachtet zum Beispiel uns Hüter: Neben zwei Menschen sind wir vier Wesen aus den unterschiedlichsten Völkern und Kulturen. Trotz oder gerade wegen unserer Verschiedenheit sind wir ein perfektes Team. So soll es in der gesamten Bruderschaft sein. Denn auch ihr Menschen seid nicht alle gleich. Jeder hat andere Fähigkeiten und Talente, die er in die Gemeinschaft einbringen kann. Es gibt Denker und Praktiker, Alte und Junge, Große und Kleine – Männer und Frauen. Bisher hatten wir alle Arten von Männern in unserem Kreis – aber keine Frau. Das weibliche Element schien nicht zum Rittertum zu passen – und sicher gibt es viele Frauen und Mädchen, die keinerlei Interesse haben, unserer

Bruderschaft beizutreten. Doch nun befindet sich in *Holyfort* eine junge Frau, die die Ritterwürde anstrebt. Ich bin überzeugt, dass sie eine große Bereicherung für uns alle sein wird.«

Ein Raunen ging durch die Bankreihen.

»Die junge Frau, um die es sich handelt, ist den meisten von euch bereits bekannt«, sprach Sarabánc weiter. »Sie ist schon seit einer Woche Mitglied unserer Bruderschaft und hat sich bereits vorher in herausragender Weise bewährt.«

Verwundert schüttelten einige der Männer die Köpfe.

»Irina Andrea Burano, tritt vor!« forderte der Oberste Hüter das Mädchen auf.

Mit heftig pochendem Herzen näherte sich Irina dem Altar und kniete vor dem Hologramm nieder.

»Irina hat sich in vorbildlicher Weise um Haro-wan gekümmert, als er blind und hilflos war«, erklärte Sarabánc, »und ihr allein ist es zu verdanken, dass er jetzt wieder gesund unter uns weilt. Wie Gero-mar und Niko-tsan festgestellt haben, verfügt sie über alle Kenntnisse, die ein Knappe benötigt. Was ihre körperlichen Fähigkeiten angeht, hat sie im Trainingscamp ihre männlichen Kollegen großenteils sogar übertroffen. Schließlich hat sie gestern durch ihr beherztes Eingreifen Gero-mar davor bewahrt, sein Augenlicht zu verlieren.«

Der Oberste Hüter wandte sich an seinen besten Schüler:

»Haro-wan, deine erste Amtshandlung als mein Stellvertreter ist es, Irina Andrea Burano nun zu deinem Knappen zu erheben.«

Haro-wan legte Irina das blaue Knappenhalstuch um und berührte sie mit dem goldenen Szepter. Dann bedeutete er ihr, sich zu erheben.

In der Kapelle war es mucksmäuschenstill, dass man eine Stecknadel hätte fallen hören. In den Gesichtern der Männer war zu erkennen, dass sie nicht so recht mit der neuen Situation umzugehen wussten. Einige Novizen blickten beschämt drein, weil sie bei den Wettkämpfen von einem Mädchen besiegt worden waren.

Da begann Ito plötzlich – ganz entgegen der ansonsten so andächtigen Stimmung in der Kapelle – kräftig in seine kleinen

Hände zu klatschen und laut »Bravo, Irina!« zu rufen. Das Eis war gebrochen. Einer der Männer nach dem anderen fing an zu applaudieren, selbst Gero-mar spendete freundlich Beifall.

Irina wurde knallrot im Gesicht und vergrub ihren Kopf an Haro-wans Schulter. Als sie wieder in die Runde blickte, standen Tränen in ihren blauen Augen. Aber es waren Tränen der Freude.

Sarabánc ergriff erneut das Wort:

»Die Geschichte, die wir heute hören, ist diejenige, die Irina zu ihrem Lebensmotto erkoren hat: die Geschichte vom Bambus. Abweichend von unserer sonstigen Gepflogenheit möchte ich die Geschichte nicht allein erzählen, sondern sie mit verteilten Rollen sprechen lassen: Haro-wan, übernimm den Part des Herrn, und du, Irina, den des Bambus!«

Dann begann der Oberste Hüter mit der Rahmenhandlung, bis zu der Stelle, da sich der Herr seinem geliebten Baum nähert und der Bambus demütig seinen Kopf neigt.

»Lieber Bambus, ich brauche dich«, sprach Haro-wan.

»Ich bin bereit. Gebrauche mich, wie du willst!« erwiderte Irina.

Nun entspann sich das Zwiegespräch, in dem der Herr dem Bambus Schritt für Schritt beibrachte, dass er ihm die Blätter und Äste abhauen und ihm das Herz herausschneiden müsse. Und Irina antwortete:

»Herr, schneide und teile!«

Daraufhin schilderte Sarabánc, wie der Herr den Bambus teilte, sein Herz herausnahm, ihn schließlich mit der Quelle verband und so die Reisfelder bewässerte.

»Die Tage vergingen, die Saat ging auf, wuchs, und die Erntezeit kam«, beendete der Oberste Hüter die Erzählung. »So wurde der einst so herrliche Bambus wirklich zum Segen.«

Er wandte sich an die junge Frau, die voll Ehrfurcht auf das Hologramm blickte:

»Liebe Irina, ich weiß, dass du ein großartiger Bambus sein wirst – zum Segen für die unzähligen Reispflänzchen auf diesem Planeten, für unsere Bruderschaft und für deinen Herrn und Meister Haro-wan.«

Irina nickte stumm. In diesem Moment wusste sie, dass sie seit heute erwachsen war.

*

»Sie möchten also die Dienste meines Leibwächterservices in Anspruch nehmen«, begrüßte Kakhaber Rubashwili den Schwarzen Ritter und seinen Knappen, als sie sich spät abends im Hinterzimmer der übelsten Spelunke von *Miners Landing* trafen.

Benjamin betrachtete Rubashwili eingehend: Der feine Anzug, den der Mann trug, passte in keiner Weise zu seinem Aussehen. Rubashwili war groß und grobschlächtig, er wirkte wie ein ehemaliger Preisboxer, der sich im Lauf der Zeit vom bezahlten Schläger und Killer zum Chef einer Gangsterbande hochgearbeitet hatte.

»Einen Leibwächter brauche ich nicht«, erklärte Cane. »Ich verfüge bereits über den perfekten Schutz. Haben Sie eine Waffe bei sich?«

Rubashwili nickte.

»Dann schießen Sie auf mich!« forderte ihn der Schwarze Ritter auf. »Na los, keine Hemmungen!«

Rubashwili zog seine Strahlenpistole:

»Soll ich wirklich?«

»Drücken Sie schon ab!« zischte Cane.

Rubashwili feuerte, doch der Laserstrahl zeigte keinerlei Wirkung.

»Wie Sie sehen, bin ich unverwundbar«, sagte der Schwarze Ritter. »Was ich suche, sind Leute, die mir helfen, die Kontrolle über die Stadt auszuüben, einige Störenfriede aus dem Weg zu räumen und später einen Krieg gegen *Holyfort* zu führen. Wenn Sie mir dafür eine Truppe zusammenstellen können, kommen wir ins Geschäft.«

»Das wird nicht billig. Ich brauche mindestens ...«

»Geld spielt für mich keine Rolle«, unterbrach ihn Cane. »Besorgen Sie alle Leute, die sie kriegen können – sie müssen nur gut kämpfen und dürfen keinerlei Skrupel haben! Nehmen Sie das als erste Anzahlung!«

Er zog den prall mit Goldmünzen gefüllten Lederbeutel, den sie im Supermarkt erbeutet hatten, aus seiner Manteltasche und schüttete den Inhalt auf den Tisch.

»Beim nächsten Mal treffen wir uns in etwas vornehmerer Umgebung«, fügte er hinzu. »Ich schlage vor im Casino-Club. Diese Kneipe hier entspricht nicht meinem Stil!«

»Ich werde mein Bestes tun«, versicherte Rubashwili und umfasste den Berg von Münzen mit beiden Händen. »Wie kann ich Sie erreichen?«

»Sie hören von mir«, antwortete Cane. »Schon bald werden Sie eine Einladung in den Casino-Club erhalten. Dann will ich, dass Sie über genügend Männer verfügen, um in der Stadt aufzuräumen. Sonst war dies das letzte Geld, das Sie von mir bekommen haben!«

Er stand auf und bewegte sich zum Ausgang. Benjamin beeilte sich, ihm nachzukommen.

»Du hast ihm unser gesamtes Bargeld gegeben«, sagte der junge Mann in leicht vorwurfsvollem Ton.

»Das diente nur dem Zweck, ihn heiß zu machen«, erwiderte der Schwarze Ritter. »Er weiß nun, dass er gut verdienen kann, wenn er für uns arbeitet. Das große Kapital für die Machtergreifung besorgen wir uns jetzt. Pass auf, mein Sohn, du kannst noch viel von mir lernen!«

Sie stiegen in den Gleiter und flogen los. Draußen herrschte stockfinstere Nacht. Cane steuerte die Maschine in den nobelsten Vorort von *Miners Landing.*

»Das Grundstück dort unten gehört Kurt Wallraff, einem der reichsten Männer von *Sedu-Pio*«, erklärte er. »Sein Großvater hat die Industrie- und Handelsbank gegründet. Sein Vater hat die Bank dann in eine Aktiengesellschaft umgewandelt, behielt aber selbst einen Anteil von einundfünfzig Prozent. Als er vor einem halben Jahr starb, erbte alles sein einziger Sohn Kurt. Doch der ist ein reicher Müßiggänger, der nur das Leben genießt und sich kaum um das Bankgeschäft kümmert. Er ist in meinem Alter, hat eine hübsche junge Frau und zwei kleine Kinder. Von ihm werden wir uns holen, was wir brauchen.«

»Was hast du vor, Vater?« erkundigte sich Benjamin.

»Ihm sein Aktienpaket abluchsen, dann kontrollieren wir die Bank.«

»Willst du ihm die Aktien stehlen? Ich glaube nicht, dass das klappt. Die haben doch bestimmt eine Alarmanlage ...«

»Natürlich«, fiel ihm der Schwarze Ritter ins Wort. »Eine, die sofort per Funk die Polizei alarmiert, wenn jemand widerrechtlich das Grundstück betritt. Aber ich habe bereits geistigen Kontakt mit Gorgon aufgenommen. Siehst du die dunkle Wolke über der Villa? Gorgon wird die Funksignale blockieren, so dass niemand erfährt, dass wir hier eindringen. Und was deine erste Frage angeht: Stehlen wäre viel zu plump und zu unsicher. Wir lassen uns die Aktien ganz legal ... – aber wart ab, du wirst es gleich miterleben. Tu nur genau, was ich dir sage!«

Er landete den Gleiter unmittelbar vor der Villa. Die beiden stiegen aus. Der Schwarzer Ritter zündete sein Laserschwert und befahl Benjamin, seine Strahlenpistole in die Hand zu nehmen. Dann öffnete er mit dem Schwert die Haustür und trat ein. Benjamin folgte ihm mit einem mulmigen Gefühl.

Der Schwarze Ritter eilte zielstrebig in den ersten Stock des Hauses auf das Schlafzimmer zu, stieß die Tür auf und setzte dem neben seiner Frau Nicole im Bett liegenden Kurt Wallraff die Spitze seines Laserschwertes an die Kehle. Benjamin blieb an der Tür stehen.

»Wer – wer sind Sie und was wollen Sie von uns?« stammelte der Hausherr kreidebleich.

»Nur ein kleines Geschäft abschließen«, knurrte Cane. »Gehen wir in Ihr Arbeitszimmer!«

»Ich denke gar nicht daran!« schrie Wallraff aufgebracht. »Verlassen Sie mein Haus! Jeden Moment wird die Polizei hier eintreffen und Sie festnehmen.«

»Das glaube ich kaum«, entgegnete der Schwarze Ritter eisig. »Aber ich dachte schon, dass ich Ihnen erst meine Macht demonstrieren muss.«

Er packte Wallraffs Frau am Arm, zog sie aus dem Bett und riss ihr das Nachthemd vom Leib. Dann fuhr er mit seinem Schwert langsam über ihren Oberkörper. Die junge Frau brüllte vor Schmerz.

Hektisch öffnete Wallraff die Nachttischschublade, ergriff die darin liegende Strahlenpistole und feuerte auf den Peiniger seiner Frau. Erschüttert bemerkte er, dass die Strahlen dem Eindringling nichts anhaben konnten.

»Wenn ich mit Ihrer Frau fertig bin, nehmen wir uns Ihre Kinder vor«, bellte der Schwarze Ritter. »Benjamin, schau nach, wo sich die Gören befinden!«

Der Knappe zögerte. Widerwillig wandte er sich zum Flur, um den Befehl seines Vaters auszuführen.

»Nicht unsere Kinder!« flehte Nicole Wallraff und hielt das zerrissene Nachthemd vor ihren geschundenen Körper.

»Es wird ihnen nichts geschehen, wenn Sie kooperativ sind«, sagte Cane. »Ich möchte lediglich, dass Sie ein Dokument unterschreiben. Gehen wir in Ihr Arbeitszimmer!«

»In – in Ordnung«, stotterte der Multimillionär.

»Ihre Frau kommt mit – als Geisel! Ich werde ihren schönen Körper Stück für Stück zerschneiden, wenn Sie nicht alles tun, was ich verlange.«

Sie gingen hinunter in das Arbeitszimmer. Wallraff setzte sich an seinen Schreibtisch. Der Schwarze Ritter wies Benjamin an, mit der Pistole auf den Mann zu zielen. Während er selbst mit seinem Laserschwert die Frau bedrohte, sagte er:

»Nehmen Sie einen Bogen mit Ihrem Briefkopf und schreiben Sie! Überschrift: Mein letzter Wille.«

»Was?« rief Wallraff entsetzt.

»Schreiben Sie – oder ihre Frau hat eine Hand weniger! Schreiben Sie genau, was ich Ihnen diktiere: Ich, Kurt Wallraff, erkläre hiermit im Vollbesitz meiner geistigen Kräfte, dass ich im Falle meines Todes meine Besitzanteile an der Industrie- und Handelsbank ...«

Er machte eine Pause, damit Wallraff den Text bis zu dieser Stelle schreiben konnte. Dann fuhr er fort:

»... meine Besitzanteile an der Industrie- und Handelsbank meinem erstgeborenen – wenn auch unehelichen – Sohn, Benjamin Gaskin, vermache, den ich vor zwanzig Jahren mit der Farmerstocher Julia Gaskin im Bezirk *Boquera* gezeugt habe.«

Benjamin rutschte die Kinnlade nach unten. Fassungslos starrte er den Schwarzen Ritter an. Der jedoch verzog keine Miene und diktierte weiter:

»Mein Haus und mein übriges Vermögen vermache ich meiner Frau Nicole und meinen beiden minderjährigen Kindern. – Dann datieren Sie das Ganze acht Wochen zurück und unterschreiben es – so wie Sie immer unterschreiben! Und keine Tricks – ich kenne Ihre Unterschrift!«

Zitternd befolgte Wallraff die Anweisung.

»Legen Sie das Testament zu Ihren anderen Dokumenten!« befahl Cane. »Das war alles. Sie können jetzt wieder hinauf ins Schlafzimmer gehen.«

Der Schwarze Ritter ließ die junge Frau los und folgte den Eheleuten mit gezücktem Schwert in den ersten Stock. Benjamin lief mit der Pistole neben ihm her.

»Er wird das Testament doch sofort vernichten, wenn wir das Haus verlassen haben«, flüsterte er ihm zu.

»Nein, nein, das habe ich nicht vor«, beteuerte Wallraff, der Benjamins Worte gehört hatte.

»Natürlich hast du das vor«, zischte Cane, während sie das Schlafzimmer betraten. »Zumindest würdest du es tun, wenn du die Gelegenheit dazu hättest.«

Mit seiner im schwarzen Handschuh steckenden Hand ergriff er Wallraffs Strahlenpistole, die auf dem Nachttisch lag.

»Pass auf die beiden auf, Benjamin!« rief er und ging aus dem Zimmer. Wenige Minuten später kehrte er zurück.

»Die Gören sind tot« erklärte er ohne jegliche Gefühlsregung. »Nun zu euch!«

Er drückte Kurt Wallraff die Pistole in die Hand, packte seinen Arm und richtete die Waffe auf die im Bett liegende Frau.

»Nein!« schrie Nicole Wallraff wie von Sinnen.

Ihr Mann versuchte, sich zu wehren, doch der Schwarze Ritter war stärker. Er presste Wallraffs Hand zusammen und drückte ab. Der Strahl aus der Pistole fuhr in die Brust der jungen Frau und tötete sie auf der Stelle. Benjamin spürte, wie ihm übel wurde. Während er sich erbrach, sah er, wie Cane die Waffe in Wallraffs Hand an den Kopf des Mannes führte.

»Gute Nacht!« zischte er bösartig und drückte ein zweites Mal ab.

*

»Herein!« rief Haro-wan, als es früh am Morgen an der Tür seines Zimmers klopfte. Der Hüter befand sich in seinem Bett, das goldene Szepter lag auf seiner Brust.

Irina trat ein. Sie trug ihre Reithose und das sandbraune Hemd mit dem blauen Halstuch.

»Guten Morgen, mein allerliebster Herr und Meister!« begrüßte sie Haro-wan fröhlich. »Wie geht es dir heute?«

»Ich fühle mich gut«, antwortete der Hüter. »Und ich kann einwandfrei sehen. Sarabáncs Szepter hat die Heilung zusätzlich beschleunigt.«

Irina sprang auf das Bett, umarmte Haro-wan und küsste zuerst seine Augen, dann seinen Mund.

»Ich bin so glücklich, dass mit dir wieder alles in Ordnung ist!« rief sie voll Freude aus. »Übrigens: Ist dir klar, dass du jetzt wirklich ein Wandmann bist?«

»Wie meinst du das?«

»Nun, das Wort *Wand* bedeutet im Deutschen soviel wie ›Mauer‹, im Englischen aber hat es die Bedeutung ›Zauberstab‹. Und das goldene Szepter ist doch wohl so eine Art Zauberstab, oder?«

Sie nahm das Szepter in die Hand und kitzelte damit den Bauch des Hüters.

»Hör zu, mein Schatz!« sagte Haro-wan mit ernster Miene. »Wir müssen über ein paar Dinge reden, auch wenn es dir vielleicht unangenehm ist: Es ist nicht gut, dass du so einfach am Morgen zu mir ins Zimmer kommst ...«

»Wieso?« unterbrach ihn Irina. »Ich bin dein Knappe und habe mich nach deinen Wünschen zu erkundigen.«

»Aber du bist auch ein wunderschönes Mädchen, und ich bin ein vierzigjähriger Mann. Wir müssen vorsichtig sein, besonders jetzt, wo ich Sarabáncs Stellvertreter bin.«

»Was willst du damit sagen?« fragte Irina irritiert.

»Überleg einmal, was man über uns reden wird, wenn einer unserer Männer beobachtet, dass du hier bei mir im Zimmer bist, während ich noch im Bett liege!«

»Meinst du, ich soll nicht mehr in dein Zimmer kommen?«

»Richtig«, antwortete der Hüter. »Außerdem sollten wir uns nicht so oft küssen, jedenfalls nicht in der Öffentlichkeit.«

»Aber ich liebe dich.«

»Ich liebe dich auch. Leider verstehen nicht alle Menschen unter Liebe dasselbe wie wir. Zumindest müssen wir damit rechnen, dass uns jemand etwas anderes unterstellt ...«

»Ihr Männer denkt doch immer in die falsche Richtung!« empörte sich Irina. »Mir geht es um Liebe und Zärtlichkeit. Männer dagegen denken anscheinend nur an Sex.«

»Du weißt, dass ich sehr genau zwischen Liebe und Sexualität unterscheide. Deshalb habe ich auch keinerlei Probleme damit, dass ich dich liebe. Ich habe begriffen, dass wir Menschen lernen müssen, unsere primitiven Triebe zu kontrollieren. Nur wenn wir die Liebe von der Begierde trennen, sind wir in der Lage, wirklich zu lieben.«

»Ich bin genau derselben Ansicht«, erklärte Irina. »Sex bedeutet mir nichts. Ich bleibe Jungfrau – zumindest so lange, bis ich vielleicht einmal Kinder haben möchte. Im Moment will ich nur ein guter Bambus sein. Tu mit mir, was du für richtig hältst! Aber bitte verbiete mir nicht, zärtlich zu dir zu sein!«

»Alles in Maßen«, meinte Haro-wan, »und nicht in der Öffentlichkeit! Du musst auftreten wie ein männlicher Knappe, dann hast du es den Männern gegenüber auch leichter. Nach der Morgenandacht werden wir auf dem Turnierplatz mit dem Laserschwert trainieren. Ich muss mich an ein neues Schwert gewöhnen – mein goldenes Schwert hat ja bedauerlicherweise der Schwarze Ritter. Beim Training mit mir darfst du als Knappe auch ein Laserschwert führen. So lernst du gleich, wie man damit umgeht. Aber ich warne dich: Ich muss hart zuschlagen, um wieder in Form zu kommen.«

»Nimm keine Rücksicht auf mich!« sagte Irina. »Behandle mich wie einen männlichen Knappen! Es wird mir helfen, einmal ein guter Ritter zu werden.« Sie setzte ihr süßestes Lächeln auf und fügte hinzu: »Aber die Haare darf ich mir doch wieder wachsen lassen! Ich liebe lange Haare – fast so sehr wie dich.«

*

Während Haro-wan mit Irina auf dem Turnierplatz von *Holyfort* trainierte, übten auch der Schwarze Ritter und Benjamin im Hinterhof ihres Domizils den Kampf mit dem Laserschwert. Die Medien von *Miners Landing* berichteten inzwischen über zwei grässliche Verbrechen, die innerhalb eines Tages in der Stadt geschehen waren: den Überfall auf einen Supermarkt, verübt durch einen unbekannten schwarzgekleideten Schwertkämpfer, der einen Kunden enthauptet hatte, und die Familientragödie des Multimillionärs Kurt Wallraff, der offenbar in geistiger Umnachtung seine junge Frau, seine zwei kleinen Kinder und schließlich sich selbst erschossen hatte.

Benjamin war die Skrupellosigkeit, mit der sein Vater vorging, unheimlich. Aber sein Plan schien in jeder Hinsicht aufzugehen; es war ihm sogar gelungen, schon am nächsten Tag einen Termin bei Hochkommissar Guanming Gu zu bekommen.

»Mein Name ist Cane«, stellte sich der Schwarze Ritter dem Chef der Stadtverwaltung von *Miners Landing* vor. »Ich beabsichtige, hier einige Geschäfte zu tätigen. Ursprünglich wollte ich mich heute mit Kurt Wallraff treffen, um mich mit ihm über verschiedene Möglichkeiten einer Zusammenarbeit zu unterhalten. Nun hörte ich von diesem schrecklichen Massaker. Ist es wirklich wahr, dass er seine ganze Familie ausgelöscht hat?«

»Es sieht so aus«, antwortete der Hochkommissar. »Woher kennen Sie Wallraff?«

»Er war ein guter Bekannter meiner verstorbenen Frau Julia. Der junge Mann hier ist übrigens mein Sohn Benjamin Gaskin.«

»Benjamin Gaskin aus dem Bezirk *Boquera*?« fragte Guanming Gu nachdenklich. »Er ist Ihr Sohn?«

»Ja. Meine Frau brachte ihn zur Welt, als ich gerade auf Reisen war. Ich war damals sehr lange von Zuhause fort; deshalb wuchs Benjamin auf der Farm seiner Großeltern unter dem Familiennamen Gaskin auf.«

»Und Sie sind sicher, dass er ihr Sohn ist?«

»Wie soll ich diese Frage verstehen?« erwiderte der Schwarze Ritter mit hervorragend gespielter Verwunderung. »Natürlich ist Benjamin *mein* Sohn.«

»Nun«, antwortete Gu, »Wallraff hinterließ ein vor acht Wochen verfasstes Testament, in dem er erklärt, ein Benjamin Gaskin aus dem Bezirk *Boquera* sei sein erstgeborener – wenn auch unehelicher – Sohn. Er hat ihm seine Anteile an der Industrie- und Handelsbank vermacht. Den übrigen Besitz hätten laut Testament seine Frau Nicole und deren Kinder geerbt. Aber da sie tot sind und Benjamin Gaskin offenbar Wallraffs einziger lebender Nachkomme ist, erbt er nun wohl alles.«

Benjamin sah den Hochkommissar ungläubig an.

Cane sprang erregt auf:

»Was behauptet dieser Wahnsinnige? Benjamin soll *sein* Sohn sein? Das ist wohl die bodenloseste Lüge, die ich je gehört habe!«

»Verzeihen Sie meine Frage, aber könnte es nicht sein, dass Wallraff ein Verhältnis mit Ihrer Frau gehabt hat?«

»Wallraff weilte damals für einige Wochen in *Boquera* und wohnte zeitweise auf der Gaskin-Farm. Ich weiß nicht, was er überhaupt im Grasland wollte. Er war der Sohn eines Bankers, kein Viehzüchter.«

»Nun, er lebte auf der Farm Ihrer Schwiegereltern, und Sie waren viel auf Reisen«, meinte Gu. »Vielleicht hat er da ...«

»Dieses miese Schwein!« entfuhr es dem Schwarzen Ritter. »Entschuldigen Sie, man soll ja nichts Schlechtes über Tote sagen, aber wenn er tatsächlich ...« Er unterbrach sich und sah Benjamin mitfühlend an. »Ich hoffe, die Nachricht ist kein allzu großer Schock für dich. Möglicherweise ist dieser Wallraff tatsächlich dein leiblicher Vater.«

»Erbe ich jetzt wirklich Wallraffs gesamtes Vermögen?« wollte der junge Mann wissen.

»Wir werden die Echtheit des Testaments prüfen – die Unterschrift, die Fingerabdrücke auf dem Dokument und so weiter«, antwortete der Hochkommissar. »Aber wenn das Testament offiziell anerkannt ist, gehört alles Ihnen: die Aktien, das Haus und ein riesiges Barvermögen. Sie werden ein wohlhabender und einflussreicher Mann sein.«

»Ich weiß gar nicht, wie man ein so großes Vermögen verwaltet«, äußerte Benjamin. »Du musst mir dabei helfen, Vater!«

»Wenn du es wünschst, werde ich es tun«, versprach der Schwarze Ritter, »selbst wenn ich nicht dein leiblicher Vater bin.« Er wandte sich wieder an Gu: »Ich muss die neue Situation erst einmal in Ruhe verarbeiten. Vermutlich wird sich das Leben von Benjamin und mir radikal verändern. Wie lange wird er dauern, bis das Testament anerkannt ist?«

»Es geht alles seinen üblichen Gang«, erklärte der Hochkommissar undurchsichtig. »Als Erstes benötigen wir von Benjamin Gaskin einen Identitätsnachweis – Geburtsurkunde und Muster der Regenbogenhaut seiner Augen; wir werden die Unterlagen in *Boquera* anfordern. Sachverständige werden das Testament einer eingehenden Prüfung unterziehen. Dann muss die exakte Höhe des Vermögens festgestellt werden – wegen der Erbschaftssteuer ...«

»Ich wäre Ihnen dankbar, wenn Sie das Ganze etwas beschleunigen könnten«, unterbrach ihn Cane.

»Wie würde sich Ihre Dankbarkeit äußern?«

»Nun ja, ich würde es mich – besser gesagt: uns – schon etwas kosten lassen. Wie wäre es mit fünf Prozent der Erbschaft als Anerkennung für Ihre wohlwollende Unterstützung?«

»Zehn Prozent«, entgegnete Guanming Gu, ohne das Gesicht zu verziehen. »Sie sind fremd in *Miners Landing* und haben keinerlei Beziehungen. Ohne meine Hilfe sind Sie im Dschungel der Bürokratie hoffnungslos verloren. Ich könnte auch mehr verlangen – aber ich bin ein äußerst genügsamer Mensch.«

»Zehn Prozent des Vermögens, aber keine Aktien«, sagte Cane und streckte Gu die Hand hin.

»Einverstanden«, erwiderte der Hochkommissar und schlug ein. »Ich werde mein Honorar zusammen mit der Erbschaftssteuer einbehalten, bevor alles auf Ihren Sohn – genauer gesagt: den Sohn Ihrer verstorbenen Frau – überschrieben wird.«

»Wir sehen uns bald wieder«, meinte der Schwarze Ritter. »Ich denke, wir werden in Zukunft noch eine Reihe guter Geschäfte miteinander tätigen.«

Er und Benjamin verabschiedeten sich und verließen das Verwaltungsgebäude.

»Warum hast du ihm gleich zehn Prozent überlassen?« erkundigte sich Benjamin, als sie zu ihrer Herberge zurückflogen.

»Wir müssen ihn uns bei Laune halten«, antwortete der Schwarze Ritter. »Gu ist unser Schlüssel zur Macht. Aber glaub mir: Wir werden uns alles wieder zurückholen!«

*

Vierzehn Tage später war Wallraffs Testament anerkannt und Benjamin Gaskin zum Alleinerben erklärt worden. Er war nun Hauptaktionär der Industrie- und Handelsbank; in dieser Eigenschaft ernannte er Cane zum Bankdirektor. Die beiden zogen in Wallraffs Villa, von wo aus sie ihr Wirtschaftsimperium leiteten. Alles lief nach den Plänen des Schwarzen Ritters.

Wie sich herausstellte, hatte nicht nur Feisal Bakhtyars Waffenfabrik immense Schulden bei der Bank, sondern nahezu alle Unternehmen in *Miners Landing*. Auch am Casino-Club war die Industrie- und Handelsbank beteiligt. Dort trafen sich Cane und Benjamin von nun an regelmäßig mit Bakhtyar und Rubashwili, um sich über den Aufbau der Armee und die Waffenproduktion informieren zu lassen. Auch der Drogenkönig Slobodan Akimovic und Yukio Osaki, der Chef des Callgirlrings, nahmen oft an den Besprechungen teil. Mit ihrer Hilfe konnten Cane und Benjamin ihren Einfluss in der Stadt weiter vergrößern. Außerdem erfuhren sie, dass Hochkommissar Gu des Öfteren die Dienste von Osakis Mädchen in Anspruch nahm.

»Er steht auf ganz junge Dinger«, erzählte der Zuhälter eines Abends. »Und was mir die Mädchen so berichten, scheint er vor keiner Perversion zurückzuschrecken. Dafür zahlt er auch besser als jeder andere Kunde.«

»Gut, das zu wissen«, erwiderte der Schwarze Ritter. »Ich denke, damit haben wir Gu endgültig in der Hand.«

Natürlich war auch dem Hochkommissar nicht entgangen, wie die Macht Canes und Gaskins von Tag zu Tag wuchs. Deshalb hielt er es für geboten, die beiden zu einem Gespräch ins Verwaltungsgebäude zu bestellen.

»Wie ich sehe, haben Sie sich in *Miners Landing* gut eingelebt«, begann Gu die Unterredung.

»So ist es«, bestätigte der Schwarze Ritter. »Mittlerweile haben wir so gute Beziehungen, dass wir auf Ihre gnädige Unterstützung nicht mehr angewiesen sind.«

»Sagen Sie das nicht!« entgegnete der Hochkommissar mit düsterer Miene. »Sie verfügen zwar über ein großes Kapital, aber ich habe Recht und Gesetz auf meiner Seite. Wie ich inzwischen erfahren musste, haben Sie bereits gegen eine ganze Reihe geltender Gesetze verstoßen. Es heißt, dass Sie verbotene Waffen herstellen lassen und eine Privatarmee unterhalten. Auch erscheint es immer mehr Leuten merkwürdig, dass Kurt Wallraff, kurz nachdem er ein Testament zugunsten von Benjamin Gaskin verfasst hat, sich und seine Familie ermordet. Dann war da noch der Überfall auf den Supermarkt vor ein paar Wochen: Nach den Ermittlungen der Polizei wurde er von zwei Männern verübt, deren Beschreibung auf Sie beide passt, und ein Betrag, der exakt dem Guthaben der erbeuteten Kontokarten entspricht, wurde am selben Tag einem Konto gutgeschrieben, das auf den Namen Benjamin Gaskin lautet. Ich könnte Sie jederzeit wegen dringenden Tatverdachts verhaften lassen.«

»Wenn Sie schon so gut informiert sind«, knurrte Cane, »wissen Sie bestimmt auch, dass ich unverwundbar bin und dass meine Privatarmee – wie Sie es nennen – bereits stärker ist als Ihre Polizei. Sie können entscheiden, ob Sie Krieg oder Frieden wollen.«

»Sie überschätzen sich«, erwiderte Gu. »Ein Anruf von mir beim Gouverneur von *Archimedes* – und eine richtige Armee wird auf *Sedu-Pio* landen und Ihnen und Ihren Helfershelfern den Garaus machen.«

»Natürlich sind wir noch nicht stark genug, um es mit terranischen Elitetruppen aufzunehmen«, räumte der Schwarze Ritter ein. »Aber in diesem Fall würden nicht nur wir verlieren, sondern auch Sie.«

»Wie meinen Sie das?« fragte der Chef der Stadtverwaltung.

»Nun ja, wenn sich der Gouverneur mit den Vorgängen auf *Sedu-Pio* befasst, wird er auch von Ihren Verfehlungen erfahren. Seit Sie in *Miners Landing* sind, haben Sie jede Menge Bestechungsgelder angenommen, unter anderem vom Drogenkönig der Stadt. Auch am Tod Wallraffs haben Sie recht gut verdient. Und dann ist da noch Ihre Vorliebe für perverse Spiele mit Minderjährigen – die betreffenden Mädchen sind jederzeit bereit, gegen Sie auszusagen. Wie man hört, ist Gouverneur Magnus Lovlig ein sehr konservativer Mann, dem Sitte und Anstand über alles gehen. Ich bin mir sicher, dass er Sie Ihres Postens entheben wird, noch bevor er Maßnahmen gegen mich und Benjamin ergreift.«

Guanming Gu starrte Cane sprachlos an.

»Keine Sorge!« beruhigte der Schwarze Ritter den Hochkommissar. »Sie können hier die politische Macht behalten, wenn Sie mich weiterhin schalten und walten lassen, wie ich will. Mein Hauptziel ist sowieso nicht die vollständige Unterwerfung von *Miners Landing*, sondern die Vernichtung von *Holyfort.* Machen Sie uns keine Schwierigkeiten – und Sie können hier noch viele Jahre den Obermacker spielen!«

Gu nickte:

»Es ist wohl besser, wenn der Gouverneur von all dem nichts erfährt.«

»Es ist in unserem gemeinsamen Interesse«, bestätigte Cane. »Tun Sie nur immer schön, was ich sage, und es wird Ihnen stets gut gehen! Ich lasse Ihnen täglich auf meine Kosten ein knackiges Mädchen kommen; Osaki hat eine große Auswahl an süßen jungen Dingern. Es wird Ihnen bestimmt nie langweilig werden. Machen Sie's gut, mein Freund!«

Cane und Benjamin verließen das Verwaltungsgebäude und bestiegen ihren Gleiter.

»Der frisst uns aus der Hand«, sagte der Schwarze Ritter

zufrieden. »Jetzt sind wir die Herren von *Miners Landing* – und bald von ganz *Sedu-Pio.* Fliegen wir in den Casino-Club und feiern wir unseren Triumph mit dem teuersten Wein, den sie dort haben!« Er bemerkte Benjamins ernsten Gesichtsausdruck. »Was ist, mein Sohn? Was fehlt dir noch zu deinem Glück? Am besten nimmst du dir heute Nacht das heißeste Püppchen, das Osaki im Angebot hat!«

Benjamin schüttelte den Kopf.

»Wann schlägst du mich zum Ritter, Vater?«

»Wenn wir in den Kampf gegen *Holyfort* ziehen. Und wenn ich mir sicher bin, dass dir die Vernichtung der Bruderschaft genauso am Herzen liegt wie mir.«

Holyfort, dachte Benjamin. Es war einmal mein Zuhause. *Holyfort* – das sind Sarabánc, Ito und Hapo, Gero-mar und – in erster Linie – Haro-wan. Was ist aus ihm geworden? Lebt er überhaupt noch? Ist es Irina gelungen, ihn heil nach *Holyfort* zu bringen? Ist er immer noch blind?

Der Schwarze Ritter schien zu ahnen, was im Kopf des jungen Mannes vorging.

»Du hängst immer noch an *Holyfort*«, knurrte er. »Dabei haben sie dich aus der Bruderschaft ausgeschlossen. Ich an deiner Stelle wäre froh darüber. Was hattest du schon in *Holyfort*? Ein mühsames Leben in ziemlicher Armut! Hier dagegen hast du alles, was das Herz begehrt: ein riesiges Vermögen, ein prächtiges Haus, jede Art von Vergnügen – und was das Wichtigste ist: eine unbeschreibliche Macht.«

Benjamin war noch immer in seine Gedanken versunken. Der Schwarze Ritter packte ihn am Arm:

»Wenn du willst, dass ich dich zum Ritter schlage, dann vergiss *Holyfort* und Haro-wan – und hör vor allem auf, jeden Abend zu beten!«

*

Ein halbes Jahr war vergangen, seit Gorgons Geist aus dem Energiegefängnis entflohen war. Auf ganz *Sedu-Pio* war der Einfluss des Bösen zu spüren: Naturkatastrophen, Gewaltverbrechen und Sittenverfall hatten in erschreckender Weise zugenommen.

In *Miners Landing* genoss Benjamin Gaskin das Leben als Multimillionär. Als sich Cane für einige Tage in eine Spezialklinik begab, um seine vernarbte Kopf- und Gesichtshaut glätten zu lassen, hatte Benjamin die Leitung der Industrie- und Handelsbank übernommen. Er verkehrte mit den wichtigsten Persönlichkeiten der Stadt und schloss zahlreiche lukrative Geschäfte ab, während sich der Schwarze Ritter nach der Operation hauptsächlich um den Aufbau seiner Armee kümmerte.

Auch in *Holyfort* bereitete man sich durch intensives Training auf die bevorstehende Auseinandersetzung vor. Irina hatte im Kreis ihrer neuen Brüder ihren siebzehnten Geburtstag gefeiert; ihre Haare waren wieder fast so lang wie bei ihrer Ankunft auf *Sedu-Pio.* Wenn sie nicht mit Haro-wan trainierte oder von ihm unterrichtet wurde, maß sie ihre Kräfte mit den anderen Knappen. Außerdem erlernte sie das Fliegen mit dem Gleiter. In der verbleibenden Zeit vergrößerte sie ihr Wissen in der umfangreichen Bibliothek von *Holyfort.*

Fünf Wochen nach Irina beging auch Haro-wan seinen Geburtstag – den einundvierzigsten. Durch das Licht, das das goldene Szepter ausstrahlte, hatte sein Körper eine fast übermenschliche Stärke erlangt. Auf Anregung Gero-mars hatten die Hüter beschlossen, zu Ehren von Sarabáncs Stellvertreter das diesjährige Turnier an seinem Geburtstag durchzuführen, obwohl das letzte Turnier noch kein ganzes Jahr zurücklag. Es sollte jedem Mitglied der Bruderschaft zeigen, wie groß seine Leistungsfähigkeit war, bevor die Schlacht gegen die Armee des Schwarzen Ritters entbrennen würde. Da Sarabánc die Wettkämpfe nicht leiten konnte und Haro-wan am Turnier teilnahm, wurde Paco das Amt des Zeremonienmeisters übertragen; Ito und Hapo fungierten als Schiedsrichter.

Im Wettstreit der Knappen siegte mit Irina Burano erstmals eine junge Frau, aber ihre männlichen Kollegen hatten sich inzwischen daran gewöhnt, dass Irina klüger, stärker und tapferer war als alle anderen Knappen.

Den Wettbewerb der Ritter gewann zum wiederholten Mal Haro-wan. Als Paco ihm den Siegespreis überreichte, spürte Haro-wan instinktiv, dass dies sein letzter Turniersieg gewesen war. Gleichzeitig vernahm er Hapos Stimme in seinem Kopf:

»Es ist wahr: Heute hast du zum letzten Mal an einem Ritterturnier teilgenommen. Du hast bewiesen, dass du wieder im Vollbesitz deiner Kräfte bist. Das ist wichtig, denn dein letzter Kampf steht dir noch bevor: die alles entscheidende Begegnung mit unserem ehemaligen Freund und Bruder Robo-mil.«

»Wie wird dieser Kampf ausgehen?« fragte Haro-wan stumm.

»Du findest die Antwort in der Stadt, in der du geboren bist«, erwiderte Hapo geheimnisvoll. »Dort wartet ein Rätsel darauf, gelöst zu werden.«

»Was für ein Rätsel?« erkundigte sich Haro-wan.

»Als du noch ein Knabe warst, gab dir dein damaliger Lehrer einen Text in lateinischer Sprache, den weder du noch dein Lehrer übersetzen konnten. Fliege mit dem Gleiter nach *Augusta* und versuche, das Geheimnis des Textes zu ergründen! Sarabáncs Szepter wird dich und alle Menschen in deiner Nähe vor Gorgon schützen. Wenn du in *Holyfort* zurück bist, wirst du wissen, was zu tun ist.«

Die übrigen Mitglieder der Bruderschaft hatten Hapos Botschaft nicht hören können. Aber sie merkten, dass etwas im Stellvertreter des Obersten Hüters vorging.

»Meine Freunde!« sagte Haro-wan laut. »Es ist mir eine große Ehre, das Turnier von *Holyfort* erneut gewonnen zu haben. Nun wartet eine neue Aufgabe auf mich. Hapo teilte mir soeben mit, dass ich in meinen Geburtsort *Augusta* fliegen und dort ein Rätsel lösen muss. Es handelt sich um einen lateinischen Text, den ich in meiner Schulzeit vergeblich zu übersetzen versuchte. Ich werde morgen früh gleich nach der Andacht aufbrechen. Irina, du wirst mich begleiten! Du bist in Rom geboren und warst in der Schule stets gut in Latein. Vielleicht kannst du mir helfen, den geheimnisvollen Text zu entschlüsseln.«

6. Das Rätsel in Augusta

Augusta war mit rund fünfhunderttausend Einwohnern die größte Stadt südlich des Felsengebirges und nach *Miners Landing* die zweitgrößte auf *Sedu-Pio.* Die Stadt lag ziemlich genau in der Mitte des Graslands und war das Zentrum der Landwirtschaft. Hier gab es riesige Schlachthöfe für die in allen Bezirken des Graslands gezüchteten Branas, hier fand wöchentlich die große Viehauktion statt, hier wurden die geernteten Feldfrüchte verarbeitet, eingedost und weiterverkauft, hier befanden sich die Produktionsstätten für die landwirtschaftlichen Maschinen – darunter auch die Fabrik von Bryan Miller, dem Vater von Robert Miller, der einst unter dem Namen Robo-mil ein Hüter des Schatzes von *Sedu-Pio* gewesen und später unter dem Einfluss Gorgons zum Schwarzen Ritter geworden war.

Augusta war nicht nur das Zentrum der Ernährungs-, sondern auch der Textilindustrie. An keinem anderen Ort des Planeten wurden schönere und haltbarere Kleidungsstücke aus verschiedenen Stoffarten oder aus Branaleder hergestellt. Ferner gab es in *Augusta* eine Vielzahl von Geschäften, ein Schauspielhaus, eine Freilichtbühne, ein Puppentheater, ein Stadion für Sportwettkämpfe, ein Klinikum, das seit einigen Jahren durchaus mit den besten Krankenhäusern der Erde konkurrieren konnte, und im Norden der Stadt einen Start- und Landeplatz für Flugmaschinen aller Art, jedoch nicht für Raumschiffe. Schließlich befanden sich in *Augusta* auch etliche Schulen, sowie das College für die begabtesten Schüler des gesamten Graslands.

Gut einen Tag nachdem sie in *Holyfort* losgeflogen waren, näherten sich Haro-wan und Irina mit ihrem Gleiter Haro-wans Geburtsort. Dank dem goldenen Szepter war der Flug ohne Zwischenfälle verlaufen. Gorgon hatte offenbar nicht bemerkt, dass sein größter Widersacher fast um den halben Planeten flog. Haro-wan und Irina hatten sich als Piloten abgewechselt und waren auf diese Weise ohne Zwischenaufenthalt im Zentrum des Graslands angekommen.

»Ich war lange nicht mehr hier«, sagte der Hüter, als *Augusta* in der Ferne zu erkennen war. »Mein Vater hatte in der Stadt eine Arztpraxis. Er war ein sehr guter Arzt – nur den Tod meiner Mutter konnte er leider nicht verhindern. Sie starb, kurz bevor ich Sarabánc kennenlernte und mit ihm nach Norden zog. Der Tod meiner Mutter hat mit dazu beigetragen, dass ich *Augusta* verlassen habe. Danach war ich nur noch einmal hier – zum Begräbnis meines Vaters.« Gedankenverloren fuhr er fort: »Als ich erfuhr, dass es ihm sehr schlecht ging, machte ich mich gleich auf den Weg. Aber wir hatten damals in *Holyfort* noch keine Fluggleiter. Ich brauchte zu Pferd zwei Wochen nach *Miners Landing*; von dort nahm ich einen Überschallflug nach *Augusta.* Als ich ankam, war mein Vater bereits tot. Ich konnte nur noch seinen Nachlass regeln. Das ist nun fast zehn Jahre her. Seit damals war ich nicht mehr hier.«

Irina legte ihre Hand auf Haro-wans Oberschenkel. Sie spürte, dass ihn die Erinnerung an den Tod seiner Eltern bedrückte. Gleichzeitig musste sie an den tödlichen Unfall ihrer Eltern denken.

Wieviel wir doch gemeinsam haben! ging es ihr durch den Kopf. Beide haben wir nach dem Tod unserer Eltern eine neue Heimat, ja eine neue und größere Familie in *Holyfort* gefunden. Und beide wären wir ohne den tragischen Verlust wahrscheinlich nie nach *Holyfort* gekommen. Alles, was geschieht, hat einen tieferen Sinn – auch wenn wir Menschen ihn oft zunächst nicht erkennen.

»Landen wir draußen auf dem Flugplatz?« fragte Irina nach einer Weile.

»Nein«, antwortete Haro-wan. »Ich möchte in der Stadt landen – auf dem Rathausplatz. Unser Gleiter ist klein genug, dass wir das wagen können. Zum einen ist das effektvoller, zum anderen gibt es im Rathaus eine Reihe von Visiophonzellen. Von dort werde ich meinen alten Lehrer Prem Shankara anrufen. Ich hoffe, dass er noch lebt; er muss inzwischen über achtzig Jahre alt sein.«

Der Hüter steuerte den Gleiter nach unten, ließ ihn zweimal über dem Rathausplatz kreisen, bis er sicher war, dass er bei der

Landung keine Passanten gefährden würde, und brachte ihn schließlich in der Mitte des großen Platzes zum Stehen.

Die beiden stiegen aus. Haro-wan hatte seine braune Kutte an, Irina trug ein langes weißes Kleid, das sie sich selbst genäht hatte. Es war später Nachmittag, und viele Bürger – junge und alte – befanden sich in der Innenstadt. Etliche der Leute hatten die Landung des Gleiters beobachtet und betrachteten neugierig die beiden Menschen, die der Flugmaschine entstiegen. Natürlich hatte man auch in *Augusta* von *Holyfort* gehört. Da auf dem Gleiter das große Lilienwappen zu sehen war und die beiden Insassen auch ganz wie Mitglieder der Bruderschaft aussahen, kamen einige Bewohner von *Augusta* auf sie zu und sprachen sie an.

»Kommt ihr, um uns zu helfen?« fragte ein Mann. »Seit einem halben Jahr ist bei uns der Teufel los.«

»Einmal bebt die Erde, dann regnet es tagelang wie aus Kübeln, dass die halbe Stadt unter Wasser steht, ein andermal toben furchtbare Wirbelstürme über *Augusta*«, erklärte eine Frau. »Und unsere Töchter trauen sich abends nicht mehr aus dem Haus, weil die Zahl der Morde und Vergewaltigungen dramatisch angestiegen ist. Wissen Sie, was wir dagegen unternehmen können, weiser Mann?«

»Ich weiß zumindest, was die Ursache des Übels ist«, antwortete der Hüter. »Ich bin Haro-wan, Stellvertreter von Sarabánc, dem Obersten Hüter von *Sedu-Pio.* Wie einige von euch vielleicht wissen, stamme ich ursprünglich aus *Augusta.* Ich kann euch versichern, dass die Bruderschaft von *Holyfort* alles tun wird, um euch beizustehen. Wir werden die Ursache des Übels bekämpfen. Dazu sind wir, meine Assistentin Irina und ich, hier. Es gibt einen Mann in *Augusta*, der uns wahrscheinlich helfen kann. Ich werde so schnell wie möglich mit ihm Kontakt aufnehmen. Wenn ihr Fragen habt, könnt ihr sie Irina stellen.« Er wandte sich an seine Gefährtin: »Ich gehe kurz ins Rathaus. Bleib du hier und erzähl den Leuten alles, was sie wissen möchten!«

Damit eilte er auf das große Gebäude zu. Irina stand unterdessen den Bewohnern von *Augusta* Rede und Antwort.

Während die meisten Erwachsenen bald wieder ihren Einkäufen und Besorgungen nachgingen, versammelten sich immer mehr Kinder und Jugendliche um die hübsche Blondine in dem strahlendweißen Kleid.

»Wo kommst du her?« wollte ein Mädchen wissen.

»Was machst du und der Mann hier?« erkundigte sich ein kleiner Bub.

»Ich bin Irina, und der Mann ist Haro-wan, einer der Hüter von *Sedu-Pio* – und der wunderbarste Mensch, dem ich je begegnet bin. Er ist hier in *Augusta* geboren und aufgewachsen. Ich bin sein Knappe. Wir sind gekommen, um ein Rätsel zu lösen, das uns hilft, euch vor den schrecklichen Dingen zu schützen, die eurer Stadt in letzter Zeit widerfahren.«

»Du bist Knappe?« fragte ein Junge. »Was soll denn das sein?«

»Ein Knappe ist der Assistent eines Ritters«, erklärte Irina. »Er begleitet seinen Ritter überallhin und unterstützt ihn bei seinen Aufgaben.«

»Ritter hat es früher einmal auf der Erde gegeben«, wusste ein Mädchen. »Aber ich habe noch nie gehört, dass es so etwas heutzutage auf *Sedu-Pio* gibt.«

»Außerdem waren Ritter und Knappen immer Männer«, meinte ein jugendlicher Bursche. »Wie kannst du als Frau Knappe sein?«

»Die Frage haben in *Holyfort* auch einige Männer gestellt«, lachte Irina. »Aber Haro-wan und ich haben sie davon überzeugt, dass eine Frau ein ebenso guter Knappe oder Ritter sein kann wie ein Mann. Im Moment bin ich die einzige Frau in der Bruderschaft – aber ich bin sicher, dass sich das bald ändern wird.«

»Wie kann man Mitglied eurer Bruderschaft werden?« wollte ein Junge wissen.

»Das ist gar nicht so schwer«, antwortete Irina. »Erst vor zwei Jahren sind zwei junge Burschen aus *Augusta* mit Ritter Lajo-til nach *Holyfort* gekommen und als Novizen in die Bruderschaft eingetreten. Sie sind jetzt Knappen wie ich und werden bestimmt in einigen Jahren Ritter sein.«

»Was muss man tun, um Knappe und Ritter zu werden?« erkundigte sich ein Bub.

»Man wird erst einmal Novize. Da erfährt man alles, was man als Knappe und Ritter wissen muss, zum Beispiel über die Geschichte von *Sedu-Pio* und die Entstehung der Bruderschaft von *Holyfort*. Außerdem üben die Novizen in Trainingscamps ihre körperlichen und geistigen Fähigkeiten und sie lernen die Gesetze, die in unserer Bruderschaft gelten.«

»Was sind das für Gesetze?« fragte ein Mädchen.

»Ich werde sie euch der Reihe nach erklären«, sagte Irina. »Dadurch erfahrt ihr gleich, nach welchen Grundsätzen wir in *Holyfort* leben. Ich bin übrigens der Meinung, die Welt wäre wesentlich besser, wenn sich alle Menschen an diese Gesetze halten würden. Das erste Gesetz lautet: ***Auf die Ehre eines Holy kann man sich immer verlassen.***«

»Was bedeutet das?« fragte das Mädchen.

Irina betrachtete die interessierten Gesichter der inzwischen über fünfzig Kinder und Jugendlichen, die einen Halbkreis um sie und den Gleiter gebildet hatten:

»Es bedeutet, dass ihr alle bedingungslos auf uns vertrauen könnt. Haro-wan hat bei seiner Ehre geschworen, sein ganzes Leben in den Dienst des Guten zu stellen und stets seinen Mitmenschen zu helfen. Deshalb ist er jetzt hier in *Augusta*. Ihr könnt euch darauf verlassen: Er wird einen Weg finden, *Augusta* und ganz *Sedu-Pio* von dem Bösen zu befreien, das euch zur Zeit heimsucht. Er und die anderen Hüter von *Sedu-Pio* haben dies schon einmal geschafft.«

Sie schilderte kurz, was sie über den einstigen Sieg der Sieben Hüter über Gorgon wusste; dann fuhr sie mit der Erklärung der Gesetze fort.

Haro-wan hatte sich in der Zwischenzeit in eine Visiophonzelle im Rathaus begeben und die Nummer des Anschlusses von Prem Shankara in Erfahrung gebracht. Er tippte die entsprechenden Tasten, und nach einigen Minuten erschien das braune Gesicht seines alten Lehrers auf dem Bildschirm.

»Ich bin Harold Wandmann«, meldete sich Haro-wan. »Ich

weiß nicht, ob Sie sich noch an mich erinnern: Ich war vor dreißig Jahren Ihr Schüler – fünf Jahre lang, im Alter von zehn bis fünfzehn Jahren.«

»Natürlich erinnere ich mich an Sie, Harold«, erwiderte Shankara. »Ich darf Sie doch noch Harold nennen – wie damals, als Sie mein Schüler waren.«

»Selbstverständlich dürfen Sie mich Harold nennen. Es freut mich, dass Sie mich nicht vergessen haben.«

»Wie könnte ich das?« meinte der Achtzigjährige. »Sie waren doch der beste Schüler, den ich je hatte. Ich habe erfahren, dass Sie einer der Hüter des Schatzes von *Sedu-Pio* sind. Ich hoffe, es gelingt Ihnen und Ihren Freunden, unseren Planeten vor dem Bösen zu bewahren.«

»Aus diesem Grund bin ich hier. Haben Sie noch den rätselhaften lateinischen Text, den Sie mir während meiner Schulzeit einmal zum Übersetzen gaben?«

»Er muss in einem meiner Bücherschränke liegen. Da kein Mensch ihn übersetzen konnte, legte die Schule keinen Wert darauf, den Text zu behalten, und überließ ihn mir bei meiner Pensionierung.«

»Kann ich mit meiner Assistentin heute noch bei Ihnen vorbeikommen? Wir würden uns den Text gern einmal anschauen. Vielleicht gelingt es uns, sein Rätsel zu lösen.«

»Sie können mich jederzeit besuchen, wenn es Sie nicht stört, dass bei mir nicht aufgeräumt ist. Kommen Sie – sagen wir: in zwei Stunden! Bis dahin müsste ich den Text gefunden haben.«

Shankara nannte Haro-wan seine Adresse und beschrieb ihm den Weg dorthin. Dann beendete der Hüter das Visiophongespräch und verließ das Rathaus.

Als er auf den Rathausplatz zurückkehrte, fiel ihm die große Zahl von Kindern und Jugendlichen auf, die sich um Irina versammelt hatten. Die junge Frau war gerade dabei, ihren Zuhörern das neunte Gesetz der Bruderschaft zu erklären:

»***Der Holy lebt sparsam und einfach.*** Das bedeutet, dass wir auf alles verzichten, was nicht unbedingt zum Leben nötig ist. Dazu gehören unter anderem teure modische Kleidung, protziger Schmuck und alles, womit Menschen sich auftakeln.

Ich zum Beispiel trage entweder mein braunes Knappenhemd mit Halstuch und meine Reithose oder so wie heute ein einfaches weißes Kleid.«

»Trägst du überhaupt keinen Schmuck?« fragte ein vierzehnjähriges Mädchen mit großen Ohrringen.

»Ringe, Perlenketten und Armbänder habe ich nie getragen, die hätten nur meine Bewegungsfreiheit eingeschränkt. Inzwischen habe ich erkannt, dass sie auch den Geist behindern; denn je mehr Bedeutung man diesen Äußerlichkeiten beimisst, desto weniger kann man sich auf die wirklich wichtigen Dinge des Lebens konzentrieren, zum Beispiel seinen Mitmenschen zu helfen. Ohrringe und Nasenringe würde ich sowieso nie tragen. Ich bin doch nicht verrückt, Löcher in Teile meines Körpers zu bohren; das wäre ja Selbstverstümmelung!«

Das Mädchen mit den Ohrringen senkte verschämt den Kopf.

»Ich schminke mich auch nicht«, fuhr Irina fort. »Zum einen finde ich es hässlich, wenn Mädchen sich Farben ins Gesicht, um die Augen oder auf die Lippen schmieren, zum anderen ist das Zeug für den Körper auch total schädlich.«

»Aber Mädchen wollen doch schön sein und gefallen!« meinte eine Dreizehnjährige.

»Natürlich«, erwiderte Irina. »Ihr seid doch alle schön – so wie Gott euch geschaffen hat. Was braucht ihr zusätzlichen Schmuck, mit dem ihr euch behängt? Der schönste und natürlichste Schmuck eines Mädchens sind die Haare. Ich trage sie lang und offen, etwas Schöneres gibt es doch nicht – oder findet ihr mich nicht schön?«

»Du bist wunderschön«, antwortete ein fünfzehnjähriger Bursche. »Du bist das schönste Mädchen, das ich je gesehen habe. Aber ich verstehe nicht, wie ihr in eurer Bruderschaft auf so vieles verzichten könnt. Bei uns gilt der Grundsatz: ›Hast du was, dann bist du was.‹ Je mehr man besitzt, desto größeres Ansehen hat man.«

»Auch wenn man das, was man besitzt, gar nicht braucht?« entgegnete Irina. »Die meisten Güter, die die Menschen anhäufen, stehen oder liegen doch nur herum und werden so gut wie nie benützt. Auch mein Vater, der ein wohlhabender Arzt war, besaß allen möglichen Plunder, den er nie brauchte. Als kleines Mädchen dachte ich, dass das alles zum Leben nötig sei. Heute weiß ich, dass es nur unnützer Ballast ist. Ich habe begriffen, dass materieller Reichtum nicht glücklich macht.«

»Wer ist denn glücklich?« wollte ein Zwölfjähriger wissen.

»Dazu möchte ich euch eine Geschichte erzählen, die ich vor ein paar Jahren gelesen habe. Ihr Verfasser stammte aus Russland, der Heimat meiner Mutter. Sein Name war Leo Tolstoi. Die Geschichte heißt

Ein glücklicher Mensch

Ein Kaiser wurde krank und sagte: ›Mein halbes Reich gebe ich demjenigen, der mich wieder heilt.‹ Da versammelten sich die Weisen und hielten Rat, wie der Kaiser zu heilen sei. Niemand wusste es. Nur ein Weiser sprach: ›Man muss einen glücklichen Menschen finden, ihm das Hemd ausziehen und es dem Kaiser anziehen. Dann wird der Kaiser gesund werden.‹

Der Kaiser gab den Befehl, einen glücklichen Menschen zu suchen. Seine Söhne reisten kreuz und quer durch das Reich, aber sie konnten keinen finden, der vollständig zufrieden war. Der eine war reich, aber krank; ein anderer war gesund, doch arm; der dritte war sowohl reich als auch gesund, führte aber eine unglückliche Ehe. Jeder beklagte sich über irgendetwas.

Eines Tages entdeckten die Söhne des Kaisers einen Mann, der allein im Freien saß und betete: ›Gott sei gedankt, heute habe ich tüchtig gearbeitet, dann habe ich etwas gegessen und nun werde ich mich schlafen legen. Mehr brauche ich nicht.‹

Die Söhne des Kaisers waren hocherfreut; sie beschlossen, dem Mann für sein Hemd so viel Geld zu geben, wie er verlangte, und es ihrem Vater zu bringen. Sie gingen zu dem glücklichen Menschen und wollten ihm sein Hemd abkaufen – doch er war so arm, dass er keines besaß.«

Betroffen sahen die Jungen und Mädchen Irina an. Die meisten dachten darüber nach, ob sie mit all ihrem Besitz wirklich glücklich waren.

Haro-wan war beeindruckt. Er hatte die Szene aus der Entfernung mitverfolgt und nickte zustimmend mit dem Kopf.

Sie ist unwahrscheinlich weit für ihr Alter, dachte er, viel weiter, als ich mit siebzehn war. Sie kann mich jederzeit vertreten und – wenn nötig – ersetzen. Unwillkürlich kam ihm sein letztes Zwiegespräch mit Hapo in den Sinn.

»Das wahre Glück ist nicht die Folge von Reichtum oder Erfolg im Beruf und noch weniger von Nachsicht gegen sich selbst«, setzte Irina ihre Rede fort. »Das wahre Glück findet ihr nur, indem ihr andere glücklich macht. Mein Freund und Lehrmeister Haro-wan hat uns Knappen aufgetragen: ›Versucht die Welt ein bisschen besser zurückzulassen, als ihr sie vorgefunden habt! Wenn dann euer Leben einmal zu Ende geht, könnt ihr beruhigt sterben in dem Bewusstsein, eure Zeit nicht sinnlos vergeudet, sondern immer euer Bestes getan zu haben.‹ Unsere Gesetze helfen uns dabei, dies zu erreichen. Das zehnte und letzte Gesetz lautet: ***Der Holy ist rein in Gedanken, Worten und Werken, und er lässt sich zu nichts Bösem verführen***.«

»Was bedeutet ›rein sein‹?« erkundigte sich ein Mädchen.

»Es bedeutet, dass du nichts Böses, nichts Unanständiges oder Schmutziges tust, sagst oder denkst – und dich durch nichts und niemanden vom rechten Weg abbringen lässt.«

»Hast du denn nie schlechte Gedanken?« fragte das Mädchen.

»Ich würde lügen, wenn ich behaupten würde, noch nie etwas Schlechtes gedacht zu haben«, erklärte Irina. »Aber ich habe gelernt, meine Gedanken zu kontrollieren, schlechte Gedanken auszuschalten und meinen Geist für die guten Ideale zu öffnen. Das Wichtigste ist, dass wir Menschen lernen, unsere niedrigen Triebe zu beherrschen. Denn wer sich selbst beherrscht, kann nicht von anderen beherrscht werden.«

»Was sind die niedrigen Triebe?« wollte ein Junge wissen.

»All das, was die Menschen immer wieder in Schwierigkeiten bringt und zu bösen Taten verleitet: ungezügelte Aggression, Habgier, Vergnügungssucht und der hemmungslose Missbrauch der Sexualität.«

»Ist denn Sexualität etwas Böses?« fragte ein Mädchen schüchtern.

»Natürlich nicht«, lachte Irina. »Sie ist etwas Gutes und Notwendiges – sonst würden wir Menschen ja aussterben. Etwas Böses ist es jedoch, wenn Sexualität missbraucht wird – zum Beispiel zum bloßen Lustgewinn.«

Der fünfzehnjährige Bursche, der sich vorher schon einmal zu Wort gemeldet hatte, machte einen Schritt auf sie zu und sagte:

»Ich kann mir nicht vorstellen, dass du wirklich so ›rein‹ lebst. Du bist ein bildhübsches Mädchen – und dein Haro-wan ist ein gutaussehender Mann im besten Alter. Willst du behaupten, dass ihr noch nie ...«

»Haro-wan und ich haben uns sehr lieb«, erwiderte Irina, »und wir zeigen uns das auch. Aber Zärtlichkeit und liebevoller Umgang miteinander müssen doch nicht zwangsläufig mit Sex zu tun haben. Ich bin jedenfalls stolz darauf, Jungfrau zu sein, und ich werde es so lange bleiben, bis ich einmal Kinder haben möchte.«

»Wie schaffst du das?« fragte der Bursche und schüttelte ungläubig seinen Kopf.

»Sexualität ist nicht alles im Leben«, erklärte Irina. »Sie wird nur von manchen Menschen total überbewertet, die nie erfahren haben, dass es viel Wichtigeres im Leben gibt, worauf man seine Energie verwenden kann. Ich denke da an die Entwicklung der Liebe – der wahren Liebe – zu unseren Mitmenschen und den Dienst an ihnen. Wenn wir unser Leben ganz in den Dienst des Guten stellen, werden wir zu neuen Menschen, für die die Befriedigung der primitiven Triebe keine Bedeutung mehr hat. Die entscheidende Frage für mich lautet nicht: ›Was kann ich bekommen?‹ sondern: ›Was kann ich geben im Leben?‹«

Haro-wan trat in die Mitte des Platzes, ging auf Irina zu, nahm sie in den Arm und küsste sie auf die Wange.

»Irina hat euch erklärt, nach welchen Grundsätzen wir in *Holyfort* leben«, sagte er zu ihren Zuhörern. »Ich hoffe, dass ihr erkannt habt, welche Vorzüge unsere Lebensweise bietet. Vielleicht tritt der eine oder andere von euch sogar als Novize in unsere Bruderschaft ein. Du, Irina, kannst dann die Ausbildung der Novizen übernehmen – du machst das ja schon besser als ich.«

Die beiden redeten noch einige Zeit mit den Kindern und Jugendlichen und beantworteten etliche Fragen.

»Wenn wir Gorgon besiegt haben, werden wir mit unserem großen Transporter wieder nach *Augusta* kommen«, versprach Irina. »Wer von euch möchte, kann uns dann nach *Holyfort* begleiten.«

»Aber erst müssen wir tun, weswegen wir hier sind«, meinte Haro-wan. »Lass uns jetzt etwas essen und dann zu Shankara fliegen! Ich hoffe, er hat den Text gefunden, den wir entschlüsseln sollen.«

Zum vereinbarten Zeitpunkt waren Haro-wan und Irina am Haus des alten Lehrers.

»Treten Sie ein, Harold!« begrüßte Prem Shankara seinen ehemaligen Schüler. »Und auch Sie, junge Dame!«

»Das ist meine Assistentin Irina Burano«, stellte Haro-wan seine Gefährtin vor. »Irina ist in Rom geboren, der einstigen Hauptstadt des Römischen Imperiums. Sie hat in der Schule Latein gelernt und hilft mir, den geheimnisvollen Text zu übersetzen.«

»Ich will es zumindest versuchen«, meinte Irina.

»Dann wünsche ich Ihnen viel Erfolg, meine Liebe«, sagte der Achtzigjährige, während er seine Gäste in die Bibliothek seines Hauses geleitete. »Sie müssen wissen: Ich war Lehrer an *Augustas* Eliteschule – und Harold war der intelligenteste und begabteste Schüler, der unsere Lehranstalt jemals besucht hat. Doch weder ihm, noch mir gelang es, den Text zu entschlüsseln.«

»Ich erinnere mich dumpf«, äußerte Haro-wan. »Es war das konfuseste Latein, das ich je gelesen habe. Entweder der Verfasser beherrschte die alte Sprache nicht – was die Frage aufwirft, warum er den Text dann ausgerechnet in Latein verfasst hat, – oder aber er wollte erreichen, dass niemand seine Botschaft versteht.«

Shankara führte die beiden zu einem wuchtigen Lesetisch in der Mitte der Bibliothek und bat sie, sich zu setzen. Dann legte er ein vergilbtes, von Hand beschriebenes Papier auf den Tisch:

»Vor über dreißig Jahren wurde mir dieser Text zum Übersetzen gegeben. Er soll einst von einem alten Einsiedler niedergeschrieben worden sein und eine Prophezeiung enthalten. Aber wie gesagt: Bisher konnte niemand herausfinden, was die Zeilen bedeuten. Einige Wörter sind übersetzbar, ergeben aber keinen Zusammenhang; andere kommen in der lateinischen Sprache gar nicht vor. Doch lesen Sie selbst!«

Haro-wan und Irina betrachteten den Text:

Cives templum manant:

1. Dodum minus tocus
2. Ritus abtus soluspi
3. Moncus pristanus
4. Nivus miflamus
5. Taquitus risetur
6. Pulex versus resus
7. Vir clamaris mago rosina

Peritus fide oboli iter parat.

»Bereits die Überschrift ist seltsam«, erklärte Shankara. »***Cives*** bedeutet ›die Bürger‹, ***manant*** heißt ›sie strömen‹. Also: ›Die Bürger strömen in den Tempel.‹ Dann folgen sieben Unterpunkte. Das erste Wort in Zeile 1 lautet ***dodum***. Aber im Lateinischen gibt es kein derartiges Wort.«

»Vielleicht ist es ein Schreibfehler«, vermutete Irina. »Es soll wahrscheinlich ***donum*** heißen.«

»***Donum*** – die Gabe, die Opfergabe«, erwiderte Haro-wan. »Das würde jedenfalls zum Tempel passen.«

»***Tocus*** könnte von dem altgriechischen Wort ***tokos*** – der Zins – abgeleitet sein«, überlegte Irina. »Dann hieße es: ›Opfergabe minus Zins.‹ Aber was soll das bedeuten? Soll das etwa eine Rechnung sein?«

»Zinsen bei einer Opfergabe?« wunderte sich Haro-wan. »Falls deine Übersetzung zutreffen sollte, wäre dem Verfasser zumindest beim ersten Wort ein Fehler unterlaufen. Und das geht in dieser Art weiter: In Zeile 2 steht ***ritus abtus***; lesen wir stattdessen ***ritus aptus***, hieße es: ›die geeignete heilige Zeremonie‹. ***Solus*** bedeutet ›allein‹, aber was besagt die Silbe ***pi*** am Schluss? Dann die Zeile 3: ***Moncus*** könnte eine Kurzform von ***monachus*** – der Mönch – sein, und wenn wir statt ***pristanus*** das Wort ***pristinus*** lesen, was soviel wie ›ehemalig‹ bedeutet, haben wir es hier mit einem ehemaligen Mönch zu tun. Die nächsten vier Zeilen sind noch verworrener: ***Nivus*** könnte ***niveus*** – schneebedeckt – heißen; aber das Wort ***miflamus*** habe ich in meinem Leben noch nie gehört.«

»Verrückt ist auch die fünfte Zeile: ***taquitus risetur***«, meinte Irina. »Vielleicht soll es ***tacitus ridetur*** heißen: ›Der Verschwiegene wird ausgelacht.‹ ***Pulex*** in Zeile 6 ist ›der Floh‹. Also ein Kampf ›Floh gegen Resus‹?«

»Den Rhesusaffen schreibt man mit *Rh*«, gab Haro-wan zu bedenken. »Schau dir dann noch die Zeile 7 an: ***Vir clamaris mago rosina. Vir*** heißt ›der Mann‹, so viel ist sicher; ***clamaris*** kommt von ***clamare*** – rufen, schreien – und bedeutet ›du wirst gerufen‹.«

Irina schüttelte den Kopf:

»Bestimmt ist das wieder ein Schreibfehler; es soll wohl ***vir clamoris*** heißen – ›ein Mann des Rufens‹. ***Clamor*** kann auch ›Jubel‹ oder ›Kriegsschrei‹ bedeuten. ***Mago*** ist der Ablativ von ***magus*** – ›der Weise, der Magier‹. Dann lautet die Zeile: ›Ein Mann des Jubels von einem weisen Magier‹. Nur was die Rosine am Ende soll, ist mir schleierhaft.«

»Ich bin auch zu keinem vernünftigen Ergebnis gekommen«, bekannte Shankara. »Lediglich die Schlusszeile lässt sich problemlos übersetzen: ›Der Erfahrene ebnet seinen Weg durch Vertrauen auf den Obolus – also das Trinkgeld.‹ Dieser Satz scheint mir der einzige sinnvolle Teil des Textes zu sein. Der Rest ist in meinen Augen völlig sinnlos. Aber vielleicht bin ich einfach zu dumm zu verstehen, was damit gemeint ist. Ich habe schon zu viel Zeit mit dieser angeblichen Prophezeiung verschwendet. Sie beide können gern die ganze Nacht darüber grübeln.« Er reichte seinem ehemaligen Schüler ein kleines Kästchen mit Buchstabentasten und einem Display. »Hier haben Sie ein Lateinlexikon; vielleicht hilft es Ihnen weiter, Harold.

Ich werde jetzt zu Bett gehen. Wenn Sie müde werden, können Sie es sich dort auf dem Sofa gemütlich machen und ein wenig schlafen. Ich wünsche Ihnen eine gute Nacht.«

Mit diesen Worten verließ er die Bibliothek.

Irina betrachtete die Überschrift des Textes und sagte zu Haro-wan:

»***Cives templum manant.*** Danach folgen sieben Zeilen. Sieben heißt auf Lateinisch ***septem***. So, und nun pass auf!«

Sie nahm einen Schreibstift und unterstrich die Buchstaben ***s*** und ***e*** in dem Wort ***cives***, sowie die Buchstaben ***p*** und ***tem*** in ***templum***. Haro-wan zuckte zusammen.

»Ein Anagramm!« rief er aus. »Eine Buchstabenumstellung!«

Wie in Trance nahm er Irina den Stift aus der Hand und unterstrich ***ma*** aus dem dritten Wort und ***lum*** aus dem zweiten.

»***Malum*** – das Böse!« stieß er hervor.

Irina versuchte fieberhaft, die restlichen Buchstaben zu einem sinnvollen Wort zusammenfügen.

»***Vincant***«, sagte sie schließlich.

Haro-wan umarmte seine Gefährtin und gab ihr einen Kuss:

»Du bist ein Genie! ***Septem malum vincant***: Sieben können das Böse besiegen.«

»Die *Sieben Hüter von Sedu-Pio*«, kam es über Irinas Lippen.

»Gut möglich. Schau dir Zeile 1 an! Verstellt man die Silben, erhält man ***dominus custodum*** – der Herr der Hüter; damit kann nur Sarabánc gemeint sein.«

»Sehr gut!« freute sich Irina. »Ich habe jetzt auch die Nummer 2: ***spiritus absolutus*** – der losgelöste Geist.«

»Oder der vollkommene Geist – eine zutreffende Beschreibung für Hapo.«

»Nummer 3 ist ebenfalls ganz leicht zu entschlüsseln: ***montanus priscus*** – der uralte Gebirgsbewohner; das ist Paco.«

»Der Nächste ist Ito: ***flavus minimus*** – der gelbe Winzling.«

»Wir sind doch super!« jubelte Irina und umarmte Haro-wan.

»Das sind wir«, bestätigte der Hüter. »Ich frage mich nur, was uns das alles bringen soll. Dass diese sieben Wesen das Böse – oder den Bösen – besiegt haben, wissen wir doch bereits. Es geschah vor einundzwanzig Jahren und ist längst Geschichte.«

»Lass uns weitermachen! Wenn du Recht hast, müssten die letzten drei Gero-mar, Robo-mil und du sein. Bei Nummer 5 ergibt sich ***turris equitatus***.«

»Der Turm der Ritterschaft«, übersetzte Haro-wan. »›Turm‹ ist der Spitzname, den die Ritter Gero-mar vor vielen Jahren gegeben haben. Er ist ja auch groß und breit wie ein Turm.«

»Was hältst du bei Nummer 6 von ***expulsus reversus***?« erkundigte sich Irina.

»Der zurückgekehrte Ausgestoßene. Damit kann ich wohl nicht gemeint sein – und Robo-mil auch nicht.«

»Der Text bezieht sich nicht auf euren damaligen Sieg über Gorgon«, sagte Irina mit Bestimmtheit. »Er ist eine Vorhersage auf etwas, das erst noch eintreten wird: den erneuten Sieg über das Böse.«

»Denkst du, dass Robo-mil zu uns zurückkehren wird?«

»Er kann es nicht sein. Er wurde ja nie aus der Bruderschaft ausgestoßen.«

Wieder zuckte Haro-wan zusammen. Er blickte in Irinas blaue Augen, und seine Lippen formten sich zu einen einzigen Wort:

»Benjamin.«

»Wir können es nicht anders deuten«, meinte die junge Frau. »Benjamin wird zu uns zurückkehren und mithelfen, seinen Vater und Gorgon zu besiegen. Jetzt noch zu Nummer 7: Das musst du sein, mein allerliebster Herr und Meister.«

»***Vir clamaris mago rosina***«, las der Hüter noch einmal. »Welche Art von Mann soll ich denn sein?«

»Ein großartiger, ein wunderbarer, ein liebenswerter Mann«, lachte Irina. »Schauen wir mal, was herauskommt: ***Vir mago claro ...*** – ›ein Mann von einem leuchtenden Weisen ...‹ – vielleicht geht es weiter mit ›ausgebildet‹, das würde passen: Du wurdest ausgebildet von Sarabánc.«

Sie stand auf, ging zu einem Regal, in dem sich ein uraltes Scrabble-Spiel befand, und legte es auf den Tisch.

»Gleich haben wir die Lösung!«

Sie nahm die Buchstabensteine heraus, legte mit ihnen ***vir clamaris mago rosina*** und begann, die Buchstaben zu verschieben, bis sie fünf lateinische Wörter gebildet hatte:

»***Vir mago claro*** – ***ramis nasi*** – ein Mann von einem leuchtenden Weisen – mit Ästen der Nase? Nein, das war noch nichts.« Wieder verschob sie die Steine. »Wie gefällt dir ***vir moralis a mago carnis*** – ein moralischer Mann vom Weisen des Fleisches?«

»Erscheint mir nicht besonders sinnvoll.«

»Warte!« bat Irina und versetzte die Buchstaben erneut. »***Vir amoris clamor sagina*** – ein Mann der Liebe, das bist du bestimmt. ***Clamor*** – der Ruf; was bedeutet ***sagina***?« Aufgeregt tippte sie das Wort in das Lexikon ein. »***Sagina*** – Kost, Futter, Speise«, las sie auf dem Display. »Der Ruf nach Speise? Das haut auch nicht hin. Nächster Versuch: ***Vir incola ...*** – ***incola*** heißt ›Bewohner‹ – der Mann ist ein Bewohner von ...«

Sie verschob die Steine so lange, bis ein aussprechbares Wort entstand. »***Maragossa***«, las sie. »Akkusativ: ***Maragossam***. Ein Bewohner von ***Maragossa***? Ich habe einmal eine Geschichte von einem Planeten namens ***Maragossa*** gehört, der ein wahres Paradies sein soll. Allerdings: Es bleiben zwei Steine übrig – ***i*** und ***r***, die beiden ersten Buchstaben meines Vornamens.«

»Das ist ja alles nett und schön«, schmunzelte Haro-wan. »Aber falls es den Planeten ***Maragossa*** tatsächlich geben sollte, müsste es ***incola maragossae*** heißen – Genitiv, nicht Akkusativ.«

»Lass es mich noch einmal probieren: ***vir corona larga mimissa*** – der Mann mit der stattlichen verlorenen Krone? Nur müsste es dann ***dimissa*** heißen. Oder: ***vir marmoris logica sana*** – ein Mann aus Marmor mit gesunder Logik. Das klingt gut und würde zu dir passen.«

»Ein Mann aus Marmor?« überlegte Haro-wan. »Also ich weiß nicht ...«

»Wahrscheinlich ist das alles gar nicht so wichtig«, meinte Irina. »Wir wissen jedenfalls, dass das Böse nur besiegt werden kann, wenn Benjamin zu uns zurückkehrt.«

»Mich interessiert aber trotzdem, mit welchen Worten ich hier beschrieben werde«, erwiderte der Hüter und studierte eingehend die Buchstaben auf dem Tisch. Schließlich verschob er die Steine zu ***vir mago clarissi n aroma.***

»***Aroma*** – der Wohlgeruch«, übersetzte Irina.

»Oder ***a roma*** – von Rom«, murmelte Haro-wan.

Er betrachtete jeden einzelnen Buchstaben der Zeile, die sich allmählich in sein Gehirn fraß. Zum dritten Mal zuckte er zusammen – stärker als die beiden Male zuvor. Dann sagte er kopfschüttelnd:

»Wir sind die ganze Zeit davon ausgegangen, dass das erste Wort ***vir*** – der Mann – heißt. Doch es gibt noch eine andere Möglichkeit.«

Er nahm die beiden Buchstaben ***m*** und ***a*** von ***mago*** und schob sie langsam hinter ***clarissi***; das ***n*** und das ***a*** fügte er zu ***roma***. Seine Augen waren feucht, als er Irina mitteilte:

»Ich weiß jetzt, wer die Siebte der Personen ist, die das Böse besiegen können. Ich bin es nicht – sondern du.«

Erschrocken starrte Irina auf die drei lateinischen Wörter, die Haro-wan aus den Buchstaben der siebten Zeile gebildet hatte:

Virgo clarissima romana.

»Die leuchtendste, die strahlendste Jungfrau aus Rom« übersetzte sie. »Du – du denkst, dass – dass ich damit gemeint bin?«

»Wer sonst? Jetzt ist mir auch klar, warum sich Hapo von Anfang an für deine Aufnahme in die Bruderschaft ausgesprochen hat. Er kannte den Inhalt der Prophezeiung. So wusste er auch, dass Benjamin zuerst ausgeschlossen werden musste, damit er irgendwann zu uns zurückkehren kann.«

»Nun kennen wir also die sieben Personen, die das Böse erneut bezwingen können und ...« Irina führte den Satz nicht zu Ende. Ein schrecklicher, ein furchterregender Gedanke schoss durch ihr Gehirn: »Aber – wenn ich die siebte Person bin, wo – wo kommst dann du in der Prophezeiung vor?«

»Nirgends«, erklärte Haro-wan mit versteinertem Gesicht. »Wenn ihr das Böse besiegt, werde ich nicht dabei sein. Hapo sagte mir nach meinem Turniersieg, dass dies mein letztes Turnier gewesen sei. Jetzt verstehe ich, was er damit meinte: Wenn in einem Jahr in *Holyfort* das nächste Turnier stattfindet, werde ich – nicht mehr am Leben sein.«

»Nein!« rief Irina entsetzt aus und fiel Haro-wan um den Hals. Tränen rannen aus ihren Augen und tropften in das Gesicht des Hüters. »Nein«, schluchzte sie, »das darf nicht geschehen!«

»Es ist die einzige Erklärung dafür, dass ich in der Prophezeiung nicht erwähnt werde«, sagte Haro-wan tapfer. »Vielleicht wird mein Tod dazu führen, dass Benjamin nach *Holyfort* zurückkehrt und euch hilft, seinen Vater und Gorgon zu bezwingen.« Er fuhr ihr sanft durch das hellblonde Haar. »Beruhig dich, mein Schatz! Noch bin ich ja bei dir. Und solange ich lebe, werde ich alles dafür tun, dass du mir eine würdige Nachfolgerin sein wirst.«

Er küsste Irina auf die Stirn. Sie umfasste seinen Kopf und drückte ihn fest an ihr Gesicht. Ihre Lippen suchten die seinen und pressten sich auf sie. Haro-wan streichelte ihren Rücken. Minutenlang sprach keiner der beiden ein Wort. Dann endlich brach Haro-wan das Schweigen:

»Wir haben unsere Arbeit erledigt. Schlafen wir erst einmal eine Nacht darüber! Morgen sieht alles schon wieder ganz anders aus.«

Er legte sich auf das alte Sofa. Irina setzte sich zu ihm und hielt seine Hand. Haro-wan schlummerte allmählich ein. Irina dagegen konnte nicht schlafen. Etwa eine halbe Stunde verharrte sie an der Seite des Hüters. Dann stand sie auf und setzte sich erneut an den Tisch. Ein Gedanke ließ ihr keine Ruhe: Was bedeutete der letzte Satz der Prophezeiung? Übersetzt lautete er: ›Der Erfahrene bereitet – oder ebnet – den Weg durch Vertrauen auf das Trinkgeld.‹ Aber warum hatte der Verfasser des rätselhaften Textes, der offensichtlich so viel Freude am Verschlüsseln hatte, die Buchstaben der Schlusszeile nicht umgestellt?

Irina legte mit den Scrabblesteinen den Satz ***Peritus fide oboli iter parat***. Dann begann sie, aus den Buchstaben neue Wörter zu bilden. Nach gut einer Stunde hatte sie das Rätsel gelöst. Vor ihr lag nun der Satz ***Filio redito pater superabit***. Mit bleichem Gesicht übersetzte sie: ***Wenn der Sohn zurückgekehrt ist, wird der Vater der Sieger sein.***

Das einzige Vater-Sohn-Paar, das in Frage kommt, sind Benjamin und der Schwarze Ritter, überlegte Irina. Aber was besagt dann dieser Satz? Wenn Benjamin zurückkehrt, wird sein Vater siegen? Wohin kehrt Benjamin zurück? Nach *Holyfort*? Und danach wieder zu seinem Vater, so dass dieser am Ende triumphiert? Widerspricht das nicht der Überschrift ***Septem malum vincant*** – ›Sieben besiegen das Böse‹?

Nein, fiel Irina ein, ***vincant*** ist Konjunktiv, Möglichkeitsform. Es heißt: ›Sieben können möglicherweise das Böse besiegen.‹ Der Schlusssatz dagegen besagt klar und eindeutig: Der Vater wird Sieger sein – nicht ›könnte sein‹ oder ›möglicherweise‹. Der Schwarze Ritter wird am Ende gewinnen.

Vielleicht täusche ich mich, versuchte sie sich zu beruhigen. Vielleicht ist die Aussage des Satzes wirklich nur, dass man sich durch Trinkgelder – oder Bestechungsgelder – den Weg ebnen kann? Oder gibt es gar noch eine verborgene dritte Bedeutung?

Ich werde Haro-wan nichts von meiner Vermutung erzählen, beschloss Irina. Er hat schon genug daran zu knabbern, dass er in der Prophezeiung nicht erwähnt ist. Er macht sich Gedanken über seinen möglichen Tod. Ich will ihn nicht noch mehr durcheinander bringen, indem ich ihm mitteile, dass der letzte Satz einen Sieg des Schwarzen Ritters voraussagt.

Die junge Frau räumte die Buchstabensteine wieder in die Schachtel und stellte das Spiel ins Regal zurück. Dann legte sie sich neben Haro-wan auf das Sofa und kuschelte sich eng an ihn. Sie versuchte einzuschlafen, doch die quälende Sorge um Haro-wan hielt sie wach.

Was auch geschieht, sagte sie sich, ich werde ihm treu zur Seite stehen und mit Gottes Hilfe sein Leben retten.

Als Haro-wan erwachte, bemerkte er, dass Irina und Prem Shankara sich am Lesetisch der Bibliothek miteinander unterhielten. Offenbar hatte Irina dem alten Lehrer berichtet, was sie in der Nacht herausgefunden hatten, denn der Hüter hörte sie sagen:

»Jetzt denkt Haro-wan, dass er sterben wird, noch bevor es uns gelingt, Gorgon zu besiegen. Aber ich werde das nicht zulassen. Ich liebe ihn – mehr als alles andere auf der Welt.«

»Es steht nirgends, dass er nicht mehr am Leben ist, wenn der Sieg über das Böse errungen wird«, versuchte Shankara die junge Frau zu beruhigen. »Es kann genauso gut sein, dass er aus einem anderen Grund nicht am Kampf gegen Gorgon teilnehmen wird. Er kann sich jedenfalls glücklich schätzen, dass er einen Menschen gefunden hat, der ihn so liebt, wie Sie es tun, Irina. Bleiben Sie ihm treu – er hat es verdient!«

Haro-wan erhob sich von dem Sofa und ging auf die beiden zu.

»Ich wünsche einen guten Morgen«, sagte er und gab Irina einen Kuss. Dann reichte er seinem ehemaligen Lehrer die Hand. »Danke, dass wir die Nacht hier verbringen durften. Ich denke, wir haben herausgefunden, was wir gesucht haben. Ich habe den letzten Teil eures Gesprächs gehört. Natürlich haben Sie Recht: Es kann alle möglichen Gründe geben, warum ich in der Prophezeiung nicht erwähnt werde. Und dir, Irina, möchte ich sagen, wie glücklich ich bin, dass es dich gibt. Lass uns hier noch das Frühstück einnehmen und dann nach *Holyfort* zurückfliegen!«

*

Der Gleiter hatte das Felsengebirge überquert. Bis zum Gebirge hatte Irina die Flugmaschine gelenkt, danach hatte Haro-wan das Steuer übernommen.

»Bevor wir nach *Holyfort* zurückkehren, gibt es für uns noch eine Kleinigkeit zu erledigen«, meinte der Hüter.

»Was hast du vor?« erkundigte sich Irina.

»Ich möchte jemandem einen Besuch abstatten«, antwortete Haro-wan geheimnisvoll. »Jemandem, der ganz bestimmt hoch erfreut sein wird, uns wiederzusehen.«

Er steuerte den Gleiter hinunter nach *Corral City*. Kurz darauf landeten sie vor der Herberge, die einst Ali Tarik gehört hatte. Haro-wan aktivierte sein Laserschwert, Irina zückte ihre Strahlenpistole. Dann betraten sie das Haus. Im Eingangsbereich begegneten sie Kai, dem Jungen, der ihnen einst nach ihrer Flucht aus der Herberge Essen und Trinken gebracht hatte.

»Sie können wieder sehen!« freute sich Kai, nachdem Haro-wan ihn herzlich begrüßt hatte.

»So ist es«, bestätigte der Hüter. »Jetzt bin ich hier, weil ich den Kerl sehen möchte, der meinen Freund Ali getötet hat. Damals konnte ich leider nur seine Stimme hören. Wo hält er sich gerade auf?«

»In seinem Büro«, antwortete der Junge.

»Gut. Ist deine Mutter in der Küche?«

Kai nickte.

»Hol sie bitte her! Ich habe ihr etwas mitzuteilen.«

Während sich Kai in die Küche begab, ging der Hüter auf die Bürotür zu und trat sie mit dem Fuß auf. Mustafa Kerimoglu saß an seinem Schreibtisch und machte anscheinend gerade die Abrechnung der vergangenen Woche. Er erschrak, als er Haro-wan und Irina erblickte.

»Wie – wie kommen Sie hierher?« stammelte er. »Sie müssten doch eigentlich tot sein ...«

»Es gibt Dinge zwischen Himmel und Erde«, erwiderte Haro-wan, »die Schwachköpfe wie Sie wahrscheinlich nie ergründen werden.« Er hielt Kerimoglu das Laserschwert unter das Kinn. Zusätzlich zielte Irina mit ihrem Strahler auf den Mann. »In meiner Eigenschaft als Hüter von *Sedu-Pio* verhafte ich Sie wegen Mordes an Ali Tarik, sowie wegen sexueller Nötigung und versuchter Vergewaltigung meiner Gefährtin Irina Burano. Sie werden mit uns nach *Holyfort* kommen, wo die Versammlung aller Hüter das Urteil über Sie sprechen wird.«

Er packte ihn am Arm und zog ihn zur Tür.

»Sie haben überhaupt kein Recht, jemanden zu verhaften«, zeterte Kerimoglu. »Lassen Sie mich sofort los!«

»Ich weiß nicht, ob ich das Recht dazu habe«, entgegnete Haro-wan kühl. »Aber ich habe eine Waffe, Sie dagegen nicht. Gehen Sie nun mit uns in den Empfangsraum der Herberge, damit alle sehen, was mit Leuten geschieht, die mit dem Schwarzen Ritter gemeinsame Sache machen!«

Kerimoglu setzte sich langsam in Bewegung. Dabei versuchte er, an seine Pistole heranzukommen, die auf dem Geldschrank lag. Aber Irina war schneller und schnappte ihm die Waffe vor der Nase weg.

»Nicht doch!« sagte sie fast mitleidig. »Oder möchten Sie noch einmal mit meinem Knie Bekanntschaft machen?«

Im Empfangsraum ließ sich Haro-wan von Kai ein Seil bringen und band damit Kerimoglus Arme auf seinem Rücken zusammen. Dann erklärte er Kais Mutter, die aus der Küche gekommen war:

»Kerimoglu wird für einige Zeit verreisen. Leiten Sie während seiner Abwesenheit die Herberge, Sie sind bestimmt eine gute Herbergsmutter! Und seien Sie stolz auf Ihren Sohn! Er ist ein tüchtiger Bursche und hat das Herz auf dem rechten Fleck. Falls Kerimoglu nicht zurückkehrt, führen Sie zusammen mit Kai die Herberge in Alis Sinn weiter!«

Er stieß seinen Gefangenen in Richtung des Ausgangs:

»Dort drüben steht unser Gleiter. Sie steigen hinten ein! Irina wird mit gezücktem Strahler neben Ihnen sitzen. Machen Sie also keinen Unfug, sonst muss sie Sie paralysieren!«

Der Hüter öffnete die Schiebetüren der Flugmaschine. Während er selbst auf dem Pilotensitz Platz nahm, setzten sich Irina und Kerimoglu auf die Rückbank.

»Sie waren doch damals ganz scharf auf mich«, lachte die hübsche Blondine. »Jetzt haben Sie die Gelegenheit, mich zwölf Stunden lang ununterbrochen anzuschauen – ungefähr so lange dauert unser Flug nach *Holyfort.*«

7. Die Wege kreuzen sich

Als Haro-wan und Irina mit ihrem Gefangenen in *Holyfort* landeten, wurden sie von Gero-mar und Lajo-til empfangen. Während Lajo-til Kerimoglu abführte, begaben sich Gero-mar, Haro-wan und Irina in den Konferenzsaal, wo Paco und Ito bereits warteten. Die drei Menschen hatten gerade am runden Tisch Platz genommen, da erschien Sarabáncs holographische Projektion.

»Es freut mich, dass du wohlbehalten zurückgekehrt bist, Haro-wan!« begrüßte ihn der Oberste Hüter. »Hapo hat uns informiert, dass der Schwarze Ritter, der sich jetzt Cane nennt, inzwischen die uneingeschränkte Macht in *Miners Landing* ausübt. Der Hochkommissar tut alles, was er von ihm verlangt. Cane verfügt über eine täglich stärker werdende Armee, die schon bald *Holyfort* angreifen soll. Außerdem haben er und Benjamin die Industrie- und Handelsbank übernommen.«

»Die Schweine haben unser gesamtes Guthaben gesperrt!« schimpfte Gero-mar. »Nur gut, dass wir in *Holyfort* ohne Geld auskommen und das, was wir zum Leben brauchen, selbst erzeugen!«

»Wo ist Hapo?« erkundigte sich Haro-wan. »Ich muss mich mit ihm über den Text unterhalten, den wir in *Augusta* entschlüsselt haben.«

»Ich habe seit zwei Tagen nichts mehr von Hapo gehört«, erklärte Sarabánc. »Möglicherweise hat er zum Schutz vor Gorgon unser Raum-Zeit-Kontinuum verlassen.«

»Ich muss nach *Miners Landing*«, äußerte Haro-wan. »Zum einen muss ich versuchen, die Pläne des Schwarzen Ritters zu vereiteln, zum anderen besagt der Text, dass wir das Böse nur besiegen können, wenn Benjamin zu uns zurückkehrt. Ich breche morgen auf. Das goldene Szepter wird mich auch in *Miners Landing* vor Gorgon schützen.«

»Ich denke, du solltest nicht allein fliegen!« meinte Sarabánc.

»Richtig«, erwiderte Haro-wan. »Ich werde für den Einsatz ein Sonderkommando zusammenstellen. Machst du mit, Irina?«

»Selbstverständlich«, antwortete die junge Frau. »Vielleicht kann ich dir helfen, Benjamin wieder auf unsere Seite zu ziehen.«

»Gero-mar, lass Hasso-gat kommen!« bat Haro-wan. »Er war schon öfter in der Hauptstadt und kennt sich dort bestens aus.« Zu Irina gewandt erklärte er: »Hasso-gat war mein Knappe, als ich das letzte Mal in *Miners Landing* war. Damals haben Lajo-til und er Bakhtyars Waffenfabrik gesprengt.«

Während Gero-mar per Sprechfunk Hasso-gat in den Konferenzsaal beorderte, meinte Haro-wan:

»Du solltest ebenfalls mitkommen, Ito! Du bist klein und wendig – und deine technischen Fertigkeiten waren immer eine große Hilfe für uns.«

»Bin dabei«, quiekte der Winzling. »Endlich wieder gibt zu tun was Vernünftiges.«

Hasso-gat betrat den Saal.

»Bist du bereit, mich nach *Miners Landing* zu begleiten?« fragte Haro-wan den dunkelhäutigen Ritter. »Ich muss dich warnen: Es wird bestimmt gefährlich.«

»Ich bin bereit«, antwortete Hasso-gat. »Wenn es möglich ist, würde ich gern meinen Knappen Timur mitnehmen. Wie du weißt, ist er einer unserer tüchtigsten jungen Männer. Beim Turnier hat er im Wettstreit der Knappen den zweiten Platz hinter Irina belegt.«

»In Ordnung«, sagte Haro-wan. »Damit steht unser Sonderkommando. Wir starten morgen nach der Andacht.«

*

Am Abend bevor Haro-wan und seine Begleiter nach *Miners Landing* aufbrachen, trafen sich Cane und Benjamin im Casino-Club mit Bakhtyar und Rubashwili. Die Armee des Schwarzen Ritters verfügte mittlerweile über eine beträchtliche Zahl von Strahlengewehren und über eine Flotte von Fluggleitern, die mit Laserkanonen ausgestattet waren.

»Wir sind jetzt stark genug, um *Holyfort* anzugreifen«, meinte Rubashwili.

Der Schwarze Ritter schaute den Söldnerführer skeptisch an:

»Es bedarf noch etlicher Vorbereitungen für unsere Krieger. Ich habe von Gorgon erfahren, dass *Holyfort* von einer Energieglocke geschützt wird. Wir müssen sie aufsprengen und danach sofort eindringen, bevor sie die Glocke wieder schließen können.« Er wandte sich an Bakhtyar: »Wie sieht es mit der Produktion der Kampfroboter aus?«

»Wir arbeiten daran«, antwortete der Waffenhändler. »Es war schon schwierig genug, an die Konstruktionspläne heranzukommen. Meine Ingenieure brauchen Zeit, um sich mit den Plänen vertraut zu machen. Vielleicht wäre es besser, die Roboter anderswo zu bestellen und einfliegen zu lassen.«

»Zu gefährlich!« knurrte Cane. »Wenn plötzlich eine größere Menge Kampfroboter nach *Sedu-Pio* geliefert wird, könnte der Gouverneur misstrauisch werden und bei Gu anfragen – oder möglicherweise sogar Inspektoren herschicken. Das kann ich nicht riskieren. Ihre Männer werden es schon schaffen, die Roboter zu bauen. Ich denke, das war's für heute, meine Herren!«

Nachdem Bakhtyar und Rubashwili gegangen waren, sah der Schwarze Ritter Benjamin scharf in die Augen – wie immer, wenn er eine Teufelei mit ihm plante:

»Falls wir nicht genügend Roboter zur Verfügung haben, brauchen wir eben mehr Menschen für unseren Krieg. Es werden viele Männer dabei draufgehen. Ich will, dass sie kämpfen, bis sie tot sind. Triff dich morgen mit Akimovic! Wir werden unsere Soldaten unter Drogen setzen, damit sie uns blind gehorchen und ohne Hemmungen ihr Leben für uns opfern.«

»Wann werden wir *Holyfort* angreifen?« erkundigte sich Benjamin, der sich danach sehnte, endlich zum Ritter geschlagen zu werden.

»Erst wenn ich sicher bin, dass nichts schief gehen kann. Gorgon hat mir mitgeteilt, dass Haro-wan mit diesem blonden Weibsstück in *Augusta* war. Er kann offenbar wieder sehen und besitzt etwas, das ihn vor Gorgon schützt. Der Kerl ist einfach nicht totzukriegen! Aber was soll's? Ich habe ihn zweimal besiegt, ich werde ihn auch ein drittes Mal besiegen – und diesmal endgültig.«

*

Das Sonderkommando war in *Miners Landing* angekommen. Die vier Menschen trugen bürgerliche Kleidung, um in der Stadt nicht aufzufallen. Ito hatte seinen grünen Overall an und seinen kleinen Werkzeugkoffer bei sich.

Haro-wan steuerte den Gleiter als Erstes zum Verwaltungsgebäude.

»Versucht ihr, etwas über diesen Hochkommissar Gu herauszubekommen!« beauftragte er Hasso-gat und Timur. »Er ist hier zumindest nominell der mächtigste Mann.«

Nachdem die beiden Männer ausgestiegen waren, meinte der Hüter:

»Wir fliegen jetzt zum Casino-Club. Ich nehme an, dass wir dort einigen alten Bekannten begegnen werden. Jedenfalls hat sich dort der Schwarze Ritter in der Vergangenheit immer mit seinen Verbündeten getroffen.«

»Er nennt sich jetzt Cane«, erinnerte sich Irina.

»Ja, das soll die Kurzform für *Caballero negro* sein.«

»Wenn man es italienisch ausspricht, bedeutet es ›Hund‹« überlegte die junge Römerin. »Und ein Hund ist er wohl auch!«

»Er war einmal mein bester Freund«, äußerte Haro-wan betrübt. »Ich kann einfach nicht verstehen, wie er sich so verändern konnte.«

»Wir haben erlebt, wozu Gorgon fähig ist«, erwiderte Irina. »Er ist schuld an Robo-mils Veränderung.«

»Egal ob Name ist Hund, Stock oder Schwarzritter«, warf Ito ein, »wir müssen stoppen ihn, bevor richtet an noch größeren Schaden!«

Der Gleiter näherte sich dem Casino-Club. Es wurde allmählich Abend, und die Lichter des Vergnügungszentrums gingen an. In großer Leuchtschrift prangte der Name an dem Gebäude. Aufgrund eines technischen Defekts blieb der erste Buchstabe dunkel.

»ASINO-CLUB«, las Irina. »Der Club für den Esel! Dieser Name trifft zweifellos zu: Nur Esel werfen ihr Geld hier zum Fenster hinaus.«

»So ist es«, bestätigte Haro-wan. »Aber viele von diesen armen Eseln wissen nicht, wie sie ihre Abende sinnvoller verbringen können. Es wäre eine ganze Lebensaufgabe, die Menschen hier von den Vorzügen unserer Lebensweise zu überzeugen.«

»Ich werde mich darum kümmern, wenn wir Gorgon und Cane besiegt haben«, erklärte Irina. Wieder musste sie an die Prophezeiung denken: Werden wir das Böse besiegen? Und wird Haro-wan dann noch am Leben sein?

Ito spürte, was in der jungen Frau vorging.

»Nicht denken düstere Gedanken!« quiekte er. »Positiv denken! Dann wir werden gewinnen!«

Haro-wan landete den Gleiter auf dem Parkplatz des Vergnügungszentrums. Er steckte das goldene Szepter in die eine Tasche seines Mantels, Ito in die andere, nahm einen Beutel mit Goldmünzen und sagte:

»Das ist unser letztes Bargeld. Ich hoffe, dass es ausreicht für den Eintritt und für eine Kleinigkeit zu essen und zu trinken. Danach müssen wir sehen, wie wir zu Geld kommen, nachdem die Bank unser Guthaben gesperrt hat. Mit meiner Kontokarte kann ich zur Zeit jedenfalls nichts anfangen.«

Er stieg aus, verschloss den Gleiter, nahm Irina an der Hand und schlenderte mit ihr auf das Gebäude zu. Dem Türsteher steckte er ein paar Münzen zu, worauf dieser die beiden einließ.

»Der Erfahrene ebnet seinen Weg durch Vertrauen auf das Trinkgeld«, murmelte Irina

»Was meinst du?« fragte Haro-wan.

»Ach, nichts. Ich habe nur laut gedacht. Wie geht es jetzt weiter? Denkst du, dass wir hier irgendwo den Schwarzen Ritter oder Benjamin treffen? Selbst wenn sie im Club sein sollten: Es wimmelt hier von Menschen. Wie willst du sie finden? Und was tun wir, wenn wir sie gefunden haben?«

»Wir setzen uns erst einmal hin und trinken einen Schluck«, erwiderte der Hüter und führte Irina zu einem kleinen Tisch in einer Nische, wo sie ungestört waren. »Alles andere lassen wir Ito machen. – Ito, du weißt ja, wo sich der Schwarze Ritter immer mit dem Abschaum von *Miners Landing* getroffen hat.«

»Schon unterwegs bin!« quiekte der Winzling und kletterte vorsichtig aus Haro-wans Manteltasche.

»Pass auf, dass du bei dem Trubel nicht zertreten wirst!« raunte Irina ihm zu. Doch Ito war bereits außer Hörweite.

»Haben die Herrschaften einen Wunsch?«

Die Frage kam von einer Bedienung, die an den Tisch getreten war. Die junge Frau war kaum älter als Irina, aber einen ganzen Kopf kleiner. Sie war lediglich mit einer Art Lendenschurz bekleidet; ihr volles rotbraunes Haar reichte fast bis zur Taille und bedeckte zum Teil ihre prallen Brüste.

»Zwei Fruchtcocktails ohne Alkohol!« bestellte Haro-wan.

Die Bedienung verschwand und kam kurz darauf mit zwei hohen Gläsern wieder. Das eine stellte sie vor Irina ab, das andere drückte sie Haro-wan in die Hand. Dabei beugte sie sich zu ihm hinunter und säuselte ihm ins Ohr:

»Gefalle ich dir, Süßer? Wenn du mich willst, kannst du mich haben. Ich habe bestimmt mehr Klasse als dieses kühle Blondchen. Ich bin verdammt gut im Bett.«

Irina sprang von ihrem Sitz hoch und baute sich mit ihrer ganzen Größe von einem Meter neunzig vor der Bedienung auf. Verächtlich blickte sie auf die halbnackte Frau herab:

»Wenn du nicht sofort meinen Freund in Ruhe lässt, bekommst du es mit mir zu tun, du miese Schlampe! Mach bloß, dass du weiterkommst – und pack deine beiden dicken Dinger ein, sonst erschlägst du damit noch jemanden!«

Sprachlos starrte die Bedienung die große schlanke Blondine an.

Haro-wan legte Irina die Hand auf die Schulter und drückte seine Gefährtin sanft auf ihren Platz zurück. Er bezahlte die Getränke und gab der Bedienung zusätzlich noch ein Goldstück.

»Lass uns jetzt bitte allein!« sagte er freundlich. »Meine Freundin und ich möchten nicht gestört werden. Übrigens noch ein gutgemeinter Tip: Wenn du dich wieder einmal zu einem Gast hinunterbeugst, um deine Vorzüge anzupreisen, solltest du darauf achten, dass deine Haare nicht in sein Glas hineinhängen!«

Die Bedienung errötete und schlich weiter, um nach neuen Kunden Ausschau zu halten.

»Entschuldige, dass ich ausgerastet bin!« bat Irina den Hüter. »Aber diese – diese – ordinäre Person hat mich total aus der Fassung gebracht. Ich kann überhaupt nicht verstehen, was Männer an so einer finden.«

»Ich auch nicht«, schmunzelte Haro-wan. »Da gefällst du mir erheblich besser – und zwar in jeder Hinsicht. Oder hast du daran gezweifelt, mein Schatz?«

»Natürlich nicht«, hauchte Irina und umarmte ihn. »Ich überlege nur, wie wir diese armen verirrten Seelen retten können. Es gibt weiß Gott noch unendlich viel zu tun für uns.«

Haro-wan nickte zustimmend. Eine Weile sprachen beide kein Wort, bis Itos Quiekstimme sie aus ihren Gedanken riss:

»Schwarzritter nicht hier, aber Benjamin zusammensitzt mit Akimovic. Hab' aufgenommen Gespräch mit Minikamera. Benjamin jetzt oberster Chef von Bank. Will kaufen viel Drogen von Akimovic, damit Soldaten von Schwarzritter kämpfen ohne Rücksicht auf eigenes Leben, wenn angreifen *Holyfort.*«

»Bist du sicher, dass Benjamin der Chef der Bank ist – und nicht sein Vater?« erkundigte sich Irina.

»Wenn ich verstanden richtig, Benjamin ist Besitzer und Leiter von Bank.«

»Dann könnte Benjamin veranlassen, dass die Bank unser Geld freigibt«, meinte die junge Frau. »Vielleicht gelingt es mir, ihn dazu zu überreden.«

»Wie willst du das anstellen, mein Schatz?« fragte Haro-wan. »Willst du auf ihn zugehen, ihm schöne Augen machen und sagen: Lieber Benjamin, bitte gib das Guthaben von *Holyfort* frei? Wir beide haben miterlebt, wie er seinem Vater den Treueschwur geleistet hat. Er wird diesen Schwur niemals brechen.« Er setzte Ito behutsam in seine Manteltasche. »Zunächst werden wir Akimovic das Handwerk legen. Wir besitzen eine Bild- und Tonaufzeichnung von der Absprache einer gesetzwidrigen Handlung. Das genügt, um ihn verhaften zu lassen. Aber dazu brauchen wir diesen Hochkommissar Gu. Schauen wir mal, was Hasso-gat und Timur über ihn herausgefunden haben!«

Nachdem sie noch einen kleinen Imbiss eingenommen hatten, trafen sie sich spät in der Nacht am vereinbarten Ort mit Hasso-gat und seinem Knappen.

»Wir haben Gu den ganzen Abend beobachtet«, berichtete der dunkelhäutige Ritter. »Er hat das Verwaltungsgebäude als Letzter verlassen und sich von seinem Chauffeur, Leibwächter – oder was der Kerl sonst für eine Funktion hat – zu seinem Haus fliegen lassen. Nachdem wir ihm mit einem Taxi gefolgt waren, stellten wir fest, dass sein Haus mit einer perfekten Alarmanlage ausgestattet ist und außerdem Tag und Nacht bewacht wird. Während wir uns den Kopf zerbrachen, ob es irgendeine Chance gibt hineinzukommen, stieg ein Mädchen aus einem Taxi und betrat das Haus des Hochkommissars. Die Wachen ließen sie passieren. Wie wir später herausfanden, handelte es sich um eines von Osakis Callgirls. Offenbar empfängt Gu jede Nacht eines von den jungen Dingern. Er ist dann mit dem Mädchen ganz allein im Haus. Und er muss ziemlich brutal zur Sache gehen. Als die Kleine gegen Mitternacht das Haus verließ, sah sie völlig fertig aus. Sie trug einen langen Mantel, aber wie sie in ihr Taxi stieg, bemerkten wir blutige Striemen auf ihren nackten Beinen. Wir folgten dem Taxi dann bis zu dem Haus, in dem Osaki seine Callgirls – oder soll ich besser Sklavinnen sagen? – untergebracht hat.«

»Die armen Mädchen!« rief Irina empört aus. »Wir müssen diesem verdammten Zuhälter das Handwerk legen!«

»Ich habe Osaki und Akimovic vor zwei Jahren dringend geraten, ihr schmutziges Geschäft aufzugeben«, erklärte Haro-wan. »Aber sie haben meine Warnung ignoriert. Wir sollten die beiden endgültig aus dem Verkehr ziehen. Doch das schaffen wir nicht ohne Gu. Er kontrolliert die Verwaltung, die Polizei und die Justiz in *Miners Landing*. Wir müssen irgendwie an ihn herankommen.«

»Er lässt sich jede Nacht eines von Osakis Callgirls kommen?« erkundigte sich Irina.

»Es sieht so aus«, antwortete Hasso-gat.

»Nun, dann wird er in der nächsten Nacht ein ganz besonderes Callgirl bekommen«, lachte Irina. »Eines, das er bestimmt nicht so schnell vergessen wird.«

*

Die zierliche Blondine in dem langen knallroten Ledermantel stieg in das Flugtaxi, das ihr Chef kurz zuvor bestellt hatte. Sie öffnete ihre schwarze Handtasche, nahm eine Kunststoffkarte heraus, auf der eine Adresse stand, und drückte sie dem dunkelhäutigen Piloten in die Hand.

»Dorthin!« flüsterte sie zaghaft.

»In Ordnung«, erwiderte der junge Mann und brauste los.

Das Taxi erhob sich in die Luft und flog mit immer größer werdender Geschwindigkeit nach Westen aus der Stadt hinaus.

»Das ist die falsche Richtung«, meinte das Mädchen unsicher.

»Nein, nein«, entgegnete der Pilot. »Wir sind genau richtig.«

Er steuerte das Taxi auf eine der stillgelegten Bohrstationen außerhalb von *Miners Landing* zu und landete unmittelbar neben einem halbverfallenen Gebäude. Vor dem Haus erblickte das Mädchen einen Fluggleiter und drei Personen: einen großen Mann mittleren Alters, einen stämmigen Burschen und eine junge Frau mit langen hellblonden Haaren.

»Aussteigen!« sagte der dunkelhäutige Pilot.

Das Mädchen gehorchte widerwillig.

»Gut, dass ich mich an diese Station erinnert habe«, erklärte der Pilot den anderen. »Ich war hier schon einmal vor zwei Jahren. Damals haben Benjamin und ich Martinez hierher verfolgt. Er traf sich hier mit dem Schwarzen Ritter – und wurde von ihm brutal ermordet. Hier erfuhr Benjamin auch, dass der Schwarze Ritter sein Vater ist.«

»Was bedeutet das alles?« fragte das Mädchen bleich vor Angst. »Was – was wollt ihr von mir?«

»Nichts Böses«, antwortete der große Mann mit sanfter Stimme. »Mein Name ist Haro-wan. Ich bin einer der Hüter von *Sedu-Pio* – falls du davon schon einmal gehört hast. Der junge

Mann, der dich hierher gebracht hat, ist Ritter Hasso-gat, und das sind unsere Knappen Timur und Irina. Ich verspreche dir, dass dir kein Leid geschehen wird.«

Irina nahm das zitternde Mädchen in den Arm:

»Wie heißt du?«

»Sonja. – Sonja Krogh.«

»Und wie alt bist du, Sonja?«

»Sechzehn. – Eigentlich erst fünfzehn.«

»Fünfzehn!« rief Irina fassungslos aus. »Wohin sollte dich das Taxi bringen? Zu einem Mann, nicht wahr? Zu Hochkommissar Gu.«

Sonja starrte betreten auf den Boden.

»Mach einmal deinen Mantel auf!« bat Irina.

Zögernd kam Sonja der Aufforderung nach. Unter dem Mantel trug das Mädchen lediglich eine transparente Seidenbluse, einen ebenso durchsichtigen kurzen Rock, darunter einen schwarzen Tangaslip und an den Beinen rote Lackstiefel, die knapp unter den Knien endeten.

»Was wolltest du bei Hochkommissar Gu?« fragte Irina weiter.

»Ich sollte ihm heute Nacht Gesellschaft leisten.«

»Gesellschaft leisten? Du meinst: seine sexuellen Wünsche befriedigen? Und dieser Gu ist keiner von der zärtlichen Sorte. Ist dir aufgefallen, wie das Mädchen aussah, das letzte Nacht bei ihm war?«

»Ein Mann namens Cane bezahlt meinem Chef viel Geld dafür, dass er Gu jede Nacht ein Mädchen schickt«, sagte Sonja leise.

»Dein Chef heißt Osaki, nicht wahr?« schaltete sich Haro-wan wieder in das Gespräch ein. »Warum arbeitest du für ihn?«

»Meine Mutter ist tot, und mein Vater verspielt und vertrinkt sein ganzes Geld«, antwortete das Mädchen weinend. »Als meine Mutter vor zwei Jahren starb, habe ich begonnen Drogen zu nehmen. Ich brauche jetzt immer mehr davon – und das kostet eine Menge. Für ein Mädchen wie mich gibt es kaum Möglichkeiten, so viel zu verdienen. Eine Freundin gab mir den Tip, für Osaki zu arbeiten. Er gibt mir Wohnung, Essen und

Kleidung – und er besorgt mir die bunten Pillen, die mich alle meine Sorgen vergessen lassen.«

»Ich habe meine Eltern verloren, als ich sechzehn war«, erklärte Irina. »Damals war ich genauso verzweifelt wie du. Aber ich hatte das Glück, Haro-wan zu begegnen, der mich mit nach *Holyfort* genommen hat. Dort habe ich Wohnung, Essen, Kleidung und jede Menge Freunde – Freunde, nicht Zuhälter wie Osaki, der dich nur für seine Zwecke ausnützt. Wie lange arbeitest du schon für ihn?«

»Ich fange erst an. Heute Nacht sollte mein erster Auftrag sein. Osaki sagte mir, dass Gu unbedingt einmal eine Jungfrau wollte.«

»Du wirst zumindest noch für ein paar Stunden Jungfrau bleiben«, erwiderte Irina. »Ich werde an deiner Stelle den Herrn Hochkommissar besuchen. Komm mit ins Haus, Sonja, wir tauschen schnell die Kleider!«

Wenige Minuten später kamen die beiden wieder heraus.

»Normalerweise würde ich dieses Zeug niemals anziehen«, meinte Irina. »Ich komme mir richtig nackt vor. Aber für meine Mission ist diese Aufmachung wohl erforderlich.«

»Hast du dir auch alles gut überlegt?« fragte Haro-wan. »Es ist sehr gefährlich – und ich kann dir nicht helfen.«

Irina öffnete Sonjas Handtasche:

»Ich nehme Ito mit. Er müsste hier drin gerade Platz haben.«

Der Winzling kletterte aus Haro-wans Mantel in die Handtasche.

»Hab' Strahlenpistole und Minikamera dabei«, quiekte er. »Wir beide zur Strecke bringen perversen Kommissar.«

»Dann gehen wir vor wie besprochen«, sagte Haro-wan. »Hasso-gat fliegt mit Irina und Ito zu Gus Haus und bringt danach das geborgte Taxi zurück. Ich folge euch mit dem Gleiter. Timur bleibt hier bei Sonja. Wenn alles erledigt ist, kommen wir mit dem Gleiter wieder hierher. Bis dahin kannst du dir überlegen, ob du weiter für Osaki arbeiten willst oder lieber mit uns nach *Holyfort* kommst, Sonja. Du wirst es nicht bereuen, wenn du dich für uns entscheidest. Es wäre auch gut, wenn du gegen Osaki aussagen würdest. Du bist noch keine sechzehn Jahre alt; somit macht sich Osaki strafbar, wenn er dich zu seinen ›Kunden‹ schickt. Mir scheint, er und Akimovic gehen schweren Zeiten entgegen.«

Irina und Hasso-gat bestiegen das Taxi und flogen in die Stadt. Haro-wan folgte ihnen und parkte seinen Gleiter in Sichtweite von Gus Haus. Irina näherte sich mit wippenden Hüften dem Eingangstor. Ihre Finger umklammerten die schwarze Handtasche.

»Es geht los, Kleiner«, flüsterte sie. »Ich verlasse mich auf dich.«

»Keine Sorge!« quiekte Ito. »Bevor Gu antut dir etwas, ich schieße Mistkerl über Stapel.«

»Du meinst, du schießt ihn über den Haufen«, lachte Irina. »Ich hoffe, das wird nicht nötig sein.« Sie nickte zuversichtlich und schritt auf die beiden Sicherheitsbeamten zu, die vor dem Tor postiert waren. »Ich komme von Yukio Osaki«, erklärte sie.

Einer der Wachposten schaltete sein Funkgerät ein.

»Das Mädchen von Osaki ist da«, meldete er.

»Wird auch Zeit!« schnarrte die Stimme aus dem Lautsprecher. »Ich warte schon eine ganze Weile. Lasst das Püppchen rein!«

Haro-wan beobachtete, wie sich das Tor öffnete und Irina eintrat. Dann schloss sich das Tor wieder.

»Gott gib, dass alles gut geht und ihr nichts geschieht!« betete der Hüter. Er konnte jetzt nichts anderes mehr tun, als darauf warten, dass Hasso-gat, der das Taxi seinem Besitzer zurückbrachte, bei ihm eintraf und dass Irina oder Ito den erfolgreichen Abschluss ihrer Mission meldeten.

»Hier herein!« sagte Guanming Gu mit schmalziger Stimme. »Komm in meinen Salon der Lust!«

»Ich stehe für alles zur Verfügung«, hauchte Irina.

»Dann zieh erst einmal deinen Mantel aus!« forderte sie der Hochkommissar auf.

Irina legte ihre geöffnete Handtasche auf den Tisch und streifte den roten Mantel ab. Gierig betrachtete Gu ihren kaum verhüllten Körper.

»Ich wusste nicht, dass du so groß bist«, bemerkte er. »Ansonsten entsprichst du genau Osakis Beschreibung: lange blonde Haare, schlanke Figur, niedliche kleine Brüste – und du bist noch Jungfrau?«

»Ja, aber wahrscheinlich nicht mehr lange«, lachte Irina.

»Humor hast du auch, das ist gut«, meinte der Hochkommissar und öffnete eine Dose mit bunten Pillen. »Dein Chef sagte, du stehst auf das Zeug. Also bedien dich!«

Irina nahm eine Pille, steckte sie in den Mund und schob sie mit der Zunge in die Backentasche.

»Nimm ruhig ein paar mehr!« drängte Gu. »Dann macht es dir gleich doppelt so viel Spaß.«

Irina packte die Dose und führte sie an ihre Lippen. Sie tat, als würde sie eine größere Zahl von Pillen in ihren Mund schütten. In Wirklichkeit spuckte sie die erste Tablette in den Behälter zurück und schleuderte dann die Dose euphorisch in die Luft, dass die Pillen durchs Zimmer flogen.

»Das Zeug macht mich richtig scharf!« jauchzte sie. »Soll ich mich jetzt ganz ausziehen – oder möchten Sie das tun?«

»Alles zu seiner Zeit!« erwiderte Gu und nahm eine Lederpeitsche von der Wand.

»Sie halten es mit Nietzsche«, stellte Irina fest.

»Nietzsche?« fragte der Hochkommissar irritiert.

»Wenn du zum Weibe gehst, vergiss die Peitsche nicht!« zitierte Irina den deutschen Philosophen aus dem neunzehnten Jahrhundert. »Ist aber nicht so schlimm, wenn Sie noch nie etwas von Nietzsche gehört haben. Die Menschheit hat erheblich größere Denker hervorgebracht.«

»Vergiss das intellektuelle Geschwafel!« grunzte Gu. »Du wirst heute eine Nacht erleben, die du nie mehr vergessen wirst.«

»Das beruht auf Gegenseitigkeit«, lallte Irina und stolperte auf den Hochkommissar zu. Sie schlang die Arme um seinen Körper und drückte ihn fest an sich.

»Was meinst du mit ›beruht auf Gegenseitigkeit‹?« wollte Gu wissen, während er versuchte, seine Hand unter ihren Rock zu schieben.

»Sie werden diese Nacht bestimmt auch nie vergessen«, lachte Irina und rammte dem Hochkommissar ihr Knie in den Unterleib. Gu krümmte sich vor Schmerz.

»Das wirst du bereuen!« stöhnte er und schwang die Peitsche.

»Nein – *du* wirst bereuen, wenn schlägst unschuldige Irina!« vernahm er in diesem Augenblick eine quiekende Stimme.

Der Hochkommissar fuhr herum und erblickte auf dem Tisch eine kleine gelbe Gestalt, die eine winzige Strahlenwaffe auf ihn richtete.

»Nimm Hände hoch!« befahl Ito. »Sonst ich schieße Loch in deinen hässlichen Kopf!«

Entgeistert hob Gu die Hände. Irina zog ihre Pistole aus der Handtasche und setzte sie dem Hochkommissar auf die Brust. Sie nahm ihm die Peitsche aus der Hand und meinte lächelnd:

»Eigentlich sollte ich mit Ihnen dasselbe machen, was Sie meinen Vorgängerinnen angetan haben. Aber ich kann mich beherrschen – wenn Sie ab jetzt genau das tun, was ich sage. Ito, gib das Signal an Haro-wan!«

»Bei uns alles klar«, sprach der Winzling in sein Funkgerät. »Seid ihr bereit?«

»Wir kommen«, hörte Irina Haro-wans Stimme.

»Gleich werden zwei Männer um ein Gespräch mit Ihnen bitten«, eröffnete sie dem Hochkommissar. »Sie werden Ihre Sicherheitsbeamten anweisen, die beiden einzulassen – oder Sie sind ein toter Mann!«

Zitternd gab Gu die Order. Kurz darauf betraten Haro-wan und Hasso-gat das Haus.

»Ich weiß nicht, womit Cane Sie in der Hand hat«, sagte der Hüter, »aber im Moment haben *wir* die besseren Argumente – und ich meine damit nicht nur unsere Waffen. Ito hat Ihre Begegnung mit Irina aufgezeichnet. Sie haben versucht, das Mädchen unter Drogen zu setzen und mit der Peitsche zu misshandeln. Es dürfte Ihnen klar sein, dass Sie erledigt sind, wenn wir die Aufnahme den Medien oder dem Gouverneur zuspielen.«

»Was verlangen Sie von mir?« fragte Gu blass.

»Im Gegensatz zu Cane sind wir keine Verbrecher«, antwortete Haro-wan. »Wir wollen nur einigen Halunken das Handwerk legen. Sie können uns dabei behilflich sein. Wenn Sie kooperativ sind, händigen wir Ihnen die Aufnahme aus.«

»Was muss ich tun?«

»Nur ein paar Befehle geben, das machen Sie doch so gern. Wir fliegen dazu ins Verwaltungsgebäude!«

»Mi-mitten in der Nacht?« stammelte der Hochkommissar.

»Ein guter Politiker dient seinem Volk bei Tag und Nacht«, erklärte Haro-wan schmunzelnd. »Und Sie können heute Nacht den Bewohnern von *Miners Landing* einen wirklich großen Dienst erweisen. Wir werden nun gemeinsam das Haus verlassen. Sie sagen Ihren Gorillas am Eingangstor, dass Sie zu einer geheimen Sitzung ins Verwaltungsgebäude müssen und in etwa zwei Stunden wieder zurück sind!«

»Soll ich mitkommen?« fragte Irina und schlüpfte in den roten Ledermantel.

Haro-wan überlegte kurz. Dann antwortete er:

»Die Sicherheitsbeamten könnten stutzig werden, wenn du uns zu der geheimen Sitzung begleitest. Sie halten dich ja für ein Callgirl. Am besten bleibst du hier. Wir sind bald wieder zurück. Aber dich möchte ich dabeihaben, Ito – für den Fall, dass irgendwelche technischen Probleme auftreten.«

»Ist es nicht gefährlich für Irina, wenn sie allein hier zurückbleibt?« gab Hasso-gat zu bedenken.

»Was soll mir schon geschehen?« erwiderte die junge Frau. »Erstens habe ich eine Waffe, zweitens ist das Haus bestens bewacht. Die beiden Gorillas lassen bestimmt niemanden herein. Ich werde Gus ›Salon der Lust‹ einmal genau unter die Lupe nehmen, bis ihr wieder hier seid.«

»Also dann bis später!« rief Haro-wan ihr zu.

Ito nahm in Haro-wans Manteltasche Platz. Die drei Männer verließen das Haus und bestiegen den Gleiter. Wenig später befanden sie sich in Gus Amtszimmer.

»Als Erstes rufen Sie in der Polizeizentrale an!« forderte Haro-wan den Hochkommissar auf. »Geben Sie Sonderalarm und ordnen Sie an, dass Slobodan Akimovic und Yukio Osaki sofort in ihren Häusern verhaftet werden!«

»Wissen Sie, wie spät es ist?« fragte Gu nervös.

»Sie haben schon einmal darauf hingewiesen, dass wir Nacht haben«, entgegnete der Hüter trocken. »Aber Gangster verhaftet man am besten in der Nacht – da rechnen sie am wenigsten damit.«

Schweren Herzens erteilte der Hochkommissar den Befehl. Akimovic und Osaki mussten ihn für völlig übergeschnappt halten.

Nach knapp einer Stunde kam die Bestätigung, dass die beiden in Untersuchungshaft genommen waren.

»Als Nächstes geben Sie die Verhaftung den Medien bekannt, damit morgen früh ganz *Miners Landing* Bescheid weiß!« sagte Haro-wan. »Die Meldung lautet: Slobodan Akimovic wegen illegalen Drogenhandels, Yukio Osaki wegen Beschäftigung minderjähriger Prostituierter verhaftet. Zu Ihrer Beruhigung: Wir verfügen über die nötigen Beweise. Die beiden kommen aus der Sache nicht mehr heraus.«

Nachdem Gu auch dies erledigt hatte, erklärte der Hüter:

»Nun zu Schritt drei: Sie informieren den Gouverneur von *Archimedes* über die gesetzwidrigen Aktivitäten von Cane und seinen Helfershelfern und erbitten die Entsendung von Elitetruppen zu seiner Bekämpfung! Wo befindet sich Ihre Hyperfunkstation?«

Gu wurde kreidebleich.

»Wenn ich das tue, bin ich tot, bevor die Truppen auf *Sedu-Pio* gelandet sind!« stieß er hervor.

»Wenn Sie es nicht tun, sind Sie tot, bevor Sie bis zehn zählen können«, erwiderte Hasso-gat kühl und zündete sein Laserschwert. »Sie haben die Wahl.«

»Die Hyperfunkstation ist im obersten Stockwerk«, teilte ihnen der Hochkommissar mit. »Aber sie ist in der Nacht nicht besetzt. Ich kann sie nicht bedienen – das gehört nicht zu meinen Aufgaben als Verwaltungschef.«

»Ito wird die Anlage bestimmt in Gang bringen«, meinte Haro-wan. »Dafür haben wir ihn ja dabei. Also begeben wir uns nach oben!«

In der Funkstation angekommen bemühte sich Ito, Kontakt mit der Administration von *Archimedes* herzustellen.

»Gerät funktioniert einwandfrei«, erklärte der Winzling nach mehreren vergeblichen Versuchen. »Aber Verbindung klappt nicht.«

»Woran kann das liegen?« erkundigte sich Hasso-gat.

»Einzige Möglichkeit: Irgendwas verhindert, dass Funksignal kommt durch Atmosphäre«, quiekte Ito.

Haro-wan nickte ahnungsvoll mit dem Kopf.

»Gorgon«, sagte er grimmig.

»Was machen wir jetzt?« fragte Hasso-gat.

»Ruf den Raumhafen an und erkundige dich, wann das nächste Raumschiff den Planeten verlässt!« antwortete Haro-wan. »Das ist vermutlich der einzige Weg, dem Gouverneur eine Botschaft zu senden. Danach fliegen wir zu Gus Haus zurück.«

Er ahnte nicht, dass es dann bereits zu spät war.

*

Der Schwarze Ritter war außer sich, als die Television in ihren Spätnachrichten meldete, dass Akimovic und Osaki auf Anordnung des Hochkommissars verhaftet worden waren.

»Gu muss den Verstand verloren haben!« tobte er. «Komm mit, mein Sohn! Wir werden dem Kerl einmal ordentlich die Meinung sagen.«

Er packte sein schwarzes Laserschwert und eilte zu seinem Gleiter. Benjamin folgte ihm wortlos. Er wusste, dass in solchen Situationen mit seinem Vater nicht zu spaßen war.

Bald darauf landeten sie vor Gus Haus.

»Wir dürfen Sie leider nicht einlassen«, erklärte einer der Wachposten am Eingangstor.

»Das werden wir ja sehen!« zischte Cane und zündete sein Laserschwert. Sekunden später lagen die beiden Sicherheitsbeamten tot auf dem Boden. »Jetzt wird der Drecksack erleben, was es heißt, mir in den Rücken zu fallen. Folge mir, Benjamin!«

Mit diesen Worten zerschlug er das Tor und trat ein.

Irina hatte das Haus des Hochkommissars eingehend inspiziert und dabei eine Reihe grässlicher Folterinstrumente entdeckt.

Kopfschüttelnd betrachtete sie gerade die an der Wand eines Nebenzimmers angebrachten Metallketten, als sie ein schneidendes Geräusch wahrnahm, das von der Haustür zu kommen schien. Die junge Frau ergriff ihre Strahlenpistole und lief in die Eingangshalle.

Ihr Blick fiel auf einen großen dunkelgekleideten Mann, der mit einem schwarzen Laserschwert in der Hand auf sie zustürmte. Auch wenn ihre bisher einzige Begegnung mit dem Schwarzen Ritter über ein halbes Jahr zurücklag und sich sein Aussehen durch die Gesichtsoperation etwas verändert hatte, erkannte sie ihn sofort wieder. Im Stillen hoffte sie, dass er sie in ihrer Callgirl-Kleidung nicht erkennen würde.

»Sind Sie der Mann, den mir Gu angekündigt hat?« fragte Irina geistesgegenwärtig und warf ihren Ledermantel ab. »Er sprach von einem großen und starken Liebhaber. Sie müssen es sein!« Sie setzte ihr süßestes Lächeln auf, spitzte die Lippen und rief ihm zu: »Küss mich!«

Während sie ihre Arme um seinen Nacken legte, holte sie zu dem entscheidenden Kniestoß aus. Doch bevor sie dazu kam, bohrte sich die Faust des Schwarzen Ritters in ihre Magengrube. Irina klappte zusammen. Sie spürte noch, wie die Handkante des Mannes ihren Hals traf. Dann verlor sie das Bewusstsein.

Als sie wieder zu sich kam, bemerkte Irina, dass sie auf einem Bett mit Metallgestell lag. Ihre Hände waren an der Querstange am Kopfende festgebunden. Ihre nackten Füße waren links und rechts ans Bettgestell gefesselt. Ihr fiel auf, dass man ihr nicht nur die Stiefel ausgezogen, sondern auch die ohnehin durchsichtige Bluse zerrissen hatte. Ihr Rock bestand ebenfalls nur noch aus Fetzen.

Neben dem Bett saß ein junger Mann mit rotblonden Haaren, dessen Blick fest auf ihren Körper gerichtet war.

»Du warst ziemlich lang bewusstlos«, sagte er, wobei seine Augen unstet zwischen Irinas Gesicht, ihrem entblößten Oberkörper und ihren Schenkeln hin und her schweiften. »Mein Gott, siehst du gut aus! Ich habe dich ja noch nie so nahezu unbekleidet gesehen.«

Irina kam ein schrecklicher Gedanke:

»Habt ihr mich, während ich bewusstlos war, etwa ...?«

Benjamin lachte:

»Mein Vater würde dich vielleicht schlagen oder foltern, aber er würde dich nicht vergewaltigen. Er hat ganz andere Pläne mit dir: Du bist sein Köder für Haro-wan. Aus diesem Grund hat er dich am Leben gelassen. Im Moment ist er dabei, Haro-wan hierher zu locken. Er ist sicher, dass Haro-wan versuchen wird, dich zu befreien. Doch zurück zu deiner Frage: Ich habe durchaus überlegt, ob ich nachholen soll, worauf ich damals im Gebirge verzichtet habe. Ich kann mir nichts Schöneres vorstellen, als mit dir zu schlafen – aber nicht während du bewusstlos bist. Es ist schon verrückt: Ich könnte jedes Mädchen in *Miners Landing* haben, doch die anderen sind mir alle völlig gleichgültig. Mir ist klar geworden, dass du meine Traumfrau bist. Du bist wunderschön, klug, stark und mutig. Wir würden bestimmt ein tolles Paar abgeben.«

Irina starrte den jungen Mann fassungslos an. Dann richtete sie ihren Blick nach oben und begann zu beten:

»Lieber Gott! Gib, dass Benjamin sich wieder auf das Gute besinnt, das mit Sicherheit immer noch in ihm steckt! Er war der Schüler und Knappe von Haro-wan und hat unendlich viel von ihm gelernt. Auf dem Gipfel des Felsengebirges hat er Haro-wan das Leben gerettet und mir meine Jungfräulichkeit bewahrt. Bitte, lieber Gott, lass ihn heute genauso handeln wie damals!«

Benjamin lachte erneut:

»Du brauchst keine Angst zu haben: Ich bin nicht der Typ, der sich ein Mädchen gegen seinen Willen mit Gewalt nimmt. Ich habe mich in dich verliebt – schon als ich dir zum ersten Mal begegnet bin, nur war mir das damals nicht bewusst. Außerdem ging ich davon aus, dass du zu Haro-wan gehörst. Doch nun sieht alles anders aus: Mein Vater wird Haro-wan töten – ich fürchte, dass ich das diesmal nicht verhindern kann. Aber ich kann *dein* Leben retten. Wenn du meine Frau wirst, wird es mein Vater nicht wagen, dich zu töten.«

Fieberhaft überlegte Irina, wie sie sich verhalten sollte.

»Ich mag dich ja auch, Benjamin«, sagte sie schließlich. »Ich hatte dich schon gern, als du mich auf dem Berggipfel verschont hast. Damals war ich froh, dass du es nicht getan hast. Heute bin ich bereit dazu. Aber ich will nicht gefesselt sein, wenn wir uns lieben. Ich möchte dich streicheln, umarmen, an mich drücken. Bitte – binde mich vorher los!«

Haro-wan, Hasso-gat und Ito waren mit Gu zu seinem Haus zurückgekehrt. Erschüttert betrachteten sie die beiden enthaupteten Sicherheitsbeamten und das zerschlagene Eingangstor.

»Cane«, entfuhr es Haro-wan.

»Glauben Sie, er – er wollte mich ...?« stammelte der Hochkommissar.

Haro-wan gab keine Antwort. Wie besessen rannte er in das Gebäude.

»Irina!« rief er besorgt. »Irina, wo bist du?«

Dann entdeckte er den roten Ledermantel auf dem Boden.

»Der Schuft hat sie gekidnappt«, sagte er mit bebender Stimme zu Hasso-gat, der ihm gefolgt war. »Wir hätten sie nicht hier lassen dürfen. Durch den magischen Ring ist der Schwarze Ritter unverwundbar; Irina hatte mit ihrer Pistole genauso wenig eine Chance gegen ihn wie die Wachen vor dem Tor.« Er wandte sich an Gu, der mit schlotternden Knien auf ihn zukam: »Wo kann er sie hingebracht haben?«

»Wahrscheinlich in seine Villa«, vermutete der Hochkommissar.

»Dann fliegen wir dorthin!« entschied Haro-wan. »Sie kommen mit und lotsen uns durch die Stadt! Und beten Sie, dass Irina nichts geschehen ist!«

Benjamin hatte mehrere Minuten über Irinas Bitte nachgedacht.

»Ich werde deinen linken Arm losbinden, mehr nicht«, sagte er schließlich. »Du musst mich verstehen: Ich darf kein Risiko eingehen. Mein Vater würde es mir nie verzeihen, wenn durch meine Schuld etwas schief geht.«

Er löste die Fessel an Irinas linkem Handgelenk und warf sich auf die schöne junge Frau. Er küsste erst ihren Mund, dann ihren Oberkörper. Irina fuhr ihm zärtlich durch die rotblonden Haare und hauchte:

»Du kannst von mir haben, was immer du willst. Aber zuvor musst du mir etwas versprechen. Du bist doch der Inhaber der Industrie- und Handelsbank?«

»Wie man's nimmt – jedenfalls halte ich die Aktienmehrheit.«

»Dann gib das Guthaben von *Holyfort* frei, so dass die Bruderschaft wieder darüber verfügen kann! Danach kehre mit mir zurück nach *Holyfort* und hilf Haro-wan im Kampf gegen Gorgon und deinen Vater! Wenn du mir das versprichst, bin ich bereit, mich zu opfern.«

Benjamin starrte Irina mit weit aufgerissenen Augen an:

»Du sprichst von opfern! Es ist also ein Opfer für dich, mit mir zu schlafen! Du liebst nicht mich, du liebst Haro-wan! Für ihn würdest du jedes Opfer bringen! Aber so will ich dich nicht!«

»Ja«, erwiderte Irina. »Ich liebe Haro-wan, und er liebt mich. Ich weiß, dass er auch dich liebt, Benjamin. Und deshalb liebe ich dich auch – wenn du verstehst, was ich meine.«

»Ich verstehe nur, dass du mich belogen hast!« schrie der Knappe rasend vor Wut. Mit einem Mal verspürte er ein unbeschreibliches Verlangen, Irina zu erwürgen. Es war, als ob eine Stimme in seinem Kopf ihn vehement dazu aufforderte. Benjamin legte seine Hände um den Hals der jungen Frau und begann zuzudrücken.

»Benjamin, nein!« vernahm er ihre röchelnde Stimme.

Benjamin zögerte.

»Bring das Miststück um!« brüllte die Stimme in seinem Gehirn.

Plötzlich war da noch eine andere Stimme, die in sein Bewusstsein drang – eine Stimme ohne Klang, die ihm irgendwie bekannt vorkam. Während die erste Stimme ihm befahl, Irina zu töten, ermahnte ihn die andere, sie zu verschonen.

Benjamin ließ Irina los und fasste sich an den Kopf.

»Was ist nur los mir mir?« stöhnte er. »Verfügst du über irgendwelche Zauberkräfte? Hast du mich verhext? Ich glaube, ich verliere den Verstand!«

Wie von Sinnen sprang er aus dem Bett und stürzte aus dem Zimmer. Irina erkannte ihre Chance. Blitzschnell löste sie die Fesseln an ihrer rechten Hand, dann die an ihren Füßen. Sie schlüpfte in die Lackstiefel, die neben dem Bett lagen, und rannte die Treppe hinunter ins Erdgeschoss. Da sie sich in der großen Villa nicht auskannte, lief sie statt zum Ausgang genau in die entgegengesetzte Richtung und stand plötzlich in dem vornehm eingerichteten Raum, der einst Wallraff und nun Cane als Arbeitszimmer diente.

»Verdammt!« schimpfte sie und wollte umkehren. Ein Geräusch, das aus dem Flur kam, veranlasste sie, erst einmal in Deckung zu gehen. Vorsichtig lugte sie aus dem Zimmer und sah, wie der Schwarze Ritter das Haus betrat und die Treppe nach oben eilte.

»Er kommt!« hörte sie ihn rufen. »Er muss in wenigen Minuten hier sein! Ist unser blondes Püppchen inzwischen wieder bei Bewusstsein? Bring die Kleine ordentlich zum Schreien, Benjamin! Je aufgebrachter Haro-wan ist, desto leichter wird es mir fallen, ihn zu töten.«

Irina schaute sich in dem Raum um. Ihr Blick fiel auf ein Regal und blieb an einem golden glänzenden Gegenstand haften.

Haro-wans Laserschwert! schoss es ihr durch den Kopf.

Ohne zu zögern ergriff sie die deaktivierte Waffe, steckte sie in den Schaft ihres Stiefels und rannte so schnell sie konnte aus dem Zimmer. Diesmal fand sie den richtigen Weg zum Ausgang und stürmte hinaus in die finstere Nacht.

Kein Stern war am Himmel zu sehen, denn eine riesige dunkle Wolke lag über dem Grundstück. Kaum hatte Irina das Haus verlassen, fuhr aus der Wolke ein greller Blitz auf sie nieder. Geistesgegenwärtig warf sich die Siebzehnjährige auf den Boden und rollte sich zur Seite. Der Blitz schlug unmittelbar neben ihr in einen kleinen Busch ein und setzte ihn lichterloh in Brand.

Irina hob vorsichtig den Kopf. Ein zweiter, noch stärkerer Feuerstrahl schoss auf sie zu. Doch bevor er ihren Körper verbrennen konnte, erschien über ihr eine bläulich schimmernde

Kugel. Der Blitz fuhr in die Kugel und wurde von ihr absorbiert. Irina sprang auf und hastete weiter. Die kobaltblaue Kugel war verschwunden. Dafür vernahm die junge Frau eine vertraute Stimme:

»Hierher, Irina! Geh noch ein kleines Stück tiefer, Hasso-gat! Ja, so ist es gut!«

Irina blickte nach oben. Der Gleiter schwebte direkt auf sie zu. Die Schiebetür war geöffnet. Haro-wan beugte sich heraus und streckte ihr die Hand entgegen:

»Greif zu!«

Die junge Frau reckte ihre Arme in die Höhe und bekam Haro-wans Hand zu fassen.

»Gut festhalten!« rief der Hüter und zog Irina auf seinen Schoß.

Im selben Augenblick kam der Schwarze Ritter mit gezücktem Laserschwert aus dem Haus gestürmt.

»Hoch mit dem Gleiter!« schrie Haro-wan.

Hasso-gat reagierte sofort. Der Gleiter schnellte davon. Haro-wan schloss die Schiebetür. Dann drückte er Irina fest an sich:

»Mein Gott, ich hatte solche Angst um dich!«

»Ich um dich auch«, erwiderte Irina. »Der Schwarze Ritter wollte dich töten. Ich sollte nur der Köder sein.«

Sie umarmten sich lange und innig.

»Ist mit dir alles in Ordnung?« fragte Haro-wan, als er bemerkte, dass Irinas ohnehin spärliche Kleidung völlig zerrissen war.

»Mir ist nichts passiert«, antworte die Siebzehnjährige. »Nur ganz am Schluss hätte es mich fast erwischt. Aber Hapo hat Gorgons Blitz abgewehrt und mich gerettet. Ich hoffe nur, ihm ist nichts geschehen. Er war plötzlich – verschwunden.«

»Hapo war hier?« wunderte sich Haro-wan. »Er sagte doch, dass Gorgon in der Lage sei, ihn zu vernichten.«

»Hapo noch nie gehandelt unüberlegt«, meldete sich Ito aus Haro-wans Manteltasche zu Wort. »Er rein logisch denkt und immer genau weiß, was er tut.«

»Ich hoffe, du hast Recht«, sagte Haro-wan sorgenvoll.

»Das Wichtigste hätte ich fast vergessen«, meinte Irina. »Etwas, das dich bestimmt aufheitern wird.« Sie griff mit der Hand in ihren Stiefel. »Ich habe in Canes Villa etwas mitgehen lassen. Schließ deine Augen und mach sie erst bei ›drei‹ wieder auf! – Eins: Gib mir deine Hand! – Zwei: Nimm, was ich dir jetzt gebe! – Drei: Augen auf!«

Haro-wan öffnete die Augen und blickte erst das goldene Laserschwert in seiner Hand, dann seine vor Freude strahlende Gefährtin an.

»Du bist phänomenal!« rief er begeistert aus. »Ich weiß gar nicht, wie ich dir danken soll. Du darfst dir etwas von mir wünschen.«

»Ich habe nur einen Wunsch: Gib mir einen ganz, ganz langen Kuss!«

»Den sollst du sofort bekommen«, erwiderte der Hüter.

Guanming Gu beobachtete vom Rücksitz aus die Szene mit starrem Blick.

»Da sehen Sie einmal, was wahre Liebe ist, Sie Perversling!« sagte Hasso-gat zu ihm, während er den Gleiter auf die alte Bohrstation zusteuerte, wo sein Knappe sie bereits sehnsüchtig erwartete.

»Ihr wart lange weg«, begrüßte sie Timur. »Sonja ist eingeschlafen. Soll ich sie wecken?«

»Lass sie vorläufig schlafen!« meinte Haro-wan. »Klären wir zuerst, wie es jetzt weitergeht!«

»Was haben Sie eigentlich mit *mir* vor?« erkundigte sich Gu.

»Nichts Besonderes«, antwortete Haro-wan. »Sie kehren nach *Miners Landing* zurück und sorgen dafür, dass Osaki und Akimovic für ihre Verbrechen verurteilt werden! Das nötige Beweismaterial werde ich der Justiz übergeben. Wie Sie mit Cane verfahren, liegt bei Ihnen. Es ist mir klar, dass Sie kaum etwas gegen ihn ausrichten können. Aber wenn Sie weiter brav mit uns zusammenarbeiten, fällt mir sicher etwas ein, wie wir Sie und *Miners Landing* von ihm befreien können.«

»Wie komme ich nach Hause?« wollte der Hochkommissar wissen.

»Ich könnte ihn heimfliegen«, schlug Hasso-gat vor.

»Zu riskant!« entgegnete Haro-wan. »Wenn ich mit dem goldenen Szepter nicht an Bord bin, könnte Gorgon den Gleiter zum Absturz bringen oder auf andere Weise vernichten. Der Gleiter hat nur Platz für vier Menschen. Falls wir Sonja mitnehmen, sind wir bereits fünf.«

»Fünf Menschen und ich!« rief Ito dazwischen.

»Sie haben es gehört«, schmunzelte Haro-wan. »Fünf Menschen und ein Winzling. Ich fürchte, Sie müssen nach Hause laufen.«

»Sind Sie verrückt!« entrüstete sich der Hochkommissar. »Da bin ich ja einen ganzen Tag unterwegs!«

»Sie werden es überleben. Eine andere Frage: Sie haben doch sicher Ihre Kontokarte bei sich?«

Gu nickte.

»Wenn Sie sich den Fußmarsch ersparen wollen, geben Sie sie mir!« forderte ihn der Hüter auf.

Missmutig händigte ihm den Hochkommissar die Karte aus.

»Wir brauchen etwas Geld«, erklärte ihm Haro-wan. »Unser Guthaben wurde bedauerlicherweise von der Bank gesperrt. Also werden wir uns das Geld von Ihrem Konto holen. Es wird Sie nicht ruinieren, Sie verdienen ja recht gut – viel zu gut, wenn ich an die miese Art denke, wie Sie Ihr Amt bisher ausgeübt haben. Ach ja, da wäre noch etwas: Sorgen Sie dafür, dass sich in dem nächsten Raumschiff, das *Miners Landing* verlässt, eine Nachricht an den Gouverneur befindet, die ihn über die jüngsten Ereignisse in Kenntnis setzt! Wenn Sie mir das versprechen, gebe ich im Verwaltungsgebäude Bescheid, dass man Sie hier abholen soll. In einer Stunde wird es hell; in zwei Stunden müsste jemand erreichbar sein. Beten Sie, dass der Funkverkehr nicht von Gorgon gestört wird, sonst müssen Sie wirklich zu Fuß gehen!«

Er wandte sich seinen Gefährten zu:

»Wir fliegen nach *Miners Landing* und holen uns das Geld; dann kehren wir nach *Holyfort* zurück und beraten über unsere nächsten Schritte. Irina, du kannst jetzt Sonja wecken!«

Irina rüttelte das schlafende Mädchen:

»Wach auf, Sonja! Wir müssen entscheiden, was mit dir geschehen soll. Ich bin nach wie vor der Meinung, dass du mit uns nach *Holyfort* fliegst. Die Kleidung, die du von mir bekommen hast, kannst du behalten – wir haben genügend davon. Deine Klamotten sind völlig zerfetzt, die könntest du sowieso nicht mehr anziehen.«

»Ich passe doch überhaupt nicht zu eurer Bruderschaft«, meinte Sonja deprimiert. »Ich bin eine drogensüchtige Hure, ein wertloses Stück Dreck, das man mit Füßen tritt.«

»Kein Mensch ist wertlos«, widersprach Haro-wan. »Und niemand ist ein Stück Dreck – sei er noch so tief gesunken. Du bist nicht verloren, Sonja. In *Holyfort* haben wir die Möglichkeit, dir zu helfen und dich von deiner Sucht zu befreien.«

»Du wirst sehen«, ergänzte Irina und nahm sie in den Arm, »schon in wenigen Wochen kommst du ohne Drogen aus. Eine Hure warst du nie, du bist ja noch Jungfrau – genau wie ich. Wenn du von deiner Sucht geheilt bist, trittst du als Novizin unserer Bruderschaft bei. Und in ein paar Jahren, wenn ich Ritter bin, wirst du mein Knappe.«

8. Das Trojanische Pferd

Die Adern auf der Stirn des Schwarzen Ritters waren fingerdick angeschwollen. Erbost schleuderte er sein Schwert gegen die Wand.

»Wie konnte dieses Miststück entkommen?« brüllte er Benjamin an. »Haro-wan wäre mir um ein Haar in die Falle gegangen. Wieso hast du nicht besser auf sie aufgepasst?«

»Sie – sie hat versucht, mich zu verführen«, verteidigte sich der Knappe. »Sie sagte, sie sei bereit, mit mir zu schlafen, wenn ich sie losbinde. Dann faselte sie etwas davon, dass sie mich liebe und ich mit ihr nach *Holyfort* gehen und an Haro-wans Seite gegen dich kämpfen solle. Ich war durch diesen ungeheuerlichen Vorschlag derart vor den Kopf gestoßen, dass ich für ein paar Sekunden wie weggetreten war. Das hat sie wohl ausgenützt und ist geflohen.«

»Warum dieses Weib?« schrie Cane. »Du kannst jede Frau auf *Sedu-Pio* haben – warum ausgerechnet sie? Ich hätte dich heute zum Ritter geschlagen, wenn es uns gelungen wäre, Haro-wan zu töten.«

Betreten blickte Benjamin ihn an.

»Geh in dich, mein Sohn!« knurrte der Schwarze Ritter. »Überleg dir, wie du deinen Fehler wieder gutmachen kannst! Ich werde mir jetzt diese Ratte Gu vorknöpfen.«

Ohne Abschiedsgruß verließ er die Villa und flog zum Verwaltungsgebäude. Es war früher Morgen, und Cane musste eine Weile warten, bis der Hausmeister die elektronisch verriegelte Eingangstür öffnete, um die ersten Beamten einzulassen. Nach über einer Stunde teilte man ihm mit, dass Hochkommissar Gu in Kürze eintreffe. Er werde gerade an einem Ort außerhalb der Stadt abgeholt und nach *Miners Landing* gebracht. Verärgert wartete der Schwarze Ritter noch einmal eine Stunde. Er konnte nicht ahnen, was gleichzeitig wenige Kilometer entfernt vor sich ging: Während Cane untätig im Verwaltungsgebäude herumsaß, betrat Haro-wan gut gelaunt die Bank und ließ sich mit Hilfe von Gus Kontokarte dessen gesamtes Guthaben in bar auszahlen. Danach flog er mit seinen Gefährten zurück nach *Holyfort*.

Endlich traf der Hochkommissar im Verwaltungsgebäude ein. Er war blass im Gesicht und wirkte übernächtigt. Zitternd bat er Cane in sein Amtszimmer.

»Sorgen Sie sofort dafür, dass Akimovic und Osaki wieder aus dem Gefängnis kommen!« herrschte ihn der Schwarze Ritter an. »Anderenfalls können Sie Ihren Job hier vergessen!«

»Ich fürchte, das kann ich so oder so« seufzte Gu. »Die Medien bringen heute den ganzen Tag Berichte und Kommentare zur Verhaftung des Sex- und des Drogenkönigs von *Miners Landing*. Auch die Regierung von *Archimedes* wird davon erfahren. Wenn ich veranlasse, dass die beiden freigelassen werden, wird man sich nach dem Grund erkundigen. Falls Gouverneur Lovlig nicht von sich aus jemanden zur Überprüfung schickt, wird dieser Haro-wan dafür sorgen. Wenn ich verhindere, dass Osaki und Akimovic verurteilt werden, wird man mich meines Postens entheben. Aber wenn die beiden verurteilt werden, werden sie über mich auspacken – dann bin ich meinen Job ebenfalls los.«

Cane hatte sofort einen Lösungsvorschlag parat:

»Wir machen es folgendermaßen: Die beiden werden vorläufig gegen Kaution auf freien Fuß gesetzt. Dann verschleppen Sie den Prozess so lange, bis Gras über die Sache gewachsen ist. Schließlich bekommen beide eine harmlose Geldstrafe – und der Fall ist erledigt. Übrigens: Die Kaution und die Geldstrafe bezahlen Sie, mein Freund!«

»Das ist unmöglich«, stammelte der Hochkommissar. »Ich besitze absolut kein Geld mehr.«

»Reden Sie keinen Blödsinn!« fuhr ihn der Schwarze Ritter an. »Sie verdienen ein Vermögen – und da sind die immensen Bestechungsgelder noch gar nicht mitgerechnet.«

»Haro-wan hat meine Kontokarte. Ich fürchte, er hat bereits mein gesamtes Guthaben ...«

Bevor er den Satz beenden konnte, spürte er einen brüllenden Schmerz. Cane hatte ihm die Faust mit brutaler Gewalt ins Gesicht geschlagen. Gu prallte gegen die Wand seines Amtszimmers und sank wimmernd zu Boden. Seine Nase blutete heftig.

»Sie – haben mir das Nasenbein gebrochen!« jammerte er.

»Ich werde Ihnen noch viel mehr brechen!« schrie der Schwarze Ritter. »Wissen Sie, was Sie mir angetan haben? Ich wollte Haro-wan endgültig ausschalten. Stattdessen verfügt er nun über Ihr gesamtes Geld.«

Er packte den Chef der Stadtverwaltung am Kragen und zog ihn hoch.

»Bitte nicht schlagen!« flehte Gu. »Ich habe Freunde, die das Geld für die Kaution aufbringen können. Ich werde veranlassen, dass Osaki und Akimovic bis zum Prozessbeginn freigelassen werden. Ich werde den Prozess so lange hinauszögern, wie Sie wünschen. Ich tue alles, was Sie von mir verlangen. Aber bitte – schlagen Sie nicht mehr zu!«

Cane ließ ihn los. Der Hochkommissar plumpste auf den Boden zurück. »Verschwinden Sie mir aus den Augen, Sie Jammerlappen!« bellte der Schwarze Ritter. »Sie werden noch wünschen, nie geboren zu sein!«

Wütend flog er zur Industrie- und Handelsbank, wo ihm der Computer in Benjamins Büro bestätigte, dass sich kein Geld mehr auf dem Konto des Hochkommissars befand.

»Ich werde dich kriegen, Haro-wan!« zischte er. »Und ich werde dich vernichten!«

»Wie meinen Sie?« fragte die Sekretärin, die gerade zur Tür herein kam.

»Ich habe nur für mich gesprochen«, knurrte Cane und sah die Frau verärgert an. »Nun stehen Sie nicht so blöd in der Gegend herum, tun Sie lieber etwas Nützliches – sonst sorge ich dafür, dass Sie noch heute entlassen werden!«

*

Haro-wan hatte den Gleiter auf dem Turnierplatz von *Holyfort* gelandet. Der Hüter und seine Begleiter stiegen aus.

»Ruf mir bitte Paco her!« bat er Hasso-gat. »Er weiß sicher einen Weg, wie wir Sonja von ihrer Drogensucht heilen können.

Dann erkundige dich, ob Hapo wieder aufgetaucht ist! Ich hoffe, dass ihm nichts zugestoßen ist, als er Irinas Leben gerettet hat. Ito, nimm deine Kamera! Wir werden eine Bild- und Tonaufnahme von Sonjas Aussage machen.« Er wandte sich dem Mädchen zu: »Schau bitte in die Kamera und nenne zunächst deinen Namen, deinen Wohnort und dein Alter! Dann schilderst du, wie Osaki deine Drogenabhängigkeit ausgenützt hat und dich zu einer Prostituierten machen wollte. Erzähl auch, dass er noch eine ganze Reihe anderer minderjähriger Mädchen in seinem schmutzigen Gewerbe beschäftigt!«

Die Aufnahme war gerade abgeschlossen, als Paco auf dem Turnierplatz eintraf.

»Kümmere dich um Sonja!« bat Haro-wan den alten Banaco. »Ich muss noch einmal nach *Miners Landing*: Erstens möchte ich einiges einkaufen, zweitens werde ich Sonjas Aussage und die Aufnahme, die Ito von Benjamin und Akimovic im Casino-Club gemacht hat, der Justiz als Beweismaterial übergeben. Und drittens will ich Feisal Bakhtyar aus dem Verkehr ziehen, bevor er Cane noch mehr Waffen liefert.«

»Ich ziehe mir schnell etwas anders an«, meinte Irina, die immer noch Sonjas zerrissene Sachen am Körper trug. »In ein paar Minuten können wir losfliegen.«

Haro-wan blickte seine Gefährtin mit ernster Miene an:

»Ich möchte diesmal nicht, dass du mitkommst, mein Schatz. Es ist einfach zu gefährlich. Denk daran: Um ein Haar wärst du von Gorgon getötet worden! Bleib hier und hilf Paco bei der Behandlung von Sonja! Die beiden brauchen deine Unterstützung zur Zeit dringender als ich.« Er bemerkte die Enttäuschung in ihrem Gesicht. »Du hast doch einmal mit dem Gedanken gespielt, Medizin zu studieren. Von Paco kannst du Heilmethoden lernen, von denen du auf der Erde nie etwas erfahren hättest.«

»Willst du denn ganz allein fliegen?« fragte Irina besorgt.

»Ich werde Ito mitnehmen. Wenn er in meiner Manteltasche sitzt, wird ihn das goldene Szepter ebenso vor Gorgon schützen wie mich. Außerdem ist er der Einzige, der mir bei meinem Vorhaben helfen kann. Ito, wir brauchen eine große Menge Betäubungsgas!«

»Kein Problem!« quiekte der Winzling. »Gleich wieder da bin!«

»Bringt Sonja jetzt in die Festung!« sagte Haro-wan zu Irina und Paco. »Ich bin sicher, dass ihr sie heilen könnt. Falls du damit nicht ausgelastet sein solltest, Irina, kannst du bis zu meiner Rückkehr Niko-tsan bei der Schulung der Novizen helfen.« Er tippte ihr mit dem Finger auf die Nasenspitze. »Du kannst den Jungs bestimmt eine ganze Menge beibringen, Fräulein Lehrerin!«

»Hab' alles«, meldete sich Ito zurück. »Gas reicht, um zu betäuben ganze Kleinstadt.«

»Fast genau das habe ich vor«, erwiderte Haro-wan lachend. »Also dann los, Kleiner!«

»Pass gut auf dich auf!« rief Irina und fiel ihm um den Hals. Während sie ihn küsste, musste sie wieder daran denken, dass Haro-wan in der Prophezeiung nicht erwähnt wurde, und eine schreckliche Angst stieg in ihr auf.

Ito spürte dies und versicherte:

»Nichts wird passieren Haro-wan, wenn ich dabei. Du musst machen dir keine Sorgen!«

Die beiden bestiegen den Gleiter und flogen los.

Lieber Gott, lass sie wohlbehalten zurückkehren! betete Irina stumm. Dann nahm sie Sonja in den Arm und sagte:

»Komm mit in mein Zimmer und verlass dich auf Pacos Heilkunst! Bald wirst du völlig gesund sein. Denk daran: Du musst Novizin und später einmal mein Knappe werden!«

*

Haro-wan hatte die Beweise den Justizbehörden von *Miners Landing* übergeben. Erfreut hatte er die Information entgegengenommen, der Gouverneur von *Archimedes* werde einen Sonderbeauftragten zur Untersuchung der Vorwürfe gegen Akimovic und Osaki nach *Sedu-Pio* schicken.

Am folgenden Tag kaufte Haro-wan einige Geräte und Nahrungsmittel, die in *Holyfort* nicht erzeugt wurden. Dann flog er mit Ito zu Feisal Bakhtyars Waffenfabrik. Er landete den

Gleiter auf dem Dach und verschaffte sich mit seinem Laserschwert den Zutritt zu dem Gebäude. Kaum war er eingedrungen, versprühte Ito das Betäubungsgas. Innerhalb von Sekunden fielen alle Menschen in der Fabrik in tiefen Schlaf.

Zielstrebig eilte Haro-wan, den das goldene Szepter vor der Wirkung des Gases schützte, in Bakhtyars Büro. Der Waffenhändler lag bewusstlos in seinem Sessel. Haro-wan fesselte ihn und schleppte ihn in den Gleiter. Als Bakhtyar erwachte, befanden sie sich längst auf dem Rückflug nach *Holyfort.*

»Ich habe Ihnen die Chance gegeben, sich zu bessern«, erinnerte ihn der Hüter. »Aber da Sie uneinsichtig waren, musste ich Sie diesmal leider in Gewahrsam nehmen.«

Er bemerkte, wie Bakhtyar zitterte. Itos Strahlenpistole war direkt auf den Kopf des Waffenhändlers gerichtet.

»Ich werde Ihnen Ihr erbärmliches Leben lassen, wenn Sie genau das tun, was ich von Ihnen verlange. Sie werden jetzt einen Funkspruch an Ihre Sekretärin senden! Ich nehme an, sie ist inzwischen auch wieder bei Bewusstsein. Sagen Sie ihr, dass Sie *Miners Landing* für einige Zeit verlassen haben und dass die Produktion der Waffen und Kampfroboter einstweilen ruhen soll! Vorallem darf ab sofort nichts mehr an Cane geliefert werden! Ist das klar?«

Bakhtyar nickte mit versteinertem Gesicht.

»Glauben Sie mir: Sie werden sich danach gleich viel besser fühlen!« fuhr Haro-wan fort. »Stell die Verbindung her, Ito!«

*

Den Schwarzen Ritter hatten innerhalb einer Stunde zwei weitere Tiefschläge getroffen. Zuerst hatte ihm Bakhtyars Firma mitgeteilt, dass sie ihm auf Anordnung ihres Chefs keine Waffen mehr liefern werde. Daraufhin hatte Cane Benjamin zu sich gerufen, um gemeinsam mit ihm gegen Bakhtyar vorzugehen. Ausnahmsweise dürfe der Knappe bei dieser Aktion das schwarze Laserschwert tragen, während der Schwarze Ritter das goldene Schwert benutzen wollte. Doch er musste feststellen, dass es nicht mehr im Regal lag.

»Wo ist es hinverschwunden?« schrie er aufgebracht.

»Ich habe keine Ahnung, Vater«, antwortete Benjamin.

»Dieses verdammte blonde Miststück muss es gestohlen haben«, vermutete Cane. »Weißt du, was das bedeutet?«

Der Knappe schaute verlegen zu Boden.

Der Schwarze Ritter packte ihn an den Schultern und schüttelte ihn:

»Weißt du, was das bedeutet?« brüllte er. »Haro-wan hat seine Wunderwaffe wieder und stellt damit eine noch größere Bedrohung für uns dar. Ich hatte vor, dich mit dem Schwert zum Ritter zu schlagen. Hol es zurück – oder du wirst nie ein Ritter werden!«

»Ich werde das Schwert wiederbeschaffen«, versprach Benjamin. »Und ich werde auch dafür sorgen, dass wir weiterhin Waffen erhalten. Die Bank wird Bakhtyars Kredit kündigen. Wenn er danach seine Schulden nicht innerhalb von dreißig Tagen zurückzahlt, übernehmen wir seine Fabrik. Dann können wir selbst entscheiden, was hergestellt und wer beliefert wird. Ich hoffe, dass wir auch die Produktion der Kampfroboter vorantreiben können; denn mit Drogen von Akimovic dürfen wir wohl nicht mehr rechnen.«

»Wir müssen unsere Soldaten nicht unter Drogen setzen, damit sie bis zum Tod für uns kämpfen«, meinte Cane zynisch. »Gorgon wird ihre Sinne derart vernebeln, dass sie uns bedingungslos gehorchen.«

*

Nachdem Haro-wan und Ito nach *Holyfort* zurückgekehrt waren und Bakhtyar in das provisorische Gefängnis gebracht worden war, in dem sich bereits Kerimoglu befand, rief Haro-wan alle Hüter und Irina im Konferenzsaal zusammen. Hapo war nach wie vor nicht wieder aufgetaucht; seit jener Nacht in *Miners Landing* war er spurlos verschwunden.

»Wie geht es Sonja?« erkundigte sich Haro-wan.

»Der erste Tag ohne Drogen war hart für sie«, erklärte Paco. »Aber ich habe ein Mittel gefunden, das sie Schritt für Schritt von ihrer Abhängigkeit befreit. Irina hat mir hervorragend dabei geholfen. Ohne sie hätte Sonja nie so schnell Vertrauen zu mir gefasst. Sie hat eine unwahrscheinlich positive Wirkung auf andere Menschen.«

»Das kann man sagen«, bestätigte Gero-mar.

Irina, die ihr langes weißes Kleid trug, errötete.

»Wie meinst du das?« fragte Haro-wan den Hünen.

»So wie Paco es ausgedrückt hat«, antwortete Gero-mar. »Irina hat eine unwahrscheinlich positive Wirkung auf andere Menschen. Sie hat sich mit den Novizen über unsere Gesetze unterhalten und sehr anschauliche Beispiele dazu erzählt. Die Jungs waren total begeistert von ihr. Ich war zunächst skeptisch, weil ich dachte, den Burschen gehe es nur darum, Irina einmal aus nächster Nähe bewundern und ein wenig mit ihr flirten zu können. Aber ich habe festgestellt, dass es nicht nur Irinas Aussehen ist, das die Jungs fasziniert. Es ist ihre Art, auf Menschen einzugehen, mit ihnen zu reden, sie zu verstehen – ich weiß gar nicht, wie ich es ausdrücken soll. Auf jeden Fall ist sie die geborene Lehrerin.«

»Zu viel der Ehre!« wehrte Irina ab. »Obwohl mich das Lob aus deinem Mund natürlich besonders freut, Gero-mar. Aber der beste Lehrer ist und bleibt Haro-wan – das sage nicht ich, das sagen die Novizen. Du solltest dich wieder einmal bei ihnen sehen lassen, mein allerliebster Herr und Meister! Wir können ja gemeinsam die eine oder andere Unterrichtsstunde abhalten.«

Bevor Haro-wan darauf eingehen konnte, erschien vor seinen Augen Sarabáncs holographische Projektion und die Stimme des Obersten Hüters erklang im Konferenzsaal:

»Es freut mich, dass ihr – mit Ausnahme von Hapo – alle versammelt seid, denn ich habe mit euch zu reden. Wie ihr wisst, ist es nach der Zeitrechnung der Menschen viele hunderttausend Jahre her, dass ***Pha-os***, der Herr des Lichts, einen kleinen Teil seiner immensen geistigen Kraft auf mich übertrug. Eine gleich große Kraft verlieh er auch Gorgon, der später von ***Zoph-os***, dem Herrn der Finsternis, auf die Seite des Bösen gezogen wurde. Seit jener Zeit führen Gorgon und ich einen fortwährenden Kampf um *Sedu-Pio*.

Als es uns vor einundzwanzig Jahren gelang, Gorgon zu besiegen und seine körperliche Existenz zu beenden, wurde mir bewusst, dass auch mein Leben nicht ewig währen wird. Durch die Kraft, die ***Pha-os*** mir verliehen hat, wurde der Alterungsprozess meines Körpers zwar extrem verlangsamt, aber nicht vollkommen gestoppt. Heute verhindert nur noch die permanente Bestrahlung durch den Zythallator seinen völligen Zerfall. Bereits vor einundzwanzig Jahren – gemessen an meinem Alter eine sehr kurze Zeit – spürte ich, dass mein Körper allmählich schwächer wird. Darum übertrug ich einen Teil meiner geistigen Kraft auf meine Schüler Haro-wan und Robo-mil, damit sie in ihnen weiterwirkt. Wie wir alle wissen, ist Robo-mil als Schwarzer Ritter zum Gefolgsmann Gorgons geworden. Er und Haro-wan verfügen über eine exakt gleich große Kraft. Außer den beiden gibt es noch einen Menschen, in dem die ***Kraft des Lichts*** ebenfalls wirkt, da er sie von seinem Vater geerbt hat: Benjamin Gaskin. Ohne ihn sind beide Seiten gleich stark. Die Seite, auf der Benjamin kämpft, wird den Kampf um *Sedu-Pio* gewinnen.«

»Was ist, wenn sich Benjamin neutral verhält?« fragte Haro-wan.

Sarabánc gab keine Antwort.

Irina ging erneut die Prophezeiung durch den Kopf.

»Wir müssen noch einmal nach *Miners Landing*«, sagte sie. »Wir müssen Benjamin auf unsere Seite ziehen.«

»Es ist noch zu früh dafür«, meinte Haro-wan. »Lassen wir ein wenig Zeit vergehen und warten wir ab, was der Schwarze Ritter als Nächstes plant! Auch möchte ich sehen, wie sich der Prozess gegen Akimovic und Osaki entwickelt. Wenn es zur Gerichtsverhandlung kommt, werde ich mit Ito und Sonja nach *Miners Landing* fliegen. Wir werden dort gegen die beiden aussagen und dafür sorgen, dass sie verurteilt werden. Dem Gericht liegt die Aufnahme vor, die Ito im Casino-Club gemacht hat; sie zeigt Benjamin im Gespräch mit Akimovic über ein Drogengeschäft. Es ist damit zu rechnen, dass auch gegen ihn Anklage erhoben wird. Vielleicht trägt das dazu bei, dass er zu uns zurückkehrt.«

»Wäre es eigentlich möglich, dass du einen weiteren Teil deiner Kraft auf einen unserer Ritter überträgst, zum Beispiel auf Gero-mar?« fragte Irina den Obersten Hüter. »Dann wären wir der Gegenseite zumindest ebenbürtig – und wenn Benjamin sich neutral verhält, sogar überlegen.«

»Genau darüber denke ich zur Zeit nach«, erklärte Sarabánc. »Allerdings: Wenn ich einen weiteren Teil meiner Kraft abgebe, würde dadurch unweigerlich meine körperliche Existenz enden.«

Betretenes Schweigen erfüllte den Saal.

Nach längerer Stille war Haro-wan der Erste, der wieder das Wort ergriff:

»Ich bleibe dabei: Warten wir erst einmal ab, wie sich die Dinge entwickeln! In *Holyfort* sind wir vor Gorgon und Cane sicher. Wenn ich zum Prozess nach *Miners Landing* fliege, werde ich mit Benjamin reden. Ich gehe dabei kein Risiko ein: Das goldene Szepter schützt mich vor Gorgon, und dank Irina habe ich mein Laserschwert wieder, um mich notfalls gegen den Schwarzen Ritter zu verteidigen.«

»Ich glaube nicht, dass Benjamin je zu uns zurückkehren wird«, brummte Gero-mar. »Er steht schon zu lange unter dem unheilvollen Einfluss seines Vaters. Ich werde jedenfalls mit den Rittern und Knappen fleißig trainieren; dann werden wir die Armee des Schwarzen Ritters genauso vernichtend schlagen wie vor einem Jahr.«

»Folgen wir also Haro-wans Vorschlag und warten wir vorläufig ab!« entschied Sarabánc. »Und wenn die Zeit gekommen ist, soll jeder tun, was seine Aufgabe ist!«

Irina hatte den Eindruck, als ob der Oberste Hüter sie dabei in besonderer Weise ansah. Sie erwiderte den stummen Blick.

Erwartest du, dass *ich* etwas tun soll? dachte sie intensiv.

Es schien ihr, als ob Sarabánc unmerklich nickte.

*

Fünf Wochen waren vergangen. Nachdem Feisal Bakhtyar nicht nach *Miners Landing* zurückgekehrt war und somit weder seine Bankschulden beglichen noch gegen die Kündigung des

Kredits Widerspruch eingelegt hatte, hatte die Industrie- und Handelsbank die Waffenfabrik übernommen und Cane zum Geschäftsführer ernannt.

Für noch größeres Aufsehen hatte die Aufzeichnung des Gesprächs zwischen dem Bankbesitzer Benjamin Gaskin und dem Drogenhändler Akimovic gesorgt. Benjamin war von der Polizei zu der Sache vernommen worden. Dabei hatte er erklärt, er habe Akimovic eine Falle gestellt, in die dieser prompt hineingetappt sei. Zur Untermauerung seiner Aussage wies Benjamin darauf hin, dass Harold Wandmann, der die Aufnahme den Behörden übergeben hatte, sein Patenonkel sei und er gemeinsam mit ihm die Falle für Akimovic geplant habe. Da niemand in *Miners Landing* daran interessiert war, sich mit dem reichsten Mann der Stadt anzulegen, beschloss man, keine Anklage gegen Benjamin zu erheben.

Der junge Mann wollte die frohe Kunde seinem Vater mitteilen, doch Cane war wieder einmal äußerst schlecht gelaunt.

»Wir haben jetzt zwar jede Menge Soldaten, genügend Fluggleiter mit Laserkanonen und auch etliche Kampfroboter, aber immer noch keine Möglichkeit, die Energieglocke um *Holyfort* zu zerstören«, knurrte er. »Wir müssen irgendwie in die unterirdische Stadt gelangen. Dort lagern all die Wunderwaffen der Argeten. Mit ihnen könnten wir ganz *Sedu-Pio* unterwerfen – vielleicht sogar noch mehr. Aber selbst Gorgon kann *Holyfort* nichts anhaben. Und das Schlimmste ist: Während wir keine Chance haben, unser Ziel zu erreichen, geht Haro-wan unangefochten in *Miners Landing* ein und aus und legt einen unserer Verbündeten nach dem anderen lahm: Osaki, Akimovic, Bakhtyar ...«

»Vielleicht kann ich etwas tun, um unsere Situation zu verbessern«, überlegte Benjamin.

»Das kannst du tatsächlich«, erwiderte der Schwarze Ritter mit blitzenden Augen. »Bisher haben wir immer versucht, Haro-wan direkt zu bekämpfen, und sind damit gescheitert. Nun gehen wir den indirekten Weg und schlagen ihn mit seinen eigenen Waffen.«

»Woran denkst du, Vater?«

»Dieses blonde Püppchen hat doch versucht, dich zur Rückkehr nach *Holyfort* zu bewegen. Auch Haro-wan will, dass du zu ihm zurückkommst. Also lass dich zum Schein von der Kleinen rumkriegen! Sag ihr, du würdest sie so sehr lieben, dass du bereit bist, an Haro-wans Seite gegen mich zu kämpfen. Sie werden dich mit großer Freude wieder in die Bruderschaft aufnehmen. Wenn du merkst, dass sie dir vertrauen, klaust du Haro-wans Laserschwert und wenn möglich auch das goldene Szepter. Das Wichtigste aber ist, dass du die Energieglocke ausschaltest. Sobald dir das gelungen ist, greife ich mit meinen Männern und Robotern an. Ich werde in die Festung eindringen und Haro-wan zum Kampf stellen. Gemeinsam werden wir beide ihn besiegen. Wenn wir das geschafft haben, werde ich dich zum Ritter schlagen. Dann werden wir beide von *Holyfort* aus über *Sedu-Pio* herrschen – und bald mit der Hilfe Gorgons und den Waffen der Argeten über die ganze Welt.«

»Die Idee ist nicht schlecht«, meinte Benjamin. »Aber ich sehe zwei Probleme. Nummer eins: Alle Türen in *Holyfort* haben Gehirnwellensensoren. Die Türen öffnen sich automatisch, wenn sich ein Befugter nähert. Bei Unbefugten bleiben sie geschlossen. Wo auch immer sich der Generator der Energieglocke befindet, ich komme bestimmt nicht ran.«

»Es gibt in *Holyfort* mindestens einen Menschen, der zu allen Räumen Zugang hat«, entgegnete der Schwarze Ritter, »nämlich Haro-wan.«

Er stand auf, nahm aus einem Schrank einen handtellergroßen Gegenstand und drückte ihn Benjamin in die Hand.

»Dieses Gerät hat Bakhtyars Forschungsabteilung entwickelt. Es kann menschliche Gehirnwellen aufzeichnen und wiedergeben. Wenn du in *Holyfort* bist, nimmst du damit Haro-wans Gehirnwellen auf und sendest sie dann an die Tür des Raums, in dem sich der Generator befindet.«

»Dann wäre da noch Problem Nummer zwei: Vielleicht gelingt es mir tatsächlich, Irina und Haro-wan zu täuschen, möglicherweise sogar Sarabánc – aber Hapo wird mich sofort durchschauen.«

»Wegen Hapo brauchst du dir keine Sorgen zu machen. Es ist

so gut wie sicher, dass Gorgon ihn hier vor unserer Villa vernichtet hat. Hapo wird dich also nicht entlarven. Aber natürlich darfst du dich nicht zu schnell umstimmen lassen! Lass die Kleine um dich kämpfen und gib dich erst ganz am Schluss geschlagen! Sie muss glauben, dass es ihre Leistung war, dich zurückgeholt zu haben. Und wenn *sie* davon überzeugt ist, wird Haro-wan es auch sein.«

»Wie komme ich am besten an Irina ran?«

»Wenn die Gerichtsverhandlung gegen Osaki und Akimovic stattfindet, wird Haro-wan nach *Miners Landing* kommen – und ich wette, dass sein blondes Schätzchen ihn begleiten wird. Mit Sicherheit wird sie wieder versuchen, dich zur Rückkehr nach *Holyfort* zu überreden. Das ist deine Chance, mein Sohn. Nutze sie!« Der Schwarze Ritter lachte grimmig und fügte hinzu: »Ich werde Gu anweisen, dass er alles tun soll, um den Prozess zu beschleunigen. Je eher Haro-wan und seine junge Freundin hierher kommen, desto besser!«

*

Hochkommissar Gu war verwundert, dass Cane ihm plötzlich befahl, den Prozess voranzutreiben, nachdem er ihm zunächst aufgetragen hatte, das Verfahren zu verschleppen. Aber aus Angst, der Schwarze Ritter würde ihm erneut das Nasenbein brechen oder noch Schlimmeres antun, sorgte er dafür dass die Gerichtsverhandlung auf den frühestmöglichen Termin angesetzt wurde.

Sechs Wochen später war es dann so weit. Zu Canes Leidwesen war ein paar Tage vor der Verhandlung der Sonderbeauftragte des Gouverneurs von *Archimedes* in *Miners Landing* eingetroffen. Er hatte sich intensiv mit den gegen Akimovic und Osaki vorliegenden Beweisen befasst. Die Chance, dass die beiden freigesprochen würden, war gering; aber das war mittlerweile auch nicht mehr das Ziel des Schwarzen Ritters. Wichtiger war es ihm, den Sonderbeauftragten davon zu überzeugen, dass die von ihm unterhaltene Miliz nur dem Schutz der Stadt vor kriminellen Elementen diene.

Haro-wan war mit Ito, Irina und Sonja zu der Gerichtsverhandlung geflogen. Sonja war inzwischen völlig von ihrer Drogensucht geheilt. Haro-wan hatte ihr die Entscheidung freigestellt, ob sie nun wieder bei ihrem Vater in *Miners Landing* oder lieber in *Holyfort* leben wolle. Wie Irina erwartet hatte, entschloss sich Sonja, der Bruderschaft beizutreten.

Im Gegensatz zu Haro-wan, Ito und Sonja war Irina nicht als Zeuge geladen. Trotzdem hatte sie Haro-wan gebeten, sie mitzunehmen, und der Hüter hatte zugestimmt. Irina hatte vorgebracht, dass Sonja der Auftritt vor Gericht leichter falle, wenn sie einen weiblichen Beistand dabeihabe. Doch Haro-wan wusste, dass es noch einen anderen Grund gab, weshalb Irina unbedingt mitkommen wollte: Sie ging davon aus, dass Benjamin ebenfalls im Gerichtssaal sein würde, um seine Aussage zu machen.

Auf Wunsch des Beauftragten des Gouverneurs sollte über beide Angeklagte am selben Tag das Urteil gesprochen werden. Als Erstes wurde die Anklageschrift gegen Akimovic vorgelesen. Dann folgte die Zeugenvernehmung: Zunächst erklärten Haro-wan und Ito, sie hätten Gespräche miterlebt und zum Teil auch aufgezeichnet, aus denen hervorging, dass Akimovic mit illegalen Drogen handle. Sonja sagte aus, dass Akimovics Männer sie süchtig gemacht und in die Hände Osakis getrieben hätten. Der hätte ihr dann zu verstehen gegeben, dass er ihr die Drogen besorgen würde, wenn sie für ihn auf den Strich gehe. Sie erwähnte, dass sie minderjährig sei und dass Osaki eine Reihe weiterer minderjähriger Mädchen beschäftige. Der Richter wies sie darauf hin, dass sie später bei der Verhandlung gegen Osaki noch einmal vernommen werde, ebenso wie Haro-wan und Ito.

Dann wurde Benjamin Gaskin in den Zeugenstand gerufen. Er berichtete, Akimovic habe ihm eine größere Menge Drogen zum Kauf angeboten. Er betonte, dass er nur zum Schein mit ihm verhandelt habe, um ihn dadurch zu überführen.

Nachdem Benjamin seine Aussage gemacht hatte, nahm er im Zuhörerbereich des Gerichtssaals Platz – nicht weit entfernt von Haro-wan und seinen Begleiterinnen. Irina blickte den Hüter fragend an. Da dieser nur mit der Schulter zuckte, stand sie auf, setzte sich neben Benjamin und flüsterte ihm zu:

»Ich muss mit dir reden. Können wir irgendwohin gehen, wo wir ungestört sind?«

»Ich wollte dich auch schon ansprechen«, antwortete Benjamin. »Aber ich habe mich nicht getraut. Unsere letzte Begegnung war zu peinlich für mich. Gut, dass du den ersten Schritt gemacht hast! Gehen wir nach draußen! Es gibt hier in der Nähe einen netten Park.«

Die beiden jungen Menschen verließen das Gerichtsgebäude. Irina nahm Benjamin an der Hand und spazierte mit ihm durch den Park. Am Rand eines kleine Sees ließ sie sich ins Gras fallen und bat:

»Setz dich zu mir, Benjamin! Ich möchte dir eine Geschichte erzählen. Sie stammt aus Afrika, dem Teil der Erde, in dem die Vorfahren von Hasso-gat lebten. Ich bin gespannt, ob du dahinter kommst, warum ich sie dir erzähle. Die Geschichte heißt

Der Adler

Ein Mann fing einen jungen Adler, nahm ihn mit nach Hause und steckte ihn in den Hühnerstall zu den Hennen, Enten und Truthühnern. Und er gab ihm Hühnerfutter zu fressen, obwohl er ein Adler war – der König der Vögel.

Nach einigen Jahren erhielt der Mann den Besuch eines Gelehrten. Als sie miteinander durch den Garten gingen, sagte der Gast: ›Der Vogel dort ist kein Huhn, er ist ein Adler.‹

›Ja‹, antwortete der Mann, ›das stimmt. Aber ich habe ihn zu einem Huhn erzogen. Er ist jetzt kein Adler mehr, sondern ein Huhn, auch wenn seine Flügel drei Meter breit sind.‹

›Nein‹, entgegnete der Gelehrte. ›Er ist noch immer ein Adler, denn er hat das Herz eines Adlers. Und das wird ihn hoch hinauffliegen lassen in die Lüfte.‹

›Nein, nein‹, sagte der Mann, ›er ist jetzt ein richtiges Huhn und wird niemals fliegen.‹

Darauf beschlossen sie, eine Probe zu machen. Der Gelehrte nahm den Adler, hob ihn in die Höhe und sprach beschwörend:

›Der du ein Adler bist, der du dem Himmel gehörst und nicht der Erde: Breite deine Schwingen aus und fliege!‹

Der Adler saß auf der hoch gereckten Faust und blickte um sich. Hinter sich sah er die Hühner nach ihren Körnern picken, und er sprang zu ihnen hinunter.

Der Mann meinte: ›Ich habe doch gesagt, er ist ein Huhn.‹

›Nein‹, widersprach der Gelehrte, ›er ist ein Adler. Ich versuche es morgen noch einmal.‹

Am nächsten Tag stieg er mit dem Adler auf das Dach des Hauses, hob ihn empor und sagte: ›Der du ein Adler bist, breite deine Schwingen aus und fliege!‹ Aber als der Adler wieder die scharrenden Hühner im Hof erblickte, sprang er abermals zu ihnen hinunter und scharrte mit ihnen.

Da erklärte der Mann erneut: ›Ich habe von Anfang an gesagt, er ist ein Huhn.‹

›Nein‹, erwiderte der Gelehrte, ›er ist ein Adler, und er hat noch immer das Herz eines Adlers. Lass es mich noch ein einziges Mal versuchen! Morgen werde ich ihn fliegen lassen.‹

Am nächsten Morgen stand er früh auf, nahm den Adler und brachte ihn hinaus aus der Stadt, weit weg von dem Hühnerhof an den Fuß eines hohen Berges. Die Sonne stieg gerade auf, sie vergoldete den Gipfel des Berges, jede Zinne erstrahlte in der Freude eines wundervollen Morgens. Der Gelehrte hob den Vogel hoch und sagte zu ihm: ›Du bist ein Adler – du warst immer ein Adler und wirst immer ein Adler sein. Du gehörst dem Himmel und nicht der Erde. Breite deine Schwingen aus und fliege!‹

Der Adler blickte umher, er zitterte, als erfülle ihn neues Leben – aber er flog nicht. Da ließ ihn der Gelehrte direkt in das Licht der Sonne schauen. Und plötzlich breitete der Vogel seine gewaltigen Flügel aus, erhob sich mit dem Schrei eines Adlers, flog höher und höher – und kehrte nie wieder in den Hühnerhof zurück. Er war ein Adler, obwohl er wie ein Huhn aufgezogen worden war.«

Irina hob den Kopf und versuchte in Benjamins Gesicht zu lesen, wie er den Text aufgenommen habe.

»Du kannst wirklich hervorragend Geschichten erzählen«, meinte der junge Mann. »Du bist darin schon genauso gut wie Haro-wan. Du hast unwahrscheinlich viel von ihm gelernt. Er hat es geschafft, aus dir das zu machen, was ihm bei mir nicht gelungen ist. Nun zu deiner Geschichte: Sie ist schön, aber sie trifft auf mich nicht zu. Du bist doch der Meinung, dass ich eigentlich ein Adler bin und von meinem Vater zu einem Huhn erzogen wurde. Aber ich bin kein Adler. Der Adler ist der König der Vögel. Was habe ich schon von einem König? Meine Großeltern waren einfache Bauern, meine Mutter war ein junges Mädchen, kaum älter als du, das unsterblich in zwei junge Helden verliebt war und sich nicht zwischen ihnen entscheiden konnte, so dass die beiden schließlich eine Münze werfen mussten, wer sie zur Frau bekommen würde. Mein Vater war zugegebenermaßen ein großer Held, aber er hat sich inzwischen in den Meister des Bösen verwandelt. Ich bin sein Sohn und trage wie er das Böse in mir. Ich bin gewiss kein Adler – aber ich bin auch kein Huhn. Wenn ich mit einem Tier vergleichbar bin, dann mit einem Pferd: Ich bin wild und ungestüm, bin flink wie ein Rennpferd, kann kämpfen wie ein Schlachtross und schuften wie ein Ackergaul.«

»Ich liebe Pferde«, hauchte Irina.

»Aber du liebst nicht mich«, entgegnete Benjamin.

»Doch«, sagte Irina leise. »Ich liebe dich. Und ich denke, wir könnten miteinander glücklich werden.«

»Davon möchte ich mich überzeugen«, rief Benjamin und schlang seine Arme um Irina. Er drückte sie fest an sich und küsste sie.

Während sich ihre Lippen berührten, schossen Irina unzählige Gedanken durch den Kopf: Benjamin muss nach *Holyfort* zurückkehren, damit wir das Böse besiegen können. So besagt es die Prophezeiung. Wenn er zu uns zurückkommt, dann nur, weil ich es wünsche. Mir zuliebe würde er es tun, das spüre ich. Er begehrt mich, vielleicht liebt er mich sogar. Aber liebe ich ihn auch? Bestimmt liebe ich ihn nicht so, wie ich Haro-wan liebe. Doch Haro-wan geht davon aus, dass er noch vor dem Sieg über Gorgon und den Schwarzen Ritter umkommen wird –

ein furchtbarer Gedanke! Sollte er wirklich im Kampf gegen das Böse sein Leben verlieren, würde er wünschen, dass Benjamin und ich sein Werk weiterführen. Benjamin und ich – die beiden Menschen, die er am meisten liebt; wir beide gemeinsam an der Seite der Hüter von *Sedu-Pio.*

Benjamins Lippen liebkosten immer noch die ihren.

Abgesehen von Haro-wan wäre mir Benjamin von allen Männern der Liebste, überlegte Irina. Vielleicht könnte ich ihn irgendwann so lieben, wie ich Haro-wan liebe. Jedenfalls muss ich erreichen, dass er sich von seinem Vater abwendet und mit Haro-wan und mir nach *Holyfort* zurückkehrt.

Sie begann, Benjamin zu streicheln und seine Küsse zu erwidern.

»Wenn du mich willst, dann komm mit mir nach *Holyfort*! Kämpfe mit uns gegen Gorgon und Cane! Sag dich los von dem Treueschwur, den du deinem Vater gezwungenermaßen geleistet hast! Dann werde ich deine Frau – wenn es dein Wunsch ist.«

Ich habe es geschafft! frohlockte Benjamin im Stillen. Wenn ich mich jetzt bereit erkläre, mit Irina und Haro-wan nach *Holyfort* zu fliegen, und wenn ich daraufhin wieder in die Bruderschaft aufgenommen werde, kann ich bestimmt das goldene Laserschwert in meine Hand bekommen und auch die Schutzglocke ausschalten, so dass mein Vater und seine Soldaten eindringen können. Und wenn wir *Holyfort* erobert haben, gehört mir Irina so oder so. Aber ich darf ihrem Drängen nicht zu schnell nachgeben, sonst schöpft sie Verdacht. Sie ist ungeheuer schlau.

»Ich möchte, dass du meine Frau wirst«, sagte er. »Nichts auf der Welt wünsche ich mir mehr. Dir zuliebe wäre ich sogar bereit, meinen Treueschwur zu brechen. Aber kannst du mir garantieren, dass sie mich überhaupt nach *Holyfort* zurückkehren lassen? Zumindest Hapo wird mit Sicherheit dagegen stimmen.«

»Hapo ist nicht mehr da«, seufzte Irina. »Wir fürchten, dass er von Gorgon vernichtet wurde, als er in jener Nacht vor eurem Haus mein Leben rettete. Er wird nicht verhindern, dass du wieder in die Bruderschaft aufgenommen wirst.«

»Was ist mit Sarabánc und Gero-mar? Sie haben sich damals ebenfalls für meinen Ausschluss ausgesprochen.«

»Sarabánc ist alt und schwach«, antwortete Irina. »Genau genommen leitet Haro-wan die Bruderschaft. Er unterstützt deine Wiederaufnahme hundertprozentig. Auch Ito wird dafür stimmen. Wenn sich Paco enthält, ist Gero-mar bereits überstimmt.«

Sie umarmte und küsste ihn erneut.

»Versuchen wir es!« meinte Benjamin. »Du bist es wert, du wunderbares Geschöpf!«

Ich habe mein Ziel erreicht, dachte Irina. Hoffentlich ist es kein Pyrrhussieg! Wieder kam ihr der letzte Satz der Prophezeiung ins Bewusstsein: ***Wenn der Sohn zurückgekehrt ist, wird der Vater der Sieger sein.***

Benjamin war aufgestanden und streckte Irina die Hand entgegen. Arm in Arm schlenderten sie zum Gerichtsgebäude zurück. Sie kamen gerade zurecht zur Urteilsverkündung: Akimovic und Osaki waren zu empfindlichen Haftstrafen verurteilt worden, die sie auf dem Gefängnisplaneten der Provinz *Archimedes* absitzen mussten. Der Beauftragte des Gouverneurs erklärte, dass die Organisationen der beiden aufgelöst würden. Er kündigte an, dass Gouverneur Lovlig Hochkommissar Gu abberufen und einen Nachfolger ernennen werde. Außerdem werde ermittelt, ob Feisal Bakhtyar verbotene Waffen hergestellt habe und ob Mustafa Kerimoglu für den Tod von Ali Tarik verantwortlich sei. Haro-wan versprach, die beiden der Justiz zu übergeben, sobald ein Haftbefehl gegen sie vorliege.

»Wir sagen Haro-wan vorläufig nicht, dass wir heiraten wollen«, flüsterte Irina Benjamin zu, bevor sie sich dem Hüter näherten. »Ich möchte den richtigen Moment abwarten, es ihm mitzuteilen.«

Sie nahm Benjamin an der Hand und ging mit ihm auf Haro-wan, Sonja und Ito zu.

»Benjamin wird mit uns nach *Holyfort* fliegen«, erklärte sie. »Ich habe ihn überzeugt, dass er zu uns gehört.«

»Sie kommen mit nach *Holyfort*?« staunte Sonja. »Sie sind doch Benjamin Gaskin, der Chef der Industrie- und Handelsbank.«

»Ja«, bestätigte der junge Mann. »Ich bin der reichste Mann von *Sedu-Pio*. Aber aller Reichtum bedeutet nicht so viel wie die Liebe ...« Er spürte, wie Irinas Fußspitze gegen sein Bein stieß. So fuhr er fort: »... wie die Liebe und Kameradschaft, die in *Holyfort* herrscht. Das hast du bestimmt auch schon gemerkt, Mädchen.«

»Du wirklich zurückkommst und kämpfst mit uns gegen bösen Schwarzritter und noch böseren Gorgon?« quiekte Ito.

»Ich gehöre wieder zu euch, wenn ihr mich noch wollt.«

Haro-wan trat auf Benjamin zu und umarmte ihn.

»Natürlich wollen wir dich«, sagte er freundlich. »Du weißt, dass es mein größter Wunsch war, dass du wieder bei uns bist. Komm mit, wir starten sofort nach *Holyfort*!«

»Soll ich nicht noch eine Nachricht für meinen Vater hinterlassen?«

»Wozu?« entgegnete Haro-wan. »Er wird früh genug merken, dass du nicht mehr in der Stadt bist. Soll er doch denken, was er will, wohin du verschwunden bist!«

Benjamin nickte mit nachdenklichem Gesicht. Während er an Irinas Seite auf den Fluggleiter zuging, hörte er eine dröhnende Stimme in seinem Kopf:

»Wenn du in *Holyfort* bist, dann nimm sie dir, raub ihr ihre verdammte Unschuld, vergnüg dich mit ihr – und dann töte dieses widerliche Miststück! Und öffne so bald wie möglich die Energieglocke, damit dein Vater und ich Sarabánc und Haro-wan vernichten können!«

Kaum hatte Benjamin in der Maschine Platz genommen, verschwand die Stimme aus seinem Kopf. Das Licht, das Haro-wans Szepter ausstrahlte, schirmte alle Insassen des Gleiters gegen den Geist Gorgons ab.

Als sie sich *Holyfort* näherten, sandte Ito ein Signal an Paco, worauf der alte Banaco die Energieglocke für wenige Sekunden ausschaltete, um den Gleiter durchzulassen.

»Wie funktioniert die Schutzglocke?« erkundigte sich Benjamin.

»Meine Konstruktion«, antwortete Ito. »Generator steht in unterirdischer Stadt. Paco kann an- und abschalten jederzeit.«

Haro-wan landete den Gleiter wie meist auf dem Turnierplatz. Gero-mar erwartete die Ankömmlinge bereits.

»Benjamin steht jetzt wieder auf unserer Seite«, informierte Haro-wan seinen Freund.

»Bist du sicher, dass wir ihm trauen können?« fragte der Hüne.

»Ich übernehme die volle Verantwortung für ihn«, erklärte Haro-wan. »Er wird wieder mein Knappe – gleichberechtigt mit Irina. Ich denke, als Stellvertreter Sarabáncs kann ich durchaus zwei Knappen brauchen.«

»Benjamin war schon zweimal dein Knappe«, erinnerte ihn Gero-mar, »und beide Male endete es höchst schmerzhaft für dich.«

»Das wird diesmal nicht geschehen. Damit ich ihn immer unter Kontrolle habe, wird er bei mir in meinem Zimmer wohnen. Ich werde veranlassen, dass dort ein zweites Bett aufgestellt wird.«

Gero-mar gab sich noch nicht zufrieden. Er sah den Knappen scharf an und knurrte:

»Wenn du wirklich auf unserer Seite stehst, dann verrate uns, was dein Vater vorhat und wie stark seine Armee ist!«

»Was er vorhat, ist doch klar«, antwortete Benjamin. »Er will *Holyfort* erobern und euch töten, um die Waffen und technischen Wunderwerke der Argeten in seinen Besitz zu bringen. Aber er sieht momentan keine Chance, sein Ziel zu erreichen. Er verfügt zwar über eine stattliche Anzahl von Soldaten, aber seit Bakhtyar spurlos verschwunden ist, stagniert die Waffenproduktion. Die Armee meines Vaters wäre der euren – ich meine: der unseren – in jeder Hinsicht unterlegen.«

Sie betraten die Festung. Irina begab sich mit Sonja in das ursprünglich für Robo-mil vorgesehene Zimmer, in dem nun die beiden weiblichen Mitglieder der Bruderschaft untergebracht waren. Haro-wan nahm Benjamin mit in sein Zimmer.

Der Knappe schaute sich um: Es sah alles noch genauso aus wie zu der Zeit, als er *Holyfort* verlassen hatte. Auf dem Nachttisch neben Haro-wans Bett lag das goldene Laserschwert.

Er vertraut mir blind, dachte Benjamin. Es ist ein Leichtes, ihm das Schwert zu stehlen.

»Kann ich mir einmal den Generator ansehen, der die Schutzglocke erzeugt?« erkundigte er sich scheinbar beiläufig.

»Wie du weißt, dürfen nur Hüter die unterirdische Stadt betreten«, erwiderte Haro-wan. »Knappen haben keinen Zutritt.«

»Ist schon in Ordnung«, meinte der junge Mann. »Entschuldige, dass ich gefragt habe!«

Es gibt einen Aufzug vom Konferenzsaal in die unterirdische Stadt, erinnerte er sich. Ich werde den Generator schon finden.

Bei der Abendandacht stellte Benjamin verwundert fest, dass Sarabánc nur in Form einer holographischen Projektion anwesend war. Der Oberste Hüter drückte seine Freude darüber aus, dass der Knappe zwei Tage vor seinem zwanzigsten Geburtstag nach *Holyfort* zurückgekehrt war, und kündigte an, dass die Hüter am nächsten Morgen über seine Wiederaufnahme in die Bruderschaft abstimmen würden.

Nach dem Abendessen nahm Benjamin Irina beiseite und sagte zu ihr:

»Ich habe meinen Teil unserer Abmachung erfüllt. Nun bist du an der Reihe: Kann ich heute Nacht zu dir kommen, Liebste?«

»Sonja schläft bei mir im Zimmer«, erwiderte Irina. »Wir müssen uns noch etwas gedulden. Ich werde morgen Haro-wan mitteilen, dass ich deine Frau werden möchte. Wenn wir verheiratet sind, werden wir ein gemeinsames Zimmer bekommen. Ich hoffe, du kannst so lange warten.«

»Wenn es unbedingt sein muss«, meinte Benjamin missgestimmt. »Aber ich erwarte, dass du morgen früh mit Haro-wan sprichst.«

Darauf begab er sich ins Zimmer seines Paten, wo inzwischen ein zweites Bett aufgestellt war. Der Hüter saß nachdenklich auf seiner Schlafstätte.

»Was grübelst du?« erkundigte sich der Knappe.

»Ich überlege, wann der entscheidende Kampf mit dem Schwarzen Ritter stattfindet – und wie er ausgehen wird.«

»Darf ich dir eine Frage stellen?«

»Nur zu!«

»Wie stehst du zu Irina? Immerhin bist du vierundzwanzig Jahre älter als sie. Du könntest gut ihr Vater sein.«

»Du hast dich in Irina verliebt, nicht wahr?«

»Das ist keine Antwort auf meine Frage«, entgegnete Benjamin.

Haro-wan sah dem jungen Mann tief in die Augen:

»Deine Frage ist, ob ich irgendwelche – Ansprüche auf Irina erhebe. Das erinnert mich in fataler Weise an mein Gespräch vor über zwanzig Jahren mit Robo-mil. Damals ging es um deine Mutter, heute um Irina. Die Geschichte wiederholt sich – und jedesmal ist mein Gesprächspartner der Mann, der mir von allen am nächsten steht.«

Er legte Benjamin die Hand auf die Schulter und fuhr fort:

»Ich weiß nicht, ob ich es dir sagen soll, aber ich tue es: Es gibt eine Prophezeiung über den Sieg gegen das Böse. Du kommst darin vor, ebenso wie Irina und alle Hüter – alle außer mir. Ich vermute, dass ich zu dem Zeitpunkt, da ihr Gorgon besiegt, nicht mehr am Leben bin. Sollte dieser Fall eintreten, möchte ich, dass du dich um Irina kümmerst. Versprichst du mir das, Benjamin?«

Er sieht seinen Tod vor Augen und denkt dabei an nichts anderes, als dass sich jemand um seine geliebte Irina kümmert, ging es Benjamin durch den Kopf. Und er wünscht, dass ich dieser Jemand bin.

Betreten senkte er den Blick.

»Ich verspreche es«, sagte er und vermied es, Haro-wan dabei in die Augen zu schauen.

»Danke«, erwiderte der Hüter. »Lass uns jetzt schlafen! Wer weiß, was der morgige Tag bringt.«

Benjamin legte sich in sein Bett und wartete, bis Haro-wan eingeschlafen war. Dann nahm er das Gerät, das ihm der Schwarze Ritter gegeben hatte, und hielt es an Haro-wans Stirn, um seine Gehirnwellen aufzunehmen. Danach schlich er sich leise aus dem Raum.

In der Festung scheinen alle zu schlafen, sagte er sich. Gero-mar liegt in seinem Zimmer, Paco ist bei Sarabánc im Obergeschoss, und auch von Ito ist nichts zu sehen.

Er ließ das Gerät Haro-wans Gehirnwellen aussenden, und die Tür des Konferenzsaals öffnete sich – ebenso wie die Tür des Aufzugs, mit dem man in die unterirdische Stadt gelangte, die einst Sarabáncs Argeten als Zuflucht vor Gorgons Armee gedient hatte. Benjamins Herz klopfte bis zum Hals; sein Gewissen ließ ihm keine Ruhe.

Darf ich Haro-wan und Irina das antun? fragte er sich, während er nach unten fuhr. Sie vertrauen mir, sie lieben mich. Doch egal, was sie für mich empfinden: Ich habe meinem Vater die Treue geschworen und muss seinem Befehl gehorchen.

Der Aufzug war an seinem Ziel angekommen. Ein künstliches gelbes Licht erhellte den großen runden Platz, von dem mehrere röhrenförmige Gänge in die verschiedenen Stadtteile führten. Der Knappe bewunderte die fremdartige Architektur, geschaffen von den hochgewachsenen menschenähnlichen Wesen, die viele hunderttausend Jahre lang *Sedu-Pio* bewohnt hatten, bis sie von Gorgon in den Untergang getrieben worden waren. In der Nähe des Aufzugs erblickte Benjamin eine Schalttafel, die ihrem Aussehen nach erst in jüngster Vergangenheit installiert worden war.

Das muss die Steuerung für die Schutzglocke sein, vermutete er.

In der Mitte der Schalttafel befand sich ein Hebel, der nach links gerichtet war. Darüber leuchtete ein rotes Licht. Der Knappe bewegte den Hebel nach rechts – und das Licht erlosch. Sofort brachte er den Hebel in seine ursprüngliche Stellung zurück, worauf das rote Licht wieder aufleuchtete. Er nickte zufrieden, zog sein Funkgerät heraus und rief Canes Apparat. Es dauerte eine Weile, bis sich der Schwarze Ritter meldete.

»Entschuldige, dass ich dich mitten in der Nacht geweckt habe!« sagte Benjamin. »Ich hatte bisher keine Möglichkeit, dich zu informieren, ohne dass Haro-wan Verdacht geschöpft hätte. Ich bin in *Holyfort* und habe das Gerät entdeckt, mit dem die Energieglocke abgeschaltet werden kann. Ich lasse sie jedoch vorläufig aktiviert, sonst kommt mir noch jemand auf die Schliche. Aber wenn ich weiß, wann ihr angreift, schalte ich sie unmittelbar davor aus.«

»Sehr gut, mein Sohn!« lobte ihn der Schwarze Ritter. »Ich denke, in der übernächsten Nacht zur selben Uhrzeit wie jetzt können wir losschlagen. Sorge dafür, dass dann die Schutzglocke ausgeschaltet ist!«

»Ich werde alles tun, was du mir aufgetragen hast«, antwortete Benjamin. »Ich werde auch Haro-wans Laserschwert in meinen Besitz bringen. Mit dem goldenen Szepter wird es etwas schwieriger – er trägt es Tag und Nacht bei sich. Aber mir fällt schon noch eine Möglichkeit ein, es ihm wegzunehmen. Ich werde dir bedingungslos helfen, *Holyfort* zu erobern und Haro-wan zu töten.«

Er schaltete das Funkgerät aus und atmete tief durch.

»Willst du das wirklich?«

Die Stimme stand unvermittelt in Benjamins Gehirn.

»Willst du wirklich, dass der Schwarze Ritter Haro-wan tötet?«

»Hapo?« fragte Benjamin unsicher.

Die blauschimmernde Kugel erschien vor seinen Augen.

»Du – du lebst?« stammelte der Knappe.

»Als ich mich Gorgon entgegenwarf, um Irinas Leben zu retten, wurde ich durch das Universum geschleudert – unendlich weit durch Raum und Zeit. Es war nicht leicht, zu euch zurückzufinden – nach *Holyfort*, wo ich vor Gorgon sicher bin. Ein erneuter Kampf mit ihm würde höchstwahrscheinlich mein Ende bedeuten. Nun aber beantworte bitte meine Frage: Willst du, dass der Schwarze Ritter Haro-wan tötet?«

»Ich – ich ...« stotterte Benjamin.

»Du weißt, dass ich deine Gedanken lesen kann«, hörte er Hapo sagen. »Seit du nicht mehr dem unheilvollen Einfluss Gorgons und den fortwährenden Befehlen des Schwarzen Ritters ausgesetzt bist, bist du dir nicht mehr sicher, was du wirklich willst.«

»Ich kam hierher mit der festen Absicht, *Holyfort* meinem Vater und Gorgon auszuliefern«, gestand Benjamin. »Es hätte keinen Sinn, es zu leugnen – du weißt es sowieso.«

»Ich weiß noch mehr«, erwiderte Hapo. »Ich weiß, dass du vorhin, als du mit dem Schwarzen Ritter sprachst, große Zweifel hattest, ob dein Handeln richtig ist. Du fühlst dich an deinen Treueschwur gebunden. Hättest du den Schwur damals im Felsengebirge nicht geleistet, stündest du längst wieder auf der Seite von Haro-wan.«

»Du hast Recht«, bestätigte Benjamin. »Genau darüber habe ich nachgedacht. Ich will nicht, dass Haro-wan getötet wird. Ich will auch nicht, dass mein Vater *Holyfort* erobert. Und schon gar nicht will ich, dass Gorgon *Sedu-Pio* beherrscht. Aber ich darf meinen Schwur nicht brechen. Was soll ich nur tun?«

»Tu das, was du in deinem Innersten willst! Du darfst dich nicht vom Willen anderer lenken lassen – auch nicht von deinen momentanen Wünschen und Sehnsüchten, nicht von Trieben und Begierden, sondern allein von deinem Gewissen! Nur dein Gewissen kann dir sagen, was richtig und was falsch ist.«

»Mein Gewissen sagt, dass ich viel Böses getan und noch mehr Böses zugelassen habe«, bekannte Benjamin. »Ich will es wieder gutmachen, wenn das überhaupt noch möglich ist. Ich werde auf all den materiellen Reichtum verzichten, der mir durch die Verbrechen meines Vaters zugefallen ist und meine Seele vergiftet hat. Ich will für meine Sünden büßen. Ich möchte wieder in *Holyfort* leben – als niedrigster Diener der Bruderschaft. Und ich möchte den Hütern von *Sedu-Pio* beim Kampf gegen Gorgon helfen – selbst wenn es mein Leben kosten sollte.«

»Dann geh nach oben und erzähle alles Haro-wan und Sarabánc! Sie werden dir vergeben. Ich werde ihnen bestätigen, dass du nun endgültig auf unserer Seite stehst, und empfehlen, dich wieder als vollwertiges Mitglied in die Bruderschaft aufzunehmen, bevor du mit ihnen gegen Gorgon und den Schwarzen Ritter kämpfst.«

»*Du* hältst mich für würdig, wieder aufgenommen zu werden?« wunderte sich Benjamin. »Das – das kann ich nicht fassen. Du warst doch immer gegen mich.«

»Ich war nie gegen dich«, erklärte Hapo. »Aber im Gegensatz zu Haro-wan wusste ich, dass du vor einem Jahr noch nicht reif warst für die große Aufgabe, die auf dich wartet. Nach den

Jahren auf der Farm deiner Großeltern und nach deiner Ausbildung in *Holyfort* musstest du auch die dunklen Seiten des menschlichen Lebens kennenlernen – als Knappe des Schwarzen Ritters. Diese Erfahrung war wichtig für dich, denn wer das Böse aus eigener Anschauung kennt, kann es am wirkungsvollsten bekämpfen.

Ich weiß, dass das Böse nun keine Macht mehr über dich besitzt. Als ich hier erschien, hast du nicht versucht, dich mit irgendwelchen Entschuldigungen herauszureden. Du hast auch nicht daran gedacht, welche Folgen es für dich haben würde, dass ich dich hier unten entdeckt habe. Stattdessen warst du erleichtert, dass du jetzt den Befehl des Schwarzen Ritters nicht mehr ausführen kannst, dass ich dich daran hindern werde, deinem Treueschwur gehorchen zu müssen.«

»Ich denke, ich muss mich bei dir entschuldigen«, meinte Benjamin demütig. »Ich habe dich immer falsch eingeschätzt.«

»Die Menschen haben mich selten verstanden«, äußerte Hapo. »Du weißt ja, dass die Menschen von allen Wesen des Universums am wenigsten erkenntnisfähig und am schwersten von Begriff sind. Selbst Haro-wan hat nicht immer verstanden, was ich ihm zu vermitteln versuchte – und er ist mit Abstand der Intelligenteste und Weiseste aller Menschen, die ich kennengelernt habe.«

»Was rätst du mir, was ich jetzt tun soll?« fragte Benjamin.

»Wecke Haro-wan und bitte ihn, die anderen Hüter und Irina am runden Tisch zusammenzurufen! Ich werde Sarabánc informieren. Wir treffen uns in einer halben Stunde im Konferenzsaal.«

9. Ritterschlag

Zum ersten Mal in der Geschichte von *Holyfort* fand mitten in der Nacht eine Sitzung im Konferenzsaal statt – aber es waren außergewöhnliche Umstände, die sie veranlasst hatten.

Haro-wan, Gero-mar, Paco, Ito, Benjamin und Irina hatten gerade Platz genommen, als Hapo über dem runden Tisch erschien. Gleichzeitig baute sich neben Haro-wan Sarabáncs holographische Projektion auf.

»Der Ausgestoßene ist zurückgekehrt«, erklang die Stimme des Obersten Hüters. »Dieser Teil der Prophezeiung hat sich erfüllt. Benjamin kam nach *Holyfort*, um uns an den Schwarzen Ritter zu verraten; doch er hat sich zum Guten bekehrt und Hapo und Haro-wan alles gestanden. Benjamin, ich freue mich, dass du nun in jeder Hinsicht bereit bist, mit uns gegen das Böse zu kämpfen.«

»Wie kam es zu diesem plötzlichen Sinneswandel?« fragte Gero-mar misstrauisch.

»Seit ich *Miners Landing* verlassen habe, hatte ich Zweifel, ob es richtig sei, euch Gorgon und meinem Vater auszuliefern«, antwortete der Knappe. »Den endgültigen Ausschlag gab dann mein Gespräch mit Haro-wan. Er bat mich, ich solle mich um Irina kümmern, falls ihm etwas zustoße. Da wurde mir bewusst, wie sehr er mich liebt, während mein Vater mich immer nur benutzt hat. Und ich fühlte mich schuldig; denn während Haro-wan und Irina einander wirklich lieben, empfand ich ihr gegenüber nur Lust – Lust, sie zu besitzen, mit ihr zu schlafen, sogar Lust, sie zu töten. Ich schäme mich dafür. Irina, bitte verzeih mir!«

»Die Menschen sind von allen Wesen des Universums die labilsten und verführbarsten«, erklärte Hapo, »und die Lust ist das Werkzeug, mit dem das Böse sie am leichtesten verführen kann. Benjamin war der Versuchung lange ausgesetzt – aber er hat ihr widerstanden.«

»Bist du dir da ganz sicher?« wollte Gero-mar wissen. »Wenn ich richtig informiert bin, hat er noch vor einen halben Stunde mit dem Schwarzen Ritter einen Plan zur Eroberung von *Holyfort* geschmiedet.«

»Das stimmt«, bestätigte Hapo. »Aber genau darin liegt eure Chance. Der Schwarze Ritter verlässt sich auf Benjamin, doch der wird mithelfen, das Böse zu besiegen, so wie es vorhergesagt ist.«

»Woher wusstest du von der Prophezeiung?« erkundigte sich Haro-wan. »Ich wollte dich das schon fragen, als ich von *Augusta* zurückkam.«

»Wie ich davon wusste?« Es schien fast, als ob Hapo lachte, doch das war wohl unmöglich. »Euch ist bekannt, dass ich nicht eurem Raum-Zeit-Kontinuum entstamme. So kann ich frei durch das reisen, was ihr Vergangenheit und Zukunft nennt. Aber es wäre verhängnisvoll, wenn ich euch alles offenbaren würde, was ich über die Zukunft weiß. Manches muss ich zu eurem Wohl im Ungewissen lassen, anderes müsst ihr selbst herausfinden – wie die Bedeutung des Rätsels in *Augusta*.«

»Wie konnte der Verfasser des Textes wissen, was erst Jahrzehnte später geschehen wird?« meldete sich Irina zu Wort.

»Er erfuhr es von mir«, antwortete Hapo wie selbstverständlich. »Ich ging zurück in der Zeit und sandte Gedanken in das Unterbewusstsein eines in tiefer Meditation versunkenen Einsiedlers, die ihn veranlassten, die verschlüsselte Prophezeiung niederzuschreiben. Dann sorgte ich dafür, dass der Text in die Hände von Prem Shankara gelangte, von dem ich wusste, dass er einmal Haro-wans Lehrer sein würde.«

»Wozu dieser Aufwand?« fragte Haro-wan. »War es nötig, mich zum Entschlüsseln der Prophezeiung nach *Augusta* zu schicken? Hättest du mir nicht auf einfachere Weise mitteilen können, von welchen sieben Personen das Böse diesmal besiegt werden kann?«

»Natürlich hätte ich das gekonnt, obwohl es stets besser ist, wenn ihr Menschen Schritt für Schritt zur Erkenntnis gelangt und nicht alles auf einmal erfahrt. Aber der Aufwand – wie du es nennst – geschah nicht deinetwegen. Der Text ist gar nicht für dich geschrieben worden.«

»Nicht für mich?« wunderte sich Haro-wan. »Für wen dann?«

»Wer hat ihn denn im Wesentlichen entschlüsselt?« erwiderte Hapo.

Irina zuckte zusammen. Erneut musste sie an den letzten Satz der Prophezeiung denken, dessen wahre Bedeutung niemand außer ihr kannte. War es vielleicht ein verhängnisvoller Fehler gewesen, Benjamin zur Rückkehr nach *Holyfort* zu bewegen?

»Du hast richtig gehandelt, Irina«, vernahm sie Hapos Stimme, »auch wenn du im Moment noch nicht alles verstehen kannst. Die Tatsache, dass du die Prophezeiung entschlüsselt hast, hat dich veranlasst, eine Reihe von Dingen zu tun, die für deine Entwicklung ebenso wichtig waren wie für Benjamin die Zeit als Knappe des Schwarzen Ritters. Du hast nicht nur Benjamin zu uns zurückgeholt, sondern nebenbei auch Hochkommissar Gu zur Strecke gebracht, Haro-wans Laserschwert wiederbeschafft und Sonja Krogh vor einem Leben als drogenabhängige Prostituierte gerettet – und das alles aus eigenem Antrieb, nicht weil Haro-wan oder Sarabánc es dir aufgetragen haben.«

»Du hast vollkommen Recht, Hapo«, bestätigte Haro-wan. »Für uns Menschen ist es besser, wenn wir Erfahrung und Erkenntnis durch unser eigenes Tun gewinnen, als wenn wir die betreffende Information von jemand anderem vermittelt bekommen. Auch mir wurde erst durch den Aufenthalt in *Augusta* bewusst, welche besondere Rolle Irina beim Kampf gegen das Böse spielt und dass sie meinen Platz einnehmen wird, wenn ich nicht mehr unter euch weile.«

»Wir sollten uns jetzt mit der Frage befassen, wie wir Gorgon und den Schwarzen Ritter besiegen können«, meinte Sarabánc. »Wir wissen, dass der Angriff in zwei Tagen gegen Mitternacht erfolgen wird. Da Benjamin auf unserer Seite steht, sind wir unseren Gegnern prinzipiell überlegen. Aber ich kann meine Kraft nicht voll zur Entfaltung bringen, solange sie an meinen Körper gebunden ist. Ihr müsst bedenken, dass das, was ihr vor euch seht, nur eine Projektion meines Körpers ist, wie ihr ihn von früher kennt. Paco ist der Einzige, der weiß, wie alt und verbraucht mein Körper tatsächlich aussieht. Der Zythallator kann seinen Verfall zwar hinauszögern, aber nicht auf ewig verhindern. Nun ist der Zeitpunkt gekommen, dass ich diesen Körper aufgeben muss.«

»Was verstehst du unter ›aufgeben‹?« fragte Haro-wan ahnungsvoll.

»Wenn die Maschine ausgeschaltet wird, die meinen Körper mühsam am Leben erhält, wird er zerfallen. Mein Geist wird dann frei – frei für den Kampf gegen Gorgon. Ich bin sicher, dass ich ihn vernichten kann, auch wenn mein Geist dadurch ebenfalls vernichtet würde. Doch ich nehme an, dass es nicht dazu kommen wird. Denn sobald ich Gorgon angreife, wird er Zuflucht in einem Körper suchen; er wird Besitz von einem Körper ergreifen, um sich dem geistigen Kampf mit mir zu entziehen.«

»Von welchen Körpern kann er Besitz ergreifen?« wollte Benjamin wissen.

»Grundsätzlich von jedem«, antwortete der Oberste Hüter. »Aber da er den Körper erst bei dessen Tod wieder verlassen kann, wird er sich für den stärksten entscheiden, den er bekommen kann; den Körper, von dem er überzeugt ist, dass er mit ihm jeden Gegner besiegen kann.«

»Cane«, kam es Haro-wan spontan über die Lippen. »Er wird sich seines Körpers bemächtigen.«

»Das denke ich auch«, erwiderte Sarabánc. »Er wird mit einem Schlag in sein Gehirn eindringen und so seinen Körper übernehmen. Der Geist Robo-mils wird dadurch vollständig ausgelöscht. Der Schwarze Ritter wird dann zu hundert Prozent Gorgon sein.«

Irina hob zaghaft die Hand – wie früher in der Schule, wenn sie etwas vorzubringen hatte. Ein Gedanken ließ ihr keine Ruhe:

»Du sagtest, Gorgon wird von dem bestmöglichen Körper Besitz ergreifen. Meiner Meinung nach kommen dafür nur zwei in Frage. Was ist, wenn er sich nicht für den Körper des Schwarzen Ritters entscheidet?«

Sorgenvoll sah sie Haro-wan an. Im Konferenzsaal herrschte ein beklemmenden Schweigen.

»Dieses Risiko müssen wir eingehen«, äußerte Sarabánc schließlich.

»Was für ein Risiko meinst du?« erkundigte sich Gero-mar.

»Irina fürchtet, Gorgon könnte nicht von Robo-mils Körper Besitz ergreifen, sondern von meinem«, antwortete Haro-wan.

»Das wäre unser Untergang!« entfuhr es Gero-mar. »Wenn Gorgon in Haro-wans Körper Seite an Seite mit dem Schwarzen Ritter gegen uns kämpft, wer könnte die beiden besiegen? Ich nicht, kein anderer unserer Ritter – und wahrscheinlich auch Benjamin nicht, obwohl er einen Teil der ***Kraft des Lichts*** in sich trägt.«

»Das ist noch nicht alles«, fügte Irina mit feuchten Augen hinzu. »Wenn Gorgon von Haro-wans Körper Besitz ergreift, wird Haro-wans Geist dadurch für immer ausgelöscht.«

Haro-wan legte den Arm um seine Gefährtin und sagte gefasst:

»***Sieben können das Böse besiegen***, heißt es in der Prophezeiung – ihr sieben. Jetzt ist mir klar, warum ich in dem Text nicht erwähnt werde: Gorgon wird meinen Körper übernehmen, und ihr werdet ihn dann besiegen – auf dieselbe Weise, wie wir ihn vor einundzwanzig Jahren bezwungen haben, nur dass sich sein Geist damals in seinem alten Körper befand und diesmal in meinem. Benjamin wird ihn in eine Falle locken, ihr werdet Gorgon dort einschließen und um das Gefängnis eine Energieglocke errichten, aus der sein Geist auch dann nicht entkommen kann, wenn mein Körper zugrunde gegangen ist.«

»Dein Plan ist perfekt«, vernahmen sie Hapos Stimme. »Nur dass es der Körper des Schwarzen Ritters ist, dessen sich Gorgon bemächtigen wird. Und du, Haro-wan, wirst ihn in die Falle locken.«

»Wie ist das möglich«, fragte Haro-wan, »wo ich doch in der Prophezeiung nicht vorkomme?«

»***Sieben können das Böse besiegen***«, erklärte Hapo. »Einer von uns wird nicht daran beteiligt sein. Aber nicht *du* bist dieser Eine, sondern *ich*. Denn wenn ich mitkämpfen würde, würde Gorgon mich vernichten. Ihr wisst ja: Seine Kraft ist der meinen weit überlegen.«

»***Spiritus absolutus*** – der losgelöste Geist«, erinnerte sich Irina. »Wir dachten, damit sei Hapo gemeint. Aber es ist

Sarabánc, nachdem er sich von seinem Körper gelöst hat.« Erheblich froher als zuvor blickte sie zu Haro-wan. »Und du bist der Erste auf der Liste: ***Dominus tutorum*** – der Herr der Hüter, Sarabáncs Nachfolger als Oberhaupt der Bruderschaft.«

»Im Gegensatz zu Hapo kenne ich die Zukunft nicht«, ergriff Sarabánc wieder das Wort. »Trotzdem bin ich davon überzeugt, dass Gorgon nicht von Haro-wans Körper Besitz ergreifen wird.«

»Was macht dich so sicher?« erkundigte sich Haro-wan.

»Gorgon rechnet damit, dass *ich* in deinen Körper eindringe, um meine Kraft mit der deinen zu vereinigen. Wenn aber Gorgon und ich von demselben Körper Besitz ergriffen, würden wir uns dabei gegenseitig vernichten. Das wird Gorgon nicht riskieren. Wenn er merkt, dass ich vorhabe, in Haro-wan einzudringen, wird er den Körper des Schwarzen Ritters übernehmen und dadurch auch den letzten Rest von unserem einstigen Bruder Robo-mil auslöschen. Ich dagegen werde mich sofort in den tiefsten Winkel deines Gehirns zurückziehen, Haro-wan, so dass du mich überhaupt nicht bemerkst. Im Laufe der Zeit wird mein Geist ganz langsam mit dem deinen verschmelzen. Dieser Prozess wird sieben Jahre der menschlichen Zeitrechnung dauern. Danach wirst du über all mein Wissen und all meine Kraft verfügen. Trotzdem wirst du immer noch du selbst sein – gereift durch die Erkenntnis, die ich in vielen Jahrtausenden gewonnen habe. Du wirst dann allen anderen Menschen himmelhoch überlegen sein.«

Nachdenklich sah Haro-wan das Hologramm seines Lehrmeisters an:

»Erst müssen wir Gorgon und den Schwarzen Ritter besiegen. Dazu müssen wir ihnen eine Falle stellen – und wir dürfen uns keinen Fehler erlauben, sonst sind wir verloren.«

»Es gibt etwas, das meinem Vater wichtiger ist als alles andere«, äußerte Benjamin. »Die Erfindungen der Argeten in der unterirdischen Stadt. Mit ihrer Hilfe will er ganz *Sedu-Pio* unterwerfen.«

»Also gut«, meinte Haro-wan. »Locken wir ihn in die unterirdische Stadt – am besten in einen für uns unbedeutenden

Außensektor! Wenn der Schwarze Ritter mit seiner Armee angreift, wird die Schutzglocke abgeschaltet sein, wie Benjamin es seinem Vater versprochen hat.

Gero-mar, deine Aufgabe ist es, dich mit allen Rittern und Knappen den Soldaten des Schwarzen Ritters entgegenzuwerfen und sie daran zu hindern, in die Festung einzudringen. Nur der Schwarze Ritter darf das Gebäude betreten. Du, Benjamin, wirst ihn am Eingangsportal erwarten und ihm erzählen, dass ich mich in der unterirdischen Stadt aufhalte. Ihr werdet mit dem Aufzug hinunterfahren, um mich zu töten. Ich versuche dann, ihn an den Ort zu locken, den wir als sein Gefängnis ausgewählt haben.

Zu diesem Zeitpunkt muss Sarabánc Gorgon veranlassen, von Robo-mils Körper Besitz zu ergreifen. Alles weitere läuft genauso wie vor einundzwanzig Jahren: Sobald ich den Schwarzen Ritter an der richtigen Stelle habe, werde ich ihn mit der überlegenen Kraft meines Schwertes zu Boden schlagen und den Sektor sofort danach verlassen. Der Zugang wird gesprengt, so dass der Schwarze Ritter nicht mehr entfliehen kann. Dann baut Ito eine Energieglocke um das Gefängnis auf – und Gorgon ist eingeschlossen.«

»Möglichst bald auswählen Platz für Gefängnis«, quiekte Ito, »damit ich kann vorbereiten alles für Energieglocke! Müsste sein möglich innerhalb von zwei Tagen. Aber Zeit reicht nicht, zu konstruieren eigenes Kraftwerk für Glocke. Wir müssen nehmen Energie von Hauptkraftwerk. Wenn Zugang gesprengt, Paco muss senden Energie an Generator, mit dem ich aufbaue Glocke.«

Der alte Banaco nickte mit dem Kopf.

»Damit ist fast alles geklärt«, sagte Haro-wan. »Paco wird sich am Hauptkraftwerk der Festung aufhalten; Ito bedient den Generator der Glocke und gibt das Signal, wenn Paco die Energiezufuhr einschalten soll. Sarabánc verhindert, dass Gorgon den Schwarzen Ritter warnt oder auf andere Weise unseren Plan durchkreuzt. Jetzt geht es noch darum, wer den Zugang sprengt, sobald ich draußen bin.«

»Es gibt nur eine einzige Person, die sich in unmittelbarer

Nähe des als Gefängnis vorgesehenen Platzes aufhalten kann, ohne dass der Schwarze Ritter Verdacht schöpft«, gab Sarabánc zu bedenken. »Nur *einer* von uns kann im richtigen Augenblick die Sprengung vornehmen und damit den Schwarzen Ritter und Gorgon für immer einschließen.«

Alle Augen richteten sich auf Benjamin. Erregt sprang der Knappe von seinem Sitz hoch:

»Ihr erwartet Unmögliches von mir!« rief er aus. »Es ist schon ein großes Problem für mich, meinen Treueschwur gebrochen zu haben – aber ihr könnt nicht verlangen, dass ich meinen leiblichen Vater töte!«

»Er ist nicht dein Vater.«

Hapos Stimme schlug wie ein Blitz in Benjamins Gehirn ein. Entgeistert starrte der fast Zwanzigjährige die blauschimmernde Kugel an, die bewegungslos vor ihm schwebte.

»Er ist nicht dein Vater«, wiederholte Hapo. »Nicht im psychischen und nicht im biologischen Sinn. Denn als sich Robo-mil und Julia Gaskin zum ersten Mal körperlich vereinigten, war deine Mutter bereits mit dir schwanger.«

»Sie – sie war bereits schwanger?« stammelte Benjamin. »Von wem?« Er schlug sich mit der flachen Hand an die Stirn. »Martinez!« stieß er entsetzt hervor. »Er hat meine Mutter entführt und vergewaltigt, bevor sie Robo-mils Frau wurde. Mein Gott, ich bin der Sohn dieses Verbrechers!«

Er verstummte und sah erst Haro-wan, dann Sarabáncs Hologramm an:

»Aber wenn Martinez mich gezeugt hat, dann – dann verfüge ich ja gar nicht über die ***Kraft des Lichts***!«

»Du besitzt diese Kraft«, entgegnete Hapo. »Du hast doch schon gespürt, dass sie in dir wirkt. Martinez ist nicht dein Vater; denn als er deine Mutter vergewaltigte, war sie ebenfalls bereits mit dir schwanger.«

»Wer um alles in der Welt ist dann mein Vater?«

»Es gibt Dinge zwischen Himmel und Erde«, erwiderte Hapo, »die so einfach zu verstehen sind und doch von euch Menschen nicht verstanden werden. Also lasst uns ein Stück in der Zeit zurückgehen – zu jenem Abend vor über zwanzig Jahren, als ich auf der Gaskin-Farm erschien, um Haro-wan und Robo-mil mitzuteilen, dass Sarabánc einen von ihnen dringend benötige. Damals ließen die beiden das Los entscheiden: Der Verlierer sollte am nächsten Tag zu Sarabánc aufbrechen, der Sieger auf der Farm bei Julia bleiben. Wie wir wissen, hat Haro-wan verloren. Doch was geschah in jener Nacht, bevor du die Farm verlassen hast, Haro-wan?«

»Ich hatte zunächst vor, bei Sonnenaufgang loszureiten, noch bevor Julia aufgestanden war. Aber ich brachte es nicht übers Herz wegzugehen, ohne mich von ihr verabschiedet zu haben. So begab ich mich spät in der Nacht in ihr Zimmer und sagte ihr, dass ich sie verlassen müsse. Julia begann fürchterlich zu weinen und bat mich, nicht zu gehen. Ich erklärte ihr, dass Robo-mil und ich uns geschworen hatten, den Losentscheid zu akzeptieren, und dass die Entscheidung unwiderruflich gefallen sei. Ich blieb dann noch eine Weile bei ihr, um sie zu trösten. Sie war so verzweifelt.«

»Und weiter?« fragte Hapo.

»Nichts weiter«, antwortete Haro-wan.

»Du weißt es tatsächlich nicht mehr«, stellte das Wesen aus reiner geistiger Energie fest. »Du hast es aus deiner Erinnerung gelöscht, weil es zutiefst gegen deine moralischen Prinzipien verstieß. In jener Nacht gestand dir Julia, dass sie dich ein klein wenig lieber habe als Robo-mil. Sie sagte: ›Du hast geschworen zu gehen, wir können es beide nicht mehr ändern. Du wirst mich verlassen, und ich werde ab morgen Robby gehören. Doch heute Nacht gehöre ich dir, Harry.‹ Sie umarmte dich und zog dich in ihr Bett.«

Haro-wan nickte betreten.

»Es war wohl so, wie Hapo berichtet hat«, murmelte er schuldbewusst. »Ich muss es verdrängt haben.«

»In jener Nacht verlor Julia Gaskin ihre Unschuld – wie ihr Menschen dies auszudrücken pflegt«, fuhr Hapo emotionslos wie immer fort. »Für diesen Fehltritt – wenn es denn einer war – hast du gebüßt, Haro-wan, durch all die Schmerzen, die dir dein Sohn bis heute zugefügt hat. Doch nun ist die Schuld endgültig gesühnt.«

Betroffen blickten sich Haro-wan und Benjamin an. Es war mucksmäuschenstill im Saal.

Die Erste, die die Sprache wiederfand, war Irina:

»Ihr seid Vater und Sohn!« rief sie aus. »Das ist ja wunderbar!«

»Irgendwie habt ihr es doch von Anfang an gespürt«, meinte Sarabánc.

Haro-wan ging auf Benjamin zu und breitete die Arme aus.

»Vater!« war das einzige Wort, das der Knappe herausbrachte. Die beiden Männer umarmten sich lang und herzlich.

»Ich bin ja so froh darüber!« jubelte Irina.

»Dass ich Benjamins Vater bin?« fragte der Hüter verwundert.

»Ich habe bisher nicht gewagt, es dir zu erzählen«, antwortete die junge Frau, »aber ich habe die letzte Zeile der Prophezeiung entschlüsselt: ***Filio redito pater superabit – wenn der Sohn zurückgekehrt ist, wird der Vater der Sieger sein.*** Ich hatte schreckliche Angst vor dieser Weissagung; ich dachte ja, der Schwarze Ritter sei Benjamins Vater. Jetzt wissen wir, dass du sein Vater bist, Haro-wan. Du wirst den Schwarzen Ritter besiegen, das ist nun absolut sicher.«

»Es gibt noch einen Irrtum, den du aufklären kannst, Irina«, teilte Hapo ihr mit. »Erinnerst du dich noch, was Benjamin damals auf dem Gipfel des Felsengebirges geschworen hat, um Haro-wans Leben zu retten?«

Irina dachte angestrengt nach:

»Er sagte: ›Ich, Benjamin Gaskin, schwöre bei allem, was mir heilig ist, dass ich von heute an bis zu meinem Tod meinem Vater, der mich vor zwanzig Jahren zeugte, die Treue halten, seine Anweisungen befolgen und ihn bei all seinen Vorhaben unterstützen werde.‹«

»Richtig«, bestätigte Hapo. »Und ich hoffe, Benjamin, dass du diesen Schwur niemals brechen und deinem Vater immer treu bleiben wirst – bis zu deinem Tod.«

»Meinem Vater!« rief der Knappe aus. »Aber natürlich: meinem Vater Haro-wan!«

»Damit bist du endgültig wieder einer von uns«, erklärte der Hüter. »Oder hat irgendjemand etwas dagegen, dass mein Sohn wieder als vollwertiges Mitglied in die Bruderschaft aufgenommen wird?«

»Ich immer spürte, dass Benjamin ist guter Kerl«, quiekte Ito.

Paco nickte zustimmend.

Gero-mar trat auf seinen ehemaligen Knappen zu und reichte ihm die Hand:

»Vergessen wir unseren Streit! Ich freue mich, dass du wieder zu uns gehörst.«

Alle Augen richteten sich auf Hapo.

»Ihr wisst, dass sich mein Urteil immer streng an den Gesetzen der Vernunft orientiert«, vernahmen sie seine Stimme. »Es war richtig, Benjamin aus *Holyfort* zu verbannen, als er durch seinen Ungehorsam Haro-wans Leben in Gefahr brachte. Jetzt aber, nachdem er gelernt hat, das Gute vom Bösen zu unterscheiden, ist er vollständig geläutert – und ab sofort wieder Mitglied unserer Bruderschaft.«

»Und nicht nur das«, ergänzte Sarabánc. »Bei unserer heutigen Morgenandacht werde ich allen Rittern, Knappen und Novizen verkünden, dass du Haro-wans Sohn bist; den Rest des Tages wirst du betend und fastend verbringen und morgen – an deinem zwanzigsten Geburtstag – wird dich dein Vater zum Ritter schlagen.«

»Ihr wollt mich wirklich zum Ritter schlagen – nach allem, was ich euch angetan habe?« wunderte sich Benjamin.

»Du hast es dir verdient«, erwiderte der Oberste Hüter.

Benjamin standen die Tränen in den Augen.

»Ich – ich weiß nicht, ob ich – würdig bin«, stotterte er.

Irina nahm ihn freundschaftlich in den Arm:

»Natürlich bist du würdig, Benjamin. Denk immer daran: Du bist ein Adler, kein Huhn – und auch kein Pferd, jedenfalls kein trojanisches!«

»Was ist ein trojanisches Pferd?« fragte der Knappe irritiert.

»Erklär' ich dir später«, lachte Irina. »Im Moment genügt es, wenn Haro-wan versteht, was ich gemeint habe.«

Mit liebevollem Augenaufschlag sah sie den Hüter an.

Haro-wan erwiderte den Blick und sagte voll Zuversicht:

»Eines steht auf jeden Fall fest: Im Gegensatz zu Odysseus

wird der Schwarze Ritter mit seiner List scheitern. Sein Weg wird hier enden!«

»Du wirst ihn besiegen, mein über alles geliebter Herr und Meister!« jauchzte Irina und gab ihm einen zärtlichen Kuss.

»Ihr beide seid wahrhaft füreinander geschaffen«, bemerkte Benjamin. »Es war dumm von mir, dass ich mich zwischen euch drängen wollte. Doch eines würde mich interessieren, Irina: Wärst du wirklich meine Frau geworden, wenn das der einzige Weg gewesen wäre, mich auf eure Seite zu ziehen?«

»Vielleicht«, antwortete Irina. »Aber glaub mir: Das wäre für dich die furchtbarste Strafe gewesen, die du dir vorstellen kannst!«

*

Am Morgen von Benjamins zwanzigstem Geburtstag hatten sich die Mitglieder der Bruderschaft wie üblich in der Kapelle versammelt. Nachdem Sarabáncs Hologramm am Altar erschienen war, sangen alle gemeinsam das Lied ***Sei ein lebend'ger Fisch***. Dann betraten Haro-wan in seiner braunen Kutte und Irina in ihrem langen weißen Kleid die Apsis.

»Großer Gott, Vater allen Lebens«, begann Haro-wan. »Nicht um zu verurteilen bist du bei uns, sondern um zu suchen, was verloren ging, um die zu befreien, die in Schuld und Angst gefangen sind, und um uns zu retten, wenn uns unser Gewissen anklagt.«

»Nimm uns an, so wie wir hier versammelt sind«, setzte Irina das Gebet fort, »denn du bist größer als unser Herz, größer als alle Schuld und Sünde! Du bist unser Wegbereiter in eine neue Zukunft, ein Gott der Liebe auf ewig. Amen.«

Während die junge Frau danach zur Seite trat, rief Haro-wan seinen Sohn zum Altar und fragte ihn, wie es das Zeremoniell vorschrieb:

»Benjamin Gaskin, worum bittest du?«

Der Knappe kniete demütig nieder. Er wollte antworten, doch es dauerte eine ganze Weile, bis er den Satz über seine Lippen brachte:

»Ich – möchte – zum Ritter geschlagen werden.«

»Warum erbittest du das?« fragte der Hüter weiter.

»Um Gott und meinen Mitmenschen zu dienen«, antwortete Benjamin.

»Welchen materiellen Vorteil erwartest du dir davon?«

»Keinen.«

»Bevor du den Rittereid ablegst«, sagte Haro-wan, »wollen wir uns gemeinsam die Geschichte anhören, die deine Rückkehr nach *Holyfort* eingeleitet hat. Möchtest du sie erzählen, Irina?«

Zögernd trat die Siebzehnjährige an den Altar. Sie sah erst Haro-wan an, dann den vor ihr knienden Benjamin, schließlich schaute sie in die versammelte Runde und begann:

»Der Adler. Ein Mann fing einen jungen Adler, nahm ihn mit nach Hause und steckte ihn in den Hühnerstall zu den Hennen, Enten und Truthühnern. Und er gab ihm Hühnerfutter zu fressen, obwohl er ein Adler war – der König der Vögel.«

Dann schilderte sie, wie nach mehreren Jahren der Gelehrte zu Besuch kam und zweimal vergeblich versuchte, den Adler zum Fliegen zu bringen.

»Ein drittes Mal hob der Gelehrte den Vogel hoch und sagte zu ihm: ›Du bist ein Adler – du warst immer ein Adler und wirst immer ein Adler sein. Du gehörst dem Himmel und nicht der Erde. Breite deine Schwingen aus und fliege!‹ Der Adler blickte umher, er zitterte, als erfülle ihn neues Leben – aber er flog nicht. Da ließ ihn der Gelehrte direkt in das Licht der Sonne schauen – und mit einem Mal erkannte der junge Adler, wer sein wahrer Vater war.«

Haro-wan blickte Irina von der Seite an. Die letzten Worte stammten nicht aus der Geschichte, wie er sie kannte.

Irina lächelte ihm zu und fuhr fort:

»Als der junge Vogel erkannt hatte, dass er der Sohn eines Adlers war, breitete er seine gewaltigen Flügel aus, erhob sich mit dem Schrei eines Adlers, flog höher und höher – und floh von dem Mann, der erst ein nach Futterkörnern pickendes Huhn und dann ein trojanisches Pferd aus ihm machen wollte. Er war ein Adler – und als stolzer Adler kehrte er zurück zu seinem Vater und zu seiner Brüdern nach *Holyfort.*«

Benjamin kullerten einige Tränen der Rührung über die Wange.

»Ein wunderschöner Schluss der Geschichte – deiner Geschichte, mein Sohn«, meinte Haro-wan. »Sprich nun die Worte, durch die du endgültig zum Ritter wirst!«

Benjamin schluckte ein paarmal, dann holte er tief Luft und sagte mit bebender Stimme:

»Ich, Benjamin Gaskin, gelobe bei meiner Ehre, dass ich mit der Gnade Gottes mein Bestes tun werde, meine Pflicht gegenüber Gott, der Bruderschaft und meinen Mitmenschen zu erfüllen, mein Leben in den Dienst des Lichts zu stellen und die Gesetze der *Bruderschaft von Holyfort* zu befolgen.«

Haro-wan ließ das goldene Szepter auf die Schulter seines Sohnes sinken und erklärte feierlich:

»Von heute an bist du Ritter der *Bruderschaft von Holyfort.* Erhebe dich, Ritter Beno-gas!«

Langsam stand der junge Mann auf. Gero-mar legte ihm die Rüstung an, und Haro-wan überreichte ihm das Laserschwert, das er ab sofort tragen und benutzen durfte. Dann geleitete ihn Gero-mar zu seinem Platz im Kreis der Ritter.

Haro-wan wollte gerade die Zeremonie mit dem Gebet der Bruderschaft abschließen, als Sarabánc das Wort ergriff:

»Beno-gas ist nun Ritter unserer Bruderschaft. Er hat sich den Ritterschlag redlich verdient. Aber unter uns befindet sich noch eine Person, die es in gleicher Weise verdient hat, zum Ritter geschlagen zu werden. Ohne sie wäre Haro-wans Sohn nicht zu uns zurückgekehrt – und wir hätten keine Chance, Gorgon und den Schwarzen Ritter zu besiegen.«

Nach einer kurzen Pause fuhr der Oberste Hüter fort:

»Ich werde heute zum letzten Mal unter euch sein – zumindest in der Form, wie ihr mich kennt. In der kommenden Nacht werde ich aufhören, körperlich zu existieren. Zuvor möchte ich noch miterleben, wie zum ersten Mal in der Geschichte von *Holyfort* eine Frau zum Ritter geschlagen wird. Irina Andrea Burano, knie vor Haro-wan nieder!«

Unsicher sah Irina das Hologramm des jahrtausendealten Argeten an.

»Das – das geht doch nicht!« stammelte sie. »Ich bin doch erst ein gutes Dreivierteljahr Mitglied in der Bruderschaft.«

»Es war wirklich ein ***gutes*** Dreivierteljahr«, erwiderte Sarabánc. »Ohne dich wäre unsere Bruderschaft erheblich ärmer dran.«

»Ich bin viel zu jung«, wandte Irina ein.

»Du bist auch früher eingeschult worden als deine Mitschüler«, erinnerte sie Haro-wan. »Und bei deiner Abschlussprüfung warst du zwei Jahre jünger als alle anderen. Warum sollte es hier nicht ebenso sein?«

Irina blickte fragend in Haro-wans freundliche braune Augen: »Du meinst ...?«

»Es ist mein Wunsch, dass Irina noch heute zum Ritter geschlagen wird«, erklärte Sarabánc. »Sie hat sich während ihrer Knappenzeit hervorragend bewährt, und da sie gestern den ganzen Tag zusammen mit Beno-gas gebetet und gefastet hat, hat sie auch diese Bedingung erfüllt. Aber ich habe stets die Entscheidung der Mehrheit akzeptiert. Also lasst uns abstimmen: Wer ist dafür, dass Irina Andrea Burano zum Ritter geschlagen wird?«

Der Erste, der stürmisch zu klatschen begann, war Beno-gas. Auch Gero-mar reckte seine riesigen Hände in die Höhe und tat es ihm gleich. Kaum hatte der hünenhafte Hüter seine Zustimmung kundgetan, folgten die übrigen Mitglieder der Bruderschaft seinem Beispiel.

»Die Entscheidung ist eindeutig«, verkündete Sarabánc. »Knie nieder, Irina!«

Der jungen Frau schlotterten die Knie. Gott sei Dank trage ich ein langes Kleid, dachte sie, da merkt niemand, wie sehr ich zittere.

Nur Haro-wan spürte, was in seiner Gefährtin vorging.

»Bambus, ich brauche dich«, flüsterte er ihr zu.

Irina nickte. Dann rannen auch ihr Tränen aus den Augen.

»Worum bittest du, Irina?« fragte der Hüter.

»Ich möchte – zum Ritter geschlagen werden.«

»Warum erbittest du das?«

»Um Gott, meinen Mitmenschen – und dir zu dienen.«

»Welchen materiellen Vorteil erwartest du dir davon?«
»Keinen.«
»Du hast vorhin die Geschichte vom Adler erzählt – besser als ich es gekonnt hätte«, meinte Haro-wan. »Verwandle weiterhin Hühner in Adler, bring als Bambus das Leben spendende Wasser zu den Reispflänzchen und steh mir hilfreich zur Seite, wie du es als mein Knappe getan hast! Sprich nun den Rittereid, Irina!«
Die junge Frau hob den Kopf, warf ihre langen blonden Haare nach hinten und sagte ehrfürchtig:
»Ich, Irina Andrea Burano, gelobe bei meiner Ehre, dass ich mit der Gnade Gottes mein Bestes tun werde, meine Pflicht gegenüber Gott, der Bruderschaft und meinen Mitmenschen zu erfüllen, mein Leben in den Dienst des Lichts zu stellen und die Gesetze der *Bruderschaft von Holyfort* zu befolgen.«
Haro-wan senkte das Szepter auf ihre Schulter:
»Hiermit bist du Ritter der *Bruderschaft von Holyfort*. Erhebe dich ...«
»Iri-bur«, hauchte sie. »So möchte ich von nun an heißen.«
»Erhebe dich, Ritter Iri-bur!« Aufmunternd fügte er hinzu: »Virgo clarissima!«
»Strahlendste Jungfrau?« erwiderte Iri-bur und ließ ihren Tränen freien Lauf. »Das Einzige an mir, was im Moment strahlt, ist mein weißes Kleid. Als ich vor zehn Monaten von der Erde nach *Sedu-Pio* kam, war ich eine eingebildete, vorlaute, neunmalkluge Göre. Und was ist aus mir geworden: eine Heulsuse!«
Haro-wan nahm sie an der Hand, zog sie hoch und drückte ihr einen Kuss auf die Stirn. Er wischte ihr die Tränen aus dem Gesicht und sagte laut, dass alle in der Kapelle es hören konnten:
»Die strahlendste Jungfrau von *Sedu-Pio* – ein leuchtendes Vorbild für unsere Jugend!«
Iri-burs Gesicht hellte sich auf.
»Ich werde mein Bestes tun, euch nicht zu enttäuschen«, versprach sie.
»Wir haben leider keine Rüstung und kein Laserschwert für dich hier«, bemerkte Haro-wan verlegen.

»Du wirst beides erhalten, wenn du es wünschst«, vernahmen sie Hapos Stimme. »Doch dein wahres Schwert ist deine Intelligenz, deine Rüstung ist dein Charme und deine Liebenswürdigkeit.«

»Ich dachte, du kennst keine Gefühle, Hapo«, lachte Iri-bur. »Das war doch gerade so etwas wie ein Kompliment, oder?«

»Es ist die Wahrheit«, erklärte Hapo wie immer ohne jede erkennbare Emotion.

»Lasst uns nun das Gebet unserer Bruderschaft sprechen!« bat Sarabánc. »Es ist das letzte Mal, dass ich es mit euch beten kann.«

Alle erhoben sich von ihren Plätzen und sprachen andächtig:

»Großer Gott, Vater des Universums und aller Geschöpfe! Mein Wahlspruch lautet ›Allzeit bereit‹. Hilf mir, dieser Losung immer treu zu sein! Allzeit bereit will ich sein, meine Pflicht zu tun; ich will wahr sein im Reden, zuverlässig im Tun, treu den Gesetzen der Bruderschaft, stets bereit meinen Mitmenschen zu helfen, geduldig und ausdauernd in Schwierigkeiten, rein in Gedanken, Worten und Werken. Zeig mir den richtigen Weg und führ mich den steilen Pfad zu dir! Gib mir die Kraft, meine Aufgaben als Mitglied der Bruderschaft von Holyfort bestmöglich zu erfüllen! Amen.«

*

Am späten Nachmittag trafen sich die Hüter und die beiden neuen Ritter in Sarabáncs Gemach. Es war das erste Mal, dass Iri-bur das Zimmer im Obergeschoss der Festung betrat. Der Oberste Hüter lag nahezu regungslos in seinem Bett. Am Kopfende stand ein zwei Meter hohes Gerät mit mehreren Hebeln und Schaltern, sowie einer Art Leuchtröhre, die ein warmes goldenes Licht auf den im Bett liegenden Körper warf.

Er sieht entsetzlich alt und schwach aus, dachte die junge Frau, ganz anders als seine holographische Projektion.

Sarabánc hob langsam den Kopf.

»Sind alle technischen Vorkehrungen getroffen, Ito?« fragte er mit brüchiger Stimme.

»Alles fertig«, quiekte der fünfzehn Zentimeter kleine Ingenieur.

»Dann gehen wir unseren Schlachtplan noch einmal durch«, sprach der Oberste Hüter. »Als Erstes bringt ihr die Novizen zu ihrem Schutz in die Kapelle. Wenn sich der Schwarze Ritter mit seiner Armee *Holyfort* nähert, wird Paco die Energieglocke so weit verkleinern, dass sie nur noch die Festung umgibt. Gero-mar wird sich mit allen Rittern und Knappen den Angreifern entgegenwerfen und dafür sorgen, dass keiner außer dem Schwarzen Ritter in die Nähe der Festung kommt.

Wenn der Schwarze Ritter mit seinem Gleiter auf dem Turnierplatz landet, wird Beno-gas ihn erwarten und darüber informieren, dass sich Haro-wan in der unterirdischen Stadt aufhält. Dann wird Paco die Schutzglocke ganz abschalten. Daraufhin werden Beno-gas und der Schwarze Ritter die Festung betreten und auch Gorgons Geist wird hier eindringen. Zu diesem Zeitpunkt muss sich mein Geist von meinem Körper gelöst haben, damit ich in der Lage bin, den Kampf mit Gorgon aufzunehmen. Wenn Beno-gas den Schwarzen Ritter in die unterirdische Stadt geführt hat, werde ich Gorgon veranlassen, Besitz von Robo-mils Körper zu ergreifen.

Dann beginnt der schwierigste Teil der Aktion – deine Aufgabe, Haro-wan. Du musst den Schwarzen Ritter in die Falle locken und seinen magischen Schutzring mit dem goldenen Szepter zerstören, was nur in der unterirdischen Stadt möglich ist, wo der Ring einst von Ito und mir geschaffen wurde. Sobald du die Kraft des Rings gebrochen hast, schlägst du den Schwarzen Ritter nieder und bringst dich in Sicherheit. Beno-gas sprengt den Zugang, Ito und Paco aktivieren die neue Energieglocke – und Gorgon ist gefangen.«

»Welche Aufgabe kommt mir zu?« erkundigte sich Iri-bur.

»Die einzige, die noch nicht vergeben ist«, antwortete Sarabánc. »Jemand muss diese Maschine ausschalten, die meinen Körper am Leben erhält. Erst dadurch wird mein Geist freigesetzt. Du musst nur den Hebel dort nach unten drücken. Ich selbst bin dazu nicht imstande, ich kann meine Gliedmaßen kaum noch bewegen.«

»Aber das heißt ja, dass ich dich – töten muss!« rief Iri-bur entsetzt aus. »Das – das kann ich nicht – niemals!«

»Alle anderen Ritter haben bereits ihre Aufgaben«, erwiderte der Oberste Hüter, »und ein Knappe oder Novize würde es noch viel weniger fertigbringen als du. Dies ist die Aufgabe, die dir bestimmt ist, Iri-bur.«

»Warum ich?« fragte die junge Frau blass.

»Wenn es soweit ist, werde ich es dir erklären«, antwortete Sarabánc und ein Lächeln huschte über sein uraltes eingefallenes Gesicht. »Geht jetzt in die Kapelle und bereitet euch durch Gebet und Meditation auf die Entscheidung im Kampf um *Sedu-Pio* vor!«

*

»Es losgeht!« quiekte Ito aufgeregt, als die Sensoren anzeigten, dass sich eine große Zahl von Fluggleitern der Festung näherte.

Es war kurz vor Mitternacht. An Sarabáncs Bett saßen Haro-wan und Iri-bur. Hapo schwebte über ihnen.

»Der Zeitpunkt des Abschieds ist gekommen«, sagte der Oberste Hüter. »Von Gero-mar, Beno-gas und den anderen Mitgliedern der Bruderschaft habe ich mich bereits verabschiedet – auch von meinem ältesten Freund und langjährigen Weggefährten Paco, der gleich die Schutzglocke verkleinern und schließlich ganz abschalten wird.«

Er richtete seinen Blick nach oben:

»Hapo, obwohl wir aus verschiedenen Welten stammen und du ein Wesen aus reiner geistiger Energie bist, während ich bis heute ein Geschöpf aus Fleisch und Blut war, haben wir uns immer hervorragend verstanden. Ich wünsche mir, dass du Haro-wan genauso mit deinem Rat zu Seite stehst, wie du mir mehr als zwanzig Jahre ein Freund und Ratgeber warst.«

»Du kannst dich darauf verlassen«, bekräftigte Hapo. »Leb wohl, Sarabánc, denn du wirst weiterleben – in Haro-wan! Ich werde mich jetzt aus dieser Zeitebene zurückziehen, bis ihr den Sieg über das Böse errungen habt. Ich wünsche euch dabei alles Gute.«

Die blauschimmernde Kugel verschwand aus dem Zimmer.

»Ito, mein kleiner Freund«, fuhr der Oberste Hüter fort. »Begleite nun Haro-wan hinab in die unterirdische Stadt! Und so, wie du es heute tust und so oft in der Vergangenheit getan hast, unterstütze ihn auch in Zukunft mit deinem Mut und deinen technischen Fertigkeiten!«

Der gelbhäutige Winzling nickte wortlos. Die Gefühle der anwesenden Personen ergriffen ihn so sehr, dass er keinen Ton herausbrachte.

»Haro-wan«, sprach Sarabánc weiter. »Seit vielen Jahren ist mir klar, dass nur du meine Nachfolge antreten kannst. Du trägst bereits einen Teil der ***Kraft des Lichts*** in dir. Und wenn mein Geist mit dem deinen verschmolzen ist, wird deine Kraft noch größer sein. Du wirst es körperlich nicht spüren, wenn ich in dein Gehirn eindringe. Drei Jahre lang werde ich tief in deinem Unbewussten ruhen. Im vierten Jahr wird der Prozess der Verschmelzung beginnen. Nach sieben Jahren ist er abgeschlossen. Dann sind wir beide eins.«

»Wie wird es sein?« erkundigte sich Haro-wan. »Werde ich deine Stimme in meinem Kopf hören, wie wenn Hapo zu mir spricht?«

»Hapo ist ein selbständiges Individuum«, antwortete Sarabánc. »Du hörst seine Stimme in deinem Kopf, aber du weißt, dass sie von außen kommt – dass es nicht deine eigenen, sondern fremde Gedanken sind. Bei uns wird es anders sein: Wenn mein Geist in deinem aufgegangen ist, werden unsere Gedanken eins sein. Es wird kein Unterschied bestehen, aus welchem Teil von uns ein Gedanke kommt.«

»Dann ist dies kein Abschied für immer«, meinte Haro-wan.

»Es ist kein Abschied für immer«, bestätigte der Oberste Hüter. »Denn schon in wenigen Minuten werden wir uns näher sein, als wir es je waren.«

»Na, dann bis gleich!« sagte Haro-wan erleichtert.

Er setzte Ito auf seine Schulter und verließ Sarabáncs Gemach.

»Die Festung ist so gut wie leer, Vater«, begrüßte Beno-gas den Schwarzen Ritter, als dieser aus seinem Gleiter stieg und auf das

Eingangsportal zustrebte. »Gero-mar, die Ritter und Knappen kämpfen draußen gegen deine Krieger und Roboter. Sarabánc liegt oben in seinem Bett; er ist so schwach, dass er nicht in den Kampf eingreifen kann. Haro-wan bewacht zusammen mit Ito und Paco die unterirdische Stadt, um zu verhindern, dass du Zugang zu den Wunderwaffen der Argeten erhältst. Aber sie können dir nichts anhaben, da du den magischen Schutzring am Finger trägst.«

Um sie herum tobte ein furchtbares Unwetter. Blitze zuckten durch die Nacht und warfen ein gespenstisches Licht auf die Mauern der Festung. Ein Donnerschlag ließ den Hügel erbeben.

»Besteht die Gefahr, dass sie die unterirdische Stadt und dadurch ganz *Holyfort* in die Luft sprengen, damit die Waffen nicht in meine Hände fallen?« erkundigte sich Cane.

»Auf keinen Fall«, erwiderte der Zwanzigjährige. »Haro-wan würde nie das Leben seiner Mitbrüder opfern.«

»Kann es sein, dass mich sonst irgendeine unliebsame Überraschung erwartet?«

»Das müsste ich wissen«, beschwichtigte ihn Beno-gas. »Haro-wan vertraut mir voll und ganz. Er hat mich zum Ritter geschlagen und mir sogar sein goldenes Laserschwert übergeben, um damit den Eingang der Festung zu verteidigen.«

Er zündete die einzigartige Waffe und hielt sie stolz in die Höhe. Der Schwarze Ritter nickte anerkennend. Beno-gas deaktivierte das Schwert wieder und fuhr fort:

»Haro-wan wird zwar durch das goldene Szepter ebenso geschützt wie du durch den Ring, aber ich bin sicher, dass wir es gemeinsam schaffen, ihm das Szepter zu entreißen und ihn dann zu töten. Ich habe es ja auch geschafft, die Schutzglocke so zu manipulieren, dass sie nur noch die Festung umgibt. Und in wenigen Minuten wird sie ganz zusammenbrechen. Dann können wir eintreten, Vater.«

»Es ist so weit.«

Sarabáncs heisere Stimme riss Iri-bur aus ihren Gedanken. Nachdem Haro-wan das Zimmer verlassen hatte, war die Siebzehnjährige in eine ungewohnte Schwermut verfallen.

Warum ich? hatte sie sich immer wieder gefragt. Was habe ich getan, dass mir diese Aufgabe zukommt?

Schemenhaft liefen die Ereignisse des vergangenen Jahres in ihrem Kopf noch einmal ab. Personen, denen sie auf *Sedu-Pio* begegnet war, erschienen vor ihrem geistigen Auge: ihr Onkel und ihre Tante, Benjamin und der Schwarze Ritter, Kerimoglu und Gu, Hapo, Ito und Paco, Gero-mar, Niko-tsan und die übrigen Mitglieder der Bruderschaft; dann sah sie die Mädchen und Buben in *Augusta*, die ihr interessiert und staunend zuhörten, sie sah die Novizen, die lernbegierig ihre Worte in sich aufsogen, und sie sah Sonja, die durch sie auf den rechten Weg zurückgefunden hatte. Zuletzt erblickte sie Haro-wan und Sarabánc, die schließlich zu einer einzigen Person verschmolzen.

Ich bin den Weg gegangen, der mir bestimmt war, sagte sie sich. Er war meist steil und beschwerlich; manche Erfahrungen und Einsichten taten sehr weh. Aber ich spüre, dass ich Schritt für Schritt vorangekommen bin.

»Dann hab jetzt keine Angst vor *diesem* Schritt!«

Iri-bur hob den Kopf. Ihre Augen glitten über Sarabáncs welken Körper und blieben schließlich wie hypnotisiert auf dem nach oben gerichteten silbrig glänzenden Hebel haften, mit dem der Zythallator abgestellt werden konnte.

»Ich – weiß nicht, ob ich – es fertigbringe«, kam es stockend über ihre schmal gewordenen Lippen.

»Du hast mich gefragt, weshalb ich gerade dich für diese Aufgabe auserwählt habe«, erwiderte der Oberste Hüter. Seine Stimme klang auf einmal wieder frisch und kraftvoll, und seine bernsteinfarbenen Augen begannen zu leuchten. »Natürlich hätte ich auch einen der anderen Ritter damit beauftragen können. Aber ich wollte, dass *du* der letzte Mensch bist, den ich mit meinen eigenen Augen sehe und mit dem ich von Angesicht zu Angesicht reden kann.«

»Wieso ausgerechnet ich?«

»Im Gegensatz zu Hapo bin ich ein Wesen aus Fleisch und Blut, mit Gefühlen, Wünschen und Vorlieben. An dem Tag, da du mit Haro-wan nach *Holyfort* kamst, habe ich dich liebgewonnen – nicht als Mädchen oder Knabe, als der du dich vorgestellt hast, nicht als Mann oder Frau, sondern als Mensch. Die Menschen sind von allen Wesen des Universums die labilsten, anfälligsten und verführbarsten, wie Hapo uns immer erklärt. Doch ich habe drei Menschen kennengelernt, die stärker, vernünftiger und reifer waren als alle anderen: zum Ersten Haro-wan, der nun meine Nachfolge antreten wird; dann Robo-mil, den ich an Gorgon verloren habe; der Dritte dieser herausragenden Menschen bist du, Iri-bur. In sehr vielem gleichst du Haro-wan. Wir beide wissen, dass er dich brauchen wird – wahrscheinlich mehr als er heute ahnt.«

Er sah der jungen Frau tief in ihre blauen Augen. Iri-burs Blick versank in dem vom goldenen Licht des Zythallators erhellten Gesicht des letzten Argeten.

»Haro-wan ist gewiss der Beste, Vernünftigste und Rechtschaffenste aller Menschen« fuhr Sarabánc fort, »aber trotz alledem ist er ein Mensch. Wenn er jetzt die Führung der Bruderschaft übernimmt, wird er Freunde brauchen, die ihm bei seiner schweren Aufgabe helfen. Er braucht den starken und tapferen Gero-mar, den klugen erfindungsreichen Ito und den weisen alten Paco. Noch wichtiger jedoch sind für Haro-wan drei andere, auf deren Unterstützung er in besonderer Weise angewiesen ist: Hapo, der ihn mit seiner umfassenden Intelligenz berät, dann sein Sohn Beno-gas, der ihm bei all seinen Vorhaben treu zur Seite steht, und schließlich du, seine Gefährtin, die ihm das gibt, was ihm keiner der anderen geben kann: die Zuneigung einer Frau; Trost, wenn er niedergeschlagen ist; Zuspruch, wenn er an sich zweifelt; Anerkennung, wenn er etwas Großes vollbracht hat. Kurz gesagt: ***Liebe*** – das Wichtigste im Leben. Du weißt ja: ***Du bist zeitlebens für das verantwortlich, was du dir vertraut gemacht hast!***«

Iri-bur nickte stumm.

»Damit du deine Aufgabe noch besser erfüllen kannst, werde ich nun noch einmal einen Teil der Kraft, die ***Pha-os*** mir einst verlieh, auf einen Menschen übertragen. So wirst du neben Haro-wan und Beno-gas der dritte Mensch sein, der über die ***Kraft des Lichts*** verfügt. Verwende sie stets zum Wohl deiner Mitmenschen!«

Die junge Frau spürte, wie die Kraft auf sie überging.

»Ich werde dich und Haro-wan nicht enttäuschen«, versicherte sie.

»Dann schalte jetzt den Zythallator aus und befreie meinen Geist! Dieser Körper ist nichts als eine alte verbrauchte Hülle. Er hat mir unzählige Jahrtausende lang gute Dienste geleistet. Nun müssen wir ihn der Welt zurückgeben.«

Iri-bur kämpfte mit ihren Tränen.

»Wann immer du bei Haro-wan bist«, sprach Sarabánc sanft, »wenn du mit ihm sprichst, ihn in den Arm nimmst, ihn streichelst oder liebkost, dann denke daran: Ich bin ein Teil von ihm! Und nun leb wohl, du leuchtendste Jungfrau von *Sedu-Pio*!«

Zitternd umklammerte Iri-bur das silbrig glänzende Metall.

»Ich liebe dich«, schluchzte sie.

Dann drückte sie den Hebel mit einem Ruck nach unten.

10. Aller guten Dinge sind drei

Nachdem Paco den Radius der Energieglocke verkleinert hatte, war die feindliche Gleiterflotte direkt auf die Festung zugeflogen. Über dem Hügel hing eine riesige dunkle Wolke, die alles um sich herum zu verschlingen schien. Der Himmel war völlig verfinstert, kein einziger Stern war mehr zu erkennen. Es schien, als sei jegliches Licht auf *Sedu-Pio* erloschen. Dann brach ein fürchterlicher Sturm los, und aus der Wolke schossen grelle Blitze auf *Holyfort* herab.

Dem Schwarzen Ritter war klar, dass der Turnierplatz zu klein dafür war, seine ganze Flotte dort landen zu lassen. So hatte er sich für folgendes Vorgehen entschieden: Während er selbst mit Hilfe seines vermeintlichen Sohnes so schnell wie möglich in die Festung und von dort in die unterirdische Stadt eindringen wollte, sollten zwei Transporter mit Kampfrobotern auf entgegengesetzten Seiten des Hügels landen; von dort sollten die Roboter den Hügel stürmen und jeden niedermachen, der ihnen in die Quere komme. Rubashwili und seine Söldner sollten von den Gleitern aus die Verteidiger abschießen, zusätzlich würde Gorgon die Sinne der Gegner vernebeln, sie blenden oder mit seinen Blitzen zerschmettern.

Viele Wochen lang hatten sich die Männer von *Holyfort* auf diese Schlacht vorbereitet. Dank dem von Gu erbeuteten Geld verfügte die Bruderschaft inzwischen über ein Dutzend Gleiter, die alle mit Laserkanonen ausgerüstet waren. Auch der Transporter war umgebaut worden, so dass die Ritter und Knappen aus mehreren Luken in alle Richtungen feuern konnten. Toyo-ken steuerte wie immer die mächtige Flugmaschine. Neben ihm saß Gero-mar und verfolgte jede Bewegung auf dem Radarschirm. Per Sprechfunk war er mit sämtlichen Gleiterpiloten und mit den am Boden stationierten Reitern verbunden.

»Feuer!« brüllte er in das Funkgerät, als sich die Angreifer in Reichweite befanden. »Versucht, die Menschen zu schonen! Aber schießt die Gleiter manövrierunfähig und vernichtet vor allem die Kampfroboter!«

Doch das war leichter gesagt als getan. Auf dem Radarschirm war zu erkennen, dass es nicht die feindlichen, sondern die Gleiter *Holyforts* waren, von denen einer nach dem anderen wegen des von Gorgon erzeugten Unwetters notlanden mussten. Auch der Transporter geriet ins Trudeln. Kein anderer Pilot als Toyo-ken hätte es geschafft, ihn in der Luft zu halten.

»Das Gewitter ist mörderisch!« schrie der Nachfahre des legendären Kamikazefliegers Kenmotsu. »Wir sollten landen, bevor wir abstürzen!«

»Wir bleiben oben!« entschied Gero-mar. »Ich bin überzeugt, dass der Sturm gleich nachlässt.«

In demselben Augenblick, da Iri-bur den Zythallator ausgeschaltet hatte, zerfiel Sarabáncs Körper zu Staub. Es dauerte einige Minuten, bis die Siebzehnjährige verarbeitet hatte, was soeben geschehen war.

Ein heftiger Stoß, der die Mauern der Festung erzittern ließ, schreckte Iri-bur aus ihrer Trauer. Paco hat die Schutzglocke abgestellt! schoss es ihr durch den Kopf. Jetzt versucht Gorgon, die Festung zum Einsturz zu bringen. Aber Sarabánc wird ihn daran hindern. Während er mit Gorgon kämpft, fahren Beno-gas und der Schwarze Ritter hinunter in die unterirdische Stadt. Hoffentlich läuft alles so, wie es Sarabánc und Haro-wan geplant haben!

Ein weiterer Schlag erschütterte das Gebäude.

Ich kann nicht untätig herumsitzen, während alle anderen Ritter ihr Leben im Kampf gegen das Böse aufs Spiel setzen, sagte sich die junge Frau. Unruhig lief sie im Zimmer auf und ab; schließlich öffnete sie die Tür, die in einen Nebenraum führte. Dort entdeckte sie den Aufzug, mit dem Sarabánc früher immer direkt hinunter in die Kapelle gelangt war. Ohne zu zögern stieg Iri-bur ein. Als sich die Kabinentür wieder öffnete, schritt sie beherzt in die Apsis und trat vor die in der Kapelle versammelten Novizen.

»Gut, dass du bei uns bist«, meinte ängstlich einer der Jungen. »Ich habe noch nie ein so schreckliches Unwetter erlebt. Hoffentlich stürzt nicht das ganze Gebäude zusammen.«

Iri-bur ging auf den Knaben zu, der kaum jünger war als sie selbst, und nahm ihn tröstend in den Arm.

»Uns wird nichts geschehen«, sagte sie. »Sarabánc wird uns vor Gorgon schützen.«

Sie bemerkte die immer noch verängstigten Gesichter der Novizen.

»Gott wird nicht zulassen, dass *Holyfort* untergeht«, erklärte sie mit einer Sicherheit, die sie selbst überraschte.

Es ist die ***Kraft des Lichts***, die mich stärkt, kam ihr in den Sinn. Ehrfürchtig trat sie vor den Altar und sprach mit fester Stimme:

»Großer Gott, Schöpfer des Universums, der du die Furchtsamen schützst, bei dem die Bedrängten Zuflucht finden, lass diesen Kampf gut ausgehen, bewahre uns vor dem Bösen und erhalte *Holyfort*!« Flüsternd, dass die Novizen es nicht hören konnten, fügte sie hinzu: »Und bitte steh Haro-wan bei! Lass nicht zu, dass ihm etwas zustößt!«

»Der Sturm wird tatsächlich schwächer«, stellte Toyo-ken fest.

»Hoch mit den Gleitern!« schrie Gero-mar in das Funkgerät. »Und du lass den Transporter über der Festung kreisen, Toyo-ken! Sobald die Roboter den Hügel erklommen haben, schießen wir sie zu Klumpen!«

Die schwarze Wolke war verschwunden, und Millionen glitzernder Sterne erhellten die Umgebung.

»Feuer frei!« befahl Gero-mar. »Lajo-til, verteidige mit deinem Geschwader die Ostseite! Hasso-gat, sichere die Westflanke! Jagt die Kerle zum Teufel!«

Gero-mar war ein hervorragender Stratege. Wäre er nicht als Sohn eines Viehzüchters auf *Sedu-Pio* geboren, sondern auf der Erde oder einem anderen bedeutenden Planeten der *Terranischen Föderation*, hätte er es bestimmt zum General bringen können. Doch der bärtige Hüne war mit seiner Rolle als »Turm der Ritterschaft« voll und ganz zufrieden. Titel, Ruhm und Reichtum bedeuteten ihm nichts – der Kampf für *Holyfort* und das Wohl seiner Mitmenschen alles.

Die Ritter waren den von Kakhaber Rubashwili angeführten Söldnern haushoch überlegen. Mit den aus den Beständen der Argeten stammenden Geschützen, die Ito noch weiter verbessert hatte, holten sie einen feindlichen Gleiter nach dem anderen auf den Boden.

Dann landete Toyo-ken den Transporter auf dem Turnierplatz. Die Ladeluke öffnete sich, und etliche Ritter preschten auf ihren Pferden heraus, um die letzten Kampfroboter mit ihren Laserschwertern zu zerstören.

Lajo-til war es inzwischen gelungen, den Gleiter von Rubashwili manövrierunfähig zu schießen, so dass dieser am Fuß des Hügels notlanden musste. Während der Söldnerführer wütend aus dem Fluggerät kletterte, jagte Gero-mar mit seinem Hengst den Hügel hinab. Rubashwili feuerte mit dem Strahlengewehr auf den Hüter, doch Gero-mar wehrte alle Schüsse mit seinem Schwert ab und ritt weiter in vollem Galopp auf seinen Gegner zu. Als das Pferd noch einen Meter von Rubashwili entfernt war, sprang Gero-mar ab und stürzte sich auf den Söldnerführer. Mit einem einzigen Fausthieb streckte er ihn nieder. Sowie die Soldaten erkannten, dass ihr Boss besiegt war, ergriffen die meisten von ihnen die Flucht. Die wenigen, die noch weiter kämpften, wurden von den Rittern niedergemacht.

Gero-mar atmete erleichtert auf: Die Schlacht *vor Holyfort* war gewonnen. Doch er wusste: Der entscheidende Kampf fand *unter* der Festung statt.

»Komm mit, Vater!« sagte Beno-gas, als der Aufzug in der unterirdischen Stadt angekommen war. »Haro-wan muss ganz in der Nähe sein.« Seine Finger umklammerten das goldene Laserschwert, das deaktiviert in seiner Hand lag. Dann deutete er auf einen der röhrenförmigen Gänge. »Dort drüben ist er!«

Nun erblickte auch der Schwarze Ritter seinen ehemals besten Freund. Haro-wan trug eine neue Rüstung und seinen blauen Umhang, in dessen Innentasche das goldene Szepter steckte.

»Er flieht!« schrie der Schwarze Ritter. »Was soll das, Haro-wan? Hast du etwa Angst vor mir?«

Er hetzte hinter dem Hüter her. Beno-gas folgte ihm.

Haro-wan hatte sich für einen Gang entschieden, der in einen Wohntrakt des einst auf Sarabáncs Seite stehenden Teils der Argeten führte. Der Zugang konnte leicht gesprengt werden, und in dem Sektor befanden sich keine Waffen oder andere technischen Geräte, mit deren Hilfe der Schwarze Ritter hätte entkommen können.

Der Gang endete an einem runden Platz, von dem aus man durch eine Reihe von Türen in die ehemaligen Wohnungen der Argeten gelangen konnte. Haro-wan blieb stehen und drehte sich um. Der Schwarze Ritter schritt langsam auf ihn zu. Beno-gas ging an seiner Seite.

»Dies ist unser dritter und letzter Kampf – Mann gegen Mann«, erklärte Haro-wan entschlossen.

»Die beiden ersten habe ich gewonnen«, behauptete der Schwarze Ritter. »Beim ersten Mal auf dem Turnierplatz von *Holyfort* verlorst du das Bewusstsein und warst danach lange ans Bett gefesselt. Beim zweiten Mal im Felsengebirge verlorst du dein Augenlicht, dein Laserschwert und Benjamin. Diesmal wirst du dein Leben verlieren, Haro-wan!«

»Den ersten Kampf habe ich gewonnen«, widersprach Haro-wan, »selbst wenn ich danach ein paar Wochen das Bett hüten musste. Bei unserem zweiten Kampf hast du mich nur mit Gorgons Hilfe besiegt.«

»Er wird mir auch dieses Mal beistehen«, zischte der Schwarze Ritter siegesgewiss. »Und deine Position ist noch schlechter als damals: Du hast ja nicht einmal eine Waffe.«

Während er dies sagte, zündete er sein schwarzes Laserschwert.

»Es stimmt«, bestätigte Haro-wan gelassen. »Bei unserem letzten Kampf habe ich mein Augenlicht, mein Schwert und Benjamin verloren. Mein Augenlicht habe ich wieder ...«

»Das wird dir nichts nützen!« fiel ihm der Schwarze Ritter ins Wort und sprang mit erhobenem Schwert auf ihn zu.

»Vater!« ertönte es in diesem Moment neben ihm.

Unwillkürlich blickte der Schwarze Ritter zur Seite. Verdutzt sah er, wie sein vermeintlicher Sohn Haro-wan das goldene Laserschwert zuwarf.

»... nun auch mein Schwert«, führte der Hüter seinen unterbrochenen Satz fort, »und im Übrigen auch meinen Sohn Beno-gas.«

Er aktivierte seine einzigartige Waffe, und sogleich schoss ein goldener Lichtstrahl hervor.

»Was soll das heißen: ›meinen Sohn Beno-gas‹?« fragte der Schwarze Ritter irritiert. »Benjamin ist *mein* Sohn!«

»Nein!« widersprach ihm der Zwanzigjährige. »Ich bin Haro-wans Sohn – nicht deiner. Und ich bin sehr froh darüber.«

»Red keinen Blödsinn!« fuhr ihn der Schwarze Ritter an. »Ich war der Ehemann deiner Mutter. Ich habe dich gezeugt.«

»Du hast damals beim Münzenwurf gewonnen, Robo-mil«, erwiderte Haro-wan. »Julia wurde deine Frau, aber erst nachdem ich mit ihr meinen Sohn gezeugt habe.«

Wutentbrannt starrte der Schwarze Ritter seinen Gegenüber an.

»Zwei Männer haben es gewagt, Julia vor mir zu berühren«, bellte er. »Den einen habe ich bereits getötet – der andere ist jetzt an der Reihe!« Mit aller Kraft drosch er auf seinen einstigen Freund ein. Haro-wan parierte den Hieb mit seinem goldenen Schwert.

»Du kannst mich nicht besiegen, Robo-mil«, sagte er ruhig. »Ich habe die bessere Waffe und bin diesmal nicht körperlich geschwächt wie bei unserem ersten Kampf.«

»Ich werde dich erledigen!« schrie der Schwarze Ritter. »Und wenn *ich* es nicht schaffe, wird Gorgon dich vernichten!«

»Du irrst dich erneut«, entgegnete Haro-wan. »Der einzige Mensch, den Gorgon vernichtet hat, ist mein Freund Robo-mil – der gute Mann, der du einst warst.«

Er hatte den Satz noch nicht zu Ende gesprochen, da bemerkte er die Veränderung, die in seinem Gegner vorging: Sein Körper schien mit einem Mal ein Stück größer und breiter zu werden, in seinem Gesicht traten die operativ entfernten Narben wieder zutage und schwollen an, bis es sich schließlich in eine teuflische Fratze verwandelt hatte.

Haro-wan wusste, was geschehen war: Sarabánc hatte Gorgon angegriffen, sobald Paco die Schutzglocke abgeschaltet hatte.

Die beiden Geistwesen hatten so lange miteinander gekämpft, bis es Sarabánc gelungen war, Gorgon dazu zu bringen, vom Körper des Schwarzen Ritters Besitz zu ergreifen. In dem Moment, da er dies tat, wurde das Bewusstsein des Menschen, dessen Name erst Robert Miller, dann Robo-mil und zuletzt Cane war, ausgelöscht. Der Geist, der nun den Körper des Schwarzen Ritters beherrschte, war der Geist Gorgons.

»Ich bin stärker als du, Haro-wan!« brüllte das unheimliche Wesen, das dem Hüter gegenüberstand. »Selbst Sarabáncs Szepter kann dich nicht völlig vor mir schützen. Ich werde erst dich töten, dann deinen Sohn – und als krönenden Abschluss werde ich mir deine süße blonde Freundin vornehmen, die mir in *Miners Landing* knapp entwischt ist. Damals hat Hapo sie gerettet, aber der ist ja nicht mehr da. Ich werde mit dem Körper deines ehemals besten Freundes diese ach so reine Jungfrau schänden und sie anschließend mit deinem Schwert in tausend kleine Stücke zerhacken. Ich werde sie leiden lassen, wie noch nie ein Mensch gelitten hat – dass sie wünschen wird, dir nie begegnet zu sein, Haro-wan!«

Der Hüter spürte, wie eine unbändige Wut gegen Gorgon in ihm aufstieg. Er wusste, dass sein Gegner nichts mehr mit seinem einstigen Freund Robo-mil gemeinsam hatte. Er wollte sich auf ihn stürzen, ihn mit seinem goldenen Laserschwert zerschmettern – aber eine Stimme aus seinem Unterbewusstsein mahnte ihn zur Besonnenheit. Haro-wans Puls verlangsamte sich wieder.

»Du wirst mich nicht zu einem unüberlegten Angriff verleiten«, erklärte er gefasst. »Dein Schicksal ist besiegelt, Gorgon: Du wirst diesen Ort nicht mehr verlassen!« Er blickte kurz zu seinem Sohn. »Geh jetzt, Beno-gas! Du kannst mir hier nicht helfen.«

Der junge Ritter lief in den Röhrengang und bereitete sich darauf vor, die Sprengung auszulösen, sobald sein Vater herausgerannt kam.

»Er kann dir tatsächlich nicht helfen«, fauchte es Haro-wan aus dem Mund des Schwarzen Ritters an. »Niemand kann dir helfen! Meinst du erbärmlicher Wicht vielleicht, ich wüsste nicht, was ihr vorhabt? Bevor ich Besitz von diesem Körper ergriff, habe ich es in den Gedanken deines Sohnes gelesen. Doch selbst wenn er nicht so intensiv daran gedacht hätte, wäre mir klar gewesen, dass ihr mir wieder eine Falle gestellt habt – wie damals im Felsengebirge. Aber diesmal habt ihr euch verrechnet. Ihr habt euch selbst die Grube gegraben. Denn nicht *ich* werde hier unten eingeschlossen, sondern *du*, Haro-wan – und mit dir mein Todfeind Sarabánc, der sich jetzt in dir befindet. Ich werde dich niederschlagen, dann werde ich deinen Sohn töten, den Zugang zu diesem Stadtteil sprengen, Ito und Paco erledigen und die Energieglocke aktivieren. Und während du hier drin verreckst und Sarabáncs Geist für immer gefangen ist, werde ich mit den in dieser Stadt lagernden Waffen die ganze Welt erobern. Wer könnte mich aufhalten? Selbst wenn es dir gelingen sollte, diesen Körper zu töten, würde es dir nichts nützen: Mein unsterblicher Geist würde erneut freigesetzt und bald den ganzen Planeten beherrschen. Sarabánc kann mich nicht mehr daran hindern; er ruht ja tief in deinem Unbewussten. Du verlierst also in jedem Fall, Haro-wan!«

Mit einem diabolischen Lachen, das hundertfach von den Wänden widerhallte, startete er seinen Angriff.

Während Haro-wan die Schläge geschickt abwehrte, fiel sein Blick auf den goldenen Ring, den der Schwarze Ritter an seiner linken Hand trug.

Ich muss den Ring mit dem Szepter zerstören, erinnerte sich der Hüter. Das ist meine einzige Chance den Kampf zu gewinnen.

Gorgon merkte, dass sein Gegner etwas im Schilde führte, und holte zu einem weiteren Hieb aus. Blitzschnell drehte sich Haro-wan zur Seite. Der schwarze Strahl zischte knapp an seinem Kopf vorbei. Sofort setzte der Hüter nach und schlug seinem Widersacher die Waffe aus der Hand. Das schwarze Laserschwert schlitterte über den Steinboden und blieb vor einer der Wohnungstüren liegen.

Haro-wan deaktivierte sein Schwert und ließ es fallen. Gleichzeitig packte er mit der linken Hand den Arm des Schwarzen Ritters, zog mit der rechten das goldene Szepter aus seinem

Umhang und zerschlug damit den Ring am Finger seines Gegners.

Beno-gas hatte inzwischen das andere Ende des Röhrenganges erreicht. Die Sprengladungen waren gut getarnt in der Mitte des Tunnels angebracht. Den Zünder hielt der Zwanzigjährige angespannt in der Hand. Von fern drang das gespenstische Lachen des Schwarzen Ritters und das Zischen der Laserschwerter an sein Ohr.

Haro-wan muss ihn nicht vollständig besiegen, versuchte er sich zu beruhigen. Er muss ihn nur niederschlagen und sofort danach herausrennen. Den Rest besorge ich. Ich muss nur geduldig abwarten, bis er kommt.

Doch untätig abzuwarten war nie die Stärke des jungen Mannes gewesen. Es drängte ihn nachzusehen, wie weit der Kampf gediehen war.

Mein Vater hat gesagt, dass ich hier auf ihn warten soll, ging es ihm durch den Kopf. Doch was ist, wenn er meine Hilfe braucht? Hier ist alles vorbereitet. Ich könnte ein Stück in den Gang hineingehen, bis ich die beiden sehen kann. Falls der Schwarze Ritter Haro-wan beim Herauslaufen verfolgt, werfe ich mich ihm entgegen und sprenge zur Not den Gang von innen, sobald Haro-wan draußen ist. Mein Vater ist dann gerettet – nur das zählt. Auf mich darf ich keine Rücksicht nehmen. Aber darf ich Haro-wans Anweisung ignorieren? Ich habe schon zu oft gegen Anweisungen verstoßen und ihm dadurch geschadet. Mein Gott, was soll ich tun?

Tu, was dir dein Gewissen sagt!

Beno-gas zuckte zusammen. Wo kam die Stimme in seinem Kopf her?

»Hapo?« fragte er laut.

Er erhielt keine Antwort.

Hapo ist weit fort, sagte er sich. Er kann nicht zu mir gesprochen haben.

Tu, was dir dein Gewissen sagt!

Werde ich allmählich wahnsinnig? überlegte der junge Ritter.

Tu, was dir dein Gewissen sagt!

Beno-gas lauschte tief in sich hinein. Und plötzlich glaubte er, noch eine zweite Stimme in seinem Kopf zu hören. Im Gegensatz zu der ersten handelte es sich unverkennbar um die Stimme eines Menschen. Es war eine weibliche Stimme – die Stimme Iri-burs.

»Gib dich geschlagen, Gorgon!« forderte Haro-wan seinen Gegner auf. »Du hast jetzt keine Waffe und keinen Schutz mehr.«

»Was seid ihr Menschen doch für hirnlose Kreaturen!« fauchte es aus dem Mund des Schwarzen Ritters zurück. »Du hast noch immer nicht begriffen, wie überlegen ich dir bin – körperlich und geistig. Du magst der Klügste aller Menschen sein, aber verglichen mit mir verfügst du über den Verstand eines Einzellers. Was du mit dem Szepter zerstört hast, ist nicht der magische Schutzring, sondern nur die Imitation, die du einst Martinez in die Hand gespielt hast, damit er sie Cane zum Kauf anbietet. Den echten Ring trage ich am Zeh – in meinem Stiefel, da kommst du nicht ran. Ich habe also nach wie vor den vollkommenen Schutz – und im Gegensatz zu dir auch eine Waffe.«

Fassungslos beobachtete Haro-wan, wie sich das vor einer der Türen liegende schwarze Laserschwert bewegte und in hohem Bogen in die Hand seines Gegners flog. Bevor der Hüter reagieren konnte, wurde er durch eine unheimliche Kraft zu Boden geworfen.

Haro-wan hob das goldene Szepter, um es seinem Widersacher entgegenzuhalten. Im gleichen Augenblick bohrte sich die Stiefelspitze des Schwarzen Ritters mit voller Wucht in seinen Bauch. Nach Atem ringend ließ der Hüter das Szepter fallen.

Darauf hatte der Schwarze Ritter nur gewartet.

»Es ist vorbei, Haro-wan!« schrie er und holte zum entscheidenden Schlag aus. Doch bevor seine Waffe ihr Ziel erreichte, spürte er plötzlich, wie ihn jemand von hinten ansprang. Wütend wandte sich der Schwarze Ritter um und erblickte Beno-gas.

»Was willst du Wurm?« bellte er und richtete sein Schwert auf den jungen Ritter. »Dich kann ich noch leichter töten als deinen Vater!«

Haro-wan handelte in derselben Sekunde: Er hechtete zu den Füßen des Schwarzen Ritters und brachte ihn zu Fall, bevor er Beno-gas etwas antun konnte. Geistesgegenwärtig ergriff der Zwanzigjährige das von seinem Vater abgelegte goldene Laserschwert, zündete es und drosch auf den am Rücken liegenden Schwarzen Ritter ein. Während dieser die Hiebe abwehrte, packte Haro-wan sein linkes Bein und riss ihm den Stiefel vom Fuß. Der magische Ring war nicht zu sehen.

Er muss ihn an einem der rechten Zehen tragen, folgerte der Hüter.

Der Schwarze Ritter befand sich in einem Zwiespalt: Er musste unbedingt verhindern, dass Haro-wan ihm auch noch den zweiten Stiefel auszog. Gleichzeitig musste er sich gegen Beno-gas wehren, dessen hämmernde Schläge ihn zwar nicht verletzen konnten, aber seine Bewegungsfreiheit einschränkten und ihn daran hinderten, wieder auf die Beine zu kommen. Er fühlte, wie Haro-wan auf dem Bauch liegend mit beiden Händen an seinem rechten Fuß zerrte. Der Schwarze Ritter hob den Oberkörper und bemerkte, dass der Hüter bisher nicht dazugekommen war, das schützende Szepter wieder an sich zu nehmen.

»Das ist dein Tod, Haro-wan!« brüllte er, legte alle Kraft in seinen Arm und führte einen Hieb gegen den Nacken des Hüters. Aber ein goldener Lichtstrahl fing das Schwert wenige Zentimeter über Haro-wans Kopf ab. Funken sprühten, ein schauderhaftes Knistern war zu vernehmen. Dann schienen Gold und Schwarz zu einem fahlen Grau zu verschmelzen.

»Er kann dir nichts tun, Vater«, sagte Beno-gas selbstbewusst. »Ich habe monatelang mit Cane trainiert. Ich kenne seinen Körper genau, seine Stärken – und seine Schwachstellen.«

Mit diesen Worten drückte er seine Waffe ein Stück nach rechts und riss sie dann mit einem Ruck nach oben. Der Schwarze Ritter spürte ein starkes Ziehen im Inneren seiner Hand. Er wollte nachfassen, doch es war zu spät: Das schwarze Laserschwert rutschte ihm durch die Finger und schoss senkrecht in die Luft. Noch bevor es den höchsten Punkt seiner Flugbahn erreichte, hatte sich Beno-gas auf den von Gorgon beherrschten Körper geworfen. Während er seine Arme festhielt, zog ihm Haro-wan den Stiefel vom rechten Fuß, an dessen mittlerem Zeh der goldene Ring aufblitzte. Noch einmal bäumte sich der Schwarze Ritter auf, spannte die Beinmuskeln an und versuchte, nach dem Hüter zu treten. Doch Haro-wan packte im richtigen Moment zu, verdrehte seinem Gegner den Fuß und bekam schließlich das magische Kleinod zu fassen.

Erleichtert beobachtete Beno-gas, wie sich der Hüter den Ring an den Finger steckte:

»Gut gemacht, Vater! Jetzt werde ich ihn erledigen.«

»Tu es!« keuchte der Schwarze Ritter und rappelte sich wieder auf. »Erfülle deine Bestimmung und töte mich!«

»Ich werde dich nicht töten«, erwiderte der Zwanzigjährige ruhig. »Sonst könnte dein Geist Robo-mils Körper verlassen und Besitz von Haro-wan oder von mir ergreifen. Aber ich werde dafür sorgen, dass du hier nicht mehr wegkommst.«

Er blickte kurz zu Haro-wan, der inzwischen auch das goldene Szepter wieder in der Hand hielt.

»Lauf hinaus, Vater, und gib Ito und Paco Bescheid, dass es gleich so weit ist!«

Haro-wan wandte sich zum Gehen. Aber da auch er nur ein Mensch war, konnte er es sich nicht verkneifen, dem Schwarzen Ritter zuzurufen:

»Vielleicht sind wir Menschen im Vergleich zu dir hirnlose Kreaturen mit dem Verstand von Einzellern. Dennoch haben es zwei Menschen geschafft, dich zu besiegen. Du hast nun sehr lange Zeit, darüber nachzudenken, Gorgon!«

Beno-gas nickte mit dem Kopf. Dann schwang er das goldene Laserschwert und zielte auf die Knie des Schwarzen Ritters. Mit einem einzigen Schlag trennte er ihm die Beine vom Körper.

Der Schwarze Ritter sackte zusammen. Im selben Augenblick flog sein Schwert wie von einer unsichtbaren Hand getragen auf ihn zu.

»Er will Robo-mils Körper töten, um seinen Geist freizu...«

Haro-wan brauchte den Satz nicht zu vollenden. Beno-gas

hatte sich bereits heldenhaft dazwischengeworfen: Der goldene Lichtstrahl durchschnitt die Waffe des Schwarzen Ritters unmittelbar oberhalb des Griffs. Das schwarze Laserschwert war zerstört.

Einen Wimpernschlag später stürmten Vater und Sohn durch den Röhrengang. Kaum hatten sie das andere Ende erreicht, löste Beno-gas die Sprengung aus. Krachend stürzten die Wände des Tunnels ein.

»Jetzt!« rief Haro-wan in sein Funkgerät.

Paco schaltete die Energiezufuhr ein. Ito aktivierte den Generator, der die Glocke aufbaute. Gorgon war eingeschlossen.

Erleichtert sanken sich Haro-wan und Beno-gas in die Arme.

*

Haro-wan, Beno-gas, Paco und Ito waren mit dem Aufzug nach oben in den Konferenzsaal gefahren, wo Iri-bur sie sehnsüchtig erwartete. Als sie sah, dass alle unversehrt waren, fiel sie zuerst Haro-wan um den Hals und küsste ihn überglücklich. Dann umarmte sie Beno-gas und drückte auch ihm einen zarten Kuss auf die Wange.

Kurz darauf betrat Gero-mar den Saal, begleitet von etlichen Rittern, darunter Hasso-gat, Lajo-til und Toyo-ken. Der vollbärtige Hüne ging auf Haro-wan zu, klopfte ihm auf die Schulter und meinte lachend:

»Ich wusste, dass du es schaffst, Bruder!«

»Aber nur mit Hilfe meines Sohnes«, informierte ihn der Hüter. »Er war es, der Gorgon zur Strecke gebracht hat. Wie lief es bei euch?«

Gero-mars Gesicht wurde ernst:

»Drei unserer Gleiter wurden zerstört. Wir haben sechs Männer verloren, darunter leider auch Niko-tsan. Aber wir haben gesiegt, wie Hapo prophezeit hat.«

Wie auf Stichwort erschien das Geistwesen im Saal und bat alle, am runden Tisch Platz zu nehmen. Zögernd setzte sich Haro-wan auf den Stuhl, der zwanzig Jahre lang Sarabánc vorbehalten war.

»Dieser Platz gehört nun dir«, vernahm er Hapos Stimme. »Wir alle wissen, dass Sarabánc dich zu seinem Nachfolger bestimmt hat. Aber gemäß unserer Tradition wollen wir darüber abstimmen. Wer Haro-wan zum Oberhaupt der Bruderschaft wählt, möge die Hand heben!«

Alle Hände schossen sogleich in die Höhe.

»Der Oberste Hüter hat das Wort«, erklärte Hapo.

Haro-wan stand auf.

»Ich bin bereit, das Amt zu übernehmen«, sprach er feierlich, »und ich werde es mit Gottes und mit eurer Hilfe im Sinne Sarabáncs ausüben. Wie ihr wisst, gelobte Sarabánc nach unserem ersten Sieg über Gorgon, nie mehr eine Waffe in die Hand zu nehmen. Ich werde es nun genauso halten. Ich werde mein Laserschwert nie mehr benützen und deshalb auch an keinem Turnier mehr teilnehmen.«

Er blickte hoch zu Hapo. Auch diese Vorhersage hatte sich erfüllt.

»Beno-gas, mein Sohn!« fuhr der Oberste Hüter fort. »Zunächst möchte ich ein Versprechen einlösen, das ich dir vor über zwei Jahren gegeben habe: Bei deinem Ritterschlag solltest du den magischen Schutzring erhalten. Nimm ihn nun aus meiner Hand entgegen!«

»Ich danke dir«, antwortete der junge Ritter demütig. »Aber ich weiß nicht, ob ich den Ring verdient habe. Immerhin habe ich gegen deine Anweisung verstoßen, am Ende des Ganges auf dich zu warten. Aber ich spürte, dass du meine Hilfe brauchst. Mir war, als hörte ich die Stimme Iri-burs, wie sie den Schlusssatz der Prophezeiung übersetzte: ***Wenn der Sohn zurückgekehrt ist, wird der Vater der Sieger sein.*** Dann war da noch eine andere Stimme in meinem Kopf, die mich aufforderte: ***Tu, was dir dein Gewissen sagt!***«

»Ich war es nicht«, erwiderte Hapo. »Doch ich heiße deine Entscheidung gut. Du hast deinem Gewissen gehorcht – und das war richtig.«

»Wenn du es nicht warst«, überlegte Beno-gas, »wer dann? Vielleicht Sarabánc?«

»Kann sein«, antwortete Hapo. »Möglicherweise war es gar

Pha-os, der zu dir gesprochen hat.«

»Es gibt Dinge zwischen Himmel und Erde, die wir Menschen wahrscheinlich nie vollständig ergründen werden«, meinte Haro-wan. »Aber du hast richtig gehandelt, mein Sohn. Du hast das Schwert, das ich aus der Hand gelegt habe, ergriffen und mit ihm den Schwarzen Ritter besiegt. Ich werde es nicht zurücknehmen. Es ist nun dein.«

Er blickte in die versammelte Runde.

»In einem zweiten Punkt will ich Sarabáncs Beispiel folgen: Mit mir sollen sechs weitere Hüter die Bruderschaft leiten: drei Menschen und drei nichtmenschliche Wesen. Paco, du bist der Letzte der Ureinwohner dieses Planeten; ich hoffe, du wirst mir noch viele Jahrzehnte mit deinem Wissen und deiner Erfahrung zur Seite stehen. – Ito, du hast mich in der Vergangenheit bei zahlreichen schwierigen Aktionen unterstützt; ich wünsche, dass es auch in Zukunft so sein wird. – Hapo, du Wesen aus reiner Intelligenz; du kennst alle meine Gedanken und Gefühle. Sei stets mein Berater und wache über mich, dass ich meine Aufgabe immer zum Wohl meiner Mitmenschen erfülle!«

Als Nächstes wandte sich Haro-wan an den vollbärtigen Haudegen:

»Gero-mar, du bist mein ältester und treuster Freund – seit dreiundzwanzig Jahren. Heute Nacht hast du deine größte Schlacht geschlagen. Sei mein starker Arm, der Turm der Ritterschaft, der Erste Verteidiger von *Holyfort*!«

Er ergriff die ausgestreckte Hand des Hünen und drückte sie fest.

»Nun brauchen wir noch zwei Menschen – zwei unserer Ritter, die des Hüteramtes würdig sind.«

»Du hast mich zu deinem Berater ernannt«, vernahm er Hapos Stimme. »So höre meinen Rat: Berufe die beiden Menschen zu Hütern, die wie du einen Teil der ***Kraft des Lichts*** in sich tragen! Der Eine hat sie von dir geerbt.«

»Mein Sohn Beno-gas«, sagte Haro-wan. »Was denken die anderen Hüter?«

»Er hat Gorgon bezwungen«, äußerte Paco. »Ich stimme zu.«

Auch Ito und Gero-mar waren einverstanden.

»Wenn ihr mich für würdig haltet«, erklärte Beno-gas, »werde ich die Aufgabe übernehmen. Ich weiß auch schon, was ich als Erstes tue: Ich fliege nach *Miners Landing*, dort gibt es eine Menge zu erledigen. Die Stadt soll sauber und friedlich werden. Da fällt mir ein: Mir gehört noch immer die Aktienmehrheit der Industrie- und Handelsbank. Sie fiel mir durch ein grauenvolles Verbrechen des Schwarzen Ritters zu. Ich sollte die Aktien zurückgeben – an die nächsten Verwandten Wallraffs.«

»Wallraff hat keinerlei Verwandte«, informierte ihn Hapo.

»Dann werde ich das immense Vermögen der Allgemeinheit zur Verfügung stellen. Es soll allen Bewohnern des Planeten zugute kommen.«

»Wem willst du es geben?« fragte Gero-mar. »Wer ist die Allgemeinheit?«

»Wenn es allen Menschen zugute kommen soll, muss es von demjenigen verwaltet werden, der es mit Sicherheit nur zum Guten verwendet«, empfahl Hapo.

»Dafür kommt nur einer in Frage«, meinte Beno-gas. »Mein Vater Haro-wan.«

»Übereigne die Aktien der Bruderschaft!« schlug der Oberste Hüter vor. »Aber ich möchte mich nicht darum kümmern. Ich habe genügend andere Aufgaben – und Geldgeschäfte waren nie meine Sache. Ich denke, *du* solltest das Vermögen für uns verwalten und nach den Beschlüssen der Hüter darüber im Namen der Bruderschaft verfügen. Ich kann mir nicht vorstellen, dass ein anderer unserer Ritter dies besser kann als du – immerhin hast du schon ein halbes Jahr Erfahrung mit dem Bankgeschäft. Sei ab sofort unser Schatzmeister! – Kommen wir nun zur Berufung des siebten Hüters! Hapo, du hast davon gesprochen, dass noch ein Mensch einen Teil der ***Kraft des Lichts*** in sich trägt.«

Hapos Antwort erfolgte prompt:

»Es war Sarabáncs Entscheidung, bevor sein Geist seinen Körper verließ, einen Teil seiner Kraft auf die Person zu übertragen, die seiner und auch meiner Meinung nach wie niemand anderer für das Hüteramt geeignet ist: die einzige Person, die bei ihm war, als seine körperliche Existenz endete.«

Die Augen Haro-wans richteten sich auf Iri-bur, die wie immer an der Seite ihres Lehrmeisters saß.

Die junge Frau wollte ablehnen, doch da vernahm sie Hapos Stimme – und sie wusste, dass diese Worte nur von ihr wahrgenommen werden konnten:

»Du hast es Şarabánc versprochen, leuchtendste Jungfrau von *Sedu-Pio.*«

Bevor Haro-wan oder Iri-bur etwas sagen konnten, war Gero-mar aufgestanden und erhob seine markige Stimme:

»Einerseits sind wir stets gut damit gefahren, Sarabáncs weisen Entscheidungen zu folgen, auch wenn wir sie nicht immer verstanden haben. Andererseits gibt es unter unseren Rittern eine ganze Reihe, die der Bruderschaft zehnmal länger angehören als diese junge Frau. Und einige von ihnen hätten die Ehre des Hüteramtes weiß Gott verdient.«

Die Blicke von Haro-wan und Gero-mar kreuzten sich.

Der Hüne ging auf Iri-bur zu und fuhr fort:

»Ich kenne meine Ritter besser als jeder andere. Was wäre, wenn wir Toyo-ken oder Lajo-til oder Hasso-gat zum Hüter ernennen würden? Jeder der anderen würde darüber nachdenken, ob *er* nicht der bessere Mann für das Amt gewesen wäre. Und darum, meine Freunde, ist es am besten, wenn *kein* Mann das Amt übernimmt – sondern die Frau, die uns allen schon so viel gegeben hat und noch mehr geben wird.«

Er legte ihr seine riesige Hand auf die Schulter und sprach zu seinen Männern:

»Ich, Gero-mar, der lange gegen die Aufnahme einer Frau in die Bruderschaft war, fordere euch auf: Stimmt mit mir für Iri-bur!«

Zutiefst gerührt sah Iri-bur, wie die Ritter ihre Hände hoben. Spontan drückte sie Gero-mar einen Kuss auf die bärtige Wange. Dann kniete sie vor Haro-wan nieder und blickte ehrfürchtig zu ihm auf:

»Ich bin bereit. Brauche mich, wie du willst!«

Der Oberste Hüter nahm sie bei der Hand und zog sie hoch:

»Ja, ich brauche dich – wahrscheinlich mehr als jeden anderen Menschen. Hilf mir mit deiner Kraft und deiner Liebe, die

Bruderschaft zu leiten! Wie Gero-mar und Beno-gas sollst auch du eine besondere Aufgabe erhalten: Du wirst als Nachfolgerin unseres im Kampf gefallenen Bruders Niko-tsan die Ausbildung der Novizen übernehmen und ihnen alles beibringen, was sie wissen und können müssen, um vollwertige Mitglieder unserer Bruderschaft zu werden!«

»Unserer Bruder- und Schwesternschaft«, verbesserte Iri-bur. »Wenn Beno-gas mit dem Gleiter nach *Miners Landing* fliegt, lassen wir uns mit dem Transporter nach *Augusta* bringen. Es gibt da ein paar Jugendliche, die ich fragen möchte, ob sie als Novizen – und Novizinnen – zu uns kommen.«

Haro-wan nickte zustimmend.

»Ich wünsche dir bei deiner Aufgabe viel Erfolg und möchte dir ein Geschenk machen«, sagte Beno-gas und zog den magischen Ring von seinem Finger. »Mein Vater hat mir sein goldenes Laserschwert überlassen. Ich bin der Meinung, dass mir nicht auch noch der Ring gehören sollte. Da auch in dir die ***Kraft des Lichts*** wirkt, schützt der Ring auch dich. Trage ihn, dann kann nichts mehr deinem Körper Schaden zufügen!«

»Danke«, hauchte Iri-bur und umarmte ihn.

»Nun denn«, entschied Haro-wan, »machen wir es wie ihr vorgeschlagen habt: Beno-gas und Hasso-gat, ihr fliegt nach *Miners Landing*! Nehmt Bakhtyar, Kerimoglu und Rubashwili mit und übergebt sie den Justizbehörden! Iri-bur und ich fliegen mit Toyo-ken nach *Augusta*. Wenn wir wieder hier sind, feiern wir ein großes Fest zur Amtseinführung der neuen Hüter.«

*

Der Transporter war nach *Holyfort* zurückgekehrt. An Bord befanden sich zahlreiche junge Menschen, die der Bruderschaft beitreten wollten. Auch der alte Lehrer Prem Shankara war mitgekommen. Auf dem Rückflug hatten Haro-wan und Iri-bur noch einige gute Freunde abgeholt, die sie bei dem Fest unbedingt dabeihaben wollten: Kai und seine Mutter Magdalena Raukuttis aus *Corral City*, sowie die Familie Wojtowicz von der Station 43.

Am Tag danach versammelten sich alle in der total überfüllten Kapelle. Unter den Klängen sanfter Musik zogen die Hüter von *Sedu-Pio* ein. Haro-wan trug ein langes weißes Gewand und einen goldfarbenen Umhang wie einst Sarabánc. Gero-mar hatte seine Rüstung angelegt, Beno-gas trug die ehemalige Rüstung seines Vaters. Am bezauberndsten von allen war Iri-bur anzusehen. Während sie mit Haro-wan unterwegs war, hatte Sonja für sie ein neues Kleid aus weißem, mit Goldfäden durchwirktem Stoff genäht und dazu eine blaue Schärpe.

Haro-wan trat in die Mitte der Apsis und begann zu beten:

»Heute ist der erste Tag der Zeit, die uns zum Leben bleibt. Es ist zugleich der letzte Tag der Zeit, die wir bisher gelebt haben. Lasst uns beides leben – den neuen Anfang und das Ende, frisch und unbefangen wie am Anfang und so bewusst, als stünden wir an unserem Ende! Gottes Liebe wird bei uns sein in allem, was wir tun. Amen.«

Er kniete nieder und verneigte sich vor dem Altar.

Hapo schwebte auf Haro-wan zu und blieb unmittelbar über dem Altar in der Luft stehen:

»Paco und ich wurden ausersehen, Haro-wan offiziell in sein Amt als Oberster Hüter einzuführen. Sein Vorgänger Sarabánc lebt in ihm weiter. Paco wird nun noch einmal Sarabáncs Szepter an Haro-wan übergeben – zum Zeichen, dass er nun der Herr der Hüter ist.«

Kniend nahm Haro-wan das goldene Szepter in Empfang. Gleichzeitig begannen die Mitglieder der Bruderschaft zu singen:

»Du bist das Licht der Welt, du bist der Glanz, der uns unseren Tag erhellt. Du bist der Freudenschein, der uns so glücklich macht, dringst selber in uns ein. Wir sind erfüllt von dem Licht, das allem Finsteren wehrt; nach Eigennutz streben wir nicht, wir sind zum Guten bekehrt. Wir bringen Licht in die Welt.

Wir alle hier in Holyfort woll'n Brüder und Schwestern sein, halten fest zusammen, dann ist keiner mehr allein; haben unser Leben in den Dienst des Lichts gestellt, dass es bald das ganze Land erhellt.

Du bist das Licht der Welt ...«

Wir müssen das Licht von *Holyfort* weitertragen, damit es nicht nur *Sedu-Pio*, sondern die ganze Welt erhellt, überlegte Haro-wan. Aber wird dieser schöne Traum je Wirklichkeit werden?

»Ich könnte dir vieles dazu erzählen«, vernahm er Hapos Stimme in seinem Kopf. »Entscheide du, ob du es wissen willst!«

»Es gibt Dinge zwischen Himmel und Erde, die für uns Menschen besser im Ungewissen bleiben sollten«, antwortete der Oberste Hüter stumm. »Es ist wohl besser, es Schritt für Schritt zu erleben, als alles vorherzuwissen. In sieben Jahren wird mein Geist ganz mit dem von Sarabánc verschmolzen sein. Vielleicht bin ich dann reif für die Wahrheit. Behalte sie vorläufig für dich, Hapo! Nur wenn ich etwas zum Wohl meiner Mitmenschen unbedingt wissen muss, dann teile es mir mit!«

»So soll es sein!« bestätigte das Wesen aus reiner Intelligenz.

Das Lied war verklungen. Haro-wan erhob sich:

»Meine erste Amtshandlung als Oberster Hüter ist die Ernennung von zwei neuen Hütern, damit nun zum ersten Mal in der Geschichte von *Holyfort* sieben Hüter unserer Bruderschaft vorstehen. Beno-gas und Iri-bur, tretet vor! Seid ihr euch der großen Verantwortung bewusst, die das Hüteramt mit sich bringt?«

Die beiden jungen Menschen knieten nieder und erklärten nacheinander:

»Ich bin mir der Verantwortung bewusst und nehme sie mit der Gnade Gottes auf mich.«

Der Oberste Hüter berührte jeden der beiden dreimal mit seinem Szepter – erst an der Stirn, dann am Mund und schließlich an den gefalteten Händen:

»Hiermit seid ihr Hüter von *Sedu-Pio*. Die ***Kraft des Lichts*** wird euch stärken, dass ihr nur Gutes denkt, redet und tut.«

Die neuen Hüter standen auf, und Haro-wan fuhr fort:

»Beno-gas, mein Sohn: Zeichen deines Hüteramtes sei das goldene Schwert, das Sarabánc einst schuf und das ich mehr als zwanzig Jahre führte! – Iri-bur, du leuchtender Stern unserer Bruderschaft, trage du ab heute Sarabáncs goldenen Ring, der dir umfassenden Schutz verleiht!«

Iri-bur verneigte sich ehrfürchtig. Dann richtete sie ihren Blick auf die versammelte Gemeinde und sagte:

»Auf unserem Flug nach *Augusta* haben Haro-wan und ich uns ein paar Gedanken gemacht und daraus eine kleine Geschichte gebastelt, die wir euch anlässlich unserer heutigen Amtseinführung vortragen möchten.«

»Genau genommen sind es drei Geschichten«, erklärte Haro-wan. »Wir haben lange überlegt, wie wir sie nennen sollen. Wir dachten erst an ***Der steile Pfad zum Himmel*** oder ***Der wahre Schatz***. Schließlich entschieden wir uns ganz einfach für

Drei Gleichnisse

Das erste Gleichnis stammt nicht von uns, sondern aus der Bibel – der Heiligen Schrift:

Mit dem Himmelreich ist es wie mit einem Schatz, der in einem Acker vergraben war. Ein Mann entdeckte ihn, aber da ihm der Acker nicht gehörte, grub er den Schatz wieder ein. In seiner Freude verkaufte er alles, was er besaß, und kaufte den Acker.

Auch ist es wie mit einem Kaufmann, der edle Perlen suchte. Eines Tages fand er eine, die war wertvoller als alles, was er bisher gesehen hatte. Da verkaufte er alles, was er besaß, und kaufte die Perle.«

»Viel zu schnell war sie den Weg hinaufgelaufen«, begann Iri-bur mit ihrem Teil der Geschichte, »geradlinig und zielstrebig, und doch ohne genau zu wissen, wohin er sie führen würde. Dann stand sie plötzlich an einer Weggabelung. Links schlängelte sich eine breite, bequeme Straße in ein Tal hinab, und von oben konnte man eine Menge attraktiver Dinge sehen: einen Jahrmarkt, eine Kneipe, ein Tanzlokal, einen Spielsalon und vieles mehr. Am Wegesrand standen zahllose schöne junge Menschen, die ihr zuwinkten und riefen: ›Komm mit uns in das Land des Glücks! Dann wird es dir stets gut gehen; du wirst immer Spaß und niemals Sorgen haben.‹

Rechts führte ein schmaler, steiler, steiniger Pfad weiter

hinauf in das dunkle Felsengebirge. Man konnte nur wenige Meter weit sehen; der Weg schien anstrengend und gefährlich zu sein. Mitten auf dem Pfad stand ein Mann mittleren Alters in einer braunen Kutte und mit einem freundlichen, Vertrauen erweckenden Gesicht. Er betrachtete sie eine Weile nachdenklich und schaute ihr tief in die Augen. Sie erwiderte den Blick, und beide sahen sich lange schweigend an.

Dann sprach er: ›Wenn du mit mir gehst, wirst du es nicht leicht haben. Der Weg ist hart, und nur wenige sind befähigt, ihn zu gehen. Du wirst große Schwierigkeiten überwinden und auch Rückschläge hinnehmen müssen. Aber du wirst stetig nach oben kommen, immer näher hin zu dem großen Ziel. Und du wirst immer einen treuen Freund an deiner Seite haben. Ich werde dir helfen, deinen Weg zu finden; ich werde dich hinaufziehen, wenn es dir zu steil wird, und ich werde dich halten, wenn du im Begriff bist abzustürzen. Aber es wird auch der Tag kommen, an dem *ich deine* Hilfe brauche, wenn ich einmal ausrutsche und am Boden liege, wenn ich allein nicht mehr auf die Beine komme und auf dich angewiesen bin. Dann wird sich zeigen, ob du wirklich begriffen hast, wohin dieser Weg führt, und ob du ans große Ziel gelangen kannst. Also überlege gut – und entscheide dich, welchen Weg du einschlagen willst – denn es gibt kein Zurück!‹

Doch als er dies sagte, wusste sie längst, dass sie den Pfad an seiner Seite gehen würde – bis zum Ende und darüber hinaus.«

»Ein halbes Leben hatte er gebraucht, um sie zu finden«, ergriff wieder Haro-wan das Wort, »diese eine Perle, diesen wahren Schatz. Er war sicher, dass sie das Wertvollste war, das ihm je anvertraut sein würde. Er ahnte, dass es nicht leicht sein würde, sie heil über alle Klippen und Schluchten zu bringen. Er hoffte, dass er sie irgendwann nicht mehr tragen müsse, dass sie von selbst neben ihm schweben würde, dass sie ihm helfen würde, den Weg weiterzugehen und andere ans große Ziel zu führen.

Für einen Moment überkamen ihn Zweifel, ob sie das jemals schaffen würde, ob sie ihm nicht eines Tages entspringen würde, ob es nicht ein Fehler war, alles für sie herzugeben.

Doch dann sah er sie an, die wunderschöne Perle, den größten Schatz der Welt, er blickte tief in ihr Innerstes – und er erkannte sein Spiegelbild in ihr leuchten. Da wusste er, dass er keinen Fehler gemacht hatte. Und so führte er seine kostbare Fracht frohen Mutes weiter durch das dunkle Felsengebirge den steilen Pfad nach oben.

Er trug sie und wurde gleichzeitig von ihr getragen.«

»Diese leuchtende Perle, der wahre Schatz von *Sedu-Pio*, ist *Holyfort* – unsere Gemeinschaft«, fügte Iri-bur nach einer kurzen Pause erklärend hinzu. »Wir haben erkannt, dass es sich lohnt, dafür alles andere aufzugeben. Jeder Einzelne von uns spiegelt sich darin wider. Wir alle tragen die Gemeinschaft und werden zugleich von ihr getragen.«

»In der Bibel heißt es: ***Ihr seid das Licht der Welt***«, ergänzte Haro-wan. »***Eine Stadt, die auf einer Höhe liegt, kann nicht verborgen bleiben. So soll euer Licht vor aller Augen leuchten und allen zeigen, dass ihr in Gottes Auftrag wirkt.***«

Der Oberste Hüter nahm seine beiden rechts und links von ihm stehenden jungen Amtskollegen an der Hand. Hapo schwebte blauschimmernd über ihnen.

Iri-bur blickte nach oben, wo das goldene Licht der Sonne durch die gläserne Kuppel der Kapelle fiel, und sprach:

»Herr, wir wissen, dass die Liebe sichtbar sein muss, dass Liebe mehr ist als nur ein Gefühl. Wer deine Worte beachtet, der ist es, der dich liebt. Menschen, die danach handeln und mit dem Nächstliegenden beginnen: hinhören, auf den anderen zugehen, Zeit haben für ihn und nach Gelegenheiten suchen, wie sie ihm Freude bereiten können, solche Menschen gibt es nur wenige. Wir wollen zu diesen Wenigen gehören.«

Epilog

Es gibt Dinge zwischen Himmel und Erde, die wir Menschen wohl nie vollständig ergründen werden. Selbst Haro-wan konnte nicht ahnen, wie das unendliche Spiel der beherrschenden Mächte des Universums weitergehen würde – und welche entscheidende Rolle ihm dabei zugedacht war. Noch war sein Geist nicht mit dem von Sarabánc verschmolzen; noch war er zu hundert Prozent ein Mensch. So waren auch die Fragen, die er sich stellte, die Fragen eines Menschen: War der Kampf um *Sedu-Pio* tatsächlich gewonnen? Hatten er und seine Gefährten das vollbracht, was Sarabánc jahrtausendelang nicht gelungen war? War das Böse endgültig besiegt?

Zumindest sah es so aus: Kaum war Gorgons Geist eingeschlossen, besserten sich die Verhältnisse auf dem Planeten im Zentrum des Universums schlagartig. Die Unwetter und Naturkatastrophen hörten auf, die Zahl der Verbrechen ging deutlich zurück, das menschliche Zusammenleben normalisierte sich. Im Süden gingen die Bewohner des Graslands wieder ungestört ihrer Arbeit nach und lebten glücklich und zufrieden. Auch nördlich des Felsengebirges war Recht und Ordnung eingekehrt. Die größten Schurken waren von der Bildfläche verschwunden. Wie Akimovic und Osaki waren auch Bakhtyar, Kerimoglu und Rubashwili zu hohen Haftstrafen verurteilt worden. Rubashwilis Söldnertruppe – oder was von ihr noch übrig war – war aufgelöst worden. Bakhtyars Fabrik, die ja inzwischen der Industrie- und Handelsbank gehörte, produzierte in Absprache mit der Regierung nur noch legale Waffen; Beno-gas und Hasso-gat sorgten in enger Zusammenarbeit mit dem neuen Hochkommissar dafür, dass *Miners Landing* zu einer sauberen Stadt ohne Korruption und andere Übel wurde. Der Casino-Club wurde in ein seriöses Bürgerzentrum umgewandelt: In den verschiedenen Teilen des großräumigen Gebäudekomplexes konnte man nun Theatervorstellungen, Konzerte und Vorträge besuchen, sich fortbilden, miteinander diskutieren, gepflegt speisen, aber auch sportliche und gesellige Tätigkeiten ausüben.

Miners Landing war nach wie vor die Hauptstadt von *Sedu-Pio* und damit der Sitz der Verwaltung und der Geschäftswelt. Zum geistigen Zentrum des Planeten aber wurde *Holyfort.* Durch die Berichterstattung über die Prozesse gegen Bakhtyar, Kerimoglu und Rubashwili erfuhren immer mehr Menschen auf *Sedu-Pio* von der Bruderschaft. Viele von ihnen reisten interessehalber nach *Holyfort*, um sich ihr eigenes Bild von der Gemeinschaft zu machen. Sie wurden freundlich aufgenommen und beherbergt. Haro-wan erklärte ihnen alles, was sie wissen wollten, und sie waren fasziniert von der Kraft seiner Worte.

Einige der Besucher entschlossen sich, länger in *Holyfort* zu bleiben oder sich sogar für immer dort niederzulassen. So entstand innerhalb kurzer Zeit eine stetig wachsende Siedlung um den Hügel, auf dem die Festung erbaut war. Junge und alte Menschen, Familien und Alleinstehende lebten hier einträchtig zusammen. Die meisten von ihnen verlegten auch ihre berufliche Tätigkeit nach *Holyfort*, denn in der jungen Gemeinde gab es Arbeit auf vielen Gebieten wie Nahrungsmittelproduktion, Wohnungs- und Maschinenbau, Textilfabrikation, aber auch im sozialen Bereich, besonders in der Kindererziehung. Die größeren Kinder der Gemeindemitglieder gingen in die von Iri-bur geleitete Schule; viele Erwachsene ließen sich von Haro-wan spirituell weiterbilden. Bald hatte *Holyfort* einen eigenen TV-Sender, der die Botschaft von Friede und Nächstenliebe über den ganzen Planeten verbreitete, damit sie auch von den Menschen gehört werden konnte, die nicht die Zeit oder die Mittel hatten, nach *Holyfort* zu pilgern.

So gelangte die Kunde von der immer größer werdenden Gemeinde von *Sedu-Pio* allmählich auch auf die anderen Planeten der Provinz *Archimedes*, in andere Provinzen der *Terranischen Föderation* und sogar bis zur Erde.

Das Licht von *Holyfort* strahlte durch das Universum. Es leuchtete in der Finsternis – und die Finsternis hat es nicht erfasst. Und so beschloss die Finsternis eines Tages, das Licht auszulöschen – und mit ihm

die Gemeinde auf Sedu-Pio.

Die beiden anderen Teile der Holyfort-Trilogie

Der Schatz von Sedu-Pio

Von seiner sterbenden Großmutter erhält Benjamin Gaskin den Auftrag, Robo-mils magischen Ring zu Haro-wan zu bringen. Benjamin tritt der Bruderschaft von *Holyfort* bei und wird bald Haro-wans Knappe. Die beiden machen Jagd auf Martinez, den Mörder von Benjamins Großeltern, und auf den Schwarzen Ritter, der Gorgon aus seinem Energiegefängnis befreien und *Holyfort* vernichten will. Der Schwarze Ritter behauptet, er sei Robo-mil, Benjamins Vater. Benjamin muss sich entscheiden, auf wessen Seite er steht.

Harry T. Master: Holyfort – Der Schatz von Sedu-Pio
(ISBN 3-934432-01-8)

Jetzt im Buchhandel kaufen oder direkt beim Verlag bestellen unter der Telefonnummer **0177 - 750 29 37**
oder per eMail an **FiFa-Verlag@t-online.de**

Die Gemeinde auf Sedu-Pio

Eine Journalistin verfasst einen verleumderischen TV-Bericht über *Holyfort*. Daraufhin will der Gouverneur die Gemeinde auflösen. Haro-wan und Beno-gas werden wegen der Tötung des Schwarzen Ritters vor Gericht gestellt. Gero-mar und seine Ritter wollen sich mit Waffengewalt zur Wehr setzen. Iri-bur und Hapo versuchen, eine Eskalation zu verhindern.

Harry T. Master: Holyfort – Die Gemeinde auf Sedu-Pio
(ISBN 3-934432-03-4)

Weitere Romane von Harry T. Master: FiFa-Katalog anfordern unter obiger Telefonnummer bzw. eMail-Adresse!

Anhang

Das Gesetz der Bruderschaft

1. Auf die Ehre eines Holy kann man sich immer verlassen.
2. Der Holy ist seinen Brüdern immer treu.
3. Der Holy hilft, wo immer seine Hilfe gebraucht wird.
4. Der Holy ist Freund aller Menschen, auch seiner Gegner.
5. Der Holy verhält sich stets höflich und zuvorkommend.
6. Der Holy schützt die Natur und lernt von ihr, natürlich zu leben.
7. Der Holy gehorcht den Beschlüssen der Bruderschaft und der Hüter des Schatzes von Sedu-Pio. Der Knappe gehorcht den Anweisungen seines Ritters. Die Novizen gehorchen ihren Ausbildern.
8. Der Holy ist geduldig und ausdauernd in Schwierigkeiten und lässt nie den Mut sinken.
9. Der Holy lebt sparsam und einfach.
10. Der Holy ist rein in Gedanken, Worten und Werken, und er lässt sich zu nichts Bösem verführen.

Das Gebet der Bruderschaft

Großer Gott, Vater des Universums und aller Geschöpfe! Mein Wahlspruch lautet »Allzeit bereit«. Hilf mir, dieser Losung immer treu zu sein! Allzeit bereit will ich sein, meine Pflicht zu tun; ich will wahr sein im Reden, zuverlässig im Tun, treu den Gesetzen der Bruderschaft, stets bereit meinen Mitmenschen zu helfen, geduldig und ausdauernd in Schwierigkeiten, rein in Gedanken, Worten und Werken. Zeig mir den richtigen Weg und führ mich den steilen Pfad zu dir! Gib mir die Kraft, meine Aufgaben als Mitglied der Bruderschaft von Holyfort bestmöglich zu erfüllen! Amen.

Das Lied der Bruderschaft

Sei ein lebend'ger Fisch

Text, Melodie und Satz: Margret Birkenfeld

Quellennachweis

Das Gesetz der Bruderschaft und *Das Gebet der Bruderschaft* nach Lord Robert Baden-Powell of Gilwell (1857 - 1941)

Das Lied der Bruderschaft:
Harry Theodor Master nach dem Lied *Du bist das Licht der Welt* von Helga Poppe, Präsenzverlag Gnadenthal, D-65597 Hünfelden

Sei ein lebend'ger Fisch:
Melodie und Text von Margret Birkenfeld, Musikverlag Klaus Gerth, D-35607 Asslar

Im Roman vorkommende Kurzgeschichten:

Das goldene Reiskorn: Rabindranath Tagore, Gitanjali

Die Geschichte vom Bambus: aus Asien (Verfasser unbekannt)

Ein glücklicher Mensch: Leo Tolstoi

Der Adler: aus Afrika (James Aggrey)

Das Gleichnis vom Schatz und der Perle: Matthäus 13, 44 - 46